语文阅读经典丛书·第

昆 虫 记

〔法〕享利·法布尔　著

文质　改编

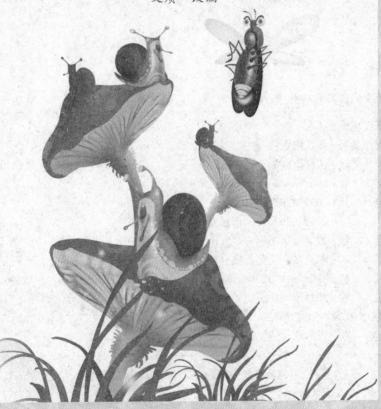

长江出版社
CHANGJIANG PRESS

图书在版编目(CIP)数据

语文阅读经典丛书. 第六辑 / 文质改编.
—武汉:长江出版社,2021.4
　ISBN 978-7-5492-7642-4

　Ⅰ.①语… Ⅱ.①文… Ⅲ.①世界文学—作品综合集
Ⅳ.①I 11

中国版本图书馆 CIP 数据核字(2021)第 070065 号

语文阅读经典丛书. 第六辑　　　　　　　　　　　　　文质　改编

责任编辑:江水
出版发行:长江出版社
地　　址:武汉市解放大道 1863 号　　　　　　　邮　　编:430010
网　　址:http://www.cjpress.com.cn
电　　话:(027)82926557(总编室)
　　　　　(027)82926806(市场营销部)
经　　销:各地新华书店
印　　刷:湖北嘉仑文化发展有限公司
规　　格:880mm × 1230mm　　　1/32　　20 印张　　400 千字
版　　次:2021 年 4 月第 1 版　　　2021 年 4 月第 1 次印刷
ISBN 978-7-5492-7642-4
定　　价:124.00 元(共五册)

论 遗 传

    人人都有自己的特长和性格,这好像是从我们的祖辈那里遗传来的,然而想追究到底是哪儿来的,却是一件非常困难的事情。例如,有一天看到一个牧童,把数一堆小石子的数量当做一种乐趣,他长大后可能成为一个数学家;另外有一个孩子,不喜欢和其他同龄的孩子一起玩儿,而是整天幻想一种乐器的声音,当他独自一人的时候竟听到一种神秘的合奏曲,可见他很有音乐天才;第三个孩子,长得又瘦又小,也许他吃面包和果酱时还会不小心涂到脸上,但他有他的爱好——喜欢玩泥巴,制成各种各样的小模型,如果他运气好,将来可能会成为一位著名的雕刻家。

    在背后议论别人的私事是令人讨厌的,但也许大家能允许我来讲一讲,并借这个机会来介绍我自己和我的研究。

    在我很小的时候,我就有了一种与自然界接近的感觉。如果你认为我这种喜欢观察植物和昆虫的爱好是从我的祖辈那里遗传来的,那简直就是一个天大的笑话。因为,我的祖辈们都是没有受过教育的乡下佬,对其他东西都一无所知,他们唯一关心的就是他们养的牛和羊。从小并没有老师教过我，更没有指导者，而且也没有什么书可读。不过，我只是朝着我眼前的目标不停地走，这个目标就是有朝一日在昆虫的历史上，多少加上几页我对昆虫的见解。

我还是一个不懂事的小孩子时，才刚刚学会认字母，然而我对于当时我那种初次学习的勇气和决心，至今都感到非常骄傲。我记得很清楚的一次经历是我第一次寻找鸟巢和第一次采集野菌的情景，当时那种兴奋的心情令我直到今天还难以忘怀。

记得有一天，我去爬离我家不远的一座山，突然发现了一只可爱的小鸟，它可能从藏身的大石头上飞下来的。不一会儿工夫我就发现了小鸟的巢，鸟巢是用干草和羽毛做成的，里面还有六个蛋。这些蛋有着美丽的纯蓝色，而且十分光滑。这是我第一次找到鸟巢，我高兴极了，于是我伏在草地上认真地观察鸟巢和鸟蛋。

母鸟十分焦急地飞来飞去，"塔克！塔克！"地叫着，非常不安。我当时年龄还太小，还不懂得它为什么那么痛苦。我决定拿一个蛋带回去作为纪念，过两星期后再来，趁着这些小鸟孵出来还不能飞的时候将它们带走。我还算幸运，当我拿着鸟蛋回家时遇见了一位牧师。

他对我说："呵！一个萨克锡柯拉的蛋！你是从哪里捡到的？"我告诉了他捡鸟蛋的经过和我的打算。

"哎，不许你那样做！"牧师叫了起来，"你不能那么残忍地抢走那可怜母鸟的孩子。你要做一个好孩子，答应我以后

再也不要碰那个鸟巢。"

从牧师的话中我懂得了两件事情：一是偷鸟蛋是件残忍的事；二是鸟兽同人类一样，都有各自的名字。

几年以后，我才晓得萨克锡柯拉的意思是岩石中的居住者，那种下蓝色蛋的鸟被称为石鸟。

我们村子旁边有一条小河，河对岸有一座树林，在这里我第一次采集到了野菌。这野菌就好像是母鸡生在青苔上的蛋，还有许多其他种类的野菌，有的形状长得像小铃儿，有的长得像灯泡，有的像茶杯。其中有一种最稀奇的，长得像梨一样，顶上有一个圆孔，像是烟筒，用指头在下面一戳，就会有一簇烟从烟筒里面喷出来。我把它们装满了好大一袋子，等到心情好的时候就把它们弄得冒烟。

通过一边观察自然与一边做试验相结合的方法，我的所有功课，除两门课，差不多都学过了。我从别人那里只学过两种科学性质的功课：一种是解剖学，一种是化学。

第一种我得力于造诣很深的自然科学家摩根·斯东，他教我如何在盛水的盆中观察蜗牛的内部结构，这门功课能学到很多东西。我初次学习化学时，运气比较差。在一次实验中，玻璃瓶爆炸，使很多同学受了伤，有一个人眼睛险些儿瞎了，老师的衣服也烧成了碎片，教室的墙上沾污了许多斑点。后来，我再回到这间教室时，已经不是学生而是教师了，墙上的斑点却还留在那里。这一次，我至少学到了一件事，就是以后我每做一种试验，总是让学生们离开远一点。

　　我有一个最大的愿望，就是想在野外建立一个实验室。当我还处于为每天的面包问题而发愁的生活状况下，这真是一件不容易办到的事情！我几乎四十年来都有这种梦想，想拥有一块小小的土地，把土地的四面围起来，寂寞、荒凉、太阳曝晒、长满荆草，这些都是黄蜂和蜜蜂喜爱的环境。在这里，没有烦扰，我可以与我的朋友们，如猎蜂手，用一种难解的语言相互问答，这当中就包含了不少观察与试验呢。

　　在这里，也没有长的旅行和远足，以至于白白浪费了时间与精力，这样我就可以时时留心我的昆虫们了！

　　最后，我实现了我的愿望。在一个小村落的幽静之处，我得到了一小块土地。这是一块哈麻司，这个名字是给我们洽布罗温司的一块不能耕种，而且有许多石子的地方起的。那里除了一些百里香，很少有植物能够生长起来。如果花费功夫耕耘，是可以长出东西的，可是实在又不值得。不过到了春天会有些羊群从那里走过，如果碰巧当时下点雨，也是可以生长一些小草的。这就是我四十年来拼命奋斗得来的属于我的乐园啊！

　　在我的这个稀奇而又冷清的王国里，是无数蜜蜂和黄蜂快乐的猎场，我从来没有在单独的一块地方看见过这么多的昆虫。各种生意都以这块地为中心，来了猎取各种野味的猎人、泥土匠、纺织工人、切叶者、纸板制造者，同时也有石膏工人在拌和泥灰，木匠在钻木头，矿工在挖地下隧道，各种各样的人都有。

　　快看啊！这里有一种会缝纫的蜜蜂，它剥下开有黄花底的刺桐的网状线，采集了一团填充的东西，很骄傲地用它的颚带走了，准备到地下用采来的这团东西储藏蜜和卵。那里是一群切叶蜂，在它们的身躯下面，带着黑色的、白色的或者血红色的切割用的毛刷，它们打算到邻近的小树林中，把树叶子割成圆形的小片用来包裹它们的收获物。这里又是一群穿着黑丝绒衣的泥水匠蜂，它们是做水泥与沙石工作的，在我的哈麻司里很容易在石头上发现它们工作用的工具。另外，还有一种野蜂，它把窝巢藏在空蜗牛壳的盘梯里。还有一种，把它的蛴螬安置在干燥的悬钩子的秆子的木髓里。第三种，利用干芦苇的沟道做它的家。至于第四种，住在泥水匠蜂的空隧道里，连租金都用不着付。还有的蜜蜂生着角，有些蜜蜂后脚上长着刷子，这些都是用来收割的。

我的哈麻司的墙壁建筑好了，到处可以看到成堆的石子和细沙，这些全是建筑工人们堆弃下来的，并且不久就被各种住户霸占了。泥水匠蜂选了个石头的缝隙来做它们睡眠的地方。黑耳毛的鹨鸟，穿着白黑相间的衣裳，看上去好像是黑衣僧，坐在石头顶上唱简单的歌曲。那些藏有天蓝色小蛋的鸟巢，会在石堆的什么地方才能找到呢？当石头被人搬动的时候，在石头里面生活的那些小黑衣僧自然也一块儿被移动了。我对这些小黑衣僧感到十分惋惜，因为它们是很可爱的小邻居。

在沙土堆里，还隐藏了掘地蜂和猎蜂的群落，这些可怜的掘地蜂和猎蜂们后来无情地被建筑工人无辜地驱逐走了。但是仍然还有一些猎户们留着，它们成天忙忙碌碌，寻找小毛虫。

　　还有一种长得很大的黄蜂，竟然胆大包天地敢去捕捉毒蜘蛛，在哈麻司的泥土里，有许多这种相当利害的蜘蛛居住着。而且你可以看到，还有强悍勇猛的蚂蚁，它们排着长长的队伍，向战场出发，去猎取它们强大的俘虏。

　　此外，在屋子附近的树林里住满了各种鸟雀。它们之中有的是唱歌鸟，有的是绿莺，有的是麻雀，还有猫头鹰。在这片树林里有一个小池塘，池中住满了青蛙，五月份到来的时候，它们就组成振耳欲聋的乐队。在居民之中，最最勇敢的要数黄蜂了，它竟不经允许地霸占了我的屋子。在我的屋子门口，还居住着白腰蜂，每当我要进屋子的时候，必须十分小心，不然就会踩到它们，破坏了它们开矿的工作。在关闭的窗户里，泥水匠蜂在软沙石的墙上建筑土巢。我在窗户的木框上一不小心留下的小孔，被它们利用来做门户。在百叶窗的边线上，少数几只迷了路的泥水匠蜂建筑起了蜂巢。午饭时候一到，这些黄蜂就翩然来访，它们的目的当然是想看看我的葡萄成熟了没有。

　　这些昆虫全都是我的伙伴，我的亲爱的小动物们，我从前和现在所熟识的朋友们，它们全都住在这里，它们每天打猎，建筑窝巢，以及养活它们的家族。而且，假如我打算移动一下住处，大山离我很近，到处都是野草莓树、岩蔷薇和石楠植物，黄蜂与蜜蜂都是喜欢聚集在那里的。我有很多理由，使我为了乡村而逃避都市，来做些除杂草和灌溉的事情。

神秘的池塘

当我面对池塘凝视着它的时候,从来都不觉得厌倦。在这个小小的绿色的世界里,不知道会有多少忙碌的小生命生生不息。在泥泞的池塘边,随处可见一堆堆黑色的小蝌蚪在暖和的池水中嬉戏追逐;有着红色肚皮的蝾螈也把它的宽尾巴像舵一样地摇摆着,缓缓前进;在芦苇丛中还可以找到一群群石蚕的幼虫,它们将身体隐匿在一个枯枝做的小鞘中——这个小鞘是用来防御天敌和各种各样意想不到的灾难的。

在池塘深处,水甲虫活泼地跳跃着,它的前翅的尖端带着一个气泡,这个气泡是帮助它呼吸用的,它胸下的一片胸翼在阳光下闪闪发光,像佩戴在威武的大将军胸前的一块闪着银光的胸甲。在水面上,我们可以看到一堆闪着亮光的"蚌蛛"在打着转,欢快地扭动着,那不是蚌蛛,而是豉虫们在开舞会呢!离这儿不远的地方,有一队池鳐正在向这边游来,它们那傍击式的泳姿,就像裁缝手中的缝针那样迅速而有力。

在这个地方你还会见到水蝎,只见它交叉着两肢,在水面上悠闲地摆出一副仰泳的姿势,仿佛它是天底下最伟大的游泳好手。还有蜻蜓的幼虫，穿着沾满泥巴的外套，身体的后部有一个漏斗，它以极高的速度把漏斗里的水挤压出来，借着水的反作用力，它的身体会以同样的高速冲向前方。

在池塘的底下，躺着许多沉静又稳重的贝壳动物。有时候，小小的田螺们会沿着池底轻轻地、缓缓地爬到岸边，小心翼翼地张开沉沉的盖子，眨巴着眼睛，好奇地望这个美丽的水中乐园，尽情地呼吸陆上的空气。水蛭们伏在它们的征服物上，不停地扭动着身躯，一副得意洋洋的样子。成千上万的孑孓在水中有节奏地一扭一曲，不久的将来它们会变成蚊子，成为人人喊打的坏蛋。

乍一看，这是一个停滞不动的池塘，虽然它的直径不超过几尺，却犹如一个辽阔神秘而又丰富多彩的世界。它多能打动和引发一个孩子的好奇心啊！让我来告诉你，在我的记忆中的第一个池塘怎样深深地吸引了我，激发起我的好奇心。

我小时候家里很穷，除了我母亲继承的一所房子和一块小小的荒芜的园子之外，几乎什么也没有了。"我们将怎么生活下去呢？"这个严重的问题常常会挂在父母的嘴边。

你听说过"大拇指"的故事吗？那个"大拇指"藏在他父亲的矮凳子下，偷听他父亲和母亲所说的一些关于生活窘迫的对话。我就很像那个"大拇指"。但是我没有像他那样可以藏在凳子底下，我是伏在桌子上一面假装睡着了，一面偷听他们的谈话。幸运的是，我所听到的，并不像"大拇指"的父亲所说的那种使人心寒的话，相反地，那是一个美妙的计划。我听

了以后，心中涌起一阵难以形容的快乐和欣慰。

"如果我们养一群小鸭"，母亲说，"将来一定可以换不少钱。可以让亨利天天照料它们，把它们喂得肥肥的。"

"太好了！"父亲高兴地说，"我们来试试吧。"

那天晚上，我做了一个美妙的梦。我和一群可爱的小鸭子们一起漫步到池畔，它们都穿着鲜黄色的衣裳，活泼地在水中打闹、洗澡。我微笑地看着它们洗澡，耐心地等它们洗个痛快，然后带着它们慢悠悠地走回家。

没想到就在两个月之后，我的美梦就实现了：我们家里养了二十四只毛茸茸的小鸭子。鸭子自己不会孵蛋，常常由母鸡来孵。

我往一只木桶里盛了些水，大约有两寸高，这个木桶就成了小鸭们的游泳池。小鸭们总是一边沐浴着温暖的阳光，一边在木桶里洗澡嬉戏，令旁边的黑母鸡羡慕不已。

两星期以后，这只小小的木桶渐渐地不能满足小鸭们的要求了。它们需要大量的水，这样它们才能在里面自由自在地翻身跳跃，它们还需要许多小虾米、小螃蟹、小虫子之类作为它们的食物。而这些食物通常大量地蕴藏在互相缠绕的水草中，等候着它们自己去猎取。我们家住在山上，而从山脚下带大量的水上来是非常困难的。

虽然在我们家附近也有一口井，可那是一口半枯的井，每天要供四五家邻居轮流使用。在这么艰难的水荒中，我们可怜的小鸭子自然就没有自由嬉水的份了。

　　不过，在那山脚下，有一条潺潺的小溪。那倒是小鸭们的天然乐园。可是从我们家到那小溪，必须穿过一条村里的小路，那条路上我们很可能会碰到几只凶恶的猫和狗，它们会毫不犹豫地冲散小鸭们的队伍，使我没法把它们重新聚拢在一起。我只得另谋出路，我想起在离山不远的地方有一块很大的草地和一个很不小的池塘。那是一个很荒凉很偏僻的地方，没有猫狗的打扰，的确可以成为小鸭们的乐园。

　　我第一天做牧童，感到非常快活和自在。但是我赤裸的双脚渐渐起泡了，因为跑了太多的路，又不舍得穿那双宝贵的鞋子，脚上的伤口越来越大了。我们终于到达目的地，小鸭们飞奔过去忙碌地在岸上寻找食物,吃饱喝足后就下到水里去洗澡。我欣赏着小鸭们优美的动作，看累了，就看看水中别的景物。

　　那是什么？在泥土上，我看到有几段互相缠绕着的绳子又粗又松，黑沉沉的，像熏满了的烟灰。于是我想：可能是哪位牧羊女在水边编一只黑色的绒线袜子，突然发现某些地方漏了几针，埋怨了一阵子后决定拆掉重新开始，而在她拆得不耐烦的时候就索性把这编坏的部分丢在水里。我走过去，想拾一段放到手掌里仔细观察，没想到这玩意儿又粘又滑，一下子就从我的手指缝里滑走了，有几段绳子的结突然散了，从里面跑出一颗颗小珠子，只有针尖般大小，后面拖着一条扁平的尾巴。我一下子认出它们了，那就是青蛙的幼虫——蝌蚪。

　　在这里我还看到了许多别的生物。其中有一种不停地在水面上打旋，每当我伸手去捉它们的时候，它们似乎早就预料到

危险来临似的，不等我碰它们，就逃得无影无踪了。我本想捉几个放到碗里仔细研究，可惜就是捉不到它们。

看啦！在池水深处有一团绿绿的、浓浓的水草，我轻轻拨开一束，看到许多水珠争先恐后地浮到水面聚成一个水泡，我想水草底下一定藏着什么奇怪的生物。我继续往下探索，看到许多贝壳像豆子一样扁平，周围冒着几个涡圈；有一种小虫看上去像戴了羽毛；还有一种小生物舞动着柔软的鳍片，像穿着华丽的裙子在跳舞。我不知道它们为什么不停地游来游去，也不晓得它们叫什么，我只能出神地对着这个神秘的水池浮想联翩。

池水通过小渠缓缓流入附近的田地，那儿长着几棵赤杨，我又在那儿发现了美丽的生物，那是一只甲虫，像核桃那么大，身上带着一些蓝色，使我联想起了天堂里美丽的天使，她的衣服一定也是这种美丽的蓝色。我怀着虔诚的心情轻轻地捉起它，放进一个空蜗牛壳，用叶子塞好，带回家仔细欣赏。

接着我的注意力又被别的东西吸引住了。清澈凉爽的泉水源源不断地从岩石上流下来，先流到一个小小的潭里，然后汇成一条小溪。我突发奇想，觉得这样让溪水默默地流过就太可惜了，可以把它看作一个小小的瀑布，去推动一个磨。于是我开始做一个小磨，用稻草做轴，用两个小石块支着它，这个磨做得很成功，只可惜没有小伙伴和我一起玩，只有几只小鸭来欣赏我的杰作。

这个小小的成功激发了我的创造欲望，一发不可收拾。我又计划筑一个小水坝，那里有许多乱石可以利用，我耐心地挑

选着石块，忽然发现了一个奇迹，我再也无心继续建造水坝了。当我打开一个大石头时，发现一个小拳头大的窟窿，里面发出一簇簇光环，好像是一簇簇钻石在阳光下闪着耀眼的光，又好像是教堂里彩灯上垂下来的晶莹剔透的珠子。

　　这些闪光的东西会不会就是神话中所说的皇冠和首饰呢？难道它们蕴藏在这些砖石中吗？在潺潺的泉水下，我看见许多金色的颗粒，它们都粘在一片细砂上。我俯下身仔细观察，发现这些金粒在阳光下随着泉水打着转，这真是金子吗？真是可以用来制造二十法郎金币的金子吗？我拣起一些细砂放在手掌中，这发光的金粒数量很多，但颗粒却很小，得把麦秆用唾沫浸湿了才能用来沾住它们。这些小金粒太微不足道了，我才不去拣它们呢！

　　我继续把砖石打碎，看看里面还有什么，我看到一条小虫从碎片里爬出来，它的身体是螺旋形的，带着一节一节的疤痕，像一条蜗牛在雨天的古墙里蜿蜒着爬到墙外，那有节疤的地方显得格外沧桑和强壮。我不知道它们是怎样钻进这些砖石内部的，也不知道它们钻进去干嘛。

　　为了纪念我发现的"宝藏"，再加上好奇心的驱使，我把砖石装在口袋里，塞得满满的。这时候天快黑了，小鸭们也吃饱了，我们得回家了。我的脑海里装满了幻想，脚跟的疼痛早已忘记了。一踏进家门，父母的反应令我一下子很失望。他们看到我那膨胀的衣袋里面尽是一些没有用处的砖石，我的衣服也快被砖石撑破了。"小鬼，我叫你看鸭子，你却去玩耍，你

捡那么多砖石回来,还嫌我们家周围的石头不够多吗?赶紧把
这些东西扔出去!"父亲冲着我吼道。

　　我只好把我那些珍宝、金粒、羊角的化石和天蓝色的甲虫
统统抛在门外的废石堆里。母亲看着我,无奈地叹了口气,"孩
子,你真让我为难。如果你带些青菜回来,我倒也不会责备
你,至少可以喂喂兔子。可这碎石只会把你的衣服撑破,这种
毒虫只会把你的手刺伤,它们究竟给你什么好处呢?准是什么
东西把你迷住了!"

　　可怜的母亲,她说得不错,的确有一种东西迷住了我——
那是大自然的魔力。几年后,我知道了那个池塘边的"钻石"
其实是岩石的晶体;所谓的"金粒",原来也不过是云母而已,
它们并不是什么神龙赐给我的宝物。尽管如此,对于我,那个
池塘始终保持着它的诱惑力,因为它充满了神秘,那些东西在
我看来,其魅力远胜于钻石和黄金。

　　你有一处建在房子里面的小池塘吗?在那个小池塘里,你
可以随时观察水中生物生活的每一个片段。它不像户外的池塘
那么大,也没有太多的生物,可这些恰恰又为观察提供了有利
条件,还不会有行人来打扰你。其实这并不是什么天方夜谭,
这是很容易实现的。

　　我的室内池塘是在铁匠和木匠的合作下造成的:先用铁条
做好池架,把它装在木头做的基座上面。池上面盖着一块可以
活动的木板,池底是铁做的,底上有一个排水的小洞。池的四
周镶着玻璃。这是一个相当不错的玻璃池,就放在我的窗口,

体积有十到十二加仑。

我先往池里放进一些滑腻腻的硬块。那是一种分量很重的东西，表面长着许多小孔，看上去很像珊瑚礁。硬块上面盖着许多绿绿的绒毛般的苔藓，这苔藓能够使水保持清洁。动物在水池里和我们在空气中一样，要吸入新鲜的气味，同时排出废气（二氧化碳）。这些废气是不适宜人呼吸的。而植物刚好相反，它们吸入二氧化碳。所以池中的水草就吸收这种不可以呼吸的废气，经过一番工作后，释放出可以供动物呼吸的氧气。

如果你在充满阳光的池边站一会儿，你就能观察到这种变化，在有水草的珊瑚礁上，那一点点发亮的闪烁的星光，好像是绿苗遍地的草坪上点缀着的零零碎碎的珍珠。这些珍珠不断地消逝，又接连不断地出现，它们会倏然在水面上飞散开来，好像水底下发生了小小的爆炸，冒出一串串的气泡。

水草分解水中的二氧化碳，得到碳元素，炭可以用来制造淀粉。淀粉是生物细胞不可缺少的东西。水草吐出来的废气是新鲜的氧气。这些氧气一部分溶解在水中，供给水中的生物呼吸，一部分跑到空气中，你看到的像珍珠一样的气泡就是氧气！

我注视着池水中的气泡，作了一番遐想：在许多许多年以前，陆地刚刚脱离了海洋，那时草是第一棵植物，它吐出第一口氧气，供给生物呼吸。于是各种各样的动物相继出现了，而且一代一代繁衍、变化下去，一直形成今天的生物世界。我的玻璃池塘似乎在告诉我一个行星航行在没有氧气的空间里的故事。

圣 甲 虫

圣甲虫的粪球

圣甲虫（中国叫蜣螂，俗称屎壳郎）是食粪昆虫的一种。它全身黝黑，个头粗大，头部宽大扁平的兜帽上，由六个角形锯齿排成一个半圆。圣甲虫对自己食物的要求不高，通常都只是随意地挑选一下就可以了。

那就让我们来看看圣甲虫是怎样制作粪球的吧！

即使在阳光下，圣甲虫用带锯齿的兜帽钻入土里，开始各自的挖掘工作，看起来仿佛漫不经心的样子。它们前腿扁平，有一个弯曲的弧度，肋条凸起，腿上还长着五个利齿。在强有力的前腿的合作下，它们舞动双肘，伸出腿，左右配合，然后用力地一耙，就清出了一块半圆形的地盘。紧接着，圣甲虫用前爪一抱一抱地把耙过的粪便聚集到腹部，然后用四只弧形的后爪轻轻一压，粪便就变成了圆形，这就是粪球的雏形了。

然后圣甲虫又为粪球裹上新的粪便。不一会儿，刚才还是一粒小小的粪丸，马上就被裹成了核桃一般大小的粪团了，再经过一会儿的努力，便成了苹果那样大的粪球了。

食物一旦制作完成，圣甲虫就会离开劳动现场，把食物运到合适的地方去。在搬运食物的这段路途中，圣甲虫的表现实在是令人惊叹。

圣甲虫急匆匆地上路了。它用两条后腿抱着粪球，爪子卡进粪球里充当旋转轴，中间两条腿作为支撑，前腿交替着前行。就这样，沉重的粪球使它们头朝下，屁股向上，身体倾斜，倒退着前行。可惜的是，食物的搬运工作通常不会一帆风顺。眼前这只虫子面临的第一个困难就是一道对它的身体来说有些陡峭的坡地。

虽然圣甲虫已经很努力地控制粪球了，但是沉重的粪球还是沿着斜坡滚了下去。我们也许会说，为什么它们不选择平坦的路呢？但是这虫子不知道出于什么动机，即使艰难，也一定要走这条天然的道路。如果这是一道陡峭得无法攀越的斜坡，这个固执的家伙依然会选择走这个斜坡。它们会一遍又一遍地重复工作，小心翼翼地一步一步后退着前行，千辛万苦地把粪球推到一定的高度。这样的结果往往是一步踏错就前功尽弃了，粪球

会带着圣甲虫一起滚下去。但是它们不会轻言放弃，而是努力尝试，直到顽强地克服一切的障碍。

前来合作的搭档，也是圣甲虫搬运食物中时常要面临的难题。通常一只圣甲虫做好粪球，推动着自己的劳动果实离开劳动现场的时候，就会有一只刚刚到达劳动场地的家伙迅速地向粪球跑来，帮助粪球的主人推动粪球越过陡坡，两人合作当然要容易许多。我曾经感到奇怪，这后来的家伙究竟是乐于助人的朋友，还是想抢夺他人食物的盗贼呢？

可事实证明，这就是拦路抢劫，而这样的事情，却时刻都在发生。

圣甲虫在搬运食物时，经常会遇到这样的抢劫者。有时候，还会有第三只圣甲虫参与进来。这第三只圣甲虫是主人的帮助者，同时也是一个潜在的抢劫者。当它和主人合作打败抢劫者之后，帮助者并不会让主人把自己扔下。它会赖在粪球上。这样一来，它就和粪球合为一体，主人要推着粪球和帮助者一道滚动。

这一路上，都是主人独自在用力地推粪球，承担着运输的任务，甚至还要承担着那个所谓的合作者的重量。它们在经过平地、草地、沙地和陡坡后，粪球因为滚动而变得有了一定的硬度，也许这才是它们想要的美味。终于，它们找到了一处理想的位置。

这时候，主人就开始动手挖餐厅了。主人用兜帽和带锯齿的腿一点点挖掘沙土，挖出来的沙被一点点抛到外面。这位挖

掘工人每次带沙土出来时，都会到粪球边看看粪球是否安全，并且将粪球往洞口推近一点。

随着洞穴越挖越深，不久，主人便整个消失在洞穴中。这样一来，主人回到露天的次数越来越少。这时，那个趴在粪球上仿佛死去的家伙打起了坏主意。它醒了过来，溜下粪球，背朝外快速地推着粪球。它成了新的窃贼。当主人从洞里出来的时候，粪球和之前的合作者早已经不见踪影。主人靠着自己的嗅觉急忙赶上窃贼。看到主人追上来，狡猾的窃贼立刻改变推粪球的方式。它用后腿支着身子，用带锯齿的胳膊抱着粪球，就像它帮助主人时一样。它想让主人觉得粪球是自己顺着坡滚下去的，而它正在尽力地把粪球抓住并运回洞穴。我们无法相信这个骗子，但是主人却宽容地接受了对方的这一诡辩。于是，两只圣甲虫又像好伙伴一样，把粪球运到洞里。

让我们做一个假设，假设圣甲虫一路过关斩将，终于在自己的餐厅里开始享用美味的一餐。或者它们遇到了真心的朋友，并一同开始享用这丰盛的一餐。我轻轻掀开洞穴，看到粪球几乎占满了整个餐厅，只留下一条狭窄的通道。圣甲虫选好座位后，就不再走动了。它们开始专心致志地吃了起来。所有能吃的东西它们都会吃下去，不挑剔也不浪费，然后在胃里彻底消化它们，很好地扮演着大地净化天使的角色。它们从吸收的能量中提炼各种财宝，然后稍微加工一下，就形成了圣甲虫乌黑的盔甲。

我打开圣甲虫进餐的小室，可以很清楚地看到，无论什么时候，这虫子都坐在餐桌旁，身后还拖着一条长长的带子，随意地盘着。不管多大的粪球都被圣甲虫一小口一小口吃进肚子，被消化道吸收掉所有的营养成分，然后纺成长长的带子。这根挂在喷丝器口的带子充分证明了消化工作正在继续进行着。食物快被吃完的时候，这根带子已经长得让人吃惊。这是什么样的胃，为了不浪费一点食物，竟然可以一到两周毫不间断地吃着！

当整个粪球都进入纺丝器后，我们的圣甲虫又会回到地面上寻找食物。它将粪便做成一个新的粪球，再次重复上面的过程。这样的生活会从五月持续到六月。炎热的季节里，它们都会躲到阴凉的土里开始自己的夏令营。一直到第一场秋雨降临，它们才会再次出现，开始忙活它们的另一件大事，一件关乎种族未来的大事。

虫卵的家——梨形粪球

牧羊的小伙子兴冲冲地来找我，递给我他的最新发现：一个独特的梨形粪球。这给了我希望，尤其是他还告诉我，另外一个同样的"小梨"被他压碎了，里面有一粒白色的卵。我猜想这是圣甲虫的虫卵，但不敢肯定。第二天，我拉上他一同去收集"小梨"。

圣甲虫的洞穴在野外也比较容易找到，因为圣甲虫的洞穴有一部分是空的，所以圣甲虫母亲封起洞穴的时候，势必在洞口留下一堆被翻动过的泥土。在这堆土下面，有一个大约1分米深的洞。通过一条平滑的通道后，便来到一个拳头大小的大厅。这就是虫卵的所在地。在这个离地面几英寸的地方，虫卵周身裹着食物，任由太阳孵化着。这里同时也是一个工地，母亲就是在此地把未来的小宝宝的食物揉搓成梨形的。

我还发现，圣甲虫虽然对自己的食物一点也不挑剔，但是提供给虫卵的食物却绝对是经过精挑细选的。它们挑选了上等的粪便，既营养丰富，又容易消化。这上等的粪便就是绵羊的粪便。绵羊的粪便油腻而有黏性，有着丰富的营养，足以满足新生儿的成长发育，也最适合加工成小梨形的艺术品。

那么，虫卵究竟待在这个梨形粪球的什么部位呢？我们起初认为它一定在圆圆的梨肚子中心。但是，解剖显示，梨的中心并不是空的，而是实心的，那里全是优质的食物。原来圣甲虫有自己的打算，它把虫卵放在梨形粪球最细的部分，就是最顶端的梨颈。

在梨颈那里，圣甲虫母亲挖了一个四壁光滑的洞。这才是虫卵的孵化室。虫卵是一个白色的长椭圆形，和它母亲的体积相比，它相当大，大概长十毫米，宽五毫米多。这种小梨通常都是水平放着的，所以虫卵在孵化室里也是水平横躺着，几乎悬空躺在空气里，不和洞穴四壁接触。只有一点是粘在一起的，即在梨颈的顶端，虫卵的头顶就粘在那儿。

那么，梨的颈部又有什么作用呢？这个颈部的孵化室里面包含着虫卵。所有的胚胎都需要空气。为了减少水分的蒸发，梨形粪球的外壳被压得硬硬的。于是梨的透气房，便是顶端的

小室，那儿四周都包围着空气。为了呼吸换气，胚胎就住在这突出的尖角里。

梨的中心虽是紧密的物质，不过，空气还是可以渗透进来的。也许虫卵在这里生活会因为窒息而死，但是幼虫是可以在这里生活的，比起刚有微弱生命气息的虫卵来，它没有那么挑剔。

圣甲虫的虫卵是靠太阳晒热地面来孵化的，所以它的胚胎不是待在毫无活力的粪核中央，而是在梨形粪球上端的梨颈里，虫卵一直被地面的温热气息温柔地环抱着。空气和温度是繁衍下一代最基本的条件，将虫卵放在梨形粪球里的圣甲虫，无疑是这方面的专家。它的精妙艺术也让人叹为观止。

圣甲虫的造型术

现在，让我们来看看，圣甲虫是怎样制作那些梨形粪球的。梨形粪球不可能在露天完成，因为它已经不方便滚动了，而且还要在梨颈里面挖个孵化室。由此可见，圣甲虫是要花一番工夫才能完成这一造型的。

要想亲眼目睹梨形粪球的加工并不容易。只要有一丝光线，圣甲虫母亲都会停止工作。它只会在黑暗中工作，于是我准备了一个特殊的装置来观察它。

我用一个短颈大口瓶，在瓶底铺上土层。为了营造一个四壁透明的加工点，我在土层上支起一个十厘米高的三角架，在架子上安上一个直径和瓶子一样大小的枞木片。这样围起来的

玻璃房就变成了圣甲虫的地下工作室。我在枞木片的边缘切了一个缺口，方便让圣甲虫和它的粪球通过，最后在枞木挡板上堆了一层齐瓶口的土。在安装的过程中，挡板上面的土会从缺口漏一些到下面的空间，从而形成一个斜面。圣甲虫就会通过这个斜面进到我为它准备的工作室里。考虑到圣甲虫只在绝对黑暗的情况下工作，所以，我做了一个上面封口的纸筒罩，罩在玻璃瓶上。罩上纸筒，黑暗来临；掀开纸罩，恢复光线。

装置布置好后，我进入试验观察。我找到一只雌圣甲虫和它的粪球，把它和它的粪球放到上面一层土上，然后罩上纸筒，开始等待着。

第二天上午，我掀起纸筒。圣甲虫正在玻璃工作室里专心工作，这突如其来的光亮，把它惊呆了，它一下子僵住了。过了几秒钟，它转身，沿着那个斜面往上爬，希望能到黑暗的地方。我赶紧记下粪球的形状、位置、方向，然后罩上纸筒。

这次的窥视虽然短暂，不过还是向我提供了这个神秘造型术的部分信息。一开始的粪球现在凸出来一大块，外形围起来有点像一个浅浅的火山口。这个梨形粪球的初坯揭示了圣甲虫的制作方法。那个粪球一侧被勾勒了一圈，挖出一圈沟槽，这

就是梨颈的起点。这个球还被拉出来一个凸起。凸起部分的中心被挤压过，粪料都被挤压到边缘，形成了那个浅浅的火山口。这个工作只需要一圈圈地缠绕和挤压就可以了。

傍晚，我又一次掀开纸筒，圣甲虫母亲极不情愿地向黑暗中走去。这时，工程已经有了新的进展。火山口变深了，边也变薄了，还被收拢、拉长，形成了梨颈。正如我的猜想，粪球和上午看到的位置、方向一样，没有被移动过。由此可以证明：梨形粪球不是靠滚动来完成，只是用拍、压、揉、搓的方式进行加工的。

第三次观察的时候，小梨已经做完了，卵也已经产下，梨颈也已经封口了，我错过了工程中最复杂的部分。我大致摸清楚了卵的孵化室的建造过程。开始围在火山口的凸出物在拍压下变小、变薄，拉长成一个开口不断缩小的口袋。如此精细的工作竟是用圣甲虫那宽大、笨拙的锯齿状爪子来完成的，真是有些不可思议。

还有一个细节，在梨形的顶端，有一处显眼的地方。那里竖着几根很粗的纤维，但其他地方都已经打磨得很光滑了。那纤维是一个塞子，母亲安顿好虫卵后，用它来封住小口子。这个塞子很蓬松，说明它没有经过拍压。

这便是圣甲虫自己建造的完美育儿房。圣甲虫母亲建造时，考虑到了方方面面的问题，包括可以维系生命的食物，还有空气。由此可以看出，圣甲虫的造型术是多么充分地体现了母亲对未来宝宝的爱！

蝉

蝉和蚂蚁的寓言

　　一场秋雨过后，绿叶和青草都换上了一身金黄的新衣。太阳出来了，勤劳的蚂蚁开始准备过冬的粮食。它们来到树下，将树上掉落的果子收集起来，整整齐齐地摆在树下晒成干果，然后一点点地运回家。

　　蚂蚁的粮仓可真大啊！那里有许多好吃的东西，但为了使粮仓里的粮食更充足，蚂蚁仍然四处寻找食物。汗水顺着它们的脸直往下淌，但它们谁也顾不上擦汗。

　　这时，玩了一个夏天的蝉从蚂蚁的上方飞过，看到它们累得满头大汗，便嘲笑它们说："傻瓜，何必自讨苦吃呢？你们看我多么自在，你们什么时候才能和我一样自在呢？"蝉说着，便飞到了蚂蚁头顶的树枝上，翩翩起舞。那舞姿实在是太美了，蝉在心里暗暗夸赞着自己。可是蚂蚁不理它，仍然辛勤地工作着。

　　转眼间，冬天到了，蚂蚁在洞里吃着自己贮藏的食物，快

乐地过冬。蝉飞了过来,它有气无力地敲开蚂蚁的门说:"好兄弟,行行好,给我一点吃的吧,我快饿死了。"

蚂蚁说:"那你夏天为什么就不贮藏些过冬的粮食呢?"

"夏天我正忙着唱歌呢。"

"那秋天呢?"

"秋天我正忙着跳舞呢。"

蚂蚁给了蝉一些食物,看着它狼吞虎咽的样子,叹了口气说道:"如果你总是在夏天唱歌,秋天跳舞,那么冬天就只能饿肚子了。"

——《伊索寓言》

在这里我设法为这位被寓言诋毁的歌唱家——蝉——平反,当然我不得不承认它是一个讨厌的邻居。每到夏天,它们都会从早到晚不停地、自以为是地歌唱。在它们震耳欲聋的歌唱声中,我几乎不能思考,思路总是被打乱。

不过寓言终究是寓言,事实的真相否定了寓言:蚂蚁和蝉的关系和寓言中恰恰相反。蚂蚁是个贪婪的剥削者,它们在自己的粮仓里拼命囤积粮食。但每当饥肠辘辘的时候,蚂蚁就会去求歌唱家,并剥削它,或实施抢劫,而这种抢劫几乎不为人们所知。

七月的一个下午,许多昆虫都又热又渴,徒劳地在干枯的花朵里、树叶间找水解渴。蝉却对此一笑置之,它永远不会口渴,即使在最干旱的季节。它用自己小钻头一样的喙,刺进汁液饱满的树皮里,然后,将吸管插进钻孔里,津津有味地畅享

这甜美的树汁。

这时，意想不到的灾难就要来了。一大群胡蜂、苍蝇、泥蜂、蛛蜂和许多蚂蚁，在口干舌燥时发现了这口井。它们蜂拥而上，小心翼翼地舔着渗出来的汁液。刚开始它们吸一口后就会识趣地退回去，但是接着它们就会大胆地回来。很快，它们就不满足这样一小口一小口地舔食，它们渴望分得更多，最后甚至一心想要把凿井的蝉从井口边赶开。

看吧，事实的真相把寓言里的角色彻底颠倒过来了。更加令人痛心的是，歌唱家在夏日的欢唱结束后，生命就会枯竭。它的身体落在地上，被太阳烤干，被来往的行人践踏，最后又被蚂蚁们碰上。

蚂蚁们把歌唱家的尸体撕开、肢解、分成碎屑，运到它们的洞穴中，当做粮食储存起来。

蝉的出洞

入夏时分，勤劳的蝉已经开始出现了。在阳光的暴晒之下，地面出现了一些指头粗的圆孔，蝉的幼虫就是从这些圆孔里爬出地面完成蜕变的。这些圆孔在除了农作物以外的地面随处可见，圆孔通常位于最干、最热的地面。幼虫拥有锐利的工具，凭借它穿过泥沙和硬硬的干土，它们喜欢从最硬的地方钻出地面。

蝉的地洞约有四厘米深，呈圆柱形，和地面几乎垂直，地洞里面可以上下通行无阻。洞底是一个死胡同，形成一个较为宽敞的小室。在这样干燥的土中挖洞，应该要靠钻孔来完成，但钻孔的话，洞的底部和四周的墙壁上就会有粉末，容易塌方。但是我却发现洞壁已经被粉刷过了，涂上了一层泥浆，那些摇摇欲坠的沙土，混合着黏合剂，被粘在原地。

那么，地洞里挖出的土到哪里去了呢？一个洞平均会挖出两百立方厘米的土，这些土怎么会不翼而飞呢？洞里洞外都没有与之体积相当的土。还有，在那么干燥的地洞里面，怎么会有可以涂在洞壁上的泥浆呢？是不是蝉的幼虫也和天牛的幼虫一样，边挖洞边把挖出的东西吃进肚子里，然后再排泄出来，抛在身后？这一切都还没能找到答案。

许多幼虫在刚出洞的时候，多少都会沾上点泥浆，有的是干的，有的是湿的。它用来挖掘的爪子沾满了淤泥，背上也是黏土。我挖出了一只正在加工地洞的幼虫。这只幼虫才刚刚开始挖掘，在挖出的有大拇指那么长的地洞里，没有任何杂物，洞底是休息室。这只幼虫的体色比已经出洞的幼虫要白得多，眼睛大大的，也接近白色，浑浊不清，看起来视力很

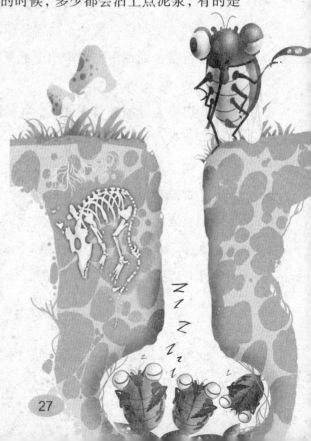

糟糕。

这只白色的幼虫和它成熟时候的体积相比要大很多。它全身鼓鼓胀胀的，仿佛盛满了液体，把它抓起来，尾部还有液体渗出。这种液体究竟是什么，我不能确定，但为了表达的便利，我想暂且将其称之为尿吧。

现在，我们找到洞穴四壁涂有泥浆的答案了。在向前挖掘的时候，幼虫把尿浇在挖下来的粉状泥土上，就形成了泥浆。幼虫用身体的力量把泥浆粘在洞壁上。这样，一条畅通无阻的通道就形成了。幼虫在自己造的泥浆中劳动，所以我们看到了满身泥浆的幼虫从极为干燥的土地里钻出来。

还有一个问题：虽然幼虫浑身积满了水，但是这些液体也不够将整个地道里挖出来的土都变成泥浆。新的液体从哪里来呢？

我很小心地挖开整个地洞。在洞底的洞壁上，我发现一根有着顽强生命力的树根嵌在那里。树根露出的部分只有几毫米，剩下的都深深地埋在土里。显然这源泉是幼虫特意挑选的。蝉总会挑选一处有树根的地方开始挖洞。它把一部分根须刨出来，嵌在洞壁上，就形成了一个活泉。

这样，幼虫就能在一个畅通无阻的通道里，顺利地度过地下时光，直到蜕变。

蝉的变态

幼虫出洞以后，就在洞附近寻找一个空中立足点：一丛小

荆棘，一枝小树杈都行。它爬上去，用前爪牢牢抓住小树枝。如果树枝足够大，它会把其他的爪子也撑在上面。接着，它让悬着的爪臂成为固定的支撑点，惬意地在那小憩。

　　一段时间的休息后，幼虫的中胸开始蜕皮，背上的中线慢慢地裂开。外皮随着裂口边缘缓缓拉开，我们已经可以看见淡绿色的昆虫了。同时，它的前胸也开始裂开。纵向的裂痕向上延伸直到头部后方，向下延伸直到后胸。接着，眼前的皮开始裂开，露出红色的眼睛。

　　裂开后的头罩里，我们可以看到绿色的蝉体鼓胀着，中胸还会形成一个鼓泡。这个鼓泡缓缓颤动，产生的力量会沿着两条阻力最小的十字相交线撑开护胸甲。现在，蝉的头已经自由了，喙和前爪也慢慢能伸出薄薄的皮套来。蝉水平悬挂在树枝上，腹部朝上，最后在张开的外壳下解脱出后爪。这时的蝉翼还胀满液体。这是它变态的第一个阶段，大约需要十分钟。

　　第二阶段需要多一些的时间，大约半小时。这时的蝉除了尾部，其他部位已经自由了。蜕下的皮继续缠在树枝上，迅速干燥变硬，一动不动地保持着之前蝉蛹的姿势。这外壳将会支撑下一个动作的继续。因为尾部还嵌在旧壳里，蝉慢慢地翻身，将头朝下。这时，蝉的皮肤淡绿中带点黄色。蝉翼慢慢地伸直了，里面液体的涌入使它们逐渐张开。

　　这个运动结束后，蝉挺直了腰，立起身子，又回到头朝上的正常姿势。它用前爪抓住空壳，把尾部从外套中解脱出来。蜕皮终于结束了。

现在的蝉已经完全变样了。羽翼潮湿，质地透明，浅绿的脉络分布在翅上。前胸和中胸略带棕色，其余部分有的浅绿，有的泛白。

这时的蝉还很脆弱，还需要在阳光和空气中继续成长，将身体养得壮实一些，改变身体的颜色。开始的两小时，它都没有什么显著的变化。接着的半小时里，它开始变深、变暗，颜色逐渐加深，最终完成变色。而蝉的旧外套除了一条裂缝，几乎完好，能长年累月地挂在树枝上。

一只成年的蝉就此开始了它全新的地上的生活。

泥　蜂

　　伊萨尔森林虽然被称做森林，其实并没有郁郁葱葱的树木，只有一人高的矮橡树林，因为树丛稀疏，树荫几乎不能阻挡太阳的热气。在三伏天里，我只能躲在一把大伞下面，坐在矮树林里观察，这把伞是我观察泥蜂时的好伙伴。如果忘了带伞，就只能躲在山丘的背阴处，倘若被晒得实在受不了了，还可以把头躲在兔子窝的入口处，这就是伊萨尔森林独特的避暑办法。

　　地面有很多沙，在被橡树树根和树桩挡住的地方，风把沙堆成了一个个的小沙丘。在七月的一天，一只泥蜂飞到了这里。它用它长着一排排纤毛的前脚，挖掘一个地下室。它靠着后部的四只脚支撑着，最后那两只脚稍微分开站着，前脚轮流耙扫着流动的沙。沙被泥蜂从腹部下方往后抛出去，从后腿的拱孔穿出，抛出的沙柱像一道抛物线落到两米之外。在五到十分钟内甩出的沙子一直都是非常密集的，可见劳动的速度之快。

　　在泥蜂挖沙的同时，旁边疏松的沙也会不停地塌下来填满

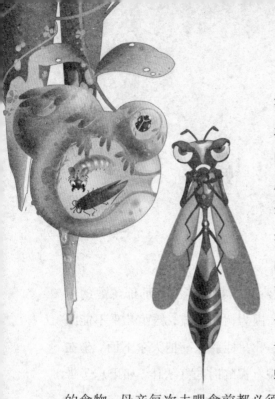

洞穴。泥蜂便不停地打扫掉进洞里的石粒和被沙带下来的叶根，但总是打扫得不彻底。这样挖出来的洞总是浅浅的，而这个浅浅的洞便是泥蜂窝的前厅。往下几寸深的地方，有一个小窝在新鲜而固定的沙里，小窝里面有一个卵，或是一只幼虫等待母亲每天用捉来的小蝇喂它。蝇是泥蜂幼年时期一成不变的食物。母亲每次去喂食前都必须先从事搬运的工作。因为泥蜂母亲进出时，沙就会塌下来，道路就被自动塞住了，所以每次都得重新开辟道路。

现在让我们一起去参观泥蜂的地下住所吧。轻轻刮开沙丘，会发现通往内室的前厅已被堵上，不过能依稀辨认出过道的痕迹。这条过道有指头那么粗，两三分米长，直接通到室内。这是泥蜂唯一的房间，装修得十分简陋，甚至谈不上装修，只是粗略地挖了一下，整个房间大概能放下三个核桃。

房间里放着一只猎物，是一只金绿色的蝇。蝇的侧面有一个白色圆柱形的卵，长两毫米。这就是泥蜂的卵。母亲产下卵，在二十四小时后会孵化出幼虫，而幼虫的食物早已准备好了。在一段时间内，母亲可能不会回到窝里，它只是在四周守

护着，或者再挖一个窝继续产卵。泥蜂的每个卵都会产在单独的蜂房里面。

两三天过去以后，卵孵出了幼虫，幼虫吃着母亲为它准备的美味。这时候，母亲在洞穴的附近，担负着警戒的任务。有时母亲会飞走，但是不管飞走多久，它都不会忘记自己的幼虫。母亲为幼虫准备的食物是精打细算的，一旦快吃完了，母亲就会及时地带着食物回来，帮幼虫更新食物。母亲是怎么找到洞穴入口的呢？这是一件十分神奇的事情。这一次，它会抱着大一点的食物进入地洞。这次供应后，还会有第三次。这个时刻会很快到来，因为幼虫的食欲会越来越好。母亲会再次到来，带来新的食物。

在幼虫大约两周的发育期内，食物就这样一趟趟地送进洞穴。幼虫越大，送餐的时间间隔就越短。两周之后，母亲就要为幼虫的巨大食欲忙个不停。泥蜂不会一次性储存许多食物，而是每天打猎，每天喂养。这种喂养方式对于以猎物为幼虫粮食的膜翅目昆虫来说是相当奇怪的。

现在我们来看看母亲在哺育的过程中为幼虫提供食物的菜单吧。我打开幼虫不算太大的蜂房，看见有些食物还算比较完整，更多的时候，食物被咬成一段段的，但仍然可以辨认出来。虽然幼虫还没有完全长大，统计也不太完全，但数字依然令人惊奇。

以下是我在朱尔泥蜂的蜂房里的统计。这只朱尔泥蜂幼虫的身体已经长到了大约成虫的三分之一。我在幼虫的身边找到了六只弥寄蝇，四只彩色蚜蝇，三只黑服弥寄蝇，两只粉蝇，一只压烂了的蜂虻，两只碎片似的花粉蝇，两只带弥寄蝇，总计二十只昆虫。这些昆虫除了断肢残骸，还有部分完整的。现在幼虫还只是成虫的三分之一，按照这样的食欲，一份完整的菜单，昆虫的数目可能超过六十只。

以下我列举在六种泥蜂窝里所观察到的双翅目昆虫：

1. 橄榄树泥蜂：这种泥蜂食物为叉叶绿蝇。

2. 大眼泥蜂：它的卵通常产在双翅目昆虫上，之后的食物有厩螫蝇、红粉蝇、蚜蝇、圆形丽蝇等。其中最常见的食物是厩螫蝇，我曾经在一个窝里发现了五六十只。

3. 跗节泥蜂：它的卵通常也产在双翅目昆虫上，它捕食卵蜂虻、蜂虻、拟蜂蝇、蚜蝇等，其中卵蜂虻和蜂虻是它的最爱。

4. 朱尔泥蜂：卵产在粉蝇上。它的食物有蚜蝇、红色弥寄蝇、花粉蝇、红粉蝇、叉叶绿蝇、长足弥寄蝇、蜂虻等。

5. 铁爪泥蜂：它特别爱吃虻，它把卵产在蚜蝇、叉叶绿蝇上，之后提供给幼虫的食物是肥大的虻。

6. 带齿泥蜂：它也爱捕食虻，我没有发现它吃其他的食物，也不知道它还会把卵产在别的什么双翅目昆虫上。

以上说明，泥蜂食物是多样化的，它捕猎时不管碰到什么双翅目昆虫都逮，但是它们似乎又各有偏好。

石 蜂

　　Chalicodome，原本指用石子、混凝土、泥浆建造的房子，用这个名称来称呼石蜂这种膜翅目昆虫，真是再恰当不过了，因为它们做窝时采用的材料和人类建房时采用的材料相似。这类昆虫往往在石块上做简陋的土窝，由此可以看出它们只是善于建造打垒建筑的粗劣的水泥匠。雷沃米尔在他的许多文章中，都把这类垒土的建筑者称为"筑巢蜂"。

　　在我的家乡有两种这样的蜂：一种是高墙石蜂，一种是西西里石蜂。

　　高墙石蜂雌雄颜色不同，不了解它们的新手看到它们从同一个窝里出来会感到惊奇，或许还会以为它们是两种不同种类的昆虫。雌蜂身穿黑绒衣，两翅披着深紫色纱衣；雄蜂则身披十分鲜艳的铁红色绒衣。

　　西西里石蜂个子很小，雌雄都穿着同样的混杂棕色、深红色和灰色的服装，翅膀末端深红的底色上有点淡紫。

　　这两种石蜂都是使用石灰质黏土来建造自己的窝。它们用唾液把泥土和细小的沙粘住，这是基本的建筑材料。石蜂不愿意选择潮湿的地方，也不喜欢新鲜的泥土，因为这样的材料水分饱和，凝固性不够好。石蜂需要的是干燥的土粉，这种土粉可以充分吸收富含蛋白质的唾液，可以使土粉变得像速凝水泥一样，造出来的窝也特别结实。石蜂选择的土粉是人走车碾的道路上都有的现成的材料。

石蜂不管是在哪里筑窝，总是到附近的道路上去寻找建造房屋的材料，即使行人或者牲口来来往往，也不会让它们停止工作。在建筑工地和有材料的道路之间，石蜂发出嗡嗡的叫声，熙熙攘攘地你来我往。最硬、最干的泥沙最受它们的青睐。它们全身颤动，大颚刨啄，前腿扒拉，把采来的泥沙放在嘴里翻搅，用唾液和成一团均匀的砂浆。石蜂有着极高的劳动热情，即使面临被行人踩死的危险也不愿意放弃自己的工作。

但是高墙石蜂则很少出现在人密集的地方，它们喜欢孤独，总是远离人们的房屋。只要在附近能找到适合建窝的卵石，以及含有砾石的干土就行了。它们可以在一个全新的地方建一个新窝，或者利用原有的蜂房来修补一个旧窝。

蜂房建好以后，石蜂就开始着手储备食物。蜂窝附近的花为它提供了甜蜜的汁液和花粉。它从花丛回到窝里，嗉囊里面装满了蜜，花粉沾满了黄色的腹部。回到蜂房后，它先把头伸进去，抖抖身子，吐出蜜浆。蜜浆吐完之后，它就从蜂房出来，接着又立即钻进去，不过这次它却是后退着进去的。现在它用两条后腿把肚子下部的花粉刷下来。当蜜浆积累到一定数量时，石蜂还会用大颚把它搅拌均匀。

　　蜂房只需要装到半满，粮食的储备就足够了，接下来石蜂会在蜜浆的表面产卵，再把窝封闭起来，围墙是一个从四周向中心逐步建起来的纯蜜浆盖子。所有这些工作，石蜂最多两天就能完成，除非这期间天气不好。紧接着，石蜂背靠着第一个蜂房，来建造第二个蜂房，并用同样的方式储备粮食。它们就这样一个接着一个地造好房子，准备好食物，它们就产下卵，最后把蜂房封住，然后再去盖下一个蜂房。石蜂总是在一个蜂房全部完工后，才会开始建造新的蜂房。

　　高墙石蜂总是独自在选好的卵石上筑窝，而且很不愿意有邻居，所以在同一块石头上相邻的蜂房并不多，最常见的是六个到十个。一块石头上就可以安置好石蜂的整个家，可见它的家庭人口不多，至少在盖新房时是这样的。

　　比起建新窝来，高墙石蜂更喜欢利用受损较少的旧窝。历经风吹日晒后，圆穹状的窝有了一些破损，但依然牢固，只是里面凿了一些圆洞，那是上一代幼虫居住过的房间。这些旧窝只要稍稍修复一下就可以了，这样可以节约大把时间，也节省了许多力气。因此高墙石蜂一般会先寻找这样的旧窝，实在找不到时，它才会下决心建造新的蜂窝。

　　等到产卵的时候，石蜂一旦遇到合适的窝就会强占下来，在那里定居，而在它之后到来的姐妹或者邻居都无法和它争抢。虽然目前它只需要一间房，可是它不会放弃其他的蜂房，剩下的蜂房它都要留着以后用来装其余的卵。因此，它会严守着蜂窝，把前来造访的任何可疑的石蜂通通赶走，独自霸占着

这样一处现有的房产。

但西西里石蜂却不喜欢孤独，它们会几百只甚至几千只地聚在一起生活。它们的窝常常建在草料棚子的瓦片或者屋顶的飞檐下面。这不是真正的群居，只是聚在一起而已。大家聚在一起各干各的事，互不干扰，也没有合作。只是数量众多和热火朝天的劳动场面，让它们看起来像是合作者的样子。

它们使用的灰浆和高墙泥蜂的灰浆相同，只是它们的更加细腻。它们最先也是使用旧窝，但是数量远远不够。西西里石蜂的数量增长迅速，所以住房严重紧缺。于是，它们便开始在旧窝的表面上建造新的蜂房。这些新蜂房大致水平地横卧着，它们相互紧紧挨着，毫无秩序。每个建筑者都是自由的，它们想把蜂房盖在哪里就盖在哪里，只要不影响邻居就行。因此，蜂房没有任何规划布局，只是随意地堆在一起。

和高墙石蜂一样，西西里石蜂也是每建好一个蜂房就立即储备粮食，然后产卵封闭蜂窝。当所有的卵都产下来之后，不管是谁的卵，大家会暂时合作，一起给整个蜂房群做一个新的罩子。这个罩子仍然是厚厚的灰浆层，它把所有的间隙都填满，盖住所有的蜂房。这个共同的窝很有规则地隆起来，中间是旧窝，稍厚一些，边上是新窝，薄一些。蜂窝的长度并不相同，有的一个巴掌就可以盖住，有的占据了屋顶飞檐的大部分空间，有几平方米，整个看起来像一大块干土板。

在废弃的窗户外板上、石头上，也能看到西西里石蜂独自劳动的场面，而其方式和喜爱独居的高墙石蜂雷同。

蛛　蜂

　　在昆虫界，蛛蜂是鼎鼎大名的。别的昆虫一般把体积小于自己的昆虫作为幼虫的食物，而蛛蜂则把和自己差不多大小的蜘蛛作为幼虫的食物。而蜘蛛也不会放过任何一只落入它网中的和它们个头差不多大的昆虫，于是去蛛网上觅食的蛛蜂很有可能也会变成蜘蛛的猎物。

　　蛛蜂有螯针，而蜘蛛有两把有毒的弯钩，双方的战斗力不相上下，混战中蜘蛛还经常处于上风。蛛蜂有自己的作战计划，还有经过缜密考虑好的袭击手段，蜘蛛则有它所惯用的阴谋诡计和甜蜜陷阱。蛛蜂善于利用螯针刺中敌人合适的部位来麻醉敌人，蜘蛛的弯钩则可以割破敌人的脖子让其立即丧命。一个是麻醉师，一个是杀手，究竟谁会成为猎手，谁又会沦为猎物呢？

　　单论两者的力量、武器、毒性和攻击手段，蜘蛛应该占有优势。但事实上，在这样的战争中，蛛蜂却常常获胜。它一定是拥有某种特殊的手段。

　　在我生活的这片区域，捕猎蜘蛛的高手是环节蛛蜂。它有着细长的腿，穿着黄色带黑边的外衣，除了翅膀末端稍有黑色外，身体的其他部分都是黄色。它的身材跟黄边胡蜂差不多大。这种环节蛛蜂比较少见，一年中大概能看到三四次。每当三伏天到来，就能看见这个傲慢的家伙大摇大摆地走来走去。它神情放肆，步伐粗鲁，举止充满挑衅的意味，这不免更让我肯定，在捕获猎物时它是用了不可告人的手段。

很巧的是，经过等待，我看到一只环节蛛蜂衔着一只刚刚捕获的猎物。这猎物就是一只可怕的黑腹舞蛛。这种黑腹舞蛛带有剧毒，可以一次消灭一只木蜂，或者一次杀死一只麻雀，甚至人被它咬伤后也十分危险。这样恶毒的昆虫此时却成了蛛蜂给幼虫准备的食物。

我没有看到它们之间的搏斗场面。蛛蜂究竟是如何战胜舞蛛的呢？蛛蜂是不敢贸然闯入舞蛛的家的，而舞蛛也是深居简出的家伙。它们是如何相遇、如何打起来，蛛蜂又是运用了怎样的诡计呢？这些问题像谜一样留在我心底。

终于，在奥朗日居住的最后一年，我发现了蛛蜂的秘密。我在花园年久失修的围墙里发现了一群恶毒的黑蜘蛛。它浑身透黑，只有大颚泛着漂亮的金属般的绿色。黑蜘蛛的网像一个开口很大的漏斗，被一些辐射状的丝固定在墙上。在这个锥形纱网后面有一根管子深入到墙洞最里面，管子的尽头就是蜘蛛的餐厅。

蜘蛛的两条后腿伸到管子里面撑住身体，六条前腿在洞口张开，时刻在等待食物自动送上门来。一旦发现猎物坠网，黑蜘蛛就迅速跑过去，甚至跳过去，对准猎物咬上一口，猎物就

会立即死去，由此可见黑蜘蛛的毒性能产生致命的效果。

有一种蛛蜂，无论在力量上还是体形上，都远不如黑蜘蛛，但它却敢于挑战黑蜘蛛，而且可以战胜黑蜘蛛。面对如此让人生畏的黑蜘蛛，蛛蜂是否能逃过被猎杀的命运呢？答案是肯定的。这种蛛蜂就是尖头蛛蜂。它没有蜜蜂长，甚至比蜜蜂纤细许多。它全身上下都是黑色的，翅膀颜色较深，末端透明。

现在我们来看看，尖头蛛蜂是如何战胜看起来比它勇猛很多的黑蜘蛛的。

看！蛛蜂来到了黑蜘蛛布下的漏斗状蛛网附近。就在这时，隐藏在暗处的黑蜘蛛出现在管子的入口处，它伸开六条前腿准备迎战。它们两个虎视眈眈地对峙着。面对这个对手，蛛蜂也有些后退，它观察着，绕着黑蜘蛛转了一会儿，没敢动手，走开了。蛛蜂走了，黑蜘蛛倒退着返回自己的家。

蛛蜂第二次来到漏斗状蛛网附近。黑蜘蛛的警惕性很高，它立即探出一半身子，做好防御，同时也是进攻的准备。蛛蜂又走开了，于是黑蜘蛛又退回去了。

警报又响，蛛蜂又来了，黑蜘蛛再次戒备。下一次，不等

蛛蜂过来，黑蜘蛛突然系着安全带从天而降，一纵身扑到蛛蜂跟前。离洞口二十厘米处的蛛蜂似乎被吓住了，立马拔腿就走。黑蜘蛛也同样迅速地退回自己的家。

但是蛛蜂不会放弃，这边的进攻失败，它就会到别的蛛网边开始新一轮的偷袭，或者休息一会儿再去之前的那个蛛网边。它一旦窥视到有利的时机，就迅速跳起来，抓住黑蜘蛛的一条腿，使劲把它往外拉并极力跳到一旁。通常黑蜘蛛能顶住，偶尔也会被拉出来几寸，但是借助天然的安全带，黑蜘蛛又会立即回去。

蛛蜂的意图再明显不过了，它要把黑蜘蛛拉出来，把它扔得远远的。蛛蜂发扬永不放弃的精神，这一次，它成功了！它的这一次纵身又准又狠，一把拉出了黑蜘蛛，迅速让黑蜘蛛躺倒在地上。

黑蜘蛛摔到地上后，吓得晕头转向。失去了蛛网后，黑蜘蛛也丧失了斗志，它收拢自己的细长腿，蜷缩在土缝里面。这时，蛛蜂马上就会对黑蜘蛛下手了，黑蜘蛛的胸部被蜇了一下，瞬间便瘫痪了。

我揭开了谜底后，认为捕捉舞蛛的蛛蜂也是这么干的。环节蛛蜂在舞蛛的城堡周围转悠。舞蛛以为是一只猎物，就从地道的尽头跑出来，登上垂直的管子，伸出前腿打算跳出来饱餐一顿。但是，环节蛛蜂抢先一步，它跳起来抓住舞蛛的一条腿，把它从洞里面拉出来。这样，舞蛛反而成了一只怯弱的猎物，听任环节蛛蜂对自己实施麻醉手术了。

寄　生　虫

　　在膜翅目昆虫国度里，所有的部落都在辛勤地忙碌着，它们有的在修葺房间，有的在织网，有的在狩猎，有的在收获、储存。在它们中间还混杂着一些寄生虫。这些寄生虫们飘来荡去，从这一家到那一家，一旦瞅准机会，就会在别人身上繁衍自己的家族。

　　事实上，昆虫的世界与人类的世界一样，一直存在着惨烈的斗争。有辛勤的劳动者，辛辛苦苦地为自己和家人工作到精疲力竭；也有不劳而获者，虎视眈眈地伺机抢夺他人的财富。有的时候，一个辛勤的劳动者会引来五六个甚至更多的外人来争夺它的财富。这些不劳而获的掠夺者就是寄生虫。

　　例如蜜蜂的幼虫，被严密地保护在一个密封的小房间里，由丝质的外壳保护着，它们吃着储存的食物，等待着沉睡过后的蜕变。不幸的是，这些保护都被敌人一个个攻克了。它们钻进这密封的房间，让自己的卵钻过丝质外壳，进入沉睡者的小小城堡里。于是，沉睡者成为野蛮掠夺者丰盛的食物，再也不会醒来了。城堡从此易主，掠夺者在那里建造自己的窝，织自己的茧。等到来年，从城堡里蜕变出来的，就不再是蜜蜂，而是一个野蛮的强盗。

看，斜坡上爬过来一个家伙，它全身布满了红、白、黑三色相间的条纹，那样子就像一只多毛的胖乎乎的蚂蚁。它将自己隐蔽在不起眼的角落里，不时地伸出触须来试探一番。在有些人眼中，它很容易被误认为是一只大蚂蚁，其实，它就是那些嗷嗷待哺的幼虫的灾星——双刺蚁蜂。

那只酷似大蚂蚁的双刺蚁蜂是一只雌蜂，因为雄蜂有着大大的翅膀和优雅的体态。

这只雌蜂在经过一阵观察和试探之后，停在了一个地方，开始挖掘。它是一个天生的盗窃者，能在没有痕迹的地面上发现地下巢穴的所在地。这家伙，开始向地里面钻，过了一会儿，它出来了。看上去没有什么特别，但就是在这简单的进进出出过后，它自己的卵就已经产在这个巢穴中的幼虫旁边了。这个寄生的卵一旦成为幼虫，就会吃掉这个巢穴原本的

主人。

那些扮演强盗、小偷、歹徒的蝇类也是寄生虫家族的成员。虽然它们的外表给人以柔弱的感觉，只要动动我们的小指头，它们就会没命，但它们确实是一大祸害。

有一种看上去娇弱无比的蝇，全身长着柔软的绒毛。它们的身材很小，速度很快，以至于它在飞行的时候，你会觉得那是一个快速移动的小点儿。这种小蝇，它们在空中飞的时候，翅膀振动的频率极快，你用肉眼几乎看不出来，仿佛它是静止在空中的。

假如在这个时候，你稍微动一下，就看不到那空中的小点儿了。但是一会儿，它就以那惊人的速度回到原来的位置。这些小点儿在空中的任务就是侦察，等待时机把自己的卵产在其他昆虫为孩子准备的食物上面。

但这些小点儿的目标具体是什么昆虫，我还没有很明确的了解。

事实上，大部分双翅目昆虫都是掠夺者，除了上文所列举的之外，还有卵蜂、褶翅小蜂。而一些膜翅目昆虫，如盾斑蜂和梅莱科特蜂，还有芫菁，这些虫子也是以抢劫为生的。它们要么是抢劫劳动者的食物，要么就干脆将可怜的劳动者当做食物。

如果成千上万的石蜂聚集在一个村落，它们会各自守着各自的家，而不会轻易去抢占邻居的食物，只有在邻居死了或者走了很久以后，它们才会去享用邻居的食物。当然，其他的蜂也是这样的。所以说，昆虫世界里的寄生行为，要比人类的强

占更具人性。

其实，昆虫世界的寄生只是一种"行猎"的行为罢了。就像前文提到的双刺蚁蜂，它们也只不过是用其他蜂的幼虫来养育自己的孩子，这就像其他昆虫用猎物喂食自己的孩子一样。从这样的角度看来，寄生昆虫也并非那么可恶。

但是，我们反观人类世界，人类才是最残忍的猎食者。人类喝原本属于小牛犊的牛奶，吃蜜蜂辛苦劳动的成果——蜂蜜，这和寄生昆虫的本质又有什么区别呢！对于能够孵化出小生命的鸡蛋、鸭蛋、鹅蛋，我们食用的数量更是惊人。人类这样也是为了生存，但有时也并不是像昆虫那样只是为了孩子成长。这样看来，人类不也是寄生家族中的成员吗？

三 种 芫 菁

　　芫菁科这类寄生虫非常奇特。它们中的一些，就像西塔利芫菁、短翅芫菁等，每次都是贴在食蜜类昆虫的毛皮上混进蜂房，然后把蜂卵毁掉，再享用蜂蜜。所以，大家——包括我在内，都认为芫菁科的所有生物都是以蜂蜜为食，直到我有了一个新的发现。

　　一八八三年七月，我和儿子一起挖掘沙土堆，想收集几只掘地者的茧。儿子发现了一个从没见过的东西。我漫不经心地将它和我收集到的掘地者——弑螳螂步甲的茧，一起放到了箱子里面。

　　回家以后，我把那个陌生的东西从箱子里拿出来，吹去尘土仔细地观察。我发现那是某种芫菁的假蛹，是一种与变形奇特的西塔利芫菁相仿的生物。奇怪的是，它居然是在步甲的洞中被发现的。看来，对昆虫习性按类别笼统地概括，是多么危险而不可取的治学方法，这一点一如我之前的担忧。

　　我和儿子回到发现它的那个沙土堆，找到步甲的洞。一个巨大的收获摆在我们面前，我们找到了大量的假蛹，还发现幼虫正在啃食螳螂。而事实上，螳螂本来就是步甲储存的粮食。这真是一个奇怪的发现。

这些假蛹是不是幼虫制造的？答案似乎是确定的，但仍有疑点。我将假蛹和幼虫带回家，期望能够通过仔细的观察来解答疑问。

还是让我们先来看看那些假蛹吧。它们完全没有生气，僵硬、蜡黄，但它的表面是光滑的，而且还有光泽，在头的一边弯曲成钩状。包括头在内，假蛹一共有十三个节。它有着平坦的腹部，背部却是凸起来的。有一道钝棱将它的两个面分隔开。三个胸节上都有一对小小的锥形乳突，呈深红褐色，这将来会发展成为它的腿。

它共有九对非常清晰的气门，最大的一对在胸腔的第二节上，除了最后一个腹节，每个腹节上都有一对气门，最小的一对则在第八腹节上。

深褐色的八个锥形结节状的隆起分布在头部的面具上，头的两侧有六个，其余两个在两侧之间。每侧的三个隆起中，中间的那个最有力，它就是未来的上颚。

它的模样与西塔利芫菁、短翅芫菁和带芫菁的假蛹有着很大的相似之处。现在我确信，寄生在步甲洞穴里的寄生虫就是芫菁科昆虫。

接着，来看看我发现的那只奇怪的幼虫的样子。它光秃秃的，没有眼睛，白白的，软软的，弯曲成一团。它的样子很容易让人联想到某种象甲科的幼虫。

　　我将这些幼虫饲养了十几天以后，渐渐能够确定，吃螳螂的幼虫就是假蛹的起源。我为这些幼虫提供了足够的食物，直到它们停止进食。

　　它们停止活动后，就会把头缩进去一些，将身体蜷成弓形。然后，它们头上的皮肤横向裂开了，而胸腔的部分则纵向开裂。当表皮褪去后，假蛹就出现了。很快，它变成了纯蜡一般的红褐色。这种露出假蛹体态的蜕皮与短翅芫菁的变态有些相似，却与西塔利芫菁和带芫菁不同。后面两种芫菁的假蛹处处都被二态幼虫的皮肤包着，这层皮囊虽然时紧时松，但是永远都不会有裂痕。

　　那么，这些假蛹和幼虫究竟属于哪一种芫菁呢？

　　经过推理和比较，得出的结果是，它们来源于谢菲尔蜡角芫菁。吃欧洲螳螂的芫菁就是谢菲尔蜡角芫菁。春天的时候，我在花朵上看到过它们。我发现它们不论性别，

每一个都有很大的差别。

　　我猜想,这样的差别可能是由于获取食物的数量不等造成的。按照这种猜想来看,它们的幼虫必须靠自己寻找食物,也就是说它们要自己寻觅步甲的粮仓。如果第一个粮仓的储存量少,它们就还要寻找第二个、第三个。吃得好的自然长得好,而吃不饱的就会"营养不良",变成它们中间的"侏儒"。这种身材的差异,充分体现了寄生的理论。

　　此外,我们还可以得到一种不稳定的、依靠运气的寄生理论,那就是蜡角芫菁无法肯定自己能发现食物。但是,西塔利芫菁可以依据条蜂的运载来获取食物,西塔利芫菁出生在蜜蜂的通道口,直到钻进蜜蜂的皮毛才会罢手。但是,可怜的蜡角芫菁就只能到处流浪,寻找食物,这样的结果,就难免饥一餐饱一餐。

　　进食、交尾、挖洞、产卵,这就是芫菁成虫的全部生活。对于芫菁的交尾,我在此说一些新鲜的内容。

　　一只雌性的西班牙芫菁正在吃着叶子。它的爱人过来了,从后面贴近,然后突然蹿到它的背上,靠着两对后腿把它缠绕起来。它们开始了原始的爱情表示。这个过程中雌性芫菁的食欲不会被打扰,只要一休息,它就会继续啃食叶子。就这样重复几次之后,雌雄芫菁开始交尾了。交尾会持续二十分钟,之后,雄性芫菁的角色就结束了。

　　蜡角芫菁和西班牙芫菁的爱情表达方式也有相似的地方。雄虫立在雌虫的身上,用两对腿缠住并控制住雌虫,然后身体

摇动，从上到下，从头到胸。它们的摇动没有西班牙芫菁的强烈，而且它们的腹部不参与摇动。但是在这个过程中，雌性西班牙芫菁的肚子却有力地摆动着。

带芫菁是一种粗鲁的芫菁，它们不屑于这种相对温柔的方式。雄虫触角迅速地振动几下，这就是交尾的序曲。接着雌雄芫菁便将身体末端贴在一起，持续将近一个小时。

斑芫菁的求爱也很简单，我在笼子里看到许多卵，但是一直没有机会看到它求爱的过程，只好说说它们的产卵了。两种斑芫菁的产卵都在八月份。母亲在腐殖土层挖一口深两厘米、直径和身体相当的井，作为卵的住所。产卵的过程会持续半小时左右。斑芫菁产卵很迅速，产卵结束，卵的住所就被封闭起来。

关于芫菁我能说的只有这一部分，还有许多谜团等着我们揭开。我们只有学会自己发现，才能获得真知。

天牛幼虫

寒冬即将来临，我开始储备取暖用的木材。我特意让伐木工人为我挑选蛀痕斑斑的老龄树干，伐木工人虽然很不解，但还是按我的要求送来了木材。

在那漂亮的橡树干上，可以看到一条条伤痕记录着岁月的痕迹，有些地方甚至还被开膛破肚了。看，那带着皮革味道的褐色眼泪，还在橡树的伤口处闪着光辉。

伤痕累累的树干侧面是我观察的重点。伤口形成了干燥的沟痕，各种各样的昆虫已经在这里做好了过冬的准备。在饱含汁液的树干中，栖息着我今天观察的对象——天牛，它们就是毁掉橡树的元凶。

相对于大部分昆虫来说，天牛的幼虫是那么的奇特，它们就像是一些蠕动的小肠！每年的中秋时节，我都能够看到两种年龄段的天牛幼虫：大一点的有一根手指粗，小一点的大约只有一根粉笔的直径那么大。我也看到过颜色深浅各异的天牛蛹以及一些完全成形的天牛，它们都有着鼓胀的腹部。

在天气转暖之前，天牛的幼虫都会一直待在树干中，它们

在树木中大概要待三年。

你可能会感到好奇，如此漫长孤寂的岁月，天牛幼虫要怎样度过呢？

天牛幼虫缓慢地在粗壮的橡树干中爬行，挖掘通道，并将挖掘出来的东西作为食物吃掉。

天牛幼虫嘴边有一圈黑色角质，如同盔甲一般支撑着上颚，而它身体其他部位的皮肤则要光滑细腻许多。之所以有这种绸缎般的洁白皮肤，是因为天牛幼虫的体内含有营养丰富的脂肪层。不停地咀嚼是天牛幼虫每天做的唯一的事情，那些不断进入体内的木屑当然就给它们提供了成长所需的营养元素。

让我们来仔细观察一下天牛幼虫的爬行吧。只见它先让后半部分的步带鼓起，压缩前半部分的步带，那粗糙的表面使得后半部分的步带很容易就将身体固定在窄小的通道壁上。与此同时，前面部分的步带尽量拉长身体，这样一来，就好像人类走路时迈出了半步。紧接着，天牛幼虫将迈出的前面部分膨胀固定，同时放松后半部分，收缩身体。这样不断地交替放松和膨胀，天牛幼虫就在自己挖掘的道路中进退自如。

但是，如果将天牛幼虫放在光滑的平面上，如上过漆的桌面，或者是玻璃，它就会寸步难行。你只能看见它不断伸长身体，再收缩，却无法前进半步。而在粗糙不平的树干上，天牛幼虫却能够来去自如。

我们看到，在从左到右，再由右到左的爬行中，天牛幼虫腹部退化的足一直没有任何动作，只是跟着它的爬行挂在它身

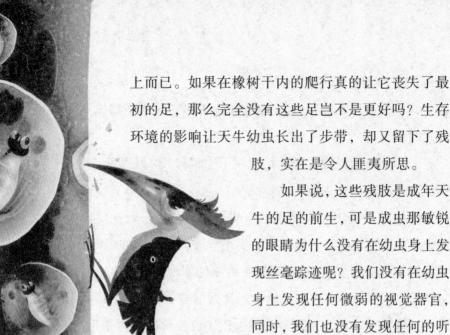

上而已。如果在橡树干内的爬行真的让它丧失了最初的足，那么完全没有这些足岂不是更好吗？生存环境的影响让天牛幼虫长出了步带，却又留下了残肢，实在是令人匪夷所思。

如果说，这些残肢是成年天牛的足的前生，可是成虫那敏锐的眼睛为什么没有在幼虫身上发现丝毫踪迹呢？我们没有在幼虫身上发现任何微弱的视觉器官，同时，我们也没有发现任何的听觉器官。躲在黑暗坚固的树干城堡中，视觉和听觉对于幼虫来说自然是毫无意义的。

那么，天牛幼虫有嗅觉吗？让我同样用试验来证明吧。我找来各种气味浓烈刺鼻的小东西，比如樟脑、大蒜，将它们放到离天牛幼虫很近的地方，但是天牛没有任何反应，既不抖动身体，也不试图逃走。我又将它们直接放到有着浓烈树脂味道的柏树树干中，这种针叶植物的气味与天牛幼虫生活的橡树环境完全不一样。然而，幼虫只是很快爬到我挖好的柏树干通道尽头，然后就不动了。到现在，我想我可以得出天牛幼虫没有嗅觉的结论了。

最后就是触觉了。任何有生命的肉体都有触觉，被针刺会感到疼痛，我想这一点应该是没人反对的。总的来说，天牛幼虫的对外感官能力就只有味觉和触觉，而且相当迟钝。我把天牛幼虫比喻成一段可以爬行的小肠，因为它所有的感觉能力就是一段小肠可以拥有的。

在三年的密闭空间生活中，天牛幼虫在橡树干中爬来爬去，但是无论如何，它们都不会远离树干深处，除非遇到迫不得已的危险。未来的成虫必须在广阔的大自然中度过自己短暂的生命，那么它们有能力为将来开辟一条逃走的道路吗？

我在试验中发现，成年天牛想要从幼虫挖好的通道中逃离树干，是根本不可能的事情。幼虫在树干里挖掘的三年中，始终是根据自己身体的直径进行工作的。它们刚钻进树干时只有麦秆那么粗细，可是三年的时间过后，它们的身体长到了手指那么粗。所以，最初的那个通道已经完全容不下一只成虫通过了。

我在一段橡树干中凿出一些适合天牛成虫通过的洞穴，并在每个洞穴里放入一只刚刚完成变态的天牛成虫。

到了六月，我听到树干中不断传出一些敲打的声响，可是随着时间的流逝，这种敲打声响渐渐消失，直到完全没有任何声响，我仍然没有看到它们中的任何一只逃脱。我剖开树干，发现里面的俘虏全都死掉了，它们面前只有一小撮木屑。

看来，我对天牛成虫那强劲的上颚还是抱了过高的期望。但是我想，也许是因为它们缺乏挖掘的技巧吧。毕竟，拥有一副上好的工具并不能成就一个好的工人。于是，我又将一些天牛成虫关进适合它们身体直径的芦苇秆里，只用了一块

不足四毫米厚的天然隔膜作为障碍物。可是很遗憾，只有一部分勇敢的天牛成虫逃了出来，其他的都被困死在薄薄的隔膜后面了。

看来我们不得不相信，虽然拥有强壮的外形，但天牛成虫却是无法依靠自己的力量从树干中逃出来的。一切都还得依靠对外界几乎没有感应的天牛幼虫。

天牛幼虫对于未来有着神奇的预知能力，这就要说到关键了。我认为，天牛幼虫是受到了某种不可知的神秘预感推动，在即将成年的时候，会慢慢离开树干深处那安全的城堡，冒着被天敌啄木鸟吞食的危险，爬向橡树的表皮，将通道一直挖到只剩下薄薄阻隔的表皮。这里便是天牛成虫的出口，成虫只需要轻轻捅破这窗帘似的表皮就可以逃生了。

天牛的成虫对于我们没有启发，然而天牛幼虫却令我们惊叹。对于外界，它了解的只是一节小肠那么多，然而对于未来，它却有着准确的预知力，我认为这是一种生物潜能。

西班牙蟑螂

　　对于螳螂种族来说，幼卵是十分珍贵的，因为螳螂不像有些昆虫可以产很多的卵，雌螳螂每次只能产下三四只卵，数量极少。这样贫乏薄弱的产卵能力是否会影响到螳螂的繁衍呢？

　　不用担心，螳螂种族的兴旺并未因此而受到限制，这主要归功于螳螂妈妈对螳螂宝宝的细心呵护。

　　除此之外，为了保证螳螂宝宝在成长期间能够摄取足够的营养，螳螂妈妈为它们准备了最好的食物——粪球。螳螂的粪球一般长约四十毫米，宽约三十四毫米，表层被压实，形成硬壳，形状介于蛋形和球形之间。螳螂妈妈在粪球上挖一些小窝，然后把卵产在里面，再将小窝的边缘慢慢拉拢，直到封住，形成了略尖的一端，这便是螳螂宝宝保育室的屋顶。如果你观察得够仔细，会发现这个拱形的屋顶有一圈微微泛红。做这个拱顶的时候，螳螂妈妈格外谨慎，生怕一不小心弄塌拱顶砸伤螳螂宝宝。而且拱顶不能完全封上，还需要留下一部分插些短短粗粗的纤维。这个时候你心中是否有好多疑问？比如，螳螂妈妈为什么要把粪球做成这种近似球形的形状呢？插上那

些纤维到底有什么用处呢？让我来为你解答吧！

蜣螂修筑巢穴的时间一般是六月，在那样炎热的天气里，洞里自然如同蒸笼一般，食物自然也极容易变质而无法食用。聪明的蜣螂妈妈发现，只有把食物做成球形，才不容易蒸发，才能保持新鲜。至于拱顶上插着的纤维，它的作用在于保证足够的温度和让空气流通。

让我们继续观察蜣螂宝宝卵期的成长变化吧！

在卵孵化的十五到二十天的时间里，蜣螂宝宝睡在温暖湿润的小屋里，通过身体纤薄的外膜吸收着粪球里蒸发的物质。足够的空气和营养物质让蜣螂宝宝迅速地成长，身体膨胀到原来的三倍，和蜣螂妈妈的体积极不协调。源源不断的营养供应让蜣螂幼虫从生下来就是个大块头。

长成幼虫的蜣螂身体健壮肥硕，皮肤白嫩光滑，头顶的部位微微泛着浅黄色，极其可爱！再看它身体的最末端，已经有了抹刀的雏形，那就是它日后生存的重要工具——装粪的褡裢。

蜣螂幼虫的前几口究竟怎样进食呢？对它来说，雌蜣螂胃里分泌的那种特殊的乳制品是必需的吗？为了弄清楚这些问题，我开始做试验了。

我找到一个圣甲虫的粪球，把它表面的一层刮去，又在刮好的地方戳了个小坑，然后把蜣螂幼虫安放在这个没有蜣螂母体分泌物的小坑里，结果这只幼虫的生长发育和在它的出身地相比丝毫未受影响。试验结果表明，蜣螂母体分泌的那种黏稠物质并非是蜣螂幼虫必需的食物。

　　蜣螂幼虫一向习惯于在黑暗的环境中生存，现在住在这样一个太过明亮的环境里自然会觉得难受，于是小幼虫开始行动了，它决定自己动手修建一所舒服的房子。它利用自己的爪子和牙齿将墙上的粪料一小块一小块地扒下来，再一小块一小块地摆放到洞的边缘处，不一会儿就堆好了屋顶。可是这个屋顶并不牢固，随时有塌下来的可能。接着，小小的幼虫开始吃东西了，把肚子填得满满的，再经过消化和加工，变成了黏黏的分泌物。它再将这种物质喷射到屋顶上，于是就像抹上了水泥一样，屋顶会被粘得结结实实的。

　　蜣螂的虫卵期一般将持续一到一个半月。七月末的时候幼虫就会变成金黄色的蛹，但头部、胸部和爪子等部位是栗红色的，鞘翅是白色的。等到8月末的时候，蛹变为成虫，也会再次更换装束。这时，头部、胸部和爪子颜色未变，仍然是栗红色的，角、瘤、前爪的锯齿都带点黑褐色，鞘翅白中透一点儿暗黄，腹部是白色的，肛门的部位则是鲜亮的红色。随后的半个月，成虫的胸甲变得越来越硬，身体也越来越黑，这预示着成虫出壳的时间要到来了。九月份的几场暴雨让空气和泥土开始变得湿润，囚禁着蜣螂成虫的粪球也有软化的趋势，不

再像先前那般坚硬。

　　就这样终于到了十月，十月是蜣螂一生中最重要的月份。炎炎夏日过去，凉爽的秋天到来。秋天是收获的季节，也是蜣螂复生的季节。雨水无声地浸入泥土，滋润着世间万物。早就盼望这一天的蜣螂们终于冲破被雨水打湿、软化的粪壳，迫不及待地跳到地面上，欢快地来到这个全新的世界。

　　在蜣螂从卵到幼虫、蛹，再到成虫，以及最后破壳而出的这段长达四个多月的时间里，蜣螂妈妈一直陪伴在孩子身边，时时刻刻牵挂着粪球里孩子的生长情况。而且在这段穴居的时间里，蜣螂妈妈几乎不吃任何东西，即便身边储存的食物触手可及，它也绝不动半点，因为这些食物是为它的孩子准备的。也就是说，为了宝宝能安全成长并且有足够的食物供应，蜣螂妈妈一年之中有三分之一的时间不能进食，这需要多么伟大的毅力和精神啊！

　　十月之后，所有的孩子都从粪球里解脱出来，等它们能够独立生活以后，蜣螂妈妈也得到了解放。从此，蜣螂妈妈不用再操心孩子们的大小事情，可以尽情地享受自由，从此也和新生的蜣螂形同陌路。即便如此，此刻蜣螂妈妈态度的转变，也丝毫不会抵消它前四个月的悉心照顾。在这样卑微的以粪为食的昆虫身上，闪耀着母爱的伟大光辉。时至今日，我依旧因这样的母爱感动、震撼！长达四个月的寸步不离，悉心呵护，已经让蜣螂妈妈疲惫不堪了，未来的日子就让它好好放松放松，尽情享受一下这难得的轻松与惬意吧！

螳　　螂

螳螂的捕食

螳螂是一种比较常见的昆虫，它们拥有美丽的外貌和姣好的姿态。螳螂的体色呈淡绿色，有着纱一般轻柔的薄翼，颈部很柔软，头部也很灵活，所以，它可以凝视不同的方位，具有眼观六路的能力。

除了有威严的外表，螳螂的身材也很健壮，与其他昆虫相比，它的腰肢很纤细，但是十分有力。这样的构造虽然有些不优雅，但这绝对是捕猎的好帮手。

螳螂的大腿十分修长，像个扁平的梭子。大腿的下面长着两排锋利的锯齿，在两排锯齿中间有一道小槽，后面还长着三个锯齿。螳螂休息时便把小腿折叠起来收放在小槽里，这样就不会伤到自己。

螳螂小腿上的锯齿比大腿上的锯齿更多，也更密。而且，小腿上的锯齿和大腿上的锯齿也有一些不太相同的地方。小腿锯齿的末端还长着尖锐的硬钩子，这些小钩子就像金针一样。

除此以外，锯齿上还有一把有着双面刃的刀，这是螳螂身上最具有杀伤性的武器。

螳螂小腿上的硬钩是完美的刺割工具，如果你想逮住它，可没有那么容易，它会用硬钩来勾你的手指，硬钩上长有锯齿般的尖刺，会扎伤你的手。螳螂还有一对锋利无比而且十分健壮的大钳子，就像一对弯弯的镰刀，随时可以捕食猎物和防御敌人。所以，要想捉住一只活螳螂是非常困难的，它的武器会让你尝到苦头。

螳螂的进攻十分迅猛，可怜的路过的昆虫通常还没有来得及反应，就成了螳螂的俘虏。螳螂会用自己两排锯齿将过路者紧紧地压住，然后将它的钳子越夹越紧，不给昆虫丝毫喘息的机会，被抓住的昆虫在那对大钳子面前只有束手就擒。螳螂的进攻就是这样厉害，无论是比自己弱小，还是比自己强大的昆虫，都无法幸免，只要被擒住就几乎没有活路了。螳螂可是个高水准的杀手呢！

如此厉害的螳螂，想要在自然的环境下去观察它几乎是不可能的事情。于是，我小心地把它带到室内进行观察研究。我为此特别准备了一打钟形的金属罩，那里十分宽敞，底部还垫了些沙子。小家伙们似乎还比较满意这个居所，剩下的工作就是为它们准备食物了。因为我想通过试验了解螳螂的胆量如何，力气究竟有多大。所以，我不仅仅是提供一些活的蝗虫或蚱蜢给螳螂吃，同时，还会奉送上一些大个儿的蜘蛛，让它的身体锻炼得更加强壮。这样，我观察螳螂的生活就开始了。

　　我先放了一只灰色的蝗虫进去。不过，这只蝗虫好像并没有意识到自己的危险处境，它不仅不害怕螳螂，还朝螳螂跳了过去。螳螂的权威遭到了挑衅，它显得十分愤怒，立马有了战斗的欲望。它把前翅张开后，斜甩到两侧，让翅膀有足够的空间树立起来，就像平行的船帆一样。然后，螳螂将身体的尾部弯曲起来，样子很像一根弯曲着手柄的拐杖，并且不时地上下起落着。面对螳螂战斗的架势，灰蝗虫有些害怕了，要知道螳螂的这架势是多么有气势呀。

　　眼前充满斗志的螳螂让蝗虫开始有些不知所措了，一向善于蹦来跳去的蝗虫，此刻甚至连自己蹦跳逃生的本能都忘记了。这个可怜的家伙害怕极了，怯生生地趴在原地，不敢发出半点声响，就怕一不留神小命就没了。哦，最不可思议的事情发生了：它在最害怕的时候，居然慢慢地向前移动，靠近了螳螂。它的恐慌和害怕压倒了理智，做出了送死——这样愚蠢的决定。看来螳螂那幽灵般的姿势给对手所造成心理压力果真厉害。

　　对于螽斯、圆网珠、蚱蜢这些大个头食物，螳螂也从来不

会退缩，迟早也会把它们捕食掉。

翅膀对雌螳螂来说是军旗，是战斗时的辅助工具。而对雄螳螂来说，翅膀则是交尾时寻找伴侣的必备的飞行器。在我饲养它们的笼子里，强壮的雄螳螂很少，它们只会捕捉一些弱小的蝗虫，或没有什么杀伤力的昆虫。可以说，雄螳螂并不会摆出那种让猎物感到恐慌的幽灵般的捕食姿势。

不仅如此，雌螳螂还会吃掉它们的丈夫。通常，雌螳螂会咬住雄螳螂的头颈，然后一口一口地吃下去。最后，剩下来的只是它丈夫的翅膀。

这次研究得出的结果可真是出乎我的意料。

螳螂的生活

弄清楚了螳螂是怎样捕猎以后，接下来就让我们看看螳螂的生活吧。

为了生存，螳螂虽然会吃掉同类，但是它们也有温情和细致的一面，比如螳螂的窝。

只要是在有朝阳的地方，基本上都能找到螳螂的窝。它们会在石头、木块、灌木枝、葡萄树根，甚至砖头、破布这些东西上面建窝。螳螂把居所建在这些东西上面最主要的原因是这些东西都是凹凸不平的，可以方便螳螂把窝粘在上面，其次这些东西还可以牢固地支撑住窝的重量。

为了进一步研究，我把螳螂的窝横向切开来观察。我看到窝内所有的卵组成了一个长长的核，这个核很结实，在核的两

侧覆盖着一层多孔的厚皮。核的上部有弯弯的薄皮，这些薄皮排列得非常紧密，并且紧靠着窝的出口处，在出口处形成两行重叠的小鳞片。

在这个小小的窝里，所有的卵都沿着窝的中心线一层层地排列着，形成了一个类似海藻核的形状，核外被一层像是固态的泡沫状保护层包裹着，到了中间区域，泡沫似的皮层才被并列的两块薄皮代替。这两块薄皮形成两条窄窄的缝隙，是给每一层虫卵留的出口。

我找到了一只即将生下宝宝的螳螂妈妈，把它带到了我做试验的笼子里。只见，它攀在笼顶附近，身体倒悬，然后把腹部末端一直浸在一团泡沫中。我用麦秸挑了点泡沫出来，两分钟后，泡沫就凝固了，再也粘不住麦秸了。看来，螳螂妈妈分泌出的泡沫在很短的时间里就会变硬，变硬后原本的那一点点黏性也就没有了。

螳螂妈妈的腹尾不停地颤抖着，并快速地将那两个小裂瓣一开一合地摆动着，每摆动一次，都有一粒卵产下来。同时，螳螂妈妈还不停地生产出泡沫，把这些泡沫涂到窝的底部和每层卵的外面。这些泡沫在螳螂妈妈腹尾的压力下，被挤进笼子的金属网眼里，并逐渐地往外凸出，窝的底座就逐渐形成了。随着卵的排出，窝也就会慢慢形成了。

螳螂妈妈的动作真敏捷啊，它有条不紊地排出核的角质物质、保护泡沫、大量的液体和卵等，还要同时为螳螂宝宝们建造薄皮、重叠的鳞片和通道。经过大约两个小时，螳螂的窝就

建造好了。螳螂不依靠外力，独立建成宝宝的窝，螳螂妈妈可真灵巧啊。

妈妈的工作结束后，在阳光明媚的六月中旬，螳螂卵就开始孵化了。因为阳光的照射角度不同，同一窝里的卵的孵化时间也是不一样的，接收阳光多的卵会提前孵化。

在出口区的鳞片下，螳螂幼虫会慢慢地钻出一个半透明的圆块，这个时候是螳螂宝宝们变成小螳螂的过渡期。螳螂幼虫的头圆圆的肿肿的，呈乳白色，身体其他部分则是淡黄带红。它有着黑亮的大眼睛，嘴部器官贴在胸前，腿向后贴在身体前部。

对于螳螂幼虫来说，从窝里爬出来是很艰难的。因为通道很狭窄，使它无法伸开纤细的腿脚，而用来捕猎的弯钩和触须，此时也成了累赘，使它爬出来的过程变得辛苦万分。

它们从幼虫蜕变成螳螂宝宝的时间不长，不到二十分钟就结束了。有时候，我能看见上百只小螳螂瞪着黑亮的眼睛从窝里挣脱出来，窝的中间挤满了四处爬动的小螳螂，那场面真是壮观啊。

也许是因为从出生就要面对爬出通道和蜕皮的麻烦，螳螂才会拥有面对强敌毫不畏惧的精神，螳螂强烈的生存意识值得我们每个人向它致敬！

白面螽斯

    白面螽斯在我居住的这一带并不多见，它全身呈灰色，颚大而有力，面孔宽阔，呈象牙白色。它善于演唱，而且仪表堂堂，称得上是蚱蜢类中的佼佼者。

    夏天的时候，白面螽斯常常出现在草丛或者树下的碎石子堆里，要想捕捉它们十分容易。我捉到十二只，放在专门准备的金属网罩里饲养。为它们准备食物很花费了我一些工夫。我先采摘来一些嫩叶，绿油油的，我以为它们会不客气地美餐一顿，没想到它们却一口都没有吃。我又在罩子里放上一些狗尾巴草，这次它们虽然动口吃起来，但只吃穗里面的籽粒，不吃叶子。后来我又试着喂它们些马齿苋，发现它们还是不吃柔嫩多汁的叶和茎，只吃里面还没成熟的果实。看来螽斯更爱吃又硬又难啃的食物。

    最后我发现，螽斯更喜欢吃蝗虫、蚱蜢类的昆虫。尤其是那种蓝翅膀的蝗虫，那是它们的最爱。每次我将这些美味放进网罩都会引起它们的骚动。

    现在让我们来看看白面螽斯产卵和孵化的过程吧。

　　白面螽斯妈妈把卵安放在土壤里，像给植物播种一样。它先用身体尾部的一种器官在泥土里挖一个小小的洞，然后把卵产在里面。产完卵后，它将洞口周围的土刨松，把土推到洞里，盖好盖子，再把四周清扫干净。做完这些事，白面螽斯妈妈会到附近散散步，放松放松。休息好以后，它又回到之前产卵的地点附近继续产卵。在我不足一个小时的观察时间里，它总共产了五次卵，而且每次产卵的地点都非常靠近。

　　为了观察白面螽斯卵的孵化，八月底的时候我收集了许多卵放进铺有沙土的玻璃瓶中，我以为这样可以保护它们不受到大自然的风吹雨打。可是八个月过去了，瓶中没有任何动静。等到来年六月的时候，田野里已经有半大的小白面螽斯出没了，可瓶中的卵却还是没有任何要孵化的迹象。它们还是和我当初拿来的一样，没有变皱或者变色，看上去完好如初。为什么我瓶中的卵迟迟没有孵化呢？难道是瓶中的沙土太过干燥，而卵的孵化需要大自然雨雪的滋润？为了证明我的揣测，我决定试一试。

　　我将瓶中的卵取出一部分放进玻璃管里，撒一些潮湿的细沙，再用湿棉花塞住管口，以保持管内的湿度。我的揣测果然是正确的，温暖而潮湿的环境让白面螽斯的卵很快呈现出要孵化的迹象。它们一点一点地变大，前端已显出眼睛的雏形，外壳也即将开裂。

　　这些纤弱的小东西，在破土而出前，为了保护自己柔弱的身躯，会把自己包在一个套子里。它们的六条小腿紧紧贴在肚

子上往后伸着，大腿按照身体的轴线被裹起来，碍事的触须也服服帖帖的。它们的眼睛里有一个大黑点，面部略有些浮肿，仿佛带着面罩的潜水员。它把头低下来埋到胸前，脖子因为弯曲的缘故露出大大的一片，它的脖子一张一缩，成为前进的动力。收缩时，身体拨开前面的沙土，挖一个小洞然后钻进去；张开时，身体蜷成一个圆球，塞进洞中，后身再一缩，身体就前进了。

这个时候的小白面螽斯身体是肉白色的，还没有长出坚硬的肌肉，要忍着痛苦在泥沙里穿行，非常可怜。它一上午的汗水与付出终于得到了回报，通向地面的道路被它打通了。这条通道长约一寸，并不直，也不太宽。现在它沿着这条通道钻到地面，就快完全脱离洞口了，疲惫的奋斗者停下来休息了一会儿，为最后的一搏积蓄能量。只见它脖子鼓胀起来，用尽力气挣脱掉保护壳，最后顺利地钻出地面。

尽管小白面螽斯现在的身体还没有改变颜色，但已初步具备年轻的形态，而且就在第二天，颜色就渐渐变成和成年白面螽斯一样的黑色了。它后腿的部位有一条白色的狭窄斑纹，标志着它成年以后面孔会变成象牙白色。

白面螽斯的成长很不容易，相比起那些不幸夭折的同类，我精心照看的这只幸运多了。我提供给它舒适的住所和丰盛的食物，它则给我提供了许多关于白面螽斯的有趣知识。通过对它的观察，我收集了不少宝贵的资料。

绿 色 蝈 蝈

当七月中旬到来时，天气已经持续热了好几个星期，只有在夜间才稍微凉爽一点。我独自一人来到户外，听见村庄里传出欢度节日的乐声。夜晚的田野不像村庄里那样吵闹，白天里尽情歌唱的鸣蝉，现在也安静地待在黑暗的角落休息。偶尔，我也会听见一两声短促尖锐的哀叫声从茂密的树丛中传出来。休息的鸣蝉不知道自己的生命正受到威胁，它因为白天的演唱会而疲惫不堪，现在正沉浸在香甜的睡梦中。这个时候，绿色蝈蝈趁机扑过来，将毫无防备的鸣蝉拦腰抓住，鸣蝉奋力挣扎，但丝毫没有用处，只来得及发出一两声惨叫便被开膛破肚，挖出肚肠。

没有人注意到树丛里的这场杀戮，夜间演唱会即将开始的时候，主角悄悄更换了，新的歌手就要登场。蝈蝈们在暗处发出窸窸窣窣的声音，这连绵暗哑的低音中时不时夹杂一两声急促清脆的声响，就像金属碰撞一样。偶尔的静默便是乐段间的间歇。

加入演唱会的成员还有蚱蜢和铃蟾。蚱蜢的乐声比较柔和纤细，铃蟾则喜欢在梧桐树下开始它滴铃铃的演奏，时低时高，但音质清晰纯净。唯一能与之媲美的大概就只有斯科蒲了。它是一种叫做"小公爵"的夜间猛禽，因为眼睛是金黄色，额头有两条羽毛触角，又被称做"带角的猫头鹰"。斯科蒲的叫声单调乏味，但极为响亮，久久回荡在万籁俱寂的夜空。

还是回到绿色蝈蝈的观察上来吧！

六月初，我在特意准备的金属网罩里铺上细沙，将抓到的蝈蝈放进里面饲养。这些蝈蝈的身体是浅绿色的，两侧有白色的丝带，形体优美匀称，算得上蚱蜢类昆虫里面最漂亮的一族。对它们即将提供给我的观察资料，我怀着浓厚的热情和满心的期待。

我喂莴苣叶给它们吃的时候，我发现在食物的提供上我又遇到和喂养白面螽斯一样的问题了。显然，它们不爱吃素，但我又不能确定什么才对它们的胃口。一个偶然的机会我找到了答案。

一天清早，在散步的途中，我发现门前的梧桐树上有个奇怪的东西掉落下来，并且在地上"吱吱"作响，走近一看，原来是蝈蝈正在啄食蝉的肚子。蝉尖叫着，挣扎着，但是没有一点用。蝈蝈的头伸进蝉的肚子里，把肠子慢慢地拉了出来，不一会儿，蝉就这样被蝈蝈咬死了。这样的情况我后来又碰到过许多次，包括之前提到的在夜晚看到的那次。往往是蝉惊慌失措地逃窜，蝈蝈在后面紧追不舍，像老鹰追逐云雀一样。不同的是，老鹰追捕的是比自己弱小的族类，蝈蝈追捕的却是比自己大得多的族类。也许蝉的形体和力量要比蝈蝈大许多，但蝈蝈拥有强有力的大颚和锋利的钳子，蝉却没有防身的武器来抵抗蝈蝈，它也只能做无用的挣扎和哀叫。

知道蝈蝈爱吃什么后，拿什么喂养它们的问题就解决了。果然，这次它们吃得津津有味。蝉的肚子是最受它们欢迎的部位，每次这个部分都被吃得干干净净。因为蝉从嫩树枝里吸出的营养全部聚集在这个部位，肉虽不多，但味道十分鲜美。两三个星期下来，蝉的断肢残翼在网罩里堆积得到处都是。

有时候蝈蝈也会吃自己的同类，但仅仅是已经死了的同类。它们不会像螳螂那样为争夺食物而去捕杀自己的同类，可是同类一旦死掉，它们也不会白白浪费那些肉食，也会像吃其他昆虫那样吃掉同类的身体。

傍晚太阳下山的时候，蝈蝈们开始活跃起来，它们在网罩里兴奋地跳跃，爬上爬下，来回跑动。晚上九点是它们最兴奋的时刻，它们吃呀、喝呀、跳呀，尽情狂欢，原来它们正在举办婚礼呢。

第二天早上我再次去查看的时候，发现雌蝈蝈的身下有一个奇怪的东西。原来这就是卵泡，乳白色，大约豌豆那么大。随着蝈蝈妈妈的走动，卵泡在地上滑动，沾上一点泥沙。再过

两个小时，卵泡里面空了，蝈蝈妈妈就会把空了的卵泡一口一口吃下去，不停地咀嚼。这真是件不可思议的事情。不到半天，卵泡就被蝈蝈妈妈吃得一点不剩了。昆虫的这种行为真让人难以理解。

我不知道是不是这一类昆虫都有这种习俗，所以决定再用距螽做一次试验。反正饲养距螽也不是什么难事，几块梨片、几片叶子就够了。七、八月份时，距螽交尾后，雄距螽排出一个巨大的精子带，带中有一条浅浅的沟，将整个卵带分成了对称的两边，每边有七到八个小球。卵安放好后，饿极了的距螽爸爸跑到一边进食，妈妈则来回地散起步来。两三个小时以后，距螽妈妈把身子蜷成一团，用大颚将卵袋咬了一小块，再将皮撕下来咬成很多小块，咀嚼很久以后吞进肚子里。它不停地吃呀吃呀，一夜间将所有的小块都吃完了。

这比我想象的要快多了，也没想象中的恶心。

除此之外，还有一种蚱蜢类的昆虫情况与此相似。它的卵袋是半透明的，大小三到四毫米，挂在一根水晶带上面。直至这个袋子失去水分、干枯，它才去触碰。

绿色蝈蝈、白面螽斯、距螽等昆虫，让我见识了远古生物奇特的繁衍行为，它们是研究那个时代生物繁衍习俗的珍贵标本。

蟋蟀的歌唱

蟋蟀的乐器其实很简单，一只带齿条的钩子和一种振动膜就可以奏响乐曲。蟋蟀的右鞘翅几乎将整个左鞘翅都盖住了，这种形式和蚱蜢、螽斯，及其同类正好相反，它们是左鞘翅遮盖着右鞘翅。

要是把两个鞘翅揭开，对着光亮认真地观察，我们可以看到除了那两个连接处之外，蟋蟀的鞘翅呈现出一种非常淡的棕红色。鞘翅前面是一个大一点的三角形，后面是一个相对小一些的椭圆。一条粗翅脉将这两处连接起来，形成了一些微小的皱纹。三角形和椭圆的两个小部位就是蟋蟀的发声器官。前面的部分较光滑，上面还有一抹橙红色和两条弯曲且平行的翅脉。那两条翅脉将前面部分和后面部分隔开，这两条翅脉间凹下去，样子有些像梯子的台阶。这些台阶能互相摩擦，从而增加与下面弓的接触点的数量，以增强其振动。在下面的部分，围绕着空隙的两条脉线中有一条呈锯齿状，它就相当于琴弓，那弓被切成钩的样子。弓上面有许多呈三棱柱状的锯齿，那些图形组成了巧妙的几何图形。

蟋蟀的弓就是这样一件精致的乐器。弓上大约有一百五十个齿，与鞘翅的梯级相啮合，使四个发声器同时振动，下面的一对直接摩擦，上面的一对是摆动摩擦的器具。就是有这样的乐器，蟋蟀才可以传出很大的声音，甚至几百米之外都能听见。

这样的功能全依赖蟋蟀的鞘翅，它们是向不同的方向伸展着的，这就是一个发音器。蟋蟀调节鞘翅的位置就可以改变发声的强度，它还可以调整鞘翅与身体接触的程度来控制声音的高低。这样蟋蟀的歌声就更富有变化。

蟋蟀的两个鞘翅是基本相同的。我们之前提过蟋蟀是右鞘翅遮盖住左鞘翅的，我所见到的蟋蟀也都是这样的。因为蟋蟀的乐器是完全对称的，所以我想，如果将这两个部件颠倒过来，那么有着同样原理的乐器也是应该可以照常演奏的。当然，这只是我的猜测。

于是我试着将这种情形做人为的改变，我用钳子把蟋蟀的左鞘翅放在右鞘翅上，你们猜想一下结果会怎样？

我很希望我们的歌唱家可以继续唱歌，但是，结果不像我想的那样。它开始还很平静，但是不久就开始表现出难受的样子，接着就会努力将乐器纠正到原来的位置。我又试过好几次，但是结果都一样，蟋蟀坚持恢复原本的状态。我的试验证明，蟋蟀的左手是一个弱点，这位天才的乐手无法用自己的左手奏出一个完美的音符。

在乡下许多孩子都喜欢捉蟋蟀，为的是能听到它们的歌声。而在城市里，蟋蟀对孩子们来说更是宝贝，他们会很用心

地饲养蟋蟀，而蟋蟀也会唱出最美的歌来报答人类的宠爱和优待。蟋蟀带来乡间悠悠的歌，令城里的人们感到愉悦。当六月来临，蟋蟀的生命就要结束，人们也会为它们感到哀伤。

　　我家附近的三种蟋蟀都有着相同的乐器，它们的歌唱在各方面都很像，只是它们身体的大小有不同。

　　波尔多蟋蟀是我见到的最小的蟋蟀，它有时候会到我家厨房的黑暗处来，轻轻地唱歌。它的歌声很轻、很细，你若不认真地倾听，就很难听到。

　　春天，田野里的蟋蟀会在明媚的阳光下唱歌，它们组成一支交响乐团，尽情地奏出春天的希望。夏天，意大利蟋蟀在寂静的夜里歌唱，轻柔地哼着小夜曲，拂去白天的暑气，伴你入梦。意大利蟋蟀是个弱小的昆虫，假使你将它放在手指间，你会害怕把它捏扁。它的体色很淡，几乎呈现出白色，这种体色正好符合它夜间行动的习性。它喜欢待在相对较高的地方，因此总是选择待在灌木或者是比较高的草上，很少爬下地面来。在夏天那些炎热的夜晚，它甜蜜的歌声从傍晚太阳落山就开始，一直持续到半夜。

　　在我的小花园里，意大利蟋蟀在那里聚会。每一种植物的上面都有蟋蟀歌者在歌唱，它们的声音清脆悦耳。听众也会被那美好的声音吸引，忘却琐碎的烦忧。从玫瑰花、薄荷，到野草莓树、小松树，这些音乐场所传来的歌声格外动人，仿佛歌声也有了沁人心脾的香味一般。这就是最美的生命乐章！

　　夜里，天上繁星闪耀，一片辉煌；大地充满生机，一片美好！昆虫们快乐地歌唱，小小的身体里蕴涵着强大的生命的力量。这样的音乐，比夜空的繁星更能感动我心。繁星虽然闪耀，但是没有生命的力量，它们高高在上，不能打动我的心。蟋蟀的歌声让我感受到生命的力量，我不看那天空的繁星而专注于倾听蟋蟀的歌声。就那么微小的一点身躯，竟能唱出这般震撼的歌，我怎能不为之心动，怎能不只专注于它？这些鲜活的生命，让我无比热爱。

蝗虫的美丽蜕变

　　蝗虫在经历最后的蜕皮之后,成虫从幼虫的外套中脱身而出,这是一件十分动人的事情。我这次要观察的主角是灰色蝗虫,它的身子有一个手指那么长,是蝗虫类中的庞然大物。在收获葡萄的九月里,灰色蝗虫常常会飞到葡萄树上面。

　　蝗虫的幼虫胖乎乎的,样子很难看。幼虫一般是嫩绿色的,但也有红棕色或淡黄色的,甚至还有灰白色的。幼虫的样子已经具有成虫的大致模样了,它的前胸显现出明显的流线型,上面有圆齿、小白点和很多疣。它的后腿很粗壮,上面点缀着红色,长长的小腿上有双面的锯齿。

　　幼虫的鞘翅现在还只是两片很不起眼的三角形翼端。鞘翅的上部边缘靠着前胸,下部边缘则向上面翘起。鞘翅勉强把昆虫的背部盖住,在鞘翅的遮盖之下有两条带子,这狭长的带子就是翅膀的胚芽。鞘翅长得很快,在未来的几天里会长得超过肚子。现在看来很不起眼的破衣服,不久之后就会变成既标致又轻巧的翅翼。

　　下面就让我们仔细看看蝗虫是怎么蜕皮的。

　　当幼虫感到自己可以蜕皮的时候,就会用后腿爪和关节部分抓住网罩上的网纱。它前腿弯曲,交叉在胸前,鞘翅的三角形翼端打开了尖顶,向两侧张开,下面的那两条带子就暴露出来了。带子在暴露出来的间隔处的中间竖了起来,并稍微分开。这就是幼虫蜕皮的姿势,蝗虫摆好这个姿势,并保持着必要的稳定。

　　蝗虫蜕皮首先要让旧的外套裂开。在翼端的后部,前胸尖端的下面,由于反复的缩胀就会产生一定的推力。这样的缩胀也发生在颈部的前端。也许全身都在发生着这样的缩胀,只是在外壳的掩护下我们看不到而已。此刻,蝗虫身体里的血液在中央部分涌动着,血液的这种推力是机体集中精力产生喷射的结果。外皮在这样的推力之下,终于沿着一条阻力最弱的线裂开了。

　　紧接着,柔软异常的背部也从这缺口露了出来,没有一点儿血色,只是稍稍泛着灰白。背部慢慢鼓胀,渐渐隆起来,直到背部完全从外壳中露出来。而后,头也从外壳里面拔出来了,这外壳仍旧在原地,没有丝毫的损坏。但是外壳的眼睛现在是透明的样子,空空的,当然也毫无视力,所以看起来有些奇怪。触须的外套也没有丝毫的改变,还处在它原有的位置上,只是没有生气地垂着。

　　现在蜕皮的部位是前腿和关节部分。这一次也没有任何的阻碍,没有一点儿撕裂,外壳完好无损。现在的蝗虫就只依靠长长的后腿固定在网罩上面了。蝗虫垂直悬挂着,弯钩式的爪

子成为悬挂的支点。蝗虫必须牢牢挂住，因为只有在空中，它们才能展开巨大的翅膀。如果这弯钩没有勾住，这虫子的生命就会处于一种极度危险的状态。

让我们接着看看蝗虫的动态。现在，它的后腿也摆脱了束缚，刚挣脱出来的大腿是淡淡的玫瑰红，可是很快就变成了鲜艳的胭脂红。虽然大腿出来得很容易，但是小腿的状况就不同了。整个小腿上竖立着两排小刺，末端还有四个弯钩。每个小刺和锯齿都包在同样的刺壳和锯齿壳里面。但是，尽管如此，小腿出来之后，外壳依旧没有损坏，就连那刺壳和锯齿壳也没有丝毫损坏，这简直太惊人了。生命体竟然能完成这样令人惊讶而不能理解的事情。

最终，小腿也获得了自由，它们软软地折放在大腿的骨沟里，静静地养精蓄锐，准备着成熟的瞬间。肚子也蜕皮了，它的外壳现出了皱纹。这时蝗虫全身其他部位都露出来了，只有肚子顶端还卡在外壳里。

时间到了，蝗虫的脊椎一用力，倒挂着的蝗虫就竖立起来了。它用前跗节抓住挂在头上的旧壳，用旧壳作为支撑物，往上爬了一点儿便遇到了网纱。它用四只前爪抓住网纱，这时候，肚子顶端也完全解放出来了。蝗虫轻轻一挣，它的旧壳就掉落在地上了。

这让我想到了蝉的蜕皮。蜕下的蝉衣可以几个月甚至几年一直挂在树上，但是蝗虫的外衣为什么一碰就掉呢？如果它本身就不是那么牢固地挂在网纱上，那么蝗虫要靠多么精准的平

衡能力才能安全地以这件外衣作为支撑点来站住脚，直到蜕变完成啊！

鞘翅和翅膀在蜕皮之后，没有显著的进步，现在还是残缺不全的，就像小绳头，上面还带有细条纹。它们一直要等到幼虫蜕皮成功并恢复了正常姿势后，才会慢慢展开。前面提到蝗虫已经翻转过来重新竖立着，这样鞘翅和翅膀就恢复到正常的位置上了。

终于，翅膀从肩部开始展开了。起初我没有看出那里的皮肤有什么不同，但是不久就出现了一块半透明的纹路，而且能够很清楚地看见清晰的网格。紧接着，这块纹路一点点地扩大，这样的扩大进行得并不算明显。但是，只要稍等一小会儿，那方块的组织就会清楚地显现了。此时的翅膀就好像一个折好的帐篷一样，只需要将它展开，就能够看到一个完整的帐篷了。

虽然我们的描述很快很容易，但是事实上，蝗虫翅膀的展开过程是漫长的。大约要经过三个小时的时间，鞘翅和翅膀才会完全展开。展开的鞘翅和翅膀竖立在蝗虫的背部，呈大羽翼状，是无色的，或是嫩绿色的。原先不起眼的像小蝇头式的羽翼现在变成了大翅膀。蜕变完成了，蝗虫接着要做的事情，就

是要在阳光的照耀下，让自己尽快地变结实，将自己的外衣变成美丽的灰白色。

现在再来看看在阳光下休息的蝗虫,美丽的翅膀安详地伏在身体两侧,间或颤动一下。难以想象,之前不起眼的小东西就这样在几个小时的蜕变之后,成为美丽的翅膀。这是一种多么聪明、多么强大、多么完美的,但是讲不明、道不清的生命力啊!这种卓尔不凡的蜕变真令人惊叹!

杨 树 象

　　象虫科的昆虫妈妈几乎没什么特别的手艺,它们仅有的本事在于巧妙地将卵安放在幼虫很容易找到食物的地方,有时候还会根据灵敏的植物性触觉来制定饮食制度。如果想让它们为幼虫准备衣食用品或是制作"奶瓶"什么的是不可能的事。但是有件事情是一个例外,它卷起的树叶,既能给幼虫当住宅,又能当食物储备所。

　　这个优点是某些象虫的固有特性。

　　叶子卷起来像一根香肠,而杨树象就是卷叶子的好手。如果你想见识一下杨树象是怎样卷树叶的,那么五月底的时候到草地上仔细观察黑杨下部的细树枝,保证你能见到。杨树象身材矮小,背上闪着金色、铜色两种光泽,腹部是靛蓝色,非常的华丽漂亮。

　　杨树象有像秤钩一样的双爪。跗节下部带着白纤毛,像一把厚厚的刷子。这种厚刷子能帮助杨树象很容易地爬上那些光滑叶面的垂直内壁,这也是它的劳动要求它必须具备的平衡能力。杨树象的喙是弯曲而有力的,不是很大,在顶端膨胀成一

把抹刀，抹刀的末端有一把灵活的剪刀。这剪刀是一个相当好用的穿孔器，在杨树象的工作中，它将最先发挥作用。

一般情况下，活的杨树叶是不能卷起来的，树叶会在昆虫使它弯曲之后马上又恢复平直。叶片的紧张性和生命的活力让矮小的杨树象很难将它卷曲。

那么杨树象是怎么找到没有生命活力而又柔软的树叶的呢？如果可以，我会建议它等树叶枯萎后落在地上了再来卷，但杨树象远比我考虑得更加周到，因为它知道自己没有办法在地上或草坪中干活，必须悬在空中，况且，它的那些幼虫拒绝吃干燥的食物，它们需要新鲜的食物。它要准备的叶卷不能是干枯的树叶，而应该是软脆又没有完全丧失树汁的树叶。它需要切断树叶的供给，但不能让树叶彻底死亡，以便让树叶有足够的汁液供幼虫食用。

于是，杨树象开始行动了，它暂时住在叶柄那里，用喙一点一点地啄，直到打开一个又小又深的口子。这样，树汁的运输管道就被切断了，只有少许的汁液能流向叶片。树叶的营养供给不足，一会儿便枯萎了，垂落下来。这个时候，杨树象便准备开始加工树叶了。

它跑到卷绕线上，用自己的小爪子和厚刷子把身体牢牢地附在树叶上，三只爪子放在树叶已经卷起的部分，另外三只爪子放在还没有卷起的部分，然后像机器一样开始运转起来。这六个爪子轮流交替，分工协作，三个是牵引点，三个是支撑点，一点一点地逐个移动，维持受力的平衡。如果配合稍有不

当，叶片将重新展开，就前功尽弃了。六个爪子的交替配合是根据当时的情况来决定的，并没有遵循任何规律，就像我们人类搬运东西偶尔也会双手轮流使用，减轻负担一样。

杨树象通常是一边后退一边干活的。它先折好一条线，然后留在这条线上，用爪子紧紧压住褶子，缓慢而耐心地往后退。这个过程必须小心翼翼，不能丢开刚刚做好的褶子，不然又得回到原点重新开始。只有当褶子被压得服服帖帖以后才能开始卷下一个褶子，如果过早地放开，叶子会很容易又重新展开，那么之前做的工作就都白费了。

就这样一个褶子接一个褶子，杨树象上上下下、来来回回地奔波，最终它凭借自己顽强的意志和灵巧的技术卷到了叶子的边缘，离成功仅一步之遥了。现在剩下的边缘就是与起点的位置相对应的那个钝角，杨树象现在要做的就是要将这部分固定在做好的叶卷上。这也是整个制作过程中最关键的一步，叶卷是否能做好也取决于这一步。倘若这里没固定好，那么之前做的工作就没有意义了。聪明的杨树象当然不会让这种情况发生。

现在来看看它是怎样操作的吧。

首先，它像裁缝用熨斗熨烫衣服一样，用喙逐点逐点地压紧剩下叶片的边缘，然后紧紧压在叶边上，长时间地一动不动，直到叶片贴牢为止。

制作这个叶卷整整花了杨树象妈妈一天的时间，但它只休息了一小会儿，马上又开始制作第二个叶卷，到了晚上还将继续工作。一天二十四小时下来，勤劳的杨树象妈妈能做好两个叶卷。但它这样日以继夜地工作并不是为了自己，而是为了孩子。如果你将叶卷展开，会发现里面每一层至少有一个卵，有时甚至多达三四个。

这些卵是椭圆形的，微黄色，像一枚枚琥珀珠子般散乱地分布在叶卷的各处，深浅不一，互不相连。

就在杨树象妈妈二十四小时不停干活的同时，在同一个树枝上，杨树象爸爸站在叶卷不远处张望。它是好奇呢，还是想帮帮杨树象妈妈呢？

我常常看见它跟在杨树象妈妈的后面，用爪子抓住卷好的圆柱体，笨拙地配合着妻子的工作。只是它表现得不太热心，没一会儿就离开了，跑到不远处静静地看杨树象妈妈辛苦地工作。和其他大部分昆虫一样，爸爸对家庭的贡献很少，抚育后代的重任大部分落在妈妈肩上。

在杨树象开始做卷树叶这个苦力活之前，还有一段纵情狂欢的时光，那就是它们举行婚礼的日子。在阳光的照耀下，杨树象成双成对地来到还没被占领过的树枝上玩闹嬉戏。虽然婚后就要开始辛苦的工作，但这丝毫不影响它们此刻的快乐心情。在被它们吃掉一半的叶子上，啃噬过的痕迹就像书法家随意而就的挥笔。

婚礼结束后，杨树象妈妈便开始安心地卷树叶了，但这只是就昆虫的普遍规律而言，事实并不一定都是这样。我偶尔也见到杨树象在卷叶子的过程中，又举行了多次婚礼的。可见在

实际生活中，事情不一定都是按书本上所写的情况发展的，这就是事情发展变化的多样性。与此相似的例子还有天牛，它们的婚礼持续时间很长，而且次数很多，情况和书本上描写的有很大的出入。

　　杨树象和天牛的例子告诉我们，我们现在所了解到的知识都只是暂时的真理，或者是一种普遍的现象。事物是在不断变化发展的，或许我们会发现一切发现者没有注意到的事物，所以现实生活中可能会出现和书本上的知识或者与我们所学的东西相互矛盾的现象。所谓"尽信书则不如无书"，对于真理，我们在接受的同时还应保持怀疑的心态，并尝试用自己的观察或者试验去检验它。

叶甲

在我的荒石园里经常出现的叶甲有三种,在某些适宜的季节,它们经常会出现在我的面前。

第一种是百合花叶甲。它的学名叫负泥虫,这个名字令人憎恶,但是叶甲本身却是美丽可爱的。百合花叶甲的形态匀称,整个身体呈现出美丽的珊瑚红色,有着乌黑发亮的头和脚爪。春天,一只鞘翅目昆虫停在百合花上,它中等偏小的身体呈朱红色。你伸手去抓它时,它便会一动不动地掉落在地上。这就是一只百合花叶甲了。

几天之后,让我们再回到百合花那里去看看吧。百合花渐渐开始露出了花蕾,并结集成小包,停在那里的依然是那红色的小虫子。同时你还会发现百合花的叶子上到处都有很深的缺口,看起来就像块破布,并且还被暗绿色的小污物弄脏了。不可思议的是,这些小污物竟然会移动,正在慢慢前进。我试着用麦秸尖试探那小污物,揭开盖在上面的东西。一只浅橘色幼虫露了出来,它长得十分难看,肚子圆凸,这就是百合花叶甲的幼虫。

　　我们从那只幼虫身上剥落的小污物,可能就源自于这只幼虫。不错,这些小污物正是这只虫子的粪便。这个蠕虫形的幼虫不是像普通生物那样向下排泄,而是朝上的,而且它还会在脊梁上收集这些肠子剩余的材料。这些材料像环形软圈一样一个接一个地从后面紧紧向前面包贴过去,慢慢地形成小污物,变成幼虫的服装。

　　这下,我们终于能够理解它为什么会得到负泥虫这个很不雅观的名字了。

　　现在让我们来仔细看看百合花叶甲幼虫和它排泄的过程。百合花叶甲妈妈在五月份产下卵。这些卵呈圆柱形,橘红色,而且发亮,被平均分成三到六短列,放在叶子表面上。卵上涂有一层有黏性的分泌物,就是这层分泌物让卵紧贴在叶子上面。卵孵化的时间大约是十二天,在孵化的过程中,卵群始终停留在原来的位置。

　　呈暗琥珀色的新生幼虫,只有头和爪子是黑色的,另外还有一条褐色的肩带位于胸廓的第一节上,这条肩带的中间是断开的,在第三个体节后面的

身体两侧各有一个小黑点。这时候的虫子胖乎乎的，只会用它那短小的爪子和屁股紧紧贴着叶子，将屁股当做杠杆一样，一翘一翘地把圆圆的肚子向前推进。刚刚孵出来的虫子，很快就学会在厚实的叶子上为自己挖掘一个小洞。它们咬啊咬啊，很快就挖好了自己的安身之处，他们很小心地不去损害叶子反面的表皮。这层表皮就像房子的地板，能够让这虫子不掉下去。

吃着吃着，很快，百合花叶甲幼虫的肚皮开始鼓胀起来了。这时候，那肠子开始发挥它该有的作用了。它在那件排泄物做成的衣服上排出了第一个很小的球状物，很快，这流出的很小的东西被利用起来了，被井然有序地放在它脊梁的后端。不到一天的工夫，小虫子又为自己做了一套新衣。我们不能不说这虫子实在是一位服装大师。

让我们再来看看百合花叶甲的亲戚们吧。春天到来的时候，在那些翠绿的嫩枝上，田野叶甲和十二点叶甲正在大量地繁殖。

田野叶甲的卵呈圆柱形，颜色为暗绿。它的卵不像百合花叶甲那样分成小组排成一条线，而是相互独立，随意地立在芦笋叶子、细枝和花苞上。虽然这些幼虫完全暴露在空气中，生活在植物的叶子上——要知道，这可比生活在百合花上的叶甲更容易引来敌人，而且它们还不懂得用粪便将自己掩护起来的方法。

田野叶甲的幼虫是淡绿黄色的小胖虫子，形状有些奇怪，它身体的前半部分细细的，然后逐渐变粗，后半部分就相当肥胖了。它的肠子末端就是运动器官，这个末端可以像灵活的手指那样随意弯曲，缠绕在树枝上支撑身体往前运动。当它们需要从一根树枝转移到另外一根树枝时，如果没有其他支撑物，那么田野叶甲幼虫就会头朝下，将整个身子翻过来，就像一个技术高超的杂技演员，从来不会跌落下来。

十二点叶甲的卵是深橄榄色的，也是圆柱形，而且一端尖，另一端被截去了一段，与田野叶甲的卵一样竖立在支撑面上。不同的是，田野叶甲喜欢把卵固定在细枝的叶子上，而十二点叶甲却喜欢将卵安置在豌豆大小、没有成熟的果子上。

十二点叶甲的幼虫会自力更生地钻进果子里，美味的果肉是属于那只果子上唯一的叶甲的。虽然有的果子上有好几只卵，但是最先孵化出来的幼虫会成为这小果子的主人。为了生存，它不能够忍受其他幼虫来与它分享食物，所以残酷的竞争无时无刻不在发生，失败者注定会死亡。

十二点叶甲的幼虫有着暗白色的外衣，上面有一条不连贯的黑色肩带，挂在胸部下第一体节处。这虫子可没有芦笋叶子上的那些杂技演员的能力，它的臀部变成了能够缠绕的指头，然后用这指头蜷成一团在那安全的果子里呼呼大睡。这果子为十二点叶甲阻挡了寄生虫的进攻。

尽管叶甲们用了很多办法来防御寄生虫，但是很多时候它们仍旧无法生存下来。

最易招来寄生蝇的，当然是喜欢露天生活的田野叶甲的幼虫，其次就是幼时在芦笋果子里生活的十二点叶甲。百合花叶

甲还是相对比较安全的，但有时也很难幸免。

这三种叶甲形态相似，但天性却不同，这种情况是怎么形成的呢？它们各自防御的才能是后天发展而成的吗？

百合花叶甲应该能告诉我们答案。我们设想百合花叶甲由于受到寄生虫的困扰，首先开创了粪衣的防御方式，于是它们将这项本领代代相传。如果它们了解粪衣的保护作用，却为什么还要在最后时刻退去粪衣，呼吸空气，沐浴阳光呢？在关键时刻的放弃，向我们表明：昆虫并不是我们想象的粪衣的发明者。粪衣的制作只是出于昆虫的本能和天性，在此我们只能用怀疑的态度结束这个话题。

接着我们看看百合花叶甲幼虫成熟之后的旅程。成熟的幼虫会离开百合花，并且在植物的根部藏起来。它们会用额头和臀部向后推压泥土，在那里它们建造了豌豆大小的圆窝。为了建成中间空又不会坍塌的窝，它们还必须用已经和泥砂凝结的黏胶浸湿内壁。

叶甲成虫们的食物也不同。百合花叶甲自然钟情于百合花，但是如果找不到自己喜欢的植物，它会在别处食用铃兰花，或者食用同科的其他植物。其他的叶甲在食物上就占了优势，它们食用四季常青的野生芦笋，芦笋终年苦壮，长势旺盛。这样在盛夏，叶甲成熟的时候，它们是决不会挨饿的。

结束了夏季短暂的自由时光之后，不同的叶甲都会前往它们的冬季营地，把自己埋在枯叶之下，享受静寂的冬日时光。

石　蛾

　　我将善于打扮自己的石蛾放到玻璃饲养槽中,有海藻帮忙,我不用担心水槽的卫生问题。在附近的水面上有五六种石蛾,它们都有自己独特的技艺,但是只有一种可以获得历史的荣耀。

　　这种石蛾来自一片死水,一片全是污泥的水底夹杂着细小芦苇的死水。专家们就根据这种居住环境判明这是沼石蛾,也正是因为它的劳动成果才为这个种族获得了石蛾这个既好听又有趣的名称。这个词在希腊文中的意思是木片、小木块。在普罗旺斯,农民称它是"搬运工"或"背猎袋者",这似乎更加生动、贴切地表现出了这个小家伙的特点,因为它们喜欢在一大片死水中收集细小的茎秆和芦苇残屑来做一个小匣子。

　　这种匣子就是石蛾流动的家。这座拼凑完成的、杂乱又丑陋的建筑,就像一个大杂物堆。在石蛾的世界,对于建筑的美感与人类完全不同,尽管粗陋但结实的建筑物是它们崇尚的一种美。另外,石蛾动用各种各样的材料来完成它的建筑,而人们常常会以为眼下的建筑是来自于不同的建筑者。

　　幼虫的建筑是一些粗糙的藤条编制的深口篓子。爆竹柳是它们惯用的材料。这植物的枝条长期浸于水中后弯曲度不大，去掉皮的侧根段就成了石蛾喜见的建筑材料，它们用大颚将搜集来的侧根段锯成细小的直棍，再把这些直棍一根根横着固定在篓子的边缘，与篓子的中心线垂直。

另外还有很多层的物体杂乱地叠在这个多条直线的集合上，这样一来，一个乱蓬蓬的柴捆就形成了。这个各个方向都有突出的爆竹柳柴捆，就是石蛾在幼虫时期的家，这也是一个坚实的防御系统、稳定的堡垒。但这个堡垒的有个缺点，就是不方便在杂乱的水草中穿行。

石蛾幼虫开始长大，它们就会不安于住在一个藤柳堆里面，对于长大了的石蛾，幼年时搭建的柳条篓变得过于狭窄，已经成为它们的负担了。石蛾幼虫放弃幼年时代的柳条篓，将它拆开并抛弃建筑的后半部分。一旦石蛾需要向更广阔的天地搬迁时，它就会拆掉原来的部分建筑来减轻自己的负担。紧接着，另外一种杂乱无章的建筑将会出现在最上一层，如果有需要，我想它们会把那杂乱的建筑一直延伸到我饲养它们的玻璃槽口。

基本上，石蛾是不加区别地将所有能够找到的废弃物随意

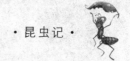

地添加到一起，只要这东西的体积不会过于庞大。我看到石蛾的收集物有田螺、瓶螺、黄葵等很多乱七八糟的东西，包括被扔到沟渠中的贝壳架子，石蛾也很喜欢。总的来说，任何东西都可以是石蛾的建筑材料，除了砾石。

现在，让我们来看看这房子到底是怎么建造的吧。

我在多次尝试后将石蛾转移到一个容量较小的，更适合我观察的杯子里，然后把一些性质完全不同的材料给了这些石蛾。我给它们的材料中，有的容易弯曲，有的十分硬直，有的相当柔软，有的却坚硬如石，这里面还包括一些活着的水生植物，比如水田芹。这些东西都随意混杂在一起，任由石蛾的喜好自行挑选。

等到迁徙和暴露带来的恐慌逐渐被平息的时候，石蛾便开始着手为自己建造一个新的房子。它的爪子随意地收集着身边的一束植物侧根，然后横在上面。它的臀部像波浪一般起伏着，慢慢地调整这束侧根。很快，它制作了一根不怎么结实的腰带、一张狭窄的吊床。接着，几根丝线随意地分布在四周，石蛾再将这些组合在一起的东西进行加固，就开始了它的建筑工程。

在那条不怎么牢靠的腰带的支撑下，石蛾尽量地伸长了身子，伸出中间最长的爪子。它遇到一截植物的侧根，于是紧紧地挽住，爬到比抓住部位更高一点的位置，根据自己的需要用那剪刀似的大颚将侧根剪断。接着，石蛾回到吊床的高度，一对前爪抓着刚刚剪开的那截侧根，不断地转动、抬起、放下，

似乎在比画着放在哪个位置才是最好的。值得一提的是，石蛾的这对前爪虽然是三对爪子中最短的，却是最灵巧最值得赞美的。它们可以与大颚合作，在劳动中发挥着重要的作用。石蛾的第二对爪子是最长的，专门用来抓取远处的材料，就好像刚才的那一截侧根。最后的那对后爪不长也不短，它总是在其他爪子工作的时候支撑石蛾的身体。

其他的幼枝被同样的方式抓住、剪切、定位。附近的材料渐渐用完了，石蛾将要到远处去进行它的收集工作了。石蛾用身体在支撑点上支撑着只剩下最后的几个体节，然后将身体尽可能地外伸，探索更多的材料。

我们最终看到，这个杂乱无章的建筑几乎全部是用一些小段植物侧根建造的。其开口是个整齐的多边形，但是整个匣子还是十分杂乱。这些截取的植物侧根在外形和直径、型号上都有很大的差别。这些材料粗细不一，有的直，有的弯，有的只是一根直枝，有的还有分杈。要把这些截段整齐装配起来显然是不可能的。况且，石蛾本身似乎并不看重整齐匀称。这个建筑对于石蛾来说，最重要的是迅速建成以马上能遮蔽身体。

还有一点值得我们注意，那就是石蛾的坚忍不拔。当石蛾暴露在外的时候，它们就会为自己重新制作一个匣子。这在昆虫界是个例外。只要有了警报，石蛾就会脱离它的匣子。虽然匣子还在，但是没有一只石蛾会在警报解除后回到之前空出的匣子。或许对石蛾而言，寻找一个适合自己的匣子还不如重新制作一个崭新的匣子。

花 金 龟

    在我住的地方有一条幽深宁静的甬道，道旁种着丁香花，每到五月，一串串鲜花垂下来，弯成尖拱的形状，这里就成了昆虫们快乐的天堂。

    在这条甬道中生活的昆虫里，花金龟是很常见的。单看它的身材，那可不标致，胖嘟嘟的还上下一样粗，可是它却有一套绚丽的外衣，那外衣既有金子般耀眼的光芒，也有青铜的凝重感，色彩夺目，真是一种可爱的昆虫。

    为了研究花金龟的起居生活，在八月的第一个星期里，我把十五只刚破茧而出的花金龟放在笼子里集体生活。才出生的小家伙们身子上面是青铜色，下面是紫色，它们属于金属花金龟一类。看到它们细嫩的四肢我真是兴奋极了，每天都拿新鲜的蔬菜和梨、李子、西瓜、葡萄喂它们，看它们大吃大喝真是一件很开心的事。就这样，我观察花金龟的生活开始了。

    日子就在大吃大喝中慢慢度过，转眼已经过了半个月，和粪金龟、圣甲虫相比，花金龟可算是十足的大胃王和热情的美食家。花园里多汁的梨、干缩起皱的无花果是它们的最爱，而

且丝毫没有厌烦的表现呢。

　　然而，随着天气越来越热，那些贪吃的花金龟也开始受不了酷热的天气，每天都躲在沙子下面两寸深的地方避暑。我试着用甘甜的水果引诱它们出来，它们还是昏昏沉沉爱理不理，真是怕热的虫子。直到九月天气温和一些的时候，它们才肯爬出地面，继续吃西瓜皮，喝葡萄汁，可是相对从前，花金龟们的食量明显减少了，连进食的时间都缩短了许多。

　　慢慢地，冬天到了，花金龟们重新爬回地下去了。完全不用担心雨雪会把它们冻坏，聪明的花金龟幼虫时期壮实的体质为自己打下了基础，它们非常抗寒，甚至在冻得硬邦邦的雪地里都没问题呢！

　　转眼间，第二年的三月快到了。在这万物复苏的季节，花金龟从地里慢慢露出了小脑袋，可是这回嘴馋的它们渐渐地没有了食欲，我试着用水果喂它们，仍然发现它们吃得越来越少。直到有一天，我发现花金龟开始交尾，原来花金龟产卵的时间到了。我连忙找来腐烂的干树叶，在笼子里为花金龟妈妈布置了宝宝房，等待小花金龟的诞生。

　　有四种花金龟喜欢在枯叶堆里产卵，最常见的是金匠花金龟，还有普通的金色花金龟、灰黑

色花金龟和裹尸布花金龟。花金龟妈妈可是有责任感的母亲，为了宝宝们一出生就有吃的，它们要在腐烂的树叶里忍受臭气熏天的味道产卵。同时，待产的雌金匠花金龟对"产房"的位置也是十分挑剔的。它会在枯叶堆上面一边飞一边从高处仔细观察，选择易于进入的地点。等到它确定这儿没有危险了，这才飞下来，用头钻，用脚挖，一下子钻进了枯叶堆里面。花金龟母亲只需要把卵产在腐烂植物附近就可以了，在之后的一两个星期，产完卵的花金龟就会逐渐蜷缩在沙里死掉。

花金龟的卵是象牙色，近似球形的小泡，大约有三毫米大小。十二天后，卵就会孵化成白色的幼虫，长着稀疏的短毛，而且它们出壳后是四脚朝天，用背走路的。就算是在昆虫界，这种行走方式也很奇怪，但正是这种古怪的行走方式，在腐烂的树叶里行动才又快又稳。

花金龟幼虫憨态可掬。它是一种肥胖的蠕虫，有一寸长，背凸腹扁。背上面还有褶痕，在褶痕上面长着稀稀疏疏的像刷子似的细毛。它的腹部光滑，皮肤细腻，皮下有棕色的斑点，那是一个大垃圾袋。和肥嘟嘟的肚子相比，它的腿看起来细细的，没什么力气，和圆滚滚的身子并不协调。感到不安时，幼虫就会自己做半弧形的滚动。滚动时，它用最大的力气把身子收缩起来形成蜗牛状，把自己抱成一个球。这个时候只要不触碰它，不一会儿，幼虫就会舒展开来，伸直身子，急急忙忙地逃到安全的地方。

六月，昆虫们产卵的季节到了。度过了冬天的花金龟幼虫就要开始蜕变成真正的花金龟了。花金龟幼虫可是很聪明的，它们会为自己制作一只箱子，然后在箱子里完成蜕变。制作箱子的活儿十分细致，幼虫为了结茧，需要有充足的造茧材料，那就是它的粪便。在造茧的阶段，幼虫会排泄大量的粪便，在走过的地方留下棕色的粪粒，然后用它肚子上的一个隐约可见的黏胶剂袋把粪便积蓄成高质量的黏合剂和填充料，这个位于它们肚子末端的大黑点有分泌黏合剂的作用。

人们通常会认为，花金龟幼虫会从身边找到合意的石子，再把它们粘在粪便里，这样茧就做得更加结实。可事实完全相反，幼虫是用它们肥嘟嘟的屁股把松动的物质推到身子周围然后挤平，再用它的灰浆把材料一块块地固定住，最后从容不迫地用粪便一层层地粘起来，从而建成了厚实的墙壁。为了进一步观察幼虫的造茧过程，我在其中一只未做好的茧上面剪了一个小孔。原来，在爬行时显得无力的脚是幼虫造茧的得力工具，它们用颚咬住粪粒后，这些小脚就扶住粪粒，再由充当抹泥灰镘刀的颚上的双钳把粪粒一点一点取下来，咀嚼成合适的大小，那些小脚再把它放在合适的位置。在幼虫的不懈努力下，一个漂亮舒适的箱子就做成了。

大肚皮的花金龟幼虫有着天生的完美的技艺，正是靠这种使用粪便的才能，它们为自己建造了温暖的家。可爱的花金龟幼虫就是在这个箱子里蜕变成漂亮的金黄色花金龟。自食其力的花金龟是玫瑰的主人、春天的光荣。这小小的昆虫为我们展示了精妙的管理学操作，这化腐朽为神奇的能力真令人惊叹！

面具猎蝽

为了研究这种稀有的昆虫，我找到了一个屠宰场。当然，我要看的不是那令人恶心的肉铺，而是堆着残余废料的仓库。阳光从天窗透出一道道光斑，衬得整个房间愈发幽暗。为了保持房间的空气流通，这个仓库房间的天窗一年四季都是敞开的。即便如此，在这样酷热的天气里，这里当然更加臭气熏天，散发着一阵阵恶心的味道。

在仓库的房间里，有一根绷得很紧的绳子，绳子上面晒着带血的绵羊皮。在房间的一个角落里，动物脂肪已经发出难闻的臭味，骨头、角和蹄这类东西则堆放在另外一个角落里。我撬起羊脂，满坑的皮蠹和它的蛹在下面乱动。许多谷蛾围绕在羊皮的周围，漫天飞舞。还有许多红眼的大苍蝇围在那些带着骨髓的骨沟里不肯离去。这群家伙都是围绕残尸的常客。

那面用石灰粉刷的墙上，有许多样子丑陋的昆虫聚集在一起，一动不动，形成一个个黑斑。在这些黑斑里，我发现了一种非常有名的椿象——面具猎蝽。它们差不多有一百来只，一群群地趴在墙上。

屠户看着我用盒子将它们收集起来，感到十分惊讶，因为这些恶心的虫子一向都令人反感。他还告诉我，这种虫子自从飞到这儿之后，就一直紧紧地贴在墙上一动不动。它们既不会弄坏牲口皮，也不会去碰那些动物脂肪。如果用扫帚赶走它们，第二天它们还会再来，还是一样的紧贴墙壁，一动不动。

我离开了屠宰场，现在我要细细地观察一下这些昆虫。它们满身都是灰尘，身体扁平，呈现出一种树脂的褐色。它的头缩得很小，刚好可以嵌进一双眼睛；它的前胸乌黑发亮，有一些细微的、闪光

的、凸起来的纹路；它的脖颈很细，像是被带子勒住了一样；它细长的脚爪十分笨拙。不知道是不是因为长期贴在墙上一动不动的原因，这虫子瘦得令人惊讶。

我试图先将它养起来，然后慢慢发现它的奥妙，但是眼前的问题是用什么来饲养它呢？

我突然想起来，之前我曾经见过一只暗色的椿象与那小小的金匠花金龟搏斗。这记忆启发了我，于是，我将一群猎蝽安置在一只大大的短颈大口瓶子里。在那个瓶子的底部我铺上了一层沙土，然后，就将一只可怜的金匠花金龟当做食物给它们送了过去。

很快我就发现，这群屠夫接受了花金龟作为食物。因为第二天我去看时，那可怜的花金龟已经死了，一只猎蝽把它的探针插在了尸体的关节上，将尸体吸干了。

我想方设法去观看猎蝽如何攻击它的猎物，可惜没有一次成功。这些屠杀总是发生在夜里，不管我多早去探访它们，总是看见猎物已经遭遇不幸了。而猎蝽却是围在猎物周围，在进一步地清理自己的战利品，它在猎物身体的每一个部位探测，将丝线般的凶器深入到每一个缝隙，直到受害者体内的汁液一滴不剩才将它抛弃。然后，它会转向另一个猎物，进行下一场的屠杀。

如果猎蝽的猎物是没有甲壳的昆虫，比如蝗虫，我有时甚至可以看到受害者腹部脉搏的跳动。由此看来，死亡并不是一瞬间来临的，但是猎物总是被猎蝽一下子击中，很快就处于无

力抵抗的状态，眼睁睁地看着自己的生命流逝。

我很好奇，这猛的一击究竟是来自哪里呢？又是如何将蝗虫击倒的呢？要知道，蝗虫不仅身体比猎蝽大了五六倍，而且它还有一只强有力的上颚。

并没有任何迹象表明，猎蝽是一个拥有麻醉技术的屠夫，了解猎物神经中枢的奥秘，清楚地知道如何解剖受害者。它只是把凶器随意地插进受害者身体的任何一个部位，受害者便毫无抵抗之力了。显然，猎蝽应该是给它的猎物下了毒，它的喙就像库蚊的喙那样，是个有毒的武器，甚至可能毒性更大。

据说猎蝽的蜇刺会让人感觉到剧烈的刺痛，我试着把它放在自己的手指头上，挑拨它，让它刺我，但一切都白费力气，它无论如何都不肯刺我的手指。所以我只能根据别的昆虫来证明猎蝽的蜇刺会导致很严重的后果。

我见过猎蝽享受一只蝗虫，它竟然在这只蝗虫身上留下二十多处攻击点，这狡猾的刽子手还会根据每个点位身体里的汁液多少，决定自己的吮吸时间。对于这只可怜的蝗虫，它最后的汁液集中在大腿上，等到猎蝽将凶器拔离蝗虫的大腿关节时，这可怜的蝗虫已经变成了半透明的模样，你可以很清晰地看见猎物的全身都被吸干了。这种情形让我们联想起夏夜里可恶的蚊子，它们也是选择一个合适的部位来吸食我们的血，吸饱后再找一个新的部位。

但是猎蝽将这工作改进得更加恶毒，它总是先麻醉猎物，然后把猎物身体里的汁液彻底吸干榨尽。

　　我将这一发现告诉了那个给我提供猎蝽的屠户，我告诉他不要再去打扰那些趴在墙上一动不动的小黑虫子了，那些虫子可是皮蠹的克星呢！要知道，皮蠹是皮质最大的侵略者啊。

　　看来屠宰场仓库里大量繁殖的皮蠹是吸引猎蝽的一个原因。可是，在户外也能够找到这样的食物啊，为什么一定要到那充满恶臭味道的仓库去呢？我猜猎蝽是为了下一代。

　　快到六月底的时候，我饲养的猎蝽开始产卵了。在接下来半个月的时间里，猎蝽连续产卵。为了了解产卵数量，我把几只雌猎蝽单独隔离。我数了数，每只雌猎蝽可以产卵三十到四十只，数量很大。

　　在半个月里，我时刻带着放大镜，密切关注着这些猎蝽卵，我把它们分放在几根玻璃试管里面。猎蝽卵里离卵盖不远的地方出现了一根黑线，这预示着孵化的时刻临近了。这条线是幼虫从卵中解脱的小机械。

　　在七月中旬临近的时候，孵化多了起来，我每天早晨都能看到试管里面有打开的卵，卵壳依旧是琥珀红色。刚刚孵出的小家伙是娇小的纯白色。

　　有一天早晨九点钟的时候，猎蝽正要打开它的卵壳。这是多么神奇，它们一般都在夜间打开卵壳，沉沉的黑夜，让我无法亲眼目睹那美妙的时刻。但是此时，我将要看到了，那情景让我惊叹不已。

　　卵盖的一端正在微微抬起，慢慢地在另一端旋转。接着，卵盖抬起来的动作加大。我隐约看到有个东西在发光。那东西

是一个红色的薄片，它凸出隆起，并把封盖往后推。然后，一个球形的囊泡从薄片中显露出来。

这个囊泡一点点扩大，就像在吹泡泡一样。最后，卵盖在这个囊泡的推动下，终于落下了。现在我们来看看幼虫如何离开卵壳。

突然，囊泡炸开了。原来被裹得紧紧的幼虫现在露出来了。这只幼虫浑身发白，它不停地挣扎，摇摆，向后面倾斜。这样那些牵连着幼虫的紧身衣一点点被撕碎。

幼虫终于自由了，它离开了卵，尽情跳跃。两天后，在进食之前，幼虫开始了第一次蜕皮。蜕皮之后，我开始着手为幼虫准备食物。可是它们那么的弱小，该给它们些什么食物呢？

我试着给它们端去一些小飞虫，因为我曾在哪本书上看过，说它们吃臭虫，但我觉得臭虫对它们来说太大了。很遗憾，它们对此不屑一顾。

我思索再三，想到屠宰场的仓库，那些成堆的动物脂肪或许它们乐意享用。于是，我为我饲养的幼虫换上动物脂肪。果然，这次的菜肴很合它们的口味。它们在脂肪上定居下来，尽情地吸食着那些油脂。半个月里，它们渐渐长大。

幼虫需要动物脂肪来成长，这就是猎蝽选择屠宰场仓库的另一个原因。那个仓库对幼虫而言简直就是美食胜地，这样的仓库保障了猎蝽的家族顺利地繁衍和兴旺！

绿　　蝇

　　我有一个愿望，就是可以避开冒失的路人，拥有一个被灯芯草包围的池塘，水里盛开着浮莲。这样，我就可以在空闲的时候，坐在池塘边的树荫下思考水中动物的生活。

　　我可以尽情地观察豉甲、尺蝽、龙虱和仰泳蝽了，这会给我的生活添加很多乐趣。我试着用四块玻璃建造一个人工池塘，但是因为资源十分贫乏，最终失败了。

　　在春天来临的时候，我的第二个愿望也来了。有一天，我看见一只正在掘土、驱除害虫的鼹鼠被农民的铁锹挖到，被拦腰斩死了。

　　我还看见有人把正在晒太阳的游蛇用石头砸得稀烂，这游蛇可是在保护庄稼、消灭害虫时帮助过人类的呀！而人们对两种动物的尸体显得十分默然，视而不见。

　　当我经过那两具已经发臭的尸体时，发现有一群活物正在尸体上面攒动。这群有着旺盛生命力的活物正在噬咬着尸体，它们是腐尸的清洁工。这个场景激发了我想要研究这些清除腐尸的清洁工的愿望，但这是在路边，我看着它们忙碌分解尸体

的样子，遗憾地离开了。

自从心里有了牵挂，我就决定要实现我的愿望。我有场地，有安静的院子，我可以尽情地展开自己的研究。而且，为了研究能够顺利地进行而不被打扰，我建造了一个只有那些喜欢腐烂物的小东西才能飞抵的空中作坊。

首先，我用三根芦苇做成三脚架，然后将三脚架安放在院子里的不同位置。每一个三脚架上面都吊着一个装满沙子的罐子。这罐子离地面有一人高，我还在罐子的底部钻了一个小孔，这样，即使下雨，也不怕有水聚在里面了。

在罐子里面，我先放了游蛇、蜥蜴、癞蛤蟆的尸体。之后，我用两枚硬币收买邻居家的孩子们，聘请他们做我研究材料的供货商。每当春夏季节，他们就会得意扬扬地找到我，给我一条蛇、一只家鼠、一只鼹鼠的尸体，等等。当然，除了以上的首选物，我还交替使用毛皮动物、禽类以及爬行类和两栖类动物，以便研究的深入全面。

凭借灵敏的嗅觉，蚂蚁总是会第一个发现死尸，同时，它们也是最后离开的。它们总是要等到死尸被啃得只剩骨头，才会去寻找下一个目标。

而那些真正的肢解尸体者则要等到尸体腐烂发臭，才能通过强烈的臭味寻找到尸体。

皮蠹、扁尸甲、埋葬虫、苍蝇和隐翅虫一齐上阵，向尸体发起了进攻。加上蚂蚁们辛勤的搬运，尸体可以消耗得几乎一点儿也不剩。

与这些啃尸昆虫相比，苍蝇是它们中间的佼佼者，是最高级的尸体净化器。苍蝇的种类繁多，在这里，我们主要介绍一下绿蝇。

这天，我看见一只叉叶绿蝇趴在羊脖子的颈椎上，一动也不动。我好奇地观察着它，发现原来这只叉叶绿蝇是在产卵呢。在一个多小时的时间里，它小心翼翼地把自己的卵产在脊髓上。为了方便研究，我抽出脊髓，把卵收集起来。

绿蝇妈妈在产卵的时候，蚂蚁们会趁火打劫，抢走绿蝇的卵。但是，绿蝇妈妈对这种抢劫视而不见，因为它们知道自己还可以产很多卵，蚂蚁抢走的那些和肚子里的比起来，是小到可以忽略的数量，所以绿蝇妈妈们通常会神情严肃地继续产卵，并把卵依次排放在卵堆的更深处。

过了几天，当我再次去观察那具动物尸体时，发现死尸的下面有许多蛆虫，它们在尸体的脓血里涌动着，形成虫浪。当我掀开尸体的中间部位时，看到了数量庞大的虫子，就像是一片沸腾的海洋。这情景真让我毛骨悚然。

突然，有一个问题浮现在我的脑海里——绿蝇的幼虫是怎么进食的呢？带着这个问题，我开始观察幼虫。

绿蝇的幼虫是长锥形状的，这些幼虫尾部呈截状，有两个棕红色的点在尾部的皮肤表面上，那就是气门。在幼虫可能被称为头的前部，有一个肠道入口，那里有两个黑色的爪钩，装在半透明的袋子里，有时向外凸起，有时向内收回。

聪明的蛆虫是用两个爪钩来行走的。这两个爪钩能起到支撑的作用，它们反复伸缩就能使蛆虫前进，用看似咀嚼的器官行走，这真让人觉得不可思议。

我把蛆虫搁到一块肉上面，用放大镜仔细观察，我看见蛆虫懒洋洋地在肉上散步，时而抬头，时而低头，不断地用爪钩捣肉。当蛆虫停下来的时候，屁股不动，前部保持弯曲，用来探测空间，它那黑色的爪钩一伸一缩，好像在进行活塞运动，却从未在肉上面咬下一口。

我越发奇怪了，蛆虫会随着时间的推移逐渐长大，变胖，那它到底是怎么吃进食物的呢？我决定继续我的试验，揭开蛆虫的秘密。

我把一块核桃般大小的肉放进一个一头封闭的玻璃试管里。那肉的水分已经用吸水纸吸干了，我在肉上放了大约两百粒蝇卵。接着，我将已经用棉花封住管口的试管竖起来，放在实验室角落里，那里没有阳光的照射。另外一个没有放置蝇卵的玻璃管作为参照物，也放在了那个试管的旁边。

幼虫孵化后的两三天，那块被吸去水分的瘦肉奇迹般地

变湿了。看，蛆虫爬过的玻璃上都留有水迹。但那个作为参照试管的内部却是干的，这说明那些水分不是从肉里面来的，而是从蛆虫身上分泌出的。此后，装有蛆虫的那块肉渐渐变成了液体。假如把试管倒过来，里面的汁液就会全部流光，而那个作为参照物的试管里的肉依旧是一块干肉。

显然，绿蝇蛆虫无法进食固体食物，它们首先把食物变成流质，然后把头扎进流质中，像喝汤一样进食。蛆虫的爪钩能够不断地排出微量的溶液，所有被爪钩碰过的地方都会留下蛋白酶，这种物质使蛆虫爪钩碰过的地方可以很快地渗出水来。蛆虫的这种进食，不能称之为吃，而是喝，而且是先消化食物，再进食。

由此看来，蛆虫拥有这世界上的一种特殊的能量，它可以最大程度地液化动物的尸体，将这些营养丰富的液体撒向大地，使土地变为沃土。

蛆虫真是农民们的好帮手啊！

蜘　蛛

蜘蛛的迁徙

在植物的世界里,果实里的种子一旦成熟就会落在泥土的表面, 然后在土地里面生根发芽, 茁壮地成长。

比如弹性喷瓜, 它是一种葫芦科的植物, 当地人称之为驴瓜。它结出的果实有椰枣那么大, 味道可不敢恭维, 非常苦涩。等到果实成熟了, 里面的果肉就会融化成液体, 在果壁的收缩作用下, 液体会在果实里面来回流动, 直到有一个像塞子一样的东西从果实上脱落, 种子和汁液就会从果实中喷出来。不懂其中奥秘的人去摇动它, 常常会被叶丛里发出的喷射声, 还有那弹性喷瓜喷出的汁液吓得不知所措。

凤仙花也是很敏感的小家伙, 当它的果实成熟的时候, 只要有人轻轻地碰一下, 它就会突然裂成五个卷曲的瓣, 里面的种子也会喷得很远, 所以人们给凤仙花起的植物学名叫做“急性子”。

植物的种子可以展开自己的旅程, 昆虫也不甘示弱。它们

也有着自己独特的旅行工具，把一个大家庭迅速分散，让每个成员都拥有自己的小家。

我专门观察了圆网蛛，圆网蛛是一种很聪明的昆虫，为了捕捉猎物，它们可以垂直地在两棵灌木间拉开大网。我住的地方最有名的要属彩带圆网蛛了，它的身上有黄、黑、银白三色相间的漂亮横纹，它的巢非常精美，就像一个绸缎做的梨形袋子。袋子的颈部顶端有一个凹陷的出口，上面还嵌有一个封盖，袋子的上下两端有一些用棕色饰带做的经线，从这个精密的家就可以看出主人的贤惠。

为了方便我的研究，我小心翼翼地打开了圆网蛛的家，我发现有一个丝团像一条极为精致的棕红色羽绒被子，这就是圆网蛛为孩子准备的小床。在丝团的中间吊着一个装着大约五百粒橘黄色卵的小丝袋，丝袋上面还盖着活动盖子。这就类似于植物的蒴果，丝袋好似植物的果实，卵就好似种子。

圆网蜘蛛一次可以产出几百粒的卵，这些卵应该分散开，各自有一块领地。那么，这些数量庞大的卵，它们的旅程是怎样开始的呢？

我一直在思考着这个难解的问题，五月的时候，我在荒石园中的一棵丝兰上发现了圆网蛛的孩子。在植物的绿叶上爬满了刚孵化出来的两窝小圆网蛛。这些小圆网蛛的背上有三个白色的十字图案，这就说明它们不是彩带圆网蛛的孩子，而是冠冕圆网蛛的孩子。

两窝小圆网蛛中有一窝十分好动。它们爬上花亭的顶端，

昆虫记

113

在那里爬上爬下，来回玩耍着。一阵微风吹来，小圆网蛛们赶紧从花亭上出发，借着风的力量，用力一跃，像是拥有翅膀的小飞虫一样，开始了自己的旅程。

小蜘蛛们消失在风中，可我一点儿也没有看明白它们是怎么迁徙的。为了搞清楚我心中的疑惑，我赶紧把另外一窝小圆网蛛装进了一个小盒子里，带回实验室。我把盒子放在面对这窗户两步远的一张小桌子上。为了方便小圆网蛛的迁徙，我找来一捆半米长的细树枝当做它们的爬竿。一会儿的工夫，小家伙们就爬上了树枝的顶端。它们以树枝的顶端为顶点，以桌子的边缘为底边开始拉丝，它们要织出一张网，为以后的出发做准备。

小蜘蛛们不停地在网上爬来爬去，辛勤地编织着网。有好些小家伙摔下来，吊在丝端，只好用自己的重量把丝从纺丝器里面拉出来，然后又顺着拉出的丝爬上去，一边爬还一边把丝捆成束。

我这才意识到，原来丝不是从纺丝器里面流出来的，而是蜘蛛用力气拉出来的。小蜘蛛不是在吐丝，而是在拉丝。因此，它们必须来回移动，摔下去、爬上来，再摔下去、再爬上来，如此劳碌地织网。

在这样的往返行程中，蜘蛛还会细心地拉出一根保险带，以便随时保护自己从丝上面掉下来时不会跌伤。我看见，在蜘蛛的身后有两根丝线，但是在蜘蛛前面的那根丝线是几乎看不见的，以至于乍看上去，总会觉得蜘蛛是在空中行走。可别小

瞧了这根细线，正是它帮助小蜘蛛们安全地行走。

我在仔细的观察中弄明白了，原来蜘蛛是利用空气流迁徙的，敞开的窗户将风带进来，空气的流动使蛛丝飘动起来，蜘蛛就出发了。

如果我把窗户关上，用木棍把蛛丝切断，小蜘蛛们就没法迁徙了。

为了帮助小蜘蛛们，我打开了窗户，炉子的热气从窗口流出去，飘浮的丝线也会被这股气流带走，并向窗外的世界延伸。我用剪刀小心地剪断了丝线底端的部分，然后，吊在丝线上的蜘蛛被窗外的风带走了，消失了。我从心底祝福这些勤劳的小蜘蛛们！

那如果是在野外呢，小蜘蛛们

会如何做呢？原来，这些小圆网蛛会拉出一根丝随风飘动，被太阳炙烤的地面上会有上升的热气，这热气能将丝线缓缓托起，这丝线就会开始使劲地拉扯着固定的一端，最终挣脱固定端的束缚。这样，被细线带着的小蜘蛛们就可以开始旅行了。

明白了带白十字的冠冕圆网蛛寻找新家的小手段后，我开始觉得它蓄卵的容器只是一个简单的丝球，而我希望能看到事事都讲究的彩带圆网蛛的表演。于是，到了秋天，我饲养了一些小彩带蛛。

小彩带蛛是临近三月时才开始孵化的。当我把彩带蛛的圆形巢剪开时，看见中间的小房间里已经有一些小蜘蛛在往外爬了，但还有许多橘黄色的卵一动不动地堆在那里。这说明小蜘蛛的卵并不是同时孵化的，所有的卵孵化出来的时间大概需要两周。

刚孵化的小彩带蛛肚子白白的，前半段好像搽了一层粉似的，后半段则呈黑棕色，除了眼睛在前面形成黑框之外，身体的其他部位都是浅棕色的。

彩带蛛的卵袋像是炸弹，想要释放里面的蜘蛛，就需要三伏天里的炎炎烈日。所以在我那个气温温和的实验室里，大部分的卵袋都没有裂开，除非我动手帮忙，否则小蜘蛛就无法出壳。不过我发现其中很少的几个卵袋上出现了一个圆洞，原来是里面的小蜘蛛轮流用牙齿一点点地在上面咬出来的，它们可真聪明啊！

相反，暴露在烈日下迷迭香篱笆上的卵袋，及时地喷出了

棕红色的丝团和小蜘蛛们。大自然可真是奇妙，被喷出的小蜘蛛们可是有重要的事情在身的，那就是进行蜕皮，随着旧皮的蜕去，小家伙们才能一批批地疏散出去。它们爬上细树枝，在阳光下开始了第一次旅程。

这让我有些吃惊，原来小彩带蛛也不是聚在一起热热闹闹地迁徙的，小家伙们借助着风力和热气流的力量，一会儿走几只，再过一会儿又走几只。

吊在丝端的蜘蛛被风吹动着，像钟摆一样，有时被吹到树枝上，这些被吹到树枝上的小彩带蛛们就完成了疏散的第一步了。接着，小蜘蛛们又开始像钟摆一样展开第二段旅程。因为丝线的长度有限，所以它们只能一小段一小段地前进，直到到达自己满意的地方。在风力强劲的时候，迁徙的时间就会缩短，丝线一断，蜘蛛就会被飞出去的丝线带到较远的地方。

小蜘蛛们从出生起就开始为自己的迁徙而忙碌，可真是勤劳啊！

圆网蛛的结网

和人类的捕鸟网相比，圆网蛛结网有着精湛的技术和高超的本领。许多圆网蛛都是纺织高手。即使是在一个很小的花园里面也能发现这些高手留下的痕迹。

在我的院子里，我仔细地观察了六种圆网蛛，包括彩带蛛、丝蛛、角形蛛、苍白色蛛、冠冕蛛和漏斗蛛，它们的工作方法都是一样的，结出的网也极为相似。

我观察的对象是一些比成年蜘蛛小很多的小蜘蛛，因为相对于在夜里开始纺织工作的老蜘蛛，这些小蜘蛛会在白天就开展工作，有时甚至顶着大太阳结网。七月末，在太阳下山前的两小时，小蜘蛛们就纷纷开始结网的工作了。

接着，小圆网蛛就开始纺织捕虫网了，它从最中心的白色基准点出发，用后腿把丝拉出来放好，当做地基。它的后腿好像一把梳子，可以很顺利地完成这项工作。之后，小家伙开始漫无目的地爬上爬下，这样看似没头没脑的爬行其实是为了构成一个丝架子。虽然地基看上去没有任何规律可循，而且错综复杂得让我眼花缭乱，但正因如此，丝架子的地基才会牢固，结网也更结实。

然后，小家伙又开始在丝架子的表面横着拉上一条丝，这是一条中央有白点的丝，这种特殊的丝是蜘蛛网坚固的保证。做好上面的工作，小圆网蛛就开始做捕虫网了。它从中心的那个白点出发，顺着那条特殊的丝爬到丝架子的边缘，然后又从边缘回到中心重新开始。它以这样的方式从上下左右不同的方向向边缘爬，然后又返回中心，每爬一次都会拉出一条丝。

这些丝并不是井然有序地拉出来的，而是从一个你完全想不到的斜角，回到中心点上，小圆网蛛每这样走一次，就会有一根"辐射丝"从不同的方向结在网上。可我看来看去也看不出什么规律。

对此，我产生了疑惑。因为我通常看到的蛛网都是有规则的，而现在这些杂乱无序的样子让我很难想象它完成后的模

样。蜘蛛没有固定地安置这些"辐射丝"的方向，好像是凭着感觉在更替方向。这是为什么呢？

原来，如果蜘蛛把辐射方向都安置好，那么力学原理就会告诉它，丝网不平衡，蜘蛛的重量就会使网的中心不稳。这样一来整个网就都不稳了，所以蜘蛛才不停地变换方向拉丝。

然而，蜘蛛也并不是完全毫无规律地拉丝，看似杂乱的"辐射丝"，它们之间的距离却是一样的，这就为圆网蛛结成一张完整的圆网提供了保障。当然，不同种类的蜘蛛网，"辐射丝"的数量也是不同的：角蛛的网有二十一根"辐射丝"，条纹蛛的网有三十二根"辐射丝"，丝光蛛的网有四十二根"辐射丝"。但是这个数字只是相对的固定，由此，我们就可以根据蛛网"辐射丝"的数量大致判断蜘蛛的种类了。

别看蜘蛛辛辛苦苦拉了那么多丝，其实真正的结网工作才刚刚拉开序幕而已。接下来，蜘蛛要进行更加细致的工作。它开始从边缘向中心绕圈，这一回，圈与圈之间的距离近了，圈数也增加了很多。

蜘蛛的工作进程十分有趣，它纺织的主要工具是两条后步足。我们根据这两条步足在织网时所处的位置，将朝着绕线中心的那只步足称为内足，在绕线外面的那只步足称为外足。在结网过程中，圆网蛛用外足把细丝拉出来，递给内足，再由内足把细丝放在穿越过的"辐射丝"上。与此同时，外足要测量距离，抓住已经放好的最后一圈，把丝线和"辐射丝"连接起来的点拉成合适的距离。而丝线一碰到"辐射丝"，就被本身

具有的黏剂固定到"辐射丝"上。

这个过程中，蜘蛛的步足分工明确，不停地拉丝、测距、粘丝。它们一直会绕圈粘丝，只有在它们达到那个休息室的时候，才会停止绕圈的工作。可这并不是蜘蛛要休息，原来，为了补充体力尽快织成网，蜘蛛会把中央的白点吃掉，这样它就可以把吃进去的丝在下一次吐出来，节约很多材料。

通过在蜘蛛辛勤的劳动，一个漂亮、适用而且舒适的网就结好了。有些蜘蛛有着特殊的癖好，比如条纹蛛和丝光蛛，它们会在织好的网的下部边缘中心位置，织上一根锯齿形的丝带作为标记，似乎生怕别人抢去似的。

现在我们了解了蜘蛛特别的织网方式。它把网分成若干等份，同一类蜘蛛分成的等份数是相同的。当它安置"辐射丝"的时候，它们看似是在做毫无规律的随意安置，但是这种无规则的工作的结果是织成了一个规则而整齐的网。

与自然界中其他的丝相比，蛛网中用来做螺旋圈的丝是一种极为精致的丝，它和其他用来做"辐射丝"和丝架子的丝都不一样。这种丝会在阳光下闪闪发光，看上去像一条丝带。

我取了一些丝回家,放在显微镜下观察,竟发现了惊人的奇迹:那根细线本来就细得几乎连肉眼都看不出来,但它居然还是由几根更细的线缠合而成的。还有不可思议的事情:这种丝还是空心的,那些空的地方有极为浓厚的黏液,就和黏稠的胶液一样。这种黏液能从丝壁渗出来,使丝的表面具有黏性。现在我们可以知道,蜘蛛捕捉猎物靠的并不是围追堵截,而是靠它那具有黏性的网,它几乎能粘住所有的猎物。

不仅蜘蛛网那复杂的结构令我惊叹,而且蜘蛛积极、勤劳的工作态度也令我钦佩。我曾计算过,角蛛每做一个网需制造大约十八米长的丝。至于那更精巧的丝,蜘蛛就得制造出二十七米。这是多么惊人的数字呀!

那么,在蜘蛛小小的身体里怎么能产出那么多丝?它怎么能把这些丝弄成空心的,并在里面灌上黏液呢?它为什么有时制出普通的丝,有时又能造出形状不同的丝来垫巢,甚至还能制出黑色的丝带来装饰巢呢?这些问题一直在我的脑子里,使我百思不得其解。

看来,蜘蛛的网不但粘住了猎物,更网住了人们的好奇心,让我们对这些聪明的昆虫们致敬吧!

萤火虫的发光

　　萤火虫是一种很常见的昆虫。在夏季的夜晚，那些像一只一只小灯笼般在草丛间飞舞的，就是这种可爱的昆虫。

　　因为在昆虫的世界里，尾巴部分可以发出亮光的并不多见，所以萤火虫的光让它们脱颖而出，使它们成为人们关注的焦点。

　　再说说让其他昆虫都羡慕的发光问题吧！雌性萤火虫的发光器官在它身体最后三节的地方，最后三节的前两节形成宽的节形，能发出光来，而最后一节发光部位很小，有着新月的形状，这里发出的光可以从背部透射出来。这些发光器发出的白光还微微带点蓝色。

　　雄性萤火虫的发光器只在身体的最后一节，那个部位有两个小点，而雌性萤火虫前两节的发光部位是一种特例。雌雄萤火虫的区别也就在于此。但是这两个小点，几乎是所有萤类昆虫都有的。萤火虫在幼虫时期就有了这两小点，随着萤火虫慢慢长大，身体会发生一些变化，但是这两个小点始终存在。

萤火虫之所以能够发光是因为发生了氧化作用,萤皮上的白色涂料就是完成氧化作用后的剩余物质。萤火虫的氧化作用所需要的空气是由连接在萤火虫呼吸器官的一个细细的小管提供的。参加氧化作用的是一种被称为可燃物的物质,在和空气混合后会发光,甚至会燃烧,产生火焰。萤火虫正是利用这种反应而发出光芒的。

萤火虫还有能调节光亮强度的能力,这种能力依赖于萤火虫身上那细细的小管。如果管内空气充足,光亮就会强,反之,光亮就会很弱。

萤火虫尾部的那盏小灯可是很敏感的,如果受到侵扰,萤火虫会自行切断管内空气的输送,使氧化作用不能进行,这样人们就很难捕捉到萤火虫了。

前一刻,还看见草丛中一点点亮光,我一走近,亮光就消失了。利用空气的强弱来调节光亮的大小,萤火虫可真聪明!

虽然萤火虫可以调节自己尾部的光亮,但是

在有些情况下，它们也会丧失这种能力。而且，我还发现萤火虫的发光外皮在离开它的身体后，还是一样可以发光的。原来它们只需要空气就可以发光，不需要借助萤火虫的身体。

大多数人认为，能够发出光亮的昆虫应该是一个家族温馨和谐地生活在一起的。但事实上，它们并没有什么家庭观念。雌性萤火虫会四处产卵，将养育后代的责任抛之脑后。

不过，萤火虫无论是一粒卵还是已经死去，它都会发着光，甚至是在寒冷的季节，躲在地下的幼虫也是闪着亮光的。你可以试着在寒冷的天气寻找藏在地下不深处的萤火虫的幼虫，它们也一定是亮着光的。

昆虫的世界让我们惊叹，也许萤火虫在地下的光亮只是它们为自己留有的温暖，但是昆虫世界的这些特有的现象，却让人们产生了无限的美好遐想，使人类感受到柔和的光亮所承载的温暖与希望！

列那狐的故事

〔法〕吉罗夫人　著

文质　改编

长江出版社
CHANGJIANG PRESS

图书在版编目(CIP)数据

语文阅读经典丛书.第六辑 / 文质改编.
—武汉:长江出版社,2021.4
ISBN 978-7-5492-7642-4

Ⅰ.①语… Ⅱ.①文… Ⅲ.①世界文学—作品综合集
Ⅳ.①I 11

中国版本图书馆 CIP 数据核字(2021)第 070065 号

语文阅读经典丛书.第六辑 　　　　　　　　　　　　　　文质 改编

责任编辑:江水
出版发行:长江出版社
地　　址:武汉市解放大道 1863 号　　　　　　　邮　　编:430010
网　　址:http://www.cjpress.com.cn
电　　话:(027)82926557(总编室)
　　　　　(027)82926806(市场营销部)
经　　销:各地新华书店
印　　刷:湖北嘉仑文化发展有限公司
规　　格:880mm × 1230mm　　　　1/32　　　20 印张　　　400 千字
版　　次:2021 年 4 月第 1 版　　　　2021 年 4 月第 1 次印刷
ISBN 978-7-5492-7642-4
定　　价:124.00 元(共五册)

列那诞生

　　很久很久以前，上帝创造了世界。在广袤的宇宙天地之间，就只有上帝一人独守，他觉得世界上缺乏生气。于是，他就按自己的样子捏了一个泥人，并向它吹了一口气，瞬时那泥人便活了。上帝给他取名叫亚当。

　　上帝把亚当安置在伊甸园东部的一片乐园里，并叮嘱他道："乐园中各种树上的果子你都可以吃，唯独知善恶树上的果子例外，它对你来说就是禁果！一旦你吃了它就会大难临头。"亚当把上帝的话牢记在心。

　　"你一个人太孤独了，"万能的上帝对亚当说，"我要再给你造个助手。"于是，上帝在亚当熟睡之际，取了他身上的一根肋骨，造了一个女人。上帝也给她取了个名字，叫夏娃。从此，二人结为夫妻，一同生活在乐园中，日子过得无忧无虑。

　　有一天，夏娃遇见了一条蛇。在上帝创造的一切生物中，蛇是最狡猾的。蛇告诉夏娃可以吃知善恶树上的果子，吃了那果子以后，眼界就打开了，从此就像他一样能分辨出善恶，也

像他一样聪明。

夏娃听了蛇的话，信以为真，于是摘了一个果子吃了，还哄着亚当和她一起吃。偷吃了禁果后，两个人立刻就为自己和对方的赤身裸体感到害羞，躲藏了起来。

上帝很快就知道了他们违反禁令偷吃禁果的事，于是就把他们从伊甸园中赶了出去。

刚开始的时候，离开乐园的亚当和夏娃还很高兴，因为他们终于不用再受上帝的监管，一切都自由了。可没过几天，他们就体会到了生活的艰辛，他们必须自己养活自己。

严厉的上帝也是仁慈的，他完全清楚他们的处境，心里不免起了恻隐之心。于是，在两人最困难的时候，上帝伸出了万能的手。

有一天，亚当和夏娃来到海边的沙滩上寻找食物，上帝突然出现了，他远远地站着，招手把亚当叫了过去。

亚当跪在上帝面前，表示彻底悔过，希望上帝能考虑再让他们回到伊甸园去。

"孩子，回乐园的事情，你就不要再想了，对于已经打开了智慧之门的人类来说，那座乐园已经不存在了。但是，我知道你暂时还没有学会应付生活的本事，因此，我特地给你送来一根神棒。你只要用它轻轻击打水面，就会得到一个对你有用的动物。但是，有一点你必须记住，无论如何也不能让夏娃碰这根神棒。如果是她用神棒击水，那么，弄出来的东西就会对你们一点儿好处都没有。"说完，上帝把一根精致的榛木棒交给亚当后就消失了。

亚当擦干了眼泪，仔细看着手里的神棒，心中默默地感谢上帝。这时，夏娃走过来；问明了事情的经过之后，她对上帝不让她使用神棒表示非常不满，坐在一边生了半天闷气。但是，这对她的禁令又激起了她强烈的好奇心。她认为亚当是那样的宠爱她，所以从他手中骗来神棒应该易如反掌，想到这里，她脸上的怒气立马消失了。

"你快用神棒击打水面吧，"夏娃故作不相信的表情对亚当大声喊道，"我倒要看看到底能出来个什么东西，快呀，还等什么！"

亚当受了夏娃的鼓动，立刻挥棒向水面击打了一下，浪花飞溅之时，果然出现了一只母绵羊和一只羔羊。

夏娃领教了这根魔棒的神奇之处，暗暗惊叹不已。"啊，果真如此，我也想要试一下。"她恳求亚当，并不断地软磨硬泡。

亚当终于心软了，把神棒递给了夏娃。可是，当夏娃用神棒击打水面后，一只狼从水里窜了出来，以迅雷不及掩耳之势扑向母羊，眨眼间就消失在树林深处了。

亚当终于明白了，夏娃用神棒果然弄不出好东西来。因此，为了少惹麻烦，亚当每次用完神棒，都小心谨慎地把它藏好，以防夏娃找到。

有了这根神棒，亚当和夏娃的日子是越过越舒心，但夏娃的好奇心并没有因舒适的生活而有丝毫的减弱。由于好奇心的驱使，亚当每次用完神棒之后，她都暗中跟着他，记住了神棒藏匿的位置。

有一天，夏娃趁亚当不注意，偷了神棒拿去击打水面，于是那些猛兽和害虫都跑出来了，给她带来了无尽的烦恼。

夏娃干这些事的时候一直瞒着亚当，直到有一天，她正挥着神棒击打水面时，恰巧被亚当看见了。亚当立马奔上前想拿回神棒，可夏娃就是不给，就这样他们两人争夺了起来。无意间，两人一齐握着神棒打向水面，于是一只猫从水中跳了出来，它兼具善恶双重特征，既乖巧又残忍。

为了拿回神棒，亚当向夏娃重复了上帝的警告。夏娃听后彻底被激怒了，她用力把神棒折断了，并把它扔到了大海里。

这时，只见海面上波涛汹涌，一只怪兽冒了出来，那怪兽有着非常漂亮的皮毛，夏娃顿时想到可以用它来做一条围巾。谁知怪兽向夏娃冷笑一声，一溜烟地跑不见了。这是它第一次捉弄人，以后还会有无数次。这只怪兽就是狐狸列那。

列那生性凶残且诡计多端，做了许多坏事，常常在动物王国里利用他的小聪明戏弄小动物们。我们要讲的就是关于狐狸列那一生的故事。

列那和亲友

　　列那和他的家人一起住在马贝度城堡，那里森林茂密，鲜花盛开。

　　列那的妻子名叫海梅林，他们有三个又活泼又淘气的孩子——大一点的贝尔西埃、马尔邦什和小一点的鲁塞尔。

　　列那和公狼叶森格伦很是亲密，列那甚至还认他作舅舅。叶森格伦男爵虽然权倾天下，却没有头脑。因此，即使他们两个貌似很亲密，但列那仍常常想方设法戏弄他，让他吃了不少闷亏，甚至连他的妻子海逊德夫人也很喜欢列那。

列那的表兄胡獾葛令拜是一个很随和的人，性情憨厚，对列那的智慧佩服得五体投地。

列那还有其他的一些朋友。叶森格伦的弟弟普里摩、狗熊勃伦、猴子匡特洛、乌鸦田斯令、松鼠卢索、野猪波桑等都是列那的朋友，他们也都是国王雄狮诺勃勒和王后菲耶尔夫人的大臣。

野猫梯培拥有与列那一样非凡的智慧，不过他没有列那那么奸诈狡猾。梯培也自称是列那的朋友，但他们之间的友谊是经不起考验的。

公鸡尚特格雷也特别聪明，他很快就看出了列那的狡猾本性，渐渐疏远了他。

列那其他的朋友，如公狗柯尔特、蟋蟀罗拜、白颊鸟梅赏支、野兔科阿尔、麻雀特路恩也是如此。

秃鹫莫弗拉对列那的巧言令色知之甚深，他已经练就了一身对付列那的本领。

列那每天都要出去寻找食物，除了自己填饱肚子，还要养活妻子和孩子们。

为了生存，列那不得不施展自己的狡猾和鬼计，常常不择手段地去欺骗、偷窃和抢夺，他不仅欺压弱小平民，更是损害他的朋友甚至国王的利益。

装死偷鱼

那天天气很冷，天空灰蒙蒙的。列那一直对着那几个已经空了的食品柜发呆。妻子海梅林眉头深锁地摇着头说："我们家里什么吃的也没有了，饿着肚子的小家伙们快回来了，他们会吵着要吃东西，我们该怎么办才好？"

列那不想面对妻子和孩子们悲伤的脸，他打算与将要到来的敌人——饥饿——大战一场。于是他出了门，在林间小道上转悠，不停地东张西望，但没有发现任何可吃的东西。就这样走着走着，直到走到一条被栅栏分开的大路上，他一屁股坐到了路边。正在低头沮丧之时，他突然嗅到寒风中夹杂着一股诱人的香味，而且越来越浓烈。他不由得抬起头，用力地吸了几口。

"是新鲜的鱼呀！"列那兴奋地嚷起来，"可是，这香味是打哪儿飘来的呢？"他纵身一跃，循着香味就跑到了路边的栅栏旁。他看见远处驶来一辆马车，这股让人垂涎欲滴的香味就是从这辆车里飘过来的。当马车渐渐驶近时，他看见里面装满了活蹦乱跳的鱼。

　　列那迫不及待地想吃点儿鲜鱼，来犒劳自己干瘪的肚皮。当他馋得口水直流时，一条妙计在他脑子里产生了。他轻轻跃过栅栏，绕到马车必经之处的路中间，躺下来装死。

　　"看，我们的车前躺着一只死掉的狐狸，或者是只獾。"一个眼睛稍尖的小贩看到这躺在路上的家伙，大叫了起来。

　　"是狐狸。下车，快下车！"

　　两个商贩连忙下车，走上前去查看。而列那呢，拼命憋着气一动不动，装死到底。他们在列那身上翻来覆去地又捏又摸，发现他那身漂亮的毛皮是难得一见的上品。

　　"这张皮能值四比索。"其中一个说。

　　"不止四比索！起码值五比索。给我五比索我都嫌少呢！"

　　"扔到车上吧！进了城我们再扒下狐狸皮卖给皮货商。"两人也没在意，顺手把列那扔到了车上鱼筐边，就又赶路了。

　　可想而知，我们这只奸计得逞的狐狸在车上会有多么的欢畅！虽然内心狂喜万分，但列那也不敢太放肆，只是小心翼翼地用他锋利的牙齿咬开了一个鱼筐，然后津津有味地享用起来。一眨眼工夫，他就把三十条鲱鱼塞进了肚子。

饱餐一顿之后，列那根本就没想到要逃走。一家人的饥饿问题还要靠他解决呢，这可是千载难逢的好机会啊！"咔嚓"，他又用牙齿咬开了另一个装满鳗鱼的鱼筐。

他先尝了尝，为的是弄清楚鳗鱼是否新鲜，以确保家人不会因吃了不新鲜的鱼而拉肚子。在确认是鲜鱼后，他灵巧地串起几条鳗鱼，做成项链挂在脖子上，接着悄悄地顺着车尾滑了下去。虽然他十分小心，但还是弄出了一点响动。

商贩们扭头发现了列那，当看到那只死狐狸竟然神奇地从车上跳了下去，他们惊得目瞪口呆。得意洋洋的列那对呆在那里的商贩大声讥讽道："朋友们，愿上帝保佑你们！我的皮可不止值五个比索！这鳗鱼就谢谢你们啦！"商贩们这才明白他们被列那的诡计愚弄了。

气急败坏的商贩当即停下马车，去追赶列那。可是尽管他们使出吃奶的劲儿，还是追不上列那，列那总是比他们快一步。他飞快地翻越栅栏，很快就从追捕者的视线里消失了。

列那很快就跑回了家，海梅林亲切地迎接丈夫的归来。她看到列那脖子上挂的那串"项链"，觉得再也没有什么首饰能比这个更美了。她对丈夫的战果很是满意，并大大地赞扬了一番。列那的两个稍大点的孩子贝尔西埃和马尔邦什虽然还不会捕猎，下厨却很有一套。他俩生好火后就把切成块的鳗鱼用铁丝穿起来，有模有样地放在火上烤着。

戏耍公狼

正当列那一家忙着准备丰盛的鳗鱼晚餐时，公狼叶森格伦正好经过列那家门口，他闻到了从列那家飘来的烤鳗鱼的香味。叶森格伦已经大半天没吃东西了，所以鳗鱼的香味一下子就激起了他的食欲。他顾不上自己男爵的高贵身份，走近那扇紧闭的大门，使劲地嗅着鳗鱼的香味。上帝啊，太香了！

叶森格伦在列那家周围徘徊，不时吸两口香味，最后还是忍不住去敲门了。

"开门！快开门，是我！"他大声叫道，"我给你们带来好消息了！"

其实，列那早就猜到是叶森格伦在门外，一听到这声音就更加确信了，但他还是故意问道："是谁呀？"

"是我呀，你舅舅，好外甥，快开门吧！"

"哦，真的是您？我还以为有小偷呢！"列那故意大声说道。

"快开门吧，我快不行了。"叶森格伦用微弱的声音说。

列那不为所动，严肃地解释道："我的好舅舅，我得等修士们吃完饭才能为您开门。"

"在你家的是哪个修道院的修士？"叶森格伦很是好奇。

列那瞎掰道："您没听说过天龙修道会么？您不知道我已经加入了这个修道会么？我家现在已经成了天龙修道会的修道院，修士们现在都住在这儿呢！"

"就不能请我进去参观一下你的修道院吗？"叶森格伦简直有些急不可耐了。

"当然不行，您这样太没有礼貌了，我的贵客会不高兴的。"

"好外甥，我快饿死了。看在天这么冷的份儿上，你就行行好，可怜可怜你的舅舅吧！"

"我不能答应您的请求，这里是非修士不得入内的。"列那故意严肃地说道。

叶森格伦知道列那是不可能让他进屋了，可他还在垂涎那些美食，不肯放弃，他继续站在门外恳求。

列那拿起两块鱼，先捡其中一块大的尝了尝，然后把另一块从门上的小洞递了出去。叶森格伦接到鱼块，囫囵吞枣般一口就吞了下去，但他立刻又想，要是能再吃一块就好了。

"这一块是修士送的！他们希望您不久以后也能加入我们的修道院。"这时，从里面传来列那的声音。

"成为修士以后你们会分给我好吃的食物吗？"叶森格伦舔着嘴唇问道。

"当然啦，您将得到贵宾般的待遇，我们会让您享受个够！"列那奸诈地答道，"但是到目前为止，您还没有答应，所以我不能再多给了。为了显示诚意，您应该立刻接受剃度仪式，快来受洗礼吧。"

叶森格伦听了这话，心里乐开了花，他连忙说："快给我剃度吧，我想早点加入你们。"

他们两个心里各怀鬼胎，表面上却似乎已经达成了共识。列那算计着怎么狠狠地捉弄一下叶森格伦。叶森格伦为了吃到鲜美的鳗鱼，也只能听凭列那摆布了。

列那回到屋里，从炉子上提了一壶刚烧开的水走到门边，向叶森格伦喊道："来吧，这个洞是专为剃度而设的。您快把头从这里伸进来，我替您举行洗礼仪式，这样您就成为我们修道院里正式的修士了。"

可怜的叶森格伦一心只想尽快加入修士行列，从而吃到可口的食物，所以对列那的话深信不疑。他毫不迟疑地把头伸进了洞里，阴险歹毒的列那随即提着开水就向叶森格伦的头上淋去。叶森格伦被烫得不停地哀号，他虽然保住了性命，但脑袋被开水烫得血肉模糊，费了好大的劲才把头从洞里缩回来。此时，狡诈的列那还在不停地怂恿他加入修道会。

列那还不打算放过叶森格伦，他灵光一闪，计上心来，说："你现在和我们修道院的修士已没什么两样了。接下来我们讨论一下今天晚上露营的事情吧！教会规定，剃度者入会的第一个夜晚要接受考验，神职人员都必须这样。"

叶森格伦痛苦地摇着被烫伤的头，无奈地叹气道："这是我应该做的。"

用尾巴钓鱼

叶森格伦坐在列那家门口痛苦地呻吟着。列那来到他跟前，假惺惺地说："啊，我的好舅舅，漫漫长夜，您却孤零零一个人在外面，让人看了真是于心不忍啊！如果我陪着您的话，晚上您也许就不会那么难过了吧。"

叶森格伦不停地颤抖着，只能小声地抱怨。

两人默默无语地向黑夜深处走去。这时正值寒冬，他俩来到附近一个池塘边，发现池塘已经结冰了。冰上有一个窟窿，那是农民为了饮牲口而凿开的。列那盯着冰窟窿瞧了瞧，发现冰窟窿边还放着一个汲水用的吊桶。

"哈哈，"他自言自语道，"这儿可是个捉鳗鱼的好地方！"

叶森格伦听后仿佛看到香喷喷的烤鳗鱼已经摆在面前了，他的肚子"咕噜噜"地响了起来，烫伤的疼痛也完全抛到脑后去了。"我现在就要捉鳗鱼！"叶森格伦抢着说道。

"既然您这么想，那么，我的好舅舅，您就捉鱼吧！"列那说，"但我们到哪里去找系水桶的绳子呢？我这里这点细麻绳恐怕派不上用场。"

"啊，我想到了！"叶森格伦叫了起来，"列那，我就这样蹲着，你把水桶系在我尾巴上放进冰窟窿里，等待鱼儿自投罗网，这样鳗鱼就跑不掉了。"

列那暗自偷笑，立马动手把水桶紧紧地拴在叶森格伦的尾巴上。叶森格伦蹲坐在冰面上，看着水桶沉到了冰窟窿里。

这时，列那躲到了远处的灌木丛里，满脸得意地托着腮，监视着叶森格伦的行动。拴在叶森格伦尾巴上的水桶渐渐地被冻住了，可怜的叶森格伦还以为桶里已经装满了鱼呢，所以对自己越来越重的尾巴不以为然。叶森格伦终于动不了了，这时他才着急地大喊道："列那，水桶应该都满了吧？装太多了，我已经动不了啦！你快来帮帮忙吧。"

列那在远处满脸讥讽地大笑着："贪心不足蛇吞象！"

天很快就亮了，一个习惯在清晨狩猎的绅士骑着马儿，带着随从和猎犬出来寻找猎物。野地里顿时热闹起来。

"狼！是狼！"随从们惊叫道，"他被绑住了，快捉住他，打死他！"一大群人向叶森格伦直奔而去，绅士带着猎犬冲在最前面。列那一听到马蹄声就逃得无影无踪了。

绅士下马后，拿着剑向叶森格伦冲过来，可他脚下一滑，剑没有刺中狼的身体，却斩断了他冻在冰里的尾巴。

叶森格伦因此得救了，除了落下一截尾巴在冰窟窿里外，还损伤了不少皮毛，但能保住这条小命已是不幸之中的万幸了。可他只要一想到那截失去的尾巴，就痛苦不堪。

公狼受骗敲钟

叶森格伦逃脱后来找列那算账。列那用他那三寸不烂之舌使叶森格伦相信他是因为运气不好，才差点儿在池塘上遇难，叶森格伦很轻易地就原谅了他。然而，叶森格伦还是对那美味的鳗鱼念念不忘，于是他天天缠着列那要他履行承诺。

他对列那说："我已经剃度完，准备好加入修道会了。还需要做什么呢？我希望马上就能成为你们修道院的修士！"

"我的好舅舅，"列那装模作样地说，"您还要完成一项任务才行。"

"什么任务？"

"您会敲钟吗？"

"敲钟？"叶森格伦非常不解。

"对，敲钟！一个真正的修士，必须要

会敲钟。您上知天文下知地理，应该不会连这个都不知道吧？"

叶森格伦问道："这项任务完成后，我就能够名正言顺地以修士的身份进入修道院了吧？"

列那回答道："当然是这样！"

于是他俩来到教堂，教堂里静悄悄的，一个人也没有。列那指着坠到地上的绳子说："舅舅，您只要拉一拉这些绳子，钟就会响，很容易的。"

叶森格伦瞥了一眼绳子，说："万事开头难，你帮我把绳子系在我腿上吧，这样绳子才不会滑落，就很容易敲响钟了。"

列那给叶森格伦的腿上系好绳子。叶森格伦使出吃奶的劲去拉绳子，可钟还是纹丝不动。就在这时，列那悄悄开溜了。由于钟太沉，叶森格伦被吊在了半空。就在他认为自己再也无法返回地面时，钟却慢慢发出一阵轻微的响声，接着另一口钟也跟着响了，最后，所有的钟全响了。没多久，周围的居民都被惊动了，全都来到钟楼前一探究竟。

可怜的叶森格伦两只前腿被绳子紧紧绑住，悬挂在半空。他急得在空中拼命地挣扎，因为他的剧烈动作，绳子居然被扯断了，叶森格伦从半空中摔了下来。

落到地上的叶森格伦打量着四周围观的人群，感到既害怕又难堪。他挣扎着解开了系在腿上的绳子，快速地逃走了。地上留下了不少他的毛皮和血迹。

叶森格伦强忍着疼痛，一瘸一拐地往回走，一路上不断地发誓要报仇。他相信，将来有一天他一定能报仇雪恨。

公狼复仇未果

　　为了小心起见，这段时间列那一直待在家里不出门，因为他的几个好朋友告诉他，叶森格伦在准备报仇。列那趁着这段时间，一边在家教孩子们学习，一边整修马贝度城堡。他并没有把叶森格伦的报复放在心上，反而生活得很开心，也很平静。

　　可是没过多久，他就开始对这种平静的生活感到难以忍受了。这天，列那伸着懒腰，打着哈欠，看样子他准备出门了。

　　海梅林紧张地大叫起来："亲爱的，叶森格伦还在气头上，你一定要小心啊！"

　　列那郑重其事地对妻子承诺说自己一定会当心的，说完就出门了。

　　叶森格伦这段时间真的一直在马贝度城堡附近打转，他对列那的行踪了如指掌，下决心一定要把列那碎尸万段。但是他一想到自己已出来很久了，老婆和孩子一定正在为他担心，便决定回家一趟。他最后瞥了一眼列那家的方向，突然看见列那家的大门被轻轻地推开了，露出一条缝，透过缝隙他可以清楚地看到列那的尖鼻子。

叶森格伦兴奋起来，在心里盘算着：等列那出门后，在离马贝度城堡有一段距离的地方下手才比较保险，这样可以防止他耍诡计脱身。

叶森格伦本来准备藏在草丛中，趁其不备捉住列那。狡猾的列那为了迷惑叶森格伦，故意和他捉迷藏，在他前面时隐时现。叶森格伦上一秒才看见列那在右边的大路上飞奔，下一秒列那就无影无踪了。

就这样，叶森格伦一刻不停地追赶，终于再次发现了列那。列那突然掉头向右边一跃，向一幢房子飞奔过去。

那幢房子门口有一排装满颜料的大木桶。列那想跃过木桶躲到房子里去，可因为跳得不够远，恰巧落到了一个木桶里。

列那被木桶里的染料呛得不停地咳嗽，引起了一个染布工人的注意。

"喂，你在干什么？"染布工问道。

列那不慌不忙地答道："我路过的时候看到这些染料桶，便不由自主地想到桶里看看。因为我也当过染布工，还知道些祖传秘方，所以看到这些就忍不住想试试自己的技术。您可千万别生气啊！老师傅，您能先把我拉出来再说么？"

染布工觉得列那在胡说八道，但还是把他拉了出来。

列那出来后，就带着被染成黄色的毛皮狂奔到一个栅栏旁，不想却正碰上叶森格伦。列那还没来得及躲闪，叶森格伦却毕恭毕敬地向他行礼，说："欢迎来到这里，尊敬的客人。

我从没见过如此漂亮的皮毛，请问您是从哪里来的呢？"

列那立刻明白是染料改变了他的外貌，让叶森格伦认不出他了。于是他回答道："我来自英国，可现在我弄丢了卖艺为生的大弦琴，该怎么办啊？"

叶森格伦说："我可以为您提供帮助，但您也得帮助我。"

列那煞有介事地说："这是我的荣幸。"

"非常感谢！我想问问您有没有见到一个红色皮毛的丑家伙？"叶森格伦问道。

列那立刻答道："我从没见过这样的家伙。"

"真遗憾，竟然又让这个坏家伙逃掉了。"叶森格伦叹气道。

"您知道什么是大弦琴吗？"列那问。

叶森格伦说："当然，您跟我来。我在一个节日的晚上曾听一户人家弹过，那里有一架大弦琴。那声音太美了，肯定是架好琴。"

于是，他们一同来到叶森格伦所说的那户人家门口，透过窗户看到大弦琴就在离窗口不远处。"看到了吗？快去拿呀。"

列那说："我可不敢，我不敢进去。"

叶森格伦想尽量在这个"陌生人"面前展现自己的热情和勇敢，于是他从窗口跳进了屋子。

叶森格伦发出的响声惊动了一只猎狗，一场恶战瞬间就爆发了。主人们听到了打斗声，全都跑出来帮助猎狗。结果，叶森格伦被打得浑身是伤，所幸的是他最后奋力从人群中逃了出来。但当他从屋子里逃出来后，却发现那位本应该感激他的朋友不见了踪影。

白颊鸟智斗列那

这一天，列那起得很早，因为他又要出门寻找猎物以填饱饥饿的肚子了。

他迈着轻快的步子穿越田野时，看见白颊鸟梅赏支停在柏树枝上。仔细一瞧，原来白颊鸟在树上造了一个窝，此刻正在孵蛋呢。狡猾的列那眼珠一转，计上心来。

列那对白颊鸟喊道："早上好，梅赏支夫人，真高兴一早就能见到您。请您下来，和我拥抱一下吧。"

白颊鸟回答说："早上好，列那。对于你的所作所为我再清楚不过了，你那些害人的把戏早已街知巷闻。我一点也不相信你，更不想和你扯上哪怕一丁点的关系。你的心已经卖给魔鬼了，谁会蠢得相信你这种人神共愤的混蛋！"

列那为了自己的计划强压住怒火，仍然尽量摆出一副亲切的面孔说："梅赏支夫人，即使您不想和我有任何关系，但您不会忘了我是您儿子的干爹吧。这身份已经让我们扯上关系了啊，对于我们之间的关系我会非常珍惜的。您难道不知道最近国王狮子诺勃勒已经颁布命令，让我们要和睦相处吗？他还给出了具体的政策，要所有臣民在他的管辖区内休战。所有人都要服从他的命令，和睦共处。所以，我们不需要再担心了，国内所有的臣民，不论是鸟类还是兽类，不论大小，都可以开开心心地安居乐业。"

梅赏支听完后说："列那，感谢你的消息，听起来的确振奋人心，但你还是去找别人拥抱吧。我才不会受你的愚弄！"

"梅赏支夫人，您为什么就不肯相信我呢？我这回可是诚心诚意的，您真的误会我了。您要怎么才能相信呢？那好吧，我闭着眼睛和您拥抱总行了吧？"列那说。

白颊鸟感到无法拒绝，只得假装妥协，她说："哦！那好吧，我答应你，但是你必须先闭上眼睛，你闭上眼睛我再下来。"

见列那闭上了眼睛，白颊鸟抓了一大把青苔和树叶向列那飞去，用青苔轻轻地碰了碰列那的胡须。这时，歹毒的列那以为机会来了，迅速张大嘴巴一口咬了下去，可咬到的却是青苔和树叶。

列那感觉不对头，立刻睁开眼睛，却看到白颊鸟站在不远的枝头"咯咯"直笑。白颊鸟说："列那，难道这就是你所说的友善与和睦吗？我看这真够有趣的，幸亏我对你的为人太了解了，才没把你的

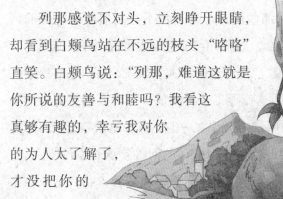

那些鬼话信以为真。"

卑鄙的列那仍旧大言不惭地说道:"哦,亲爱的梅赏支夫人,我只不过想和您开个玩笑罢了,您应该也是如此吧。来吧,我们重新来一次正式的拥抱吧。"

梅赏支说:"好吧,但还是请你先闭上眼睛。"

列那闭着眼睛等着,满以为白颊鸟会从对面飞来,可聪明的白颊鸟却从右边飞向他。列那听到声音,迫不及待地张大嘴巴用力咬下去,没想到又扑了个空。等他再次睁开眼睛,白颊鸟早就飞回枝头了。

白颊鸟怒不可遏地叫道:"列那,我又识破你的诡计了。如果我不够谨慎,就会任你摆布了。想让我相信你,别做梦了。"

"您根本不了解,"列那继续诱导道,"您不仅胆小如鼠,还老是怀疑我,所以我决定也要惩罚您一次。来,我们再来一次吧。下不为例,亲爱的梅赏支夫人,您不用担心,我可是您儿子的干爹啊。就凭我和您儿子的这层关系,我也不会对您下毒手的。为了增进我们之间的友谊,再来一次吧,快下来。"

白颊鸟可不像那些傻瓜,她当然不会相信谎话连篇的列那,不管列那说什么,她仍旧打定主意稳稳地停在树枝上。

这时,一群带着猎狗经过的猎人发现了列那,立刻嚷嚷起来:"快看,狐狸,是狐狸,快捉住他!"猎人们挥着马鞭飞奔而来,号角声和叫喊声交织在一起,声音越来越近。列那见势不妙,立刻想要开溜,连白颊鸟的回答差点儿也没听到。

白颊鸟说:"列那,我相信你了。你等着,我就下来和你拥抱。可你跑什么呢？那些人是来干什么的啊？你所说的友好相处的法令呢，怎么会这样？"

列那边逃边喊："梅赏支夫人，这些人一定还不知道这个法令。他们太年轻了，还没有从他们父母那里听说这个法令呢。"

"哦，亲爱的列那，别跑那么快，我现在就要和你拥抱。"白颊鸟故意大声喊道。

"现在可不行，我没那闲工夫。"列那边跑边虚伪地说。

列那不停地奋力向前跑，希望能够摆脱猎人的追捕，但没想到却撞上一个带着两条狗的修士。前有堵截，后有追兵，列那的处境更加危险了。就在这时，猎人带着猎犬终于追了上来，远远地朝修士喊道："放手，快放开你的狗。"

列那被前后夹击，很清楚自己的处境。他知道，如果自己被抓住，肯定凶多吉少。于是他又开始想方设法耍手段，想要躲过此劫。他对修士说："伙计，看在上帝的份儿上，您就放过我吧。我相信您会遵守'十诫'，不会伤害我的。我正在和那些跑过来的猎狗比赛，赢的人可以获得一大笔赏金。您看，我就要赢了，可他们却想方设法阻挠我获胜。别相信他们，如果您拦住我，就是在犯罪。"

"你快过去吧，上帝保佑你。"修士完全上当了。

正直的修士被列那蒙骗了，紧紧地牵着他的狗为列那让道。列那迅速跳进草丛中，猎人再也找不到他了。

虽然成功脱险，但列那不敢稍做停留，仍旧不停地朝前跑，因为后面的敌人太可怕了，他希望能远远地摆脱他们。

骗取乌鸦的奶酪

一天，列那在小河里舒舒服服地洗了个澡。洗完后他很想躺下来睡一觉，但他太饿了，不得不去找点东西填肚子。

正巧不远处有家农夫做了许多奶酪，晒在太阳底下。乌鸦田斯令闻香而来，在奶酪上方盘旋。

这时，乌鸦看到农夫终于进屋了，便飞快地拍着翅膀俯冲下来，叼走了一块奶酪。当农夫从屋子里出来时，正好看得一清二楚，顿时怒火冲天，捡起一块石子就向乌鸦砸过去，可惜没打中。

乌鸦抓着奶酪飞到山毛榉树的一根树枝上停下，开始享用美味。巧的是列那也正在

山毛榉树下觅食。

乌鸦想用它的尖嘴啄开奶酪的外皮，可他啄得太用力了，以至于有几块奶酪碎屑落到了列那面前。饿得头昏眼花的列那很想弄清楚这些奶酪碎屑是打哪儿来的，他发现乌鸦田斯令正藏在茂密的树叶间，一下一下地啄着那块偷来的奶酪。

列那大声叫道："田斯令，上帝保佑你已故的父亲——罗赫特伯爵——能上天堂！你父亲那美妙的歌声我至今都回味无穷呢！我非常喜欢音乐，今天能和你不期而遇真是太棒了。你能唱首歌给我听么？"

田斯令非常享受列那给他的这顶"高帽子"，立刻得意得忘乎所以，哇哇大叫起来。

列那连忙说："真是太好听了，但我觉得你还有能力把音调拉得更高。"

田斯令觉得自己俨然就是一位伟大的音乐家，他扯着喉咙发出一阵声嘶力竭的号叫，终于创造了一个高音记录。

田斯令被列那捧上了天，他决心一定要发出一声更加高亢的叫声！

于是，乌鸦使出全身的力气大喊大叫，并手舞足蹈起来。

正因为如此，他那抓着奶酪的爪子不自觉地松开了，奶酪落在了列那的脚边。

列那的午餐终于有着落了，但他却故意装作对那块奶酪不感兴趣，站起来跛着脚拐了几步。然后他埋怨道："唉，我可真不走运，听你唱歌听得入迷了，竟然连爪子受伤的痛苦都忘记了。这个东西也不知是从哪里掉下来的，真是恶臭难闻。你能下来帮帮我么？如果你喜欢这种东西，就下来帮我吃掉它吧。"

田斯令根本没打算放弃他的奶酪，听到这话正中下怀，于是毫不犹豫地从树上飞下来。

列那纵身一跃，向田斯令扑去。

但是田斯令和列那相距尚远，他见势不对立马飞了起来。田斯令虽然逃出了列那的魔爪，可还是失去了四根羽毛和偷来的奶酪。

田斯令惊恐地飞回枝头，对列那大声喊道："看来我没猜错，你果然不安好心。"

列那耸了耸肩膀，说道："算了吧，这块奶酪已经够我享用了！像这样好吃的东西我还从没吃过呢。"

乌鸦又是后悔又是生气，但也只能带着愤怒飞走了。

列那津津有味地享用着奶酪，但还是很遗憾失去了田斯令，他当然不是遗憾失去了田斯令的信任和友谊，而是遗憾失去了一顿美餐。

公狼成了替罪羊

列那听说有个神父家里储藏着许多美味佳肴,但是神父却从未邀请过别人与他一起分享。

有一天,列那发现他可以从一个猫洞进入这座房子。从那以后,他便常常通过猫洞偷走神父家里好吃的东西,然后转运到安全的地方供自己享用。

那天,当列那舔着胡须回味自己享用的从神父家里偷来的最后一块肥肉时,遇到了叶森格伦。虽然列那已经吃饱了,但是他也没有什么东西能施舍给还饿着的叶森格伦,所以他决定给叶森格伦一点帮助。然而,他在帮人的时候也没忘了害人,在想着怎么帮叶森格伦弄点吃的同时,他又设计了一个陷阱,领着叶森格伦往神父家那边走去。

列那边走边把神父家储藏的食物告诉叶森格伦:"粗大的腊肠、大块的火腿和腌肉,还有新鲜的肥肉和美味的熏鸡,神父家储藏室里的食物多得简直数不胜数!"

叶森格伦听得口水直流。

"那我们赶快行动吧！"叶森格伦说。

来到那个猫洞前，狭窄的洞口让叶森格伦有些顾忌，因为他身材高大，不像列那那么灵巧，能否通过这个洞还是个未知数。也许是叶森格伦饿得太厉害了，身子也瘦了下来，不然当列那给他把风的时候，他怎么能如此轻易地就爬过去了呢？

叶森格伦实在是太饿了，根本等不及把味美的食物带出储藏室，就在那里大口大口地吃了起来。

正当他不知死活地品尝着一只大火腿时，列那突然大喊道："好舅舅，您快出来吧，有人来了。"

叶森格伦连忙冲向洞口，拼了老命往外挤，但几乎被卡得透不过气来，列那也竭尽所能地将他向外拉。可是叶森格伦的肚子实在是太鼓了，当他的头和肩膀出来以后，就再也无法移

动一点儿了。

最后只听列那说道："您愿意试试最后一个办法么？"

叶森格伦着急地说："当然愿意，快点说吧。"

列那想找一根绳子把舅舅从洞里拖出来，他觉得这样做是可行的。但他真是如此好心么？当然不是，奸猾的列那一想到叶森格伦因为贪吃被卡在了洞口，就忍俊不禁。

列那来到院子里本来是为了寻找绳子的，可来到餐厅时，正好遇见神父正在吃着美味的腌鸡。

看到腌鸡的列那早已将叶森格伦抛到了九霄云外，找绳子的事情就更不用说了。他跳上桌子，身手敏捷地一把抢过腌鸡，然后飞快地跳了下来。

神父大吃一惊，尖叫起来："快抓贼，抓贼啊！我的腌鸡被抢走了。"

列那东躲西闪地跑着，目标是储藏室。他刚下楼梯，就突然一个转身又跑回去，可不一会儿又从楼梯上冲下来。

而对列那翘首以盼的叶森格伦由于钻不出去，只好退了回来。列那跑进来时发现洞口没有被堵住，连腌鸡也放弃了，直接通过洞口逃了出去。

神父尾随其后追了进来，原本是为了追小偷，没想到却歪打正着撞到一只狼。于是，叶森格伦理所当然成了替罪羊，神父毫不留情地狠狠揍了他一顿，他被打得死去活来。

后来，叶森格伦还是逃了出来，这一次死里逃生，可以说叶森格伦又创造了一个奇迹。

黄莺惨遭毒手

这天，列那在散步时看到两只黄莺在空中低飞着。他认出那是特洛莱和埃尔蒙特夫妇。

"这就是我明天的午餐了。"列那心里暗想。

列那悄悄尾随着两只黄莺，他突然灵机一动，计上心来。只见他重施故技，突然躺在树荫下的一块草坪上，四肢张开，吐出舌头装死。

妻子埃尔蒙特首先发现了列那，连忙对丈夫特洛莱说："看！那不是列那么？他好像已经死掉了。"

特洛莱提醒道："也许他只不过是在睡觉！"

埃尔蒙特却反驳道："不，睡觉和死是有区别的，我能看出来。相信我，我们还是去看看吧。"

特洛莱虽然很不情愿，却也没有办法阻止妻子靠近列那，只好硬着头皮跟了过去。

列那紧张地憋住气，那僵直的样子更增加了埃尔蒙特的信心，她壮着胆子慢慢向列那靠近，还把头靠在列那大张的嘴巴旁倾听他的呼吸。

电光火石之间，列那突然跃起，顷刻间，可怜的埃尔蒙特就断气了。

特洛莱在空中痛苦地哀号。列那对他嘲讽道："可怜的特洛莱，女人不应该好奇心太重，不应该粗心大意！我已经帮你把她的毛病改好了！"

列那带着埃尔蒙特的尸体回到家里。孩子们赶紧生火，烹饪技术一流的海梅林夫人忙着准备作料，很快一顿美味就摆上了餐桌。饱餐之后，桌子上只剩些残羹冷炙。

兔子兰姆在经过列那家时正好遇上准备出去散步的列那。

列那说："嗨，我的朋友，这么久不见，你似乎很忙啊。"

兰姆看到列那，吓得面如土色，非常紧张。

列那热情地说："朋友，就来我家吃顿便饭吧。"

经不住列那的盛情邀请，兰姆还是跟着列那进了屋子。列那给他端来椅子，海梅林为他捧来樱桃，兰姆吃得小心翼翼。

就在此时，好奇心强烈的贝尔西埃走了过来，凑近桌子，想看看兰姆在吃什么。这个贪吃鬼，看着可爱的红樱桃，便也想尝尝味道。

兰姆吓得两耳倒竖，就像两把利剑刺向敌人，他扑到贝尔西埃面前，把贝尔西埃吓得惊叫连连。战争开始了，列那将兰姆扑倒在地，打得兰姆鼻血四溢，差点小命不保。惊慌失措的兰姆拿出最后一点勇气做困兽之斗，他突然跳得老高，把列那吓得目瞪口呆，于是他趁机飞快地跑出屋子，逃进了树林。

香肠事件

　　春天来了，万物复苏，大伙儿都出来活动活动筋骨。列那准备出门找点吃的，他决定去不远的一个农庄去碰碰运气。

　　公狗柯尔特的主人早上给了他一份美味的午餐——一大根肥美可口的香肠。主人把香肠拿到他的面前让他闻闻，柯尔特高兴得像鱼一样摇着尾巴。他早就期待主人把这根香肠给他吃了，但女佣却把它放到了一个高高的窗台上。

　　列那闻到了香肠的香味。"真香啊！"他想着，然后垂涎欲滴地寻找香味的来源。当他快要靠近农庄的住宅时，遇到了在树下午睡的野猫梯培。

　　野猫警觉地问道："你来这里干什么？你最好还是打消你那些坏念头。"

　　"我的朋友，"列那回答说，"你没闻到什么东西这么香吗？这味道真是太诱人了！"

　　"嗯，是啊！"梯培说，"这应该是主人为我准备的午餐。你只要跟着我就能知道答案了。"

　　说完他便径直朝住宅那边走去，脚步很轻，没有发出一点声音。列那紧随其后。很快，他们便看到柯尔特在屋里正痛苦地长吁短叹："啊，美味的香肠，也许你能自己掉下来吧！"

　　"柯尔特，你怎么了？"梯培故做亲切地问道。

　　柯尔特连忙向梯培诉苦："女佣只让我闻了闻这根美味的香肠，就放在一个我够不着的地方了。但她清楚地告诉我，那是我的午餐。"柯尔特故意将"我的"说得很重。

　　梯培垂头丧气地回到列那身边。列那说："梯培，这个柯尔特真是目中无人！他竟然强调这是他的午餐，根本没把你放在眼里。如果能得到你的帮助，我就有办法弄到这根香肠，然后拿到草坪上让咱俩好好享用。"

　　最后两人约定：由梯培潜入住宅，跳到窗台上把香肠扔给列那，然后列那把香肠叼到远一点的地方等着他。

梯培熟悉地形，他大模大样地走进房间，来到窗台旁。趁柯尔特不防备，梯培跃上窗台，取下香肠，扔给列那。列那接到香肠，飞快地跑了。

柯尔特眼睁睁地看着自己的午餐被人抢走，气得疯狂地大叫起来。

梯培看到列那飞快地逃走了，根本就没有去他们约好的地方，这才知道自己被骗了，就对柯尔特说："我去帮你把香肠夺回来。"说完赶紧抄小道追了上去。

"你想上哪儿啊？"梯培一边紧追列那一边问，"咱们还要分香肠呢！"

"我们赶紧找个安全的地方吧！"列那回答道，但暗暗加快了脚步。

"你这样不停地跑，咱们谁也别想吃了！"梯培愤怒地吼道，"香肠拖在地上已经被你弄脏了，还沾上了你的口水，真够恶心的！要不，我做给你看，让你知道拿香肠的正确方法。"

叼着这么重的香肠跑可够累的，再说梯培也骗不了自己，于是列那就把香肠交给了梯培。

"就是这样，"梯培接过香肠咬住一头，另一头甩到背上，"等我跑累了，待会儿你也这样拿。你看，我不用嘴巴叼着它，就不会沾上口水，这样多干净啊。"

梯培不等列那回答就飞奔起来。列那好不容易才追上他，梯培早已在小山丘的一个大十字架上恭候多时了。

"你爬到上面干吗？"列那气愤地说道，"还不快给我下来，我们还没分香肠呢！"

"下来干吗？"梯培说，"你上来吧，还是上面比较好。"

"梯培，梯培，"列那破口大骂，"你要是连一口都不给我尝尝，就太可恶了。"

"列那，列那，"梯培学着他的口吻说，"像我这么好的伙伴你上哪儿找啊？下次我会把既没有沾口水也没有沾过灰尘的新鲜香肠全都给你，这件处理品我只好自己留着了。我这样为你着想你却不领情，真没良心！"说完，他不等列那回答就大口大口地啃起香肠来了。

列那见状，又急又气，眼泪都快流出来了。"梯培，你不要得意！"列那咬牙切齿地说，"等你口渴了还是要下来的。"

"为了水而下来？"梯培做出一副惊讶的表情，"我从没听说过那样的事！你看，我身边就是一个积满了新鲜雨水的小洞，可见上帝对我有多么眷顾了。"

列那气急败坏地盯着梯培，后者却悠闲自在地吃着香肠。

忽然，列那紧张地竖起耳朵："梯培，那是什么声音？"

"不就是一阵动听的乐曲吗？"梯培回答道，"应该是游行队伍在唱歌，真好听！"

只有列那心里清楚——那根本不是歌声，而是猎狗的叫声。他又准备开溜了。

"喂，你准备上哪儿去？"梯培喊道，"你想去干什么？"

"我要走了！"列那头也不回地跑了，心里恶狠狠地说，"该死的野猫，你会为今天的事情付出代价的。"

野猫断尾

升天节那天，列那出门散步，突然，他看见野猫梯培迎面走来。自从香肠事件以后，他俩一直没有见过面。事情已经过去很久了，列那也似乎忘记了这件事。"你好，美丽仁慈的朋友！"他亲热地向梯培打招呼，"你这是准备上哪儿去啊？"

"我准备到附近一个农夫家去，"梯培回答道，"听说他家的面包箱里有一大罐奶油，我想尝尝。这当然十分危险，但我还是想碰碰运气。他家的鸡棚里还有不少好东西，你有兴趣和我一起去光顾吗？"

"非常乐意。"列那连忙答应。

一阵小跑后，他们来到一幢房子前。遗憾的是，房子被高高的木栅栏围起来了，而且栅栏的密度实在不是他们的身躯能够钻过去的。

"噢，上帝啊！"列那万分沮丧，"这该怎么办？我们没法进去啊！"

梯培说："别泄气，我们绕个圈子瞧瞧再说。"

　　他们的运气不错，正好栅栏有一处破损，于是他们顺利地钻了进去。

　　他们小心翼翼地靠近屋子，确定没人后悄悄溜了进去。

　　"这个，"梯培指着一个箱子说，"就是放奶油罐的面包箱。列那，你可得帮帮我，我们合力撬开箱子。你先撑着箱盖让我进去吃那奶油，然后再轮到你去吃。"

　　列那答应了。他想着那些就快要到嘴的鸡棚里的家禽，所以想快点完成这项任务。"行了，行了，梯培，"列那催促道，"快点，这个箱盖重得很，我恐怕撑不住了。"

　　"你再坚持一会儿。"梯培似乎想让列那多等一会儿。

　　"不能再等了，一秒钟也不行了，快出来呀！"列那喊道。

　　梯培对列那的催促感到厌烦，他可不想让列那吃到奶油，于是故意挥了挥爪子，"砰"的一声打翻了奶油罐。

　　"噢！"列那心疼地惊叫起来，"馋猫！蠢猫！笨猫！傻猫！现在你让我怎么吃呢？我早就该放下盖子把你关在里面的。"

梯培怕被关住，迅速跳出箱子，但他还是比列那慢了一步，尾巴被箱盖硬生生斩成了两段。

梯培疼得在地上打滚，不停地惨叫。"混蛋！"他对着列那大声喊道，"你把我的尾巴弄成什么样了？哦，我美丽的尾巴就这样被你毁了。我的命可真苦啊！"

"什么呀？"列那故意说，"这样才好呢，现在你看起来更年轻，更有精神了。看到现在的你，我都想叫人割掉我的尾巴呢。难道你不觉得自己现在身轻如燕了吗？"

"我原本就身体轻盈，已经跑得够快了！"梯培愤怒地说，"你这家伙真是面目可憎。"

"别这么说！"列那说，"走吧，梯培，你也该哭够了。现在我们该去鸡棚了！"

于是他们蹑手蹑脚地向鸡棚走去。"你应该先捉住那只公鸡，"梯培说，"因为那只公鸡比那些围着他打转的老母鸡更鲜嫩可口，而且他的叫声应该最大，所以先解决他准没错。"

但是由于梯培的说话声太大了，以至吵醒了那只正在睡觉的公鸡。公鸡"喔喔"地大叫了一阵，所有的人都被吵醒了。

"赶紧撤！"梯培当机立断，迅速找到木栅栏的缺口，转眼间就不见了。列那被农夫家的狗团团围住，他只能背水一战，最后冲出重围，但被咬得遍体鳞伤。

列那以最快的速度逃回家，海梅林给他包扎了伤口。似乎只要和梯培扯上关系，列那就注定要倒霉。

设计诱骗麻雀

　　樱桃成熟的季节，麻雀特路恩在一棵结满果子的大樱桃树上开心地享用着午餐。列那回家途经樱桃树，看见特路恩便跟她打招呼："你好，特路恩，今年的樱桃味道怎么样？"

　　特路恩回答道："实在太棒了，我还从没吃过这么好吃的樱桃呢！这果子长得又大又红，你也想尝尝么？"

　　特路恩真心诚意地邀请列那品尝樱桃，她扔了好几把樱桃给列那。列那一颗一颗慢慢地吃着，直到再也吃不下去了才对特路恩说："特路恩，谢谢你今天的盛情款待，我也是第一次吃到这么好吃的樱桃。"

　　"你喜欢就好。"特路恩温和地回答道。

　　"如果哪天你遇到了困难，一定要告诉我，我一定会帮助你的。"列那说道。

　　"哎，"特路恩说，"像你这样地位崇高的人，怎么可能注意我们这种不起眼的小人物呢？如果你刚才是认真的，我很想问你一个问题。"

"有什么问题尽管问。"列那一本正经地说。

"是有关我孩子的，"特路恩叹了口气说，"我那两个可爱的宝贝得了严重的痉挛症，你知道有什么方法可以治疗么？"

列那说："原来是这样啊，很简单。这忙我帮定了，让我为你的孩子看看吧。"

单纯的特路恩跑进鸟巢，先把大儿子抱出来扔给了列那，接着是二儿子。可是当她把孩子抛给列那后，突然惊讶地发现两个孩子全都不见了。

特路恩直到这时才恍然大悟，她悔恨地说："你这个阴险歹毒的小人，竟然吃了我的孩子！"说完便开始抽泣起来。

列那拍了拍自己圆滚滚的肚皮说："他们都在这里安家了，你再也不用为他们的痉挛症而发愁了！怎么，难道你不高兴吗？你遇到困难只要跟我说一声，我会帮助你治好所有病痛的。"说完就大摇大摆地离开了。

特路恩痛苦地扯着自己身上的羽毛号啕大哭，看起来是那样可怜。"我可怜的孩子，是我的愚蠢害死了你们。我太傻了，我发誓一定会为你们报仇的。"特路恩强忍着泪水，打起精神向朋友寻求帮助。

但是当他们一听到她报复的对象是阴险狡诈的列那时，全都成了缩头乌龟。那些朋友不是推说自己身体不舒服，就是说有要事缠身，再不就是要马上出门。只有一个朋友对特路恩说了实话："找列那报仇简直是天方夜谭，你还是放弃吧，回家为枉死的孩子哭哭也就算了。"

猎犬惩戒列那

　　特路恩绝望地回家了，经过一个被栅栏围绕着的庄园时，她突然听到一个悲惨的声音正喊着她的名字。

　　"特路恩，是你吗，你能过来看看我么？"特路恩循声找过去，她马上认出那是她的朋友毛尔荷———一只有名的猎犬。

　　特路恩惊讶地问道："亲爱的朋友，你到底怎么了？你好像全身无力，是得了什么重病吗？"

　　毛尔荷回答道："我已经饿了好几天了！主人嫌我年老体弱没多大用处，不愿意再养我了。我现在饿得一点力气都没有了，特路恩，你能帮帮我吗？"

　　特路恩想了一会儿，对毛尔荷说："我有办法让你饱餐一顿，但你必须替我向列那报仇。"她把列那诱骗吃了她的孩子的事告诉了猎犬。

　　毛尔荷听完后愤慨不已，他说："列那这个卑鄙小人干尽了坏事，大家都害怕他的狡猾，我可不怕他。只要让我吃饱了恢复体力，为你报仇不成问题。"

于是他们达成了协议，特路恩把毛尔荷带到一条大路边。

特路恩对毛尔荷说："你看，有辆马车过来了，我认识那个车夫，看样子他刚从市场回来，车上装的肯定是他刚买回来的肉。你打起精神，当车子从你面前经过时赶紧跳上去，弄点吃的好好地饱餐一顿。"

马车很快就过来了。

特路恩突然振翅飞起，在车前飞得忽高忽低。车夫看到了，以为是只受伤的小鸟，便跳下车，想把小鸟捉回家送给孩子玩。

看见车夫伸手来捉它，特路恩就向前飞出几尺，并故意装出吃力的样子，好让车夫认为他很快就能捉到自己。

游戏开始了，车夫一直认为自己可以抓住特路恩，但每次都扑了个空。

特路恩把车夫引到一个比较远的地方后，竟然挑衅地飞到了车夫的鼻子底下。她的这一举动让车夫惊讶不已，同时也火冒三丈。

另一边，毛尔荷趁机跳上马车，把一大块火腿和几根香肠拖到了灌木丛中。

引开车夫的工作完成后，特路恩展翅飞走了。她在灌木丛中找到了毛尔荷，高兴地问："朋友，还合你的口味吗？"

"谢谢你，特路恩！我现在吃饱了，我保证，要不了两天我就能恢复体力。到时候你只要把列那引过来就行了，我绝不会放过那个坏蛋的。"

列那没想到自己的厄运就在两天后。这天，他正舒舒服服地在家里睡午觉，特路恩透过锁孔看到了他，便对他喊道："列那，列那，我现在痛苦极了。我太想念孩子们了，我想去见他们，你就行行好吃了我吧，列那！"

最后那句话把列那惊醒了，刚开始他还不太敢相信，但后来他还是决定出去一探究竟。

特路恩故技重施，在列那眼前时上时下、时左时右地飞着。每次列那想要扑上去，她就飞到一边，让列那扑了个空。

特路恩按照自己的方式前进，终于把列那引到了毛尔荷藏身的地方。

螳螂捕蝉，黄雀在后。就在列那正要扑向特路恩的时候，毛尔荷突然出现，猛地向列那扑了过去，紧紧地咬住列那的咽喉，直到确定列那必死无疑了才放手。

毛尔荷对特路恩说："除非死神放过他，否则他应该再也醒不过来了。你的仇人已经受到了应有的惩罚，你可以安心了。"

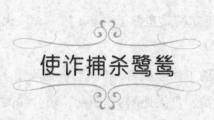

使诈捕杀鹭鸶

　　自从被猎犬毛尔荷偷袭之后，列那有很长一段时间都卧病在床。但是他却并没有像毛尔荷所说的那样死了，而又重新活了过来。

　　休息了一段时间后，列那终于得到医生的允许，可以外出透透气了。

　　这天是列那死里逃生后第一次出门，但因为身体还没有痊愈，他始终无精打采的。

　　列那走着走着，想到自己落到今天这步田地，心里多少有些伤感。他心中暗想："如果现在有人偷袭我，我连逃跑的力气都没有了。"

　　他沿着一条小河而行，突然看到鹭鸶秉沙在不远处捕鱼，顿时精神一振，激动不已。

　　"多么鲜美的食物啊！"列那打着秉沙的主意。

　　他终于知道自己这段时间为什么老是感到虚弱、忧愁和苦闷了。因为这些日子他总是吃素，并且和药物为伍，虽然都是些对他的身体有好处的东西，却也让他食欲不振。

只要有了肉，哪怕没有药物，他也会痊愈的。鹭鸶秉沙在这时候出现，简直像是上帝特意安排给他的一顿丰盛的大餐。既然如此，就不该浪费上帝的好意，得想个办法才好。

鹭鸶十分机警，一旦发现危险就会立刻飞走。

虽然最近几个月列那每天都待在家里，但他对怎么玩弄阴谋诡计丝毫也没有生疏。

列那悄悄地来到鹭鸶的上游，他采摘了一些水中的芦苇，然后在上面盖上青苔，任由它们在河中顺流而下。

当它们漂到鹭鸶身边的时候，鹭鸶谨慎地碰了碰，发现它们只不过是芦苇和青苔后，便满不在乎地用嘴推开了，然后继续觅食。

不久，鹭鸶面前又漂来第二堆芦苇和青苔。他依旧小心警惕地碰了一下，但发现这些和刚才漂来的是同一种东西后，他就放松警惕了。

又过了一会儿，第三堆芦苇和青苔漂来了。这次鹭鸶一点也没对它有所怀疑，因为他认为这堆东西和刚才那两堆东西没什么两样。

但是这次鹭鸶上当了，因为列那正躲在这堆芦苇上，并用青苔遮住了身体。

鹭鸶没有理会这堆芦苇，甚至看都没看一眼。

列那抓住机会，突然一跃而起，咬断了秉沙的脖子。

教野兔唱歌

列那一个人散步时，偶然遇到了野兔科阿尔。

列那对科阿尔说道："嗨，老朋友，难道你想永远都这样吗？你有那么多好朋友都在宫廷里当差，为什么不让他们帮帮你，推荐你做国王的大祭司呢？"

科阿尔支支吾吾地说："不是……他们不帮……帮我，实在是因为我……我根本不会唱歌，想要成为高贵的祭……祭司，这是必要条件啊。"

"你为什么不学呢？"列那关心地问道。

"我不敢。"科阿尔吓得直发抖。

"哦，朋友，这有什么不敢的！"列那说，"我来教你，不要报酬。这点小事你别放在心上，这没什么大不了的，就让我来帮你吧。"

列那唱歌的声音实在太难听，但他却丝毫不以为然。只见他张大嘴巴，放开嗓门，尽情地嘶喊着。

"该你了，照我教的来一次吧，我会给你正音。"列那热情地说。

可怜的科阿尔对列那万分感激，他鼓足勇气张开嘴巴，但却发不出一点声音，或许是被列那吓破了胆吧。

列那说："你站那么远我怎么听得清啊？没法帮你正音啊。靠近些我才能帮你嘛。"

科阿尔畏惧地向前跨了两步，但很快又向后退了三步。

列那早已失去了耐心，他猛地扑过去，在科阿尔还没搞清楚是怎么回事的时候，一脚把他按在了地上。

可怜的科阿尔拼命呼救，惊动了路过的海狸邦赛。他循声而来，想一探究竟。

要不是邦赛及时赶到，科阿尔早已魂归西天了。因为邦赛的到来，列那不得不松开到手的猎物。

捡回小命的科阿尔彻底放弃了学唱歌当大祭司的念头，头也不回地跑了。

被人坏了好事的列那非常生气，准备和邦赛算账。他俩你来我往，用力撕咬，最后以平局收场。

公狼戏弄列那

列那与邦赛的搏斗到了生死存亡的最后关头。列那见自己赢不了邦赛，而邦赛也不能拿他怎么样，便故意让邦赛将自己摔倒在地。

列那一直等到邦赛走远，才仔细查看四周，确定没有危险后，便小心翼翼地爬起来，去找鼹鼠古尔特夫人包扎伤口。

当他经过叶森格伦家门口的时候，突然想起了叶森格伦的妻子海逊德夫人以前对他的热情款待，便走进去看看她。

海逊德夫人很喜爱这位外甥，但她的两个孩子却非常讨厌他。他们一看到列那就躲了起来，他们很想看看这个老是戏弄他们的"好表兄"在耍什么阴谋。

海逊德夫人为列那准备了喷香可口的鸽子。两个孩子见了怒火中烧，他们垂涎这只鸽子已经很久了，只要能尝上一小块，他们就满足了。两个孩子把自己的不满以及鸽子的事情告诉了随后回家的叶森格伦。

叶森格伦虽然是一肚子的不满，但还是忍着没有表现出来，反而对列那的到来表现出十足的热情，实际上他心里另有打算。他和颜悦色地对列那说："你戏耍鱼贩们的事我听说了，真不愧是我的外甥，那个计划太高明了。你不仅耍了他们，还把好多食物带回了家。"

列那得意地说："你弟弟普里摩也效仿过我的做法，但可惜得很，他没有成功。"

叶森格伦说："你说得对，你是个喜欢创新的天才。你发现没有，现在每天都会有许多装满鱼的车子经过。为了大家，我们再合作一次吧，多弄些新鲜的鱼，让我们的餐桌丰盛点。"

"这主意不错，"列那听到叶森格伦的提议后十分动心，高兴地说，"咱们明天就去守候鱼车，至于怎么把鱼弄到手，到时候我自有办法。"

第二天，列那带着愉快的心情与叶森格伦在路上等着。可是日上三竿，仍不见有鱼车驶来。两个家伙白忙活一场，感到有些疲倦。他们刚想去别的地方试试，却看到一匹马拖着沉重的大车突然出现了。

列那说："嗨，机会来了。趁那车夫还在睡觉，我们悄悄溜上车去饱餐一顿。但是我们得谨慎点，动作要快。"

叶森格伦说:"我觉得你单独上车会比较好,因为我比较重,上了车一定会有动静,如果车夫被惊醒,我们就前功尽弃了。"

当马车从他们面前经过时,两人偷偷跟在车子后面尾随了一段路。然后,列那轻轻一跃,跳到了车上。他飞快地打开一只鱼筐,为了抢时间,他没有先尝尝这些鲜鱼,只是迅速地从鱼筐里拿出鱼往车下扔。

叶森格伦把鱼搬到了小树丛后就在那里等着列那回来。但列那的行动才开始不久,车夫就醒了,他醒来后做的第一件事就是用力抽起马鞭,把马赶得狂奔起来。列那被带走了。

列那怕被车夫发现,一动不动地蹲在车里。不久,他瞅到一个机会,赶紧跳下车,奋力往回跑。这让车夫吓了一大跳。

列那先来到他跳上马车的地方,却不见叶森格伦的踪影。然后他又来到他们事先约好分鱼的小树林,可还是没有找到叶森格伦。最后,他终于在另外一个小树林后面找到了叶森格伦。列那气急败坏地指责叶森格伦不该扔下他独自逃跑。

"我的鱼呢?"列那气愤地说。

"什么鱼啊?"叶森格伦故意装傻。

"就是我的那份鱼啊!"列那着急地喊道。

"哦!"叶森格伦说,"我还以为是什么呢,不就在那儿吗?"他指着一堆鱼骨头。

列那气得浑身发抖,他没料到,聪明的自己竟然也会有被叶森格伦这种傻瓜耍弄的一天。

列那下定决心要让叶森格伦知道他的厉害。

公狼又上当了

　　为了生存，列那每天都外出觅食。这天，他远远地看到森林外有一座被白色围墙围起来的修道院，顿时精神为之一振，心想："有修道院的地方根本不愁吃的，在那儿的储藏室里总是能找到各种各样的美食。"

　　列那靠近紧闭的大门，心里暗想：门后一定有不少好东西。

　　这时，他发现大门的底部有个猫洞，叶森格伦就差点儿被这种猫洞害死。列那决定再好好利用它一次。他撬开洞门钻了进去，感到既兴奋又紧张，如果被修士发现，他一定会受到非常严厉的惩罚。

　　这时，列那的猎物就近在咫尺。他看见一个竹笼里有两只母鸡，她们正在打瞌睡。列那觉得自己可以一下子把她们全都吞进肚子里，饿了这么久，她们正好可以祭祭他的五脏庙。

　　列那奋力一跃，扑了上去，两只还在梦乡中的母鸡立刻就被列那咬断了咽喉。他狼吞虎咽地吃掉了一只，打算把另一只带回家。尽管他还没有吃饱，但为了能钻出猫洞，他不能吃太多，不然肚子会鼓起来，那样他就跑不掉了。

列那准备回家时感到有点口渴。修道院附近有一口井，列那把母鸡藏好，然后跳上井口。但是这会儿他却踌躇不前了，他不敢下去，因为下去后他没有把握能靠自己的力量爬上来。

他把头探到井里，却惊奇地发现妻子海梅林竟然在井底，她在那里干什么呢？列那大声地喊着妻子的名字，可是无人回应，井底的海梅林对他的喊叫根本不予理会。

他想搞清楚妻子为什么在井底，于是把身体俯得更低，可一不小心他和水桶一起掉到了井底。在井底却怎么也找不到海梅林的踪迹，这让他惊讶极了。

就在列那陷入困境的时候，和他一样饥肠辘辘的叶森格伦也从森林里出来了，正在修道院附近徘徊。

叶森格伦和列那做了同样的事——把头往井里探了探，可

是他竟然看到了他的妻子海逊德和列那，这个发现让他汗毛倒竖，惊恐不已。他心想：他俩在井里干什么呢？这太奇怪了！难道有什么不可告人的秘密？

于是，叶森格伦装作全不知情，大声喊道："谁在那里？是不是列那？"

列那听到叶森格伦的声音，兴奋极了。他故作神秘地回答道：

"不是的，亲爱的舅舅，我不是列那。我已经去世了，我现在在天堂里，和天神们在一起。他们对我很好，把我当亲人一样对待，我现在也成天神了。"

"真的吗？"叶森格伦不相信。

"当然是真的，我的好舅舅。啊，您很快就能和我见面，跟我一起在天堂快乐地生活了，我真是太高兴了。好舅舅，天堂里的生活无忧无虑，如果您能来的话，一定会爱上这里的。在这里，鲜嫩的羔羊和美味的鸡鸭天天围绕在您身边，肥美的鸽子和绵羊也到处都是。"

叶森格伦叹息道："唉，好外甥，我怎么才能找到你呢？"

"好舅舅，您首先得死去。"列那严肃地说。

"我发誓，我已经死了，我现在都快饿死了。"

"哦，那就没问题了！"列那说，"接着您要忏悔一千次。"

"那么，我就对着你忏悔吧。其实我没那么坏，我从来不会故意去害人。如果不是为了生存，我甚至连邻居家的小鸡也不会吃的。我对天发誓，我说的都是实话。"叶森格伦说。

列那说："好吧，那么现在，您就坐到面前的这只水桶里，刚刚那些话是真是假我们很快就能知道。既然您已经死了，也忏悔了，您的灵魂就会落在水桶里面。这只水桶能证明一切，如果您说了真话它就会沉下来，否则就会升上去。您就试试吧。"

列那说完，就爬进了井底的一只水桶。叶森格伦听后也爬进了井口的那只水桶，他的身体可比列那重了许多，因此他很快就掉下去了，与此同时，列那也就升了上来。他们一上一下在中间相遇的时候，叶森格伦感到非常惊诧。

"好外甥，"他惊讶地问道，"你为什么要走，天堂不好吗？"

列那回答说："现在您来了，我怎么还能霸占着那个本该属于您的位置呢？"

就这样，叶森格伦沉到井底了。列那则在水桶升到井口时奋力一跃，重获自由了。

第二天天还没亮，一位修士就牵着一头驴来井边打水。当时叶森格伦就坐在井底的水桶里，驴子使尽全力也不能让绞盘转动。又来了三个修士，他们齐心协力一起转动着绞盘。最后面的那个修士往井里一看，立刻大叫起来："赶快来看啊，井里有个大怪物。"

喊叫声引来了更多的修士，没过多久，整座修道院的人都来了。当大伙儿把叶森格伦从井底拉上来后，院长大声喊道："原来是一只狼啊！"叶森格伦跑不了了，棍棒噼里啪啦地落到他的身上，他被打得浑身是伤，动弹不得。

叶森格伦一动不动地躺着，仿佛已经死了。有人建议剥下他的皮，而院长却不屑一顾地说："他的皮毛已经被打成这样了，留着有什么用？早课后我们再回来处理他的尸体吧。"

可是当修士们做完早课回到井边，却发现叶森格伦已经不知去向了。原来他根本就没死，他一直等修士们走后才拖着虚弱的身体挣扎着逃了出去。

叶林格伦逃进森林，找了些草药敷在伤口上，这才感觉好了些。现在，他更加恨列那了。

真假狐皮

　　为了避开叶森格伦，列那打算外出旅行。列那会做出这样的决定，全都有赖于海梅林夫人的竭力劝告。现在，他要去拜访一位远房表兄，他住在一位富有的王爷的庄园附近。

　　快到那座庄园了，突然，不远处响起嘈杂的喧嚣声，猎犬的狂吠、猎人的叫喊和急促的马蹄声交织在一起。这对列那来说可是一场灾难。

　　"狐狸！是狐狸！"猎犬们发现了他。列那仿佛看到了死神的降临。

　　列那嗅到了危险，拔腿就跑，然后故技重施，不断改变行踪东躲西藏。然而狩猎技术精湛的猎人和猎犬还是追了上来，列那陷入了他们的包围圈，除了那座通向城堡的吊桥以外，他已经无路可走。最后，他像一阵风似的跳上去，穿过了吊桥。

　　王爷得意地大叫起来："哈哈，自寻死路，这可怨不得我！"

　　尽管列那已经被包围，可是他进入城堡后就不见了踪影。猎人和猎犬们四处搜索，可就是找不到他，他像幽灵一样消失

在城堡里了。

"哎呀，"王爷为自己失去猎物而感到惋惜，"难道他还能飞天遁地不成？这只狐狸莫非是鬼变的，我可不能让只鬼待在家里，这次说什么也要把他赶出去。"

有人不肯死心，仍在不停地寻找，但最后还是一无所获。晚上，王爷宣布暂停搜索。

"先吃晚饭吧，"王爷说，"明天再继续找。"

第二天，人们又开始围捕了。他们刚出城堡就发现列那正在树林边看着他们。这是列那的诱敌之计。他和前一天一样，还是左冲右突，东拐西绕，又把猎犬和猎人引向吊桥边，然后又和以前一样消失在人们面前。

三天来，列那都用同样的花招耍得他们团团转。第三天清晨，人们看到列那在森林中的空地上散步，便又去追捕，可不一会儿，他就又不见了。城堡里的人都以为撞着鬼了。

第四天，有客人来访，王爷暂缓了追捕狐狸的事。晚饭时，桌上全是新鲜的野味，安乐椅上的客人突然抬头盯着墙壁说道："哦，天哪，您有这么多珍贵的狐皮啊！整整有十张。您正在寻找的那只狐狸的毛皮也跟这些一样精致吗？"

"十张？"王爷感到十分奇怪，因为他记得很清楚，狐皮总共只有九张，"不，只有九张。"

他还没说完，就听到门外传来一阵狗叫声。

客人笑着说道："那是我的狗，非常忠心的狗，从未离开过我。"他又对女主人说，"夫人，能不能让女佣放他进来，让他就像平常那样躺在我的脚边？他跟我很久了，和我就像老朋友一样。"

仆人开门放狗进来，但是他根本没跑到主人的脚边躺下，而是对着墙上的狐皮狂吠起来。

"到底怎么啦？"王爷说，"我本来只有九张狐皮啊，现在怎么多出一张来了？"

于是仆人走近墙壁仔细观察。"大人！"他惊叫起来，"这真是太惊人了！你瞧，我们苦寻未果的那只狐狸不就在这几张狐皮中间么？他正挂在那里装死呢。这次他可是在劫难逃了！"

仆人伸手去抓列那，却反被列那狠狠地咬了一口。然后，列那趁大家惊慌失措之机又逃走了。

这次列那不去找表兄了，而是原路返回，踏上了回家的路。

很快，列那见到了他的妻子海梅林和亲爱的孩子们。他绘声绘色地向他们讲述了自己这段惊心动魄的经历。

诱捕公鸡

　　这天天清气爽，景色宜人。列那心情舒畅地沿着林间小道自由地奔跑，不经意间他来到一个陌生而又迷人的地方，一个大牧场坐落在一排栅栏围绕着的花园中间。

　　花园看起来让人感觉很舒服：各式各样的水果挂满枝头，公鸡、母鸡四处奔跑。看到美味佳肴近在咫尺，列那不禁口水直流。他只随便要了点手腕就混进了这个乐园。

　　列那来到鸡群旁，由于靠得太近，又弄出了响声，立刻惊动了母鸡们，她们纷纷叫唤起来。

　　就在这个时候，鸡群中最英俊的那只公鸡尚特格雷迅速跑了过来。"怎么回事？发生什么事了？"公鸡问。

　　"我们听见了奇怪的响声，"母鸡潘特说，"我还看见两只眼睛在栅栏外露出凶光，这千真万确。有敌人在窥探我们，尚特格雷，我们现在的处境十分危险！"

　　"可是，我想问问你，潘特！"公鸡继续说，"刚才你们那一阵毫无意义的叫唤惊醒了我的噩梦。当时我正在那边小屋顶上睡觉，然后就做了个噩梦。潘特，你就给我解解梦吧。"

"好的。"潘特答应了。

"我的梦是这样的，"尚特格雷说，"当时我好像就在这里啄着新收的谷子，却看到一只奇怪的动物向我走来。他穿着一件红色的皮袄，而且非要把这件衣服送给我，任凭我怎么跟他解释也没用。其实这件衣服真的一点也不适合我，而且我穿的一直都是羽毛，所以对皮毛过敏。可最后这个陌生人却硬是逼我穿上了他的皮袄。"

尚特格雷喘了口气，抖动着他那美丽的翅膀，似乎真的穿上了那奇怪的衣服。然后他继续讲述："这衣服的穿法也太奇怪了！我费尽力气把头套进一个又尖又硬的镶白边的口子中，但进去时却让我整个人痛苦极了。我从没见过这样紧的衣服，而且里面都是毛，紧得让人难受。因此，即使你们刚才不那么叫唤，我可能也要被这件衣服折磨得醒过来了。这个怪梦让我到现在都心神不宁。潘特，你觉得呢？"

"啊，尚特格雷，这太吓人了，你要随时保持警惕！即使你不相信敌人就藏在栅栏那边，我也要告诉你，我是亲眼看到他的眼睛了，我们应该躲回牧场才对。"潘特认真地说。

"尚特格雷，不管你愿不愿意，我担心你很有可能在中午之前就要穿上这件皮袄了。"列那躲在栅栏后面，把他们刚才的对话听得一清二楚。他觉得这番对话非常有趣，一想到尚特格雷穿皮袄的方法，他就不禁流下了口水。

列那跳过栅栏，"扑哧"一声落在公鸡身旁。尚特格雷一下子就惊醒了过来，他奋力腾空而起，厉声惨叫起来。

列那开始花言巧语地哄骗他："我亲爱的表弟，能在这里遇见你我感到非常高兴！我和你父亲很熟，他和我父亲是表兄弟。因此，能和你相识，我真感到荣幸！"

听了这位陌生表兄的花言巧语，尚特格雷根本不再考虑自己是否会遇到什么灾难了。

"你长得太美了，"列那一本正经地说，"比你父亲更美。你父亲在世时就是鸡群里的明星，你继承了他动听的歌喉吧？"

尚特格雷清了清嗓子，准备放声高歌，好让这位行家见识一下。他尖着嗓子唱了几个高音，列那频频点头表示钦佩。尚特格雷对列那没有了一丝怀疑，于是他闭上眼睛，唱出了自己最动听的歌声。列那趁机把他扑倒在地，捉住了他。

潘特远远地看到了这一幕，她放声大叫，引来了女佣和男仆，最后连主人也被惊动了。狐狸抓走了主人最漂亮的公鸡，女佣的大意会让她受到主人的责备。一大群人接踵而来，却没一个能追上叼走了公鸡的列那。

尚特格雷不停地跟列那说话，瞅准机会挣脱了列那的钳制，列那的嘴里只剩下几根鸡毛。尚特格雷特挣扎着飞到一棵大树上，然后抖了抖翅膀，喊道："表兄啊，你的皮袄的花边太硬了，我可不愿和你沾亲带故。我再也不唱歌了，就连睡觉也要睁着一只眼睛才能放心！"

猎狗冲在仆人前面，眼看就要追上列那了。列那可没打算把他的皮袄送给猎狗，便迅速溜了。

草地上的杀戮

　　列那虽然没有抓住尚特格雷，但他可以向那个有着成群的公鸡和母鸡的花园发动进攻，那些又肥又嫩的家禽可让他垂涎了很久呢！

　　列那想来想去，总觉得放过那个食物丰富的农场，实在是可惜。他认为不能这样暴殄天物，应该和农场主一起享受美味。此外，列那还认为公鸡尚特格雷从自己爪下死里逃生，对自己来说是一种奇耻大辱，他发誓一定要报仇雪耻。所以，他决定再去那里走一趟。

　　列那来到花园旁边时，看到尚特格雷正悠闲地晒着太阳，嘴里还哼着歌。一发现列那，尚特格雷立即停止了唱歌，奋力抖动翅膀，想躲到一个安全的地方。

　　"亲爱的表弟，你跑什么呀？"列那说，"难道你不相信我？我们可是亲戚啊！难道你还对那天的玩笑耿耿于怀吗？看来我父亲说得很对，这世上没几个人懂得幽默，人们总是把单纯的游戏想象成恶意的陷阱。那天，看到你美丽的羽毛，听到你悦耳的歌声，我就有一种很强烈的欲望，很想把你介绍给我的妻子海梅林。因为我太过急切了，加上你又是亲戚，所以邀请你的方式有点粗鲁。我本来打算带你回家，盛情款待你一番，没想到你却拒绝了我的精心保护和照料。啊，尚特格雷，你说我该怎么办呢？"

尚特格雷半信半疑，不知该不该相信他，于是说道："你用这种邀请的方式，不管是谁都会误解的。而且，我那时做的梦也真不是时候，那个梦和潘特的解说更加深了我的误会。"

"好了，"列那说，"以前的事就让它过去吧。现在我们要和睦相处，不要再引发战争和杀戮了。国王诺勃勒早就颁布了这项法令。战争已经停止了，从此以后，我们要遵照国王的命令，相亲相爱，如同一家人。尚特格雷，请你一定要相信我，虽然我以前有罪过，但我已经忏悔了，我希望世界和平，所以决定以后不再吃肉。今后我的生活将在禁食、斋戒和祈祷中度过。"

"这是真的吗？"尚特格雷快活地叫了起来，"有了这道法令，从此以后我们就可以自由地进出庄园，不用再躲在这个监狱似的园子里了。"于是他向鸡群宣布了这个好消息。

这时，列那露出慈祥的笑容，手拿《圣经》，渐渐远去。

其实列那并没有走远，他躲在大树背后，假装祈祷。可事实上他的注意力全都放在嬉戏玩耍的鸡群身上。

一只小母鸡来到列那藏身的地方，她甚至还来不及发出一声惊叫就被吃掉了。同样的惨剧发生在尚特格雷的另一个孩子

身上，接着是第三个、第四个……死神接二连
三地降临。尚特格雷和潘特终于发
现了异常。

尚特格雷试
着叫唤了几下，
却没能召齐所有
家族成员。于是
他发出了紧急信
号，这才引起了
大家的注意，他
们纷纷跑来，可是已经少了好几个。

列那陶醉在享受美食之中，完全不能自拔，他为自己的聪
明才智感到骄傲和自豪。没过多久，他找准时机纵身一跃，跳
进早已被吓呆了的鸡群里。只一眨眼的工夫，美丽的草地就变
成了屠杀场。

鸡群的惨叫声惊动了牧场的主人。他们迅速赶到现场，看
到眼前的情景，立刻放出看门狗去追击列那。

但是还没等他们追来，列那就一口咬死了在他附近的潘特
的妹妹柯珀，把她当做最后的祭品带走了。

列那顺着一条岔路跑到一座修道院的门口。这个修道院的
伯纳院长他是认识的，看到院门大开，他就赶紧逃了进去。不
久，看门人关上了修道院的大门，列那得救了。

在修道院犯戒

列那稍稍喘了口气，故作镇静地穿过修道院的天井。

院长驴子伯纳见了列那，有些诧异，问道："朋友，是什么风把您给吹来了？"

"院长，"列那回答道，"我想早日摆脱人世间的痛苦和烦恼，不想再被人陷害。我想以信仰来忏悔自己的罪孽，获得上帝的宽恕，所以我就来找您了。"

"好，太好了！"院长很意外，"但是列那，你要知道，我们这儿的生活很清苦，你一定要想清楚。如果出家了，你就得放弃从前的爱好，放弃享受，并且山珍海味和你所喜欢的肉食都不再属于你了。"

列那揉着圆滚滚的肚子，非常严肃地回答道："现在我已经吃腻肉食了，以后我只吃素，也不再贪图享受，会把全部精力都放在修行上。"

列那就这样在修道院住了下来。

头两天没发生什么特别的事。第三天天刚亮，列那就开始做早课了。午餐时，他吃了一顿清淡的饭菜。但到了晚上，他便开始怀念肉食了。

列那忘记了自己的承诺，他毫不犹豫地偷吃了修道院里的鹦鹉。修士们到处寻找那只可爱的鹦鹉，却怎么也找不到，最后只能为他的失踪痛哭哀悼。

两天之后，有人给修道院送来了几只母鸡，列那趁人不备偷吃了两只。就在他准备吃掉第三只的时候，被看门人发现了。看门人以为他是小偷，立刻大叫起来。

修士们听到喊叫，全都跑了过来。伯纳院长跑在最前面，他怒气冲天地对列那说："你这个卑鄙无耻的家伙、虚伪的叛徒，其实你是为了这个才来修道院的吧？你这阴险的小人，我怎么会相信你呢？你这小偷、强盗……"

等伯纳院长稍稍平静了以后，列那说："一个新来的修士总会犯一两次错误的。假如犯了错，您又完全不容许他忏悔，不给他重新做人的机会，这样做是欠妥当的。我对天发誓，我只是因为肠胃还不太习惯素食，才偷吃了这些母鸡，现在肚子虽然饱了，但我内心却很不安，良心正遭受严厉的谴责。请宽恕我这一次吧，让我继续留在这里。只有在这里，我才能真正地改过自新。"

伯纳院长再也不肯相信列那了。他没被列那的花言巧语打动，当着大家的面把列那列为新进修士中最恶劣的典型。就这样，列那被赶出了修道院，在狂风暴雨和电闪雷鸣中回到了马贝度城堡。

审判列那

　　春天到了，国王诺勃勒决定在这个季节召集所有的臣民，召开庭审大会。

　　今年，这个庭审大会对于国王来说显得格外重要，因为，他听到了一些关于列那男爵的流言蜚语。"这都是一些好事之徒惹出来的，纯粹是胡说八道。"母狮菲耶尔王后傲慢地说道。

　　国王对于他的臣子存在的一些不正之风也是略有耳闻。他很清楚，如果有人得到了恩宠，另一些人就会心怀嫉妒，还会用各种方法诋毁他，如果不及时阻止，这种恶劣的行径就会像洪水般泛滥开来。所以，即使不是为了个人利益，也要为了整个国家的利益，分清是非曲直。

　　审判的日子终于来临了，臣民们一大清早就奔赴会场拜见国王。

　　国王诺勃勒威严地坐在一棵大树下，王后菲耶尔坐在他身边。所有的人都到了，先到的有公狼叶森格伦、秃鹫莫弗拉、雄鹿白里士美、狗熊勃伦、野猪波桑、梅花鹿帕拉多、猴子匡特洛，后到的有羚羊缪索、公马菲南、野兔科阿尔、刺猬埃皮那，胡獾葛令拜、蟋蟀罗拜、野猫梯培、公狗柯尔特、公牛布吕央，以及金钱豹、老虎、黑豹和负责巡守森林的骆驼扎伊尔。

公羊倍令是国王的牧师，负责记录参会者的名单，他发现公鸡尚特格雷和狐狸列那还没有到会。

叶森格伦首先发难。趁着国王诺勃勒正在等待列那之际，叶森格伦说道："他不会来了，这么多人要控告他的恶行，他怎么敢来呢？国王陛下，您一定要严惩这个忘恩负义的骗子、下流无耻的小人。"

胡獾葛令拜打断了他的话。葛令拜是列那的表兄，他与列那有着深厚的感情。

他为列那辩护说："攻击一个缺席的人是很不厚道的，因为他无法为自己辩护。还有，叶森格伦，你怎么忘记说你对我表弟的狠毒报复呢？他冒着生命危险为你弄到一堆鱼的时候，你是怎么对他的？你只留给他一堆吃剩的

鱼骨头。还有……"

就在这时，乱哄哄的会场突然安静下来。公鸡尚特格雷领头，母鸡潘特和斯波特走在两旁，四只年轻的公鸡跟在他们后面，边走边哭，还抬着一副担架。担架上盖着树叶，树叶下似乎躺着什么东西。

这悲伤的场面触动了在场的每一个人，大家全都沉默了，所有的目光都集中在他们身上。

当这支队伍走到国王诺勃勒面前时，尚特格雷突然脱帽致敬，哭诉道："国王陛下，请您为我们主持公道，希望您能秉公处理。这是一起蓄意谋杀案，有人在我家附近用无耻的手段杀害了我的多位亲人。我们的家族生活在一个农场里，人口众多，非常幸福。这位女士是潘特，她是远近闻名的产蛋冠军，还善于解梦。潘特有两个妹妹，一个叫斯波特，就是这位；另一个叫柯珀，她是我们家族中人见人爱的小美人。我们本来一直都过着幸福美满的生活，可是有一天，一个骗子以您的名义，不费吹灰之力就取得了我们的信任……"

"以我的名义？"诺勃勒非常震怒。

"是的，陛下，就是以您的名义，他还给我看了您用爪子盖了章的'和平法令'。我们相信了他，他却咬死了柯柏。"潘特和斯波特连忙扒开担架上的树叶，让大家看柯珀的尸体。

看到柯珀的惨状，一时间群情激愤，就连一向傲慢的王后菲耶尔也忍不住热泪盈眶。

国王诺勃勒虽然已经心中有数，但还是问道："这样残忍

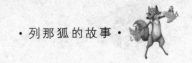

的事到底是谁干的？"

"列那！"尚特格雷用充满愤怒的声音回答。

接着，会场上到处都是震耳欲聋的喊声："要严惩！要报仇！处死他！处死他！"

"在裁决之前，我还是要听听被告的说法，这是他的权利。"诺勃勒威严公正地说道。

葛令拜再次为列那出头。他往前迈了一步，说："陛下，控告别人是需要证据的。据我所知，列那在几天前就已经进了修道院，怎么可能做出这样的事来？这很明显是诬陷。"

"他真的进了修道院吗？"国王惊诧地问道。

刚刚入座的伯纳院长说道："早就被赶出来了，因为他完全没有诚意，在修道院偷吃肉食。我怕他带坏了其他新进的修士，所以只好叫他还俗了。现在他已经回老家了。"

诺勃勒下令："一定要抓住列那，把他押到这里来受审。"

"谁能替我去他家跑跑腿？"国王问。最后，那只笨拙的狗熊勃伦愿意接受这个任务，到马贝度城堡去一趟。

"万事小心，"国王叮咛道，"处理这件事，你一定要慎之又慎，列那可不好对付。勃伦，你一定要谨记，绝不能被列那的花言巧语所蒙蔽，他的善意其实都是陷阱。"

勃伦自信地说："陛下不用担心，魔高一尺，道高一丈！我自有办法对付他。我一定会把他押到您面前受审的。"

勃伦满怀信心地出发了。国王诺勃勒、牧师倍令和伯纳院长则商量起丧礼的事来。

母鸡的葬礼

　　国王诺勃勒下令为母鸡柯珀举行隆重的葬礼。

　　于是大家在一棵美丽的大树下为柯珀挖了一个精致的墓穴，然后用鲜花和嫩草包裹住柯珀的身体，由四只小公鸡抬着缓缓下葬。

　　亲友们轮流来到墓碑前，默念悼词，表达自己的无尽哀思。

　　野兔科阿尔自告奋勇为柯珀守灵，希望她能在这里安息。到了第二天早上，科阿尔惊喜地发现长久以来一直困扰他的疟疾完全消失了。科阿尔就是因为这个毛病，才成为众人眼中的胆小鬼的。

　　这个消息一经传出，就立刻震动了整个王国，人人都在谈论这个奇迹。

　　公狗柯尔特跑来向叶森格伦建议道："也许你的耳痛顽疾也能在殉难者的墓碑前痊愈。"

　　叶森格伦听从建议，在野猪波桑、猴子匡特洛、松鼠卢索和其他人的陪伴下，在柯珀的墓碑前睡了一夜。

第二天，叶森格伦一睡醒便兴奋地告诉大家，他耳痛的顽疾真的痊愈了。

单纯的卢索惊叹道："天啊！这简直是奇迹，太神奇了。"

叶森格伦趁机煽动说："大家都看到了，这足以证明列那是多么的狠毒，他杀害了一位多么圣洁的女孩啊！罪不可赦！"

葛令拜看到这样的情景，感到确实无法辩驳了，只能边摇头边叹息。

他在心里默念着："可怜的表弟啊，现在你的处境可危险了，你的生命将面临巨大的威胁！"

国王传讯列那

天气渐渐转暖，狗熊勃伦跋山涉水，直奔列那的马贝度城堡而去。列那为了迷惑敌人，已经在孩子们的帮助下把马贝度城堡的四周做了巧妙的布置，把城堡隐蔽起来。

正因为如此，勃伦费了九牛二虎之力才找到列那那坚不可摧的城堡。到达目的地后，勃伦终于松了口气。当他看到那扇矮矮的小门时，便决定还是先礼后兵，毕竟列那至今还没被正式定罪。

"列那，"他对着矮门叫道，"国王的使者勃伦来传达圣旨了，你快出来接旨。国王下令让我立即把你押送到他面前去。"

列那大声回答道："哎呀，其实我昨天就想到王宫去拜见国王的。真不好意思，伙计，让你这么大老远地跑来，辛苦你了。但是你来得可真不是时候，我现在可是重病缠身啊。"

列那故意痛苦地呻吟起来，然后用虚弱的声音说："唉！都是天气惹的祸。我生病不能外出觅食，已经饿了好多天了。现在我是饥不择食，什么东西都能吃得下去。唉，这些不开心

语文阅读
经典丛书 第六辑 YUWEN YUEDU JINGDIAN CONGSHU

的事我先不说了。我首先要好好感谢你，因为只有你上门来看我。能见到国王身边最得力的助手，我真是三生有幸啊！"

"你究竟吃了些什么才变成这样的呢？"勃伦有礼貌地问。

"不过是些蜂蜜！"列那回答道。

"蜂蜜？"勃伦听到蜂蜜马上兴奋起来。

"唉！"列那继续说，"就是那些蜂蜜害我生了一场大病。虽然邻居待我很好，经常在我的食物中放上许多蜂蜜，我却对它提不起丝毫兴趣。"

勃伦赶紧说："啊，列那，我爱吃蜂蜜那可是出了名的。你怎么能那样说呢？蜂蜜可是世界上最美味的食物！你能告诉我在哪儿能找到蜂蜜吗？假如你能告诉我，我们就可以像朋友一样相处。你遇到困难我也可以提供帮助，鞍前马后任你使唤！"

"可是，国王……"狡猾的列那装出一副为难的样子。

"国王的事不急在一时！更何况，现在你是我的朋友，我会在众人面前支持你的，其实你到现在还没有被正式定罪呢！快带我去找蜂蜜吧。"

列那领着勃伦出发了，他们向一个农庄走去。农庄的主人名叫朗夫瓦，

是个富裕的农民。

"看，就是这儿，"列那指着一段树干，温和地说，"这个树缝中藏着许多蜂蜜，你只要把嘴伸进去就能吃到。别害怕，伙计，蜜藏得很深，你伸得越靠里面，吃到的蜜就越多。那些蜂蜜比你以前吃过的要好吃一百倍！"

勃伦一见到蜂蜜就得意忘形了，根本不需要列那再耍什么手段来推波助澜。现在他已经把自己的大脑袋伸进树干的缝隙里去了。他伸得很深，连肩膀也塞进去了。列那趁机把撑开树缝的楔子拔出来，一个，两个，勃伦的脑袋被卡在了树缝里。

勃伦疼得哇哇直叫，他的脑袋好像被铁钳夹住了一样，感到既疼痛又惊惧。仿佛末日降临，他发出了雷霆般的咆哮。

朗夫瓦听到狗熊的怒吼，便拿着斧子，带着仆人跑了过来。列那可不会空手而归，他顺手偷了一只肥嫩的母鸡当做晚餐。

当列那吃下最后一块鸡肉时，小河中突然漂来一团巨大的东西。"怎么？难道是我眼花了？这不是勃伦吗？"列那不敢相信，使劲揉了揉眼睛说道，"他竟然能从树缝和伐木工人的斧头下逃出来，真不简单！"

原来，列那走后，可怜的勃伦听见朗夫瓦和他的仆人赶来，于是使出浑身力气想挣脱树干的钳制。由于挣扎过猛，所以他虽然成功脱离了树缝，却变成了现在这副模样：头上掉了一块皮，一只耳朵没了，嘴角流着血。勃伦不顾一切地跳进了河里，一直漂到了列那的视线范围内。他继续向前漂着，在列那的嘲讽声中渐渐远去，现在他要考虑的是该如何向国王交差。

国王再次传讯列那

很长时间没有勃伦的消息了,国王诺勃勒和他的大臣们还等着他把列那带回来受审呢!可是日子一天天过去了,勃伦和列那依然音讯全无。

这天,国王看到勃伦——他忠心的使臣——竟然全身是血、遍体鳞伤地站在那里时,他惊呆了。看到勃伦满嘴鲜血,耳朵只剩一只,身上沾满污泥,所有的大臣都对他深表同情。

国王立刻召集了几个忠心的大臣商讨对策。倍令牧师提醒道:"国王陛下,对付列那,机智是首要条件,使用蛮力是制伏不了列那的。"

"或许可以找野猫梯培去一趟。"一位大臣建议道。

国王说:"嗯,梯培确实是个上佳人选。说到机智,梯培比起列那有过之而无不及。"

于是国王诺勃勒命令梯培去马贝度城堡,负责把列那带回来审判。

梯培见国王主意已定,只好勉强答应道:"遵命,陛下!"

然后很不情愿地出发了。

当梯培来到马贝度城堡时，列那正在城堡前的门槛上乘凉。列那一见梯培，马上就猜出了他此行的目的。于是，列那连忙招呼道："嗨，亲爱的兄弟，我的老朋友，早上好！"

梯培一听到列那说话的口气，就知道他又在施展他的花言巧语了。他想到自己的使命，立刻清醒过来，只听他严肃地说："列那，我是来带你走的，伟大英明的国王陛下让我劝你尽早听从他的传唤，去接受审判。列那，实话跟你说，现在你已经是众矢之的了，罪状数也数不清。国王现在亲自审理这些案子，你还是趁早想想你该怎么为自己辩护吧。昨天，勃伦奄奄一息地回到王宫，你可又多了一条罪状！"

列那辩解说："狗熊勃伦贪得无厌，他想吃蜂蜜，就让我带他去寻找。不管我如何劝告，他都不听。最后要不是有我帮忙，他恐怕早就没命了。亲爱的梯培，勃伦在路上从来不肯等我，跟他一起上路让我心情十分糟糕，后来他为了找蜂蜜吃而闯了祸，我为了保住性命只好独自逃走了。但是你不一样，这一路上能有你陪伴，我感到十分荣幸，我愿意跟你走，这是一次难得的机会！"

梯培说："那太好了，我们上路吧。"

"现在就走么？现在还是深夜啊！"列那似乎非常惊讶，"我的朋友，要知道赶夜路是很危险的啊。咱们先填饱肚子，再好好休息一下，明天一早就出发。"

"就依你吧！"梯培一边揉着脚踝一边说，"这个建议对我现在的处境很有帮助，我奔波劳累了一天，现在实在是又饿又困。列那，咱们明人不说暗话，我就不拐弯抹角了，你打算用什么美味佳肴来招待国王的使者呢？"

"朋友，你这可难倒我了，我这儿的确没有什么好吃的东西啊。"列那为难地说。

梯培说："好吧，给我弄几只老鼠来好了，那也算是一顿丰盛的晚餐了。"

"啊！"列那惊喜地说，"我的邻居是个农夫，他的谷仓里堆满了麦子。他总是跟我抱怨老鼠糟蹋粮食，昨天我还听到他的咒骂声。如果你能为他清除鼠患，那真是再好不过了。他家离这儿很近，我知道有个洞可以进出他家，通过这个洞，你就能痛痛快快地饱餐一顿了。"

列那把梯培带到农夫的家门口，对他说："你看，我们的运气多好啊。你只要从这个洞进去，谷仓里成群的老鼠就全都是你的了，你吃饱后再来找我吧。"

梯培向列那告诉他的那个洞走去，然

后钻了进去。然而，他的头刚钻过洞口，一根从天而降的绳索便套住了他的脖子。

一声悲戚的叫声响彻了夜空。农夫的儿子欢欣鼓舞地说："我抓住狐狸了，爸爸，快来啊，我抓住狐狸了。我等他好久了，我们去打死他！"

梯培在拼命挣扎，突然，有人拿着斧头向他砍来。幸运的是斧头没有砍到梯培，反而砍断了勒得他喘不过气来的绳子。

重获自由的梯培伸出爪子，疯狂地扑上前去，抓伤了那个砍他的农夫。农夫疼得大声尖叫。

可怜的梯培结果还是和狗熊勃伦一样灰溜溜地逃回了王宫。看到梯培狼狈的样子，国王的愤怒到了极点。

他恶狠狠地说："这只可恶的狐狸！昨天才害得勃伦头破血流，今天又对梯培下这样的毒手。传我口谕，今后谁能把列那的头颅带来见我，我一定重重有赏。对列那也用不着再审判了，只要抓到他便直接就地正法。"

胡獾葛令拜躬身说道："陛下，请再给列那一次改过自新的机会吧。事不过三，求您再派个大臣去传唤他吧，如果他仍然抗命，我绝不会再替他求情了。"

"好吧，"国王说，"既然你三番五次替他求情，这次就由你去传唤列那。我给他最后一次申辩的机会！"

葛令拜带着国王的命令踏上了征途。

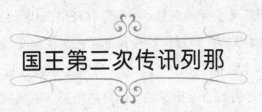

国王第三次传讯列那

为了尽快完成国王下达的任务，胡獾葛令拜抓紧时间一路飞奔。

列那听到风声，认为情况对他不利，连忙谨慎地关上了马贝度城堡的大门。

葛令拜赶到马贝度城堡，在门外大声叫唤，说明了来意。

列那终于打开了门，他把爪子搭在葛令拜的肩上，开心地说道："商谈正事之前还是先吃饭吧！海梅林正好做了几只腌鸡，是按祖传秘方烹调的，我们边吃边聊。"

吃完了美味的腌鸡，葛令拜跟列那分析了目前的局势，强调了问题的严重性，并告诉他国王非常重视大家的诉状，狗熊勃伦和野猫梯培又向国王汇报了被捉弄的情况，所有这一切都对列那很不利。

"好吧！"列那说，"你说得很对。我明白你的意思了，我善良的表兄。不过，现在时间反正还早，我们可以先休息一下，等到黎明再动身。"

葛令拜不便勉强，只好同意。

列那趁葛令拜睡着后，跟海梅林仔细交代了一番。他对妻子说："海梅林，明天我要和葛令拜去王宫接受国王的审判。如果我不幸被他们扣留了，你千万不要难过，也不要为我担心。我会尽力为自己辩护的，但可能需要一些时间，你要照顾好孩子们。家里的粮食够你们吃上几个月了，但你还是要让马尔邦什和贝尔西埃找机会出去打些野味，因为我们可能不久后就只能躲在家里，不能出门了，所以要储备充足的食物。"

"亲爱的，你要好好保护自己！"海梅林说，"你要尽力打败那些敌人，提防他们的袭击。等你回来我们团聚，我们会一直等你回来。"

第二天天刚亮，列那就和葛令拜一道上路了。

"你能真心悔改，我真的很高兴！"葛令拜说，"我相信，看到你这样，国王会改变想法的。"

这时候，葛令拜突然停了下来，在一个岔路口前犹豫不决。

"走那边吧，"列那指了指右边那条路，"那条路风景优美，我还可以顺便看看那片熟悉的农场。"

葛令拜跟在列那后面，听他讲述着他善良的愿望，以及他在修行上的宏图大志，他要改变信仰，而且已经做好了准备。

听完列那的想法，葛令拜对他刮目相看，并对他良好的愿望大加赞赏。

就在这时，几只母鸡慌慌张张地叫唤着从鸡窝里出来，向不远处跑去，后面跟着一只年轻、冒失的公鸡。

这对我们这位刚刚才声称要改变信仰的列那来说真是个诱惑。他几乎是本能地扑了上去，一下子就把那只公鸡的羽毛抓得七零八落，吓得母鸡们惊慌失措。但是也许他只不过是想教训一下这个傲慢的家伙。

葛令拜急忙制止了列那的暴行。他生气地喊道："啊，表弟，你的行为和刚才的誓言截然相反，干出这样的事你不感到羞耻么？难道你就不能改改自己的恶习吗？只不过是一只小小的公鸡，就让你丑态毕露了！"

"唉，你看我这记性，"列那说，"这不过是个玩笑，我绝不是故意的。你一定要相信我，亲爱的葛令拜表兄。"

一路无事，他们加紧赶路。

田野上看不到家禽，列那也就没有了失态的机会，行为举止一直都很检点。

走啊走啊，他们终于来到了国王的宫殿前。

列那感到心里既烦躁又慌乱，因为他知道现在形势对自己非常不利。

列那能够躲过这场灾难吗？

当庭申辩

　　有人见到胡獾葛令拜和列那结伴而来，便议论纷纷，接着消息便传开了。

　　大家争先恐后地来到王宫，人人都想看看国王诺勃勒将怎样审问犯人列那。

　　列那看到敌人蜂拥而来，把他团团围住，但他并未感到害怕。

　　列那就像一位举止优雅的大臣，对着国王恭敬地行了个礼，然后说道："陛下，请原谅我没能及时赶来。因为这几天，我一直卧病在床，不宜赶路。但是，陛下，请您一定要相信我对您日月可鉴的赤胆忠心。正是因为我的这份忠诚，才让那些阴险小人对我嫉恨不已。我那善良的表兄葛令拜已经告诉了我王宫里的情况，听说控告我的罪状已经在您脚下堆得和小山一样高了。陛下，我要和他们当面对质，并以此来洗刷我的冤屈，证明我的清白。"

　　"可是我怎么在你所谓的忠诚里面找不到服从和尊重呢？"国王对列那还以颜色，"我派遣使者给你传话，可你却弄得他们狼狈不堪。狗熊勃伦是这样，野猫梯培也是这样。看看你的杰作，他们脸色苍白、面容憔悴，甚至还裹着绷带，这都是你一手造成的！"

"可是，陛下，"列那有点激动地说，"总不可能让我代人受过吧。狗熊勃伦喜欢吃蜂蜜，我就好心地把他带到一个有蜂蜜的地方，因为我觉得这是我作为主人应该做的。谁知道他得意忘形，轻率地把脑袋伸进树缝里，然后就拔不出来了。我难道有错吗？"

停了片刻，列那接着说："至于野猫梯培，我不仅热情地邀请他吃晚饭，还留他在我家过夜。可是他非要吃肥嫩可口的

大老鼠，于是我好心给他带路，带他去那个农夫家逮老鼠。但我哪里知道那个狡猾的农夫会在洞口装上机关呢？他被捉住实在是个意外啊。"

"陛下，他们两人都是因为贪吃才会变成这样，根本怨不得我啊！"列那一脸正经地总结说。

王后菲耶尔似乎觉得列那说的有些道理，她用眼神和点头向她的丈夫表示了这个意思。

但国王诺勃勒明智地避开了这个话题，说道："我们还是谈谈更早发生的一些事吧。列那，我收到了控诉你的那么多的罪状，倍令牧师都已经记录了好几张纸了。仅叶森格伦一人就揭发了你数百条罪状。"

"他在捏造事实，陛下！"列那很不客气地打断了国王的话，"从没见过像他那么无耻的家伙。就算让我去死我也要和他来一场决斗。虽然我们谈不上有什么血缘关系，但我一直真心地把他当舅舅看待，尊敬他，爱戴他。可是他却没当我是外甥。陛下，请您答应我临死前的这个小小的要求吧。我要和他决斗！"

"行啊！"国王说，"但我这里还有公狗柯尔特、松鼠卢索、白颊鸟梅赏支、黄莺特洛莱、乌鸦田斯令、野兔科阿尔、海狸邦赛等人对你的诉状。因为人数众多，我就不一一列举了，也许让我说出没有控告你的人会更容易些。列那，最后控告你的就是公鸡尚特格雷，他说你害死了可怜的柯珀——她的坟墓就在这里，你还丧尽天良地吃掉了尚特格雷的好几个孩子。"

"陛下，"列那回答道，"我承认，那些公鸡和母鸡对我有着极大的诱惑力，可这完全是出于我的本能。对他们，我已经拿出了自己最大的宽容心和忍耐力。我是那样地爱着他们，同时又恨着他们。但是这是我的天性啊，天性是不能违背的！"

列那接着说："至于其他人，那是因为他们贪婪、贪吃、愚笨，有时更是因为运气不好，才使得他们那么狼狈，但他们自己是完全有分析和判断能力的……他们来责备我，陛下，我认为是不公平的。"

列那说完这番话，周围议论声四起，这些声音全都传到国王的耳朵里。国王和王后轻声地讨论起来。

这时，叶森格伦走近王座，对国王说道："陛下，列那又在狡辩了，您可不能上他的当啊。照他的说法看，刚出生的羊羔都没他清白呢！他就是靠那张能把死人说活的嘴欺骗了我们大家，害大家遭殃。千万别相信他，陛下，否则朝廷的未来令人担忧啊！"

"我知道你和列那有过节，"国王转过头对公狼说，"他的确仗着自己的狡猾和野蛮，犯下了不少罪行，这是毋庸置疑的。但你不同，对于在你身上发生的事情，我却完全同意他的说法，你们是半斤八两，实力相当。对于他的袭击，你完全有能力自卫！因此，我决定答应他的请求，让你们两个来一次决斗。我认为这是处理你们之间恩怨的最好的方法。至于其他的控诉，我还要斟酌一下再做决断。"

决　斗

　　叶森格伦没有特别准备什么行头，只是简单地武装了一下自己，便走进了角斗场。列那却不同，他事先把头发剃了个精光，光秃秃的脑袋看起来十分扎眼，但显得很精神。

　　叶森格伦故意选了列那的仇人狗熊勃伦、野猫梯培、野兔科阿尔和公鸡尚特格雷做他的公证人。列那则精心挑选了他的表兄胡獾葛令拜、雄鹿白里士美、野猪波桑和刺猬埃皮那为他做公证人。

　　叶森格伦仗着自己人高马大，自以为胜券在握。他下定决心要杀死列那，同时也觉得这是自己在国王面前显示能力的一次绝好的机会。可是他想错了，诺勃勒并不希望列那出事。在他看来，即便列那有不对的地方，也不能完全归咎于他，他还是想要保住这位聪明机智的狐狸的性命。

　　列那显得信心十足。他在角斗场上竭尽所能对叶森格伦冷嘲热讽，其实这样的讽刺在这种场合似乎有些不合时宜，可当他看到叶森格伦被气得暴跳如雷时，顿时感到很痛快。

叶森格伦首先发起进攻，摆出一副不是你死就是我亡的架势猛扑过去。可是列那早有防备，只轻轻一跃就闪开了。叶森格伦扑了个空，身体栽倒在地上，摔得骨头都快裂开了。

当叶森格伦摇摇晃晃地从地上爬起来时，列那还陶醉在朋友们的赞叹声中。列那拔得头筹，不禁洋洋得意地挥舞着拳头，以讥讽的语气对叶森格伦说道："哟，我亲爱的舅舅，好像真理不站在你那边啊，你要是觉得丢脸，我们就别打了吧。"

"我就算被吊死也绝不会住手的。"叶森格伦大声喊道。

列那见叶森格伦死不认输，便抓起一把沙子向叶森格伦的眼睛撒去。叶森格伦疼得直叫唤，列那趁机又给他补上几拳。

列那对着叶森格伦的脑袋狠狠地打了一拳，想快点结束这场战斗。没想到在这千钧一发的时刻，叶森格伦突然张开了大嘴，列那的爪子不偏不倚，正好落到叶森格伦的嘴里。这一口咬得那么狠，叶森格伦以为可以就此了结，于是他松开了口。

这时，国王诺勃勒突然宣布："好了，决斗结束。他俩之间的恩怨从此一笔勾销。我们该审理下一个案件了。"

被判处绞刑

国王诺勃勒对是否应该对列那判刑举棋不定。可其他人却是一面倒地要求处死列那，因为他们都曾遭到列那的戏弄和陷害。也许，除了胡獾葛令拜以外，人人都对列那心怀不满，所以，只要有一个人带头向国王要求处死列那，其他人都会站出来支持。

列那在等着国王的判决时，突然发现老鼠玻勒在他跟前不怀好意地看着他。玻勒好奇地问道："看来他们要处死你了！你打算怎么逃命呢？"

"这可是个密秘，"列那神密地回答说，"你想知道的话，我悄悄告诉你。"

玻勒信以为真，他一走到列那身边就被列那一口咬死了。

列那再次当众行凶，国王忍无可忍，当众决定："绞死他！"

叶森格伦积极响应国王的号召，立刻站出来为国王出谋划策："我曾在林子里见过一棵大树，应该很适合用来当做绞架。"诺勃勒接受了这个建议。

就要行刑了，列那向国王请求，让倍令牧师记下他的遗言。

列那用并不太低沉的声调对牧师说："我有一批财宝留给我的孩子们。其实我原本是打算把这些财宝献给国王的，因为我希望这些财宝能够充分发挥它们的价值，造福国家，而不是在我这样的人手中被埋没。但是，现在我要死了，可我的孩子们还太小，他们还没有学会谋生的本领，因此他们需要这笔财富。现在我要把这个秘密告诉我的妻子海梅林……"

"等一下，等一下，"在王后菲耶尔给国王打了个暗号后，国王突然喊道，"列那，你刚刚说什么？我好像听到你提到了财宝？"

"是的，陛下，"列那说，"老实说，这可是一笔十分可观的财富啊！但说出来会拖很多人下水的。"

"谁是这个阴谋的主使？"诺勃勒焦急地问道。

于是列那不紧不慢地开始讲述：

"我的父亲算是其中一个吧！问题就是从他发现宝藏后开始的。那些埃梅里克国王遗留下来的宝藏让我父亲把灵魂出卖给了恶魔，他从此变得专横跋扈、高傲自满，竟然有了另立新国王的念头。请原谅我的不敬，陛下。但我知道，不管是谁坐上王位，都不会有您这样的远见卓识，所以最后他肯定要依靠我父亲，听凭他的摆布。狗熊勃伦就是我父亲想拥立的新国王。后来，公狼叶森格伦和野猫梯培也被他们拉拢了，他们秘密计划要杀死现任国王……

"要干成这件事，需要大量的金钱做后盾。买凶杀人需要钱，另立新国王也要钱，所以我才说那个宝藏是这个可怕阴谋的根源。陛下，我虽然能力有限，但我还是决定要拯救我的国王，我的国家，并且要恢复我的家族的声誉。

"我思来想去，终于想到一个最好的解决办法，那就是——断了他们的资金来源，没有了钱他们就什么都干不成了。但是那个宝藏到底在哪里，我怎样才能找到它呢？

"然而有一天，我躺在林子里思考寻找宝藏的方法时，突然看到了父亲匆匆忙忙地跑过来，只一眨眼的工夫，他就钻进了灌木丛中的一个地洞里。我马上就在那个地方做了个记号。他很快就从洞里出来了，然后又小心翼翼地把洞口堵上，一切都恢复了原样。这次我终于下定决心去一探究竟，我知道了宝藏的位置，掌握了粉碎这起阴谋的关键。于是，当天晚上，我根据我做的记号，又找到了那个洞口，并小心翼翼地钻了进去。

"洞里的宝贝堆得比小山还高，我花了很长时间，来回跑了几百趟，才把这些宝藏转运到另一个隐秘的地方藏起来了。从那以后，除了我就再也没有人知道宝藏的下落了，那起阴谋也因为没有资金而被彻底粉碎。不久之后，我的父亲就去世了，是我让他的阴谋化为了泡影。"

"凡事都要讲证据！"国王诺勃勒考虑了好一会儿，终于开口了，"列那，宝藏在哪里你能告诉我吗？"

"当然，"列那回答说，"宝藏是我亲手埋藏的，地点只有我知道。如果我死了，这个秘密也将跟我一起永埋地底。陛下，虽然我对您忠心耿耿，但您还是把我判处了死刑。我尊敬您，所以接受这一判决。"

诺勃勒说："那是因为你刚才没有说出这一切！现在，这件案子还有待商量。有了这个宝藏，我就可以扩张王国的版图。如果能得到这笔财富，我为什么不能饶你一命呢？"王后菲耶尔点头表示同意。

诺勃勒接着说："这样你应该没有什么顾虑了吧。现在，你可以告诉我宝藏的埋藏地点了吧？"

"陛下英明！"列那说，"为了保险起见，这件事知道的人越少越好。"

国王高兴地说："很好，那就这么定了！那我就派两名心腹大臣到你那里去，要他们给我带回些确凿的证据……"

国王诺勃勒决定派公羊倍令和兔子兰姆护送列那回家，然后让他们用口袋带回一些财宝作为证据。

施计脱逃

　　公狼叶森格伦、狗熊勃伦和野猫梯培等人正心情愉快地在森林里准备绞刑架。乌鸦田斯令匆匆飞来刑场，大声嚷道："一切都完了，我们又错过了时机。"

　　"怎么回事？"大家不约而同地问道。

　　"列那被赦免了。"田斯令回答道。

　　"这不可能！"叶森格伦难以置信地怒吼道。

　　大伙儿围着田斯令问东问西，田斯令让大家安静下来，然后说道："事实就是这样，列那这阴险的小人，不知道又对我们的国王和王后说了什么，竟然奇迹般地让他们回心转意了。我还看到国王亲热地挽着列那的手一起走到王后菲耶尔夫人面前，而且王后还热情地朝列那笑了一下。"

　　乌鸦喘了一口气，继续说："我一得知此事，就赶紧飞来告诉你们。这可绝对不是什么好消息！你们这些人想置列那于死地，可他现在又重新获得了国王的宠爱。我想，以列那的一贯作风，他肯定不会轻易放过你们的。依我看，你们还是赶紧回家吧，不要让列那再有机可乘，最后把为他准备的绳索套在了自己的脖子上。为了我这条小命着想，我要先走一步了。"说完就急急忙忙地飞走了。

听了这些话，大伙儿乱作一团。那些凑热闹的人，为免惹火烧身，全都一哄而散。

叶森格伦和勃伦都感到匪夷所思，他们准备一起到王宫去弄个明白。

他们小心翼翼地向王宫走去，到了王宫后先躲在一边暗暗观察，果然看到国王诺勃勒和列那的手臂交缠在一起，王后菲耶尔夫人脸上也笑容满面。

而不远处的公羊倍令和兔子兰姆似乎也准备打算跟着他们一起外出。

驴子伯纳院长也在这时候适时地赶到了，他似乎打算回到修道院去，但是国王却问他："亲爱的院长，倍令和兰姆要护送列那回家，你愿意跟他们一起去吗？"

伯纳院长也很想见识一下列那口中所说的宝藏，于是就毫不犹豫地点头同意了。

勃伦和叶森格伦看他们谈得热火朝天，根本不敢靠近，只好夹着尾巴离开了。

就这样，列那一行四人向国王和王后告别，踏上了一段惊心动魄的旅程。

危险之旅

    列那一行四人为避免露宿森林，马不停蹄地赶路。兔子兰姆不喜欢夜间在森林里跑，公羊倍令和驴子伯纳也一样。至于列那，他刚到鬼门关走了一遭回来，当然感到异常轻松，因此他快乐地在森林中奔跑着，而且他更喜欢黑暗的森林。

    在伸手不见五指的黑暗中，倍令突然停了下来。他说："该睡觉了，我可不想冒险赶路！"

    列那说："叶森格伦的弟弟普里摩就住在附近。虽然我以前和他因为一点小事闹了点矛盾，但他应该不会把我们拒之门外。再说倍令牧师是大祭司，兰姆是宫廷的使臣，伯纳是修道院院长，他当然不会拒绝拥有如此显赫身份的客人。"

伯纳院长说："就依你说的吧。"总之，他宁可去陌生的狼家里做客，也不愿留在森林里面对未知的危险。

普里摩家的门没关，屋内空无一人。他们一进屋，列那就立刻关上了大门，还把门反锁了。他对其他三个人说："现在，咱们可以安心地睡一觉了。"

储藏室里的食物很丰盛，四个人毫不客气地吃光了普里摩储藏的全部食物。他们还喝了许多酒，然后在屋里唱起歌来。普里摩夫妇从外面回来，刚走到家门口，就听到屋里有人在唱歌，这着实使他们吃了一惊。他们试着推了推紧闭的大门，但根本没用，这让他们更加惊讶了。

普里摩夫人对丈夫说："你靠着墙壁把我举起来，让我透过窗户往里瞧瞧，看是哪些不长眼的盗贼闯进了咱们家！"

普里摩蹲了下来，让妻子爬上他的背。普里摩夫人看完后立刻滑下来，露出狰狞的笑容，兴奋地说："亲爱的，这真是个好机会，是列那，列那在咱们家，我们可以一雪前耻了。"

于是，普里摩在门外大叫："嘿，列那，快点开门，别耍花招，我要和你谈谈。"

列那镇定地低声对其他三个人说："如果你们按我说的做，就还有得救，遭殃的会是普里摩。"

三个人迫不及待地问道："那你说该怎么办？"

列那说了他的计策，于是他们依计行事。普里摩果然中计，倍令用尖角把普里摩顶死了。

普里摩夫人见丈夫遇难，发出了痛苦的悲鸣。她知道自己单枪匹马是无法打败列那一伙人的，于是赶紧跑去找人帮忙。

列那连忙对那三人说："现在我们该离开了，普里摩夫人会把狼群招来的，到时候就危险了。"

四人立刻离开了普里摩的家，向森林里逃去。但是他们不可能跑得比狼还快，还没有跑出多远，一大群可怕的狼就追上了他们。雪上加霜的是，伯纳和倍令没力气再跑了，而且他们也不熟悉道路。列那知道，现在逃跑解决不了问题。

他说："大家都躲到树上去，等太阳出来我们就没事了。"

群狼在树下商量报仇的办法，伯纳和倍令已经快要挤得受不了了。他们多么想活动一下已经近乎僵直的身体啊！

列那小声说："别大意，千万不能动，掉下去就完了。"但是太迟了，伯纳掉了下去，还压死了两只狼。紧接着是倍令，他也压死了一只狼。剩下的狼被这突如其来的变化吓坏了，四散而逃。

列那趁机扯开嗓门怪叫一声，使敌人更加军心涣散。四个人就这样脱离了险境。

"这样的旅程太让人讨厌了，"伯纳院长说，"不仅危险，也不符合我修士的身份。我想回修道院去了，请你们代我向陛下说情，让他原谅我吧。"说完他就飞快地跑了。

列那对另外两人说："至于我们，如果兰姆和倍令愿意的话，我们就继续这趟行程吧。"倍令和兰姆不敢抗旨不遵，所以不得不陪列那走完这趟危险之旅。

虐杀使者

列那、倍令和兰姆三人历尽艰辛,终于来到了马贝度城堡。

海梅林夫人本以为她亲爱的丈夫已经遇难,悲伤了好几天,现在看到他平安回来,真是又惊又喜。

马尔邦什和贝尔西埃，还有小鲁赛尔，见到父亲也都乐得手舞足蹈，合不拢嘴。当然，和列那一起回来的两位客人也受到了隆重的招待。

"请原谅，我——"倍令牧师说，他不太想进到列那家里，"我从树上跳下来，又跑了一整夜，现在非常累了。而且我还撞到了普里摩，头到现在还是昏昏沉沉的。我不想进屋，里面太闷了，我就在外面待一会儿吧！"

"那就请便吧，"列那客气地说，"我们就在外面吃午餐。"

"兰姆，你跟我进去。你不是想看宝物吗？等会儿你还可以带点回去呢！现在就跟我进来吧。"列那对兰姆说。

兰姆一点也没有怀疑列那的话，跟着列那进去了。

他们进屋以后，列那得意地说："看，午餐是多么丰盛啊！"这话他其实是说给他的孩子们听的，兰姆却天真地东张西望，还以为列那真为他准备了午餐呢！

就在兰姆寻找午餐的时候，列那一口咬死了他，然后砍下他的头扔到一边。

列那指着可怜的兰姆的尸体对海梅林说："好啦，你现在去做饭吧。"

接着，他把兰姆的头放在一个大口袋里，封好口，再打上几个火漆印，然后把袋子扔到一边，就出去找倍令。

"快跟我来用餐吧，"列那热情地对倍令说，"兰姆累得睡着了。我们就不要打扰他了，就让他多休息一会儿，给他留点饭菜就行了。"

午餐很丰盛，餐桌上充满了欢乐。为了哄孩子们开心，倍令向他们讲述了昨晚自己的亲身经历。

海梅林夫人对倍令招待得很周到，列那也跟他相谈甚欢，因而善良的倍令在列那家待了很久，差点儿都忘了自己的使命。当他想起国王交给他的任务后，终于感到有些着急了。于是他委婉地让列那把国王诺勃勒所要的东西拿出来交给他，说好拿回去交差。

列那回到屋里去取倍令要的东西。出来时，他手里拿着那个封好的口袋。

"这口袋里有什么呀？"倍令好奇地问。

"就是一些珍宝，国王陛下一定会很喜欢的。倍令牧师，你可以对国王说是你让我准备这些东西的，就说你费了很大的劲才让我做了这样的决定，这样你就可以在国王面前邀功了。但你千万不能在半路上打开袋子。这些东西都是有数的，如果少了一两件惹得国王生气，到时候你就得吃不完兜着走了。"列那郑重其事地对倍令说。

"别担心！"倍令说，"我一点儿要偷看的意思都没有。"于是他向列那夫妻道谢后就上路了。

"列那，谢谢你的盛情款待！你让兰姆快点赶上来啊！"他临走时还不忘提醒列那。

"放心吧！"列那暗自窃喜，"他不会比你晚到的！"

献给国王的礼物

没过多久，倍令就回到了王宫。他气喘吁吁地向国王和王后行了个礼，然后把口袋递给了国王。

"兰姆怎么没跟你一起回来？"国王接过袋子问道。

"他应该不会比我晚到啊，陛下！"倍令回答，"太奇怪了，他竟然没追上来。列那对我很好，待会儿您在这个袋子里看到的东西就是我让他装进去的。这段时间他不管做什么事都会征求我的意见，我们配合得天衣无缝。"

国王撕去封印打开口袋，突然发出一声恐怖的尖叫，菲耶尔王后也跟着惊叫起来。国王手里拿的是可怜的兰姆的头颅。

倍令怎么也想不到，他带回来的竟是这个血淋淋的东西。他吓得脸色惨白，呆呆地站在一旁，不知道该怎么办才好。

"这口袋是列那给你的吗？"国王阴沉着脸问道。

"噢……陛下……"可怜的倍令被问得哑口无言。这一切来得太突然，让他没办法解释。最后他还是哆哆嗦嗦地说出了事情的来龙去脉。

当国王听他说到兰姆进屋休息，而他却留在外面时，遗憾地摇了摇头。毫无疑问，列那杀死了无辜的兰姆。

兰姆本来应该小心提防列那的，但是他却天真地亲近并信任了阴险歹毒的列那，让列那有了可乘之机。更重要的是，列那还把兰姆的头颅让另一个使臣给国王带了回来。财宝当然是全无下落，也许这就是个子虚乌有的谎言。

该怎么办呢？国王诺勃勒左思右想，突然猛地站了起来。倍令以为国王要惩戒他，吓得不停地哆嗦。

国王却说："咱们走吧，没必要再想了。我们一起去一趟马贝度城堡，跟列那当面对质。"

这一决定就像导火索把整个王宫点燃了。人人都期待着跟国王一起去攻打马贝度城堡，把列那赶出来。这可是千载难逢的好机会啊！所有的男爵，甚至连列那以前的朋友，都拿着武器整装待发。重新受到重用的叶森格伦、勃伦和梯培一直跟随在国王左右保驾护航，雄鹿白里士美、野猪波桑和猴子匡特洛簇拥着王后菲耶尔紧随其后，公牛布吕央和雄马菲南齐头并进，其余的人都在后面跟着。

国王一行阵势如此庞大，列那在马贝度城堡中早就听到了风声。国王的队伍还没到，列那就已经做好准备了。

列那叫在外面嬉戏的孩子们进了屋，然后关上门，和妻儿一起躲了起来。他还加固了城墙，这样外敌想侵入城堡就不容易了。另外，列那还在屋里储备了充足的食物，还有一条地下通道可以逃生，必要时他们可以躲开敌人的追击。

攻打马贝度城堡

　　到了马贝度城堡前,国王和他的随从们发现列那早就有了防备。侦察了一番后,他们一致认为现在围攻是最有效的方法,于是大家马上在城外驻扎下来。

　　但是形势对他们来说并不利,野外生活异常艰苦。这些跟着国王过惯了安逸生活的大臣们一想到要进行一场持久战,便渐渐失去了信心,更何况他们知道狡猾的列那早已做了充分准备。

　　列那似乎对被围困根本就不以为然,他照样吃照样睡,还和孩子们一起玩耍,教他们做各式各样的游戏。他为自己能保持这样的闲情逸致而感到满意和骄傲。海梅林则一直陪伴在丈夫和孩子们左右,照顾他们,不知疲倦,她一点儿也不抱怨这种被围困的生活。

　　国王的军队就这样包围着列那的城堡,不断发动进攻,但不能使其动摇分毫。

　　一天夜里,一场激战过后双方归于平静。

　　趁大家还在梦乡中畅游,列那在孩子们的帮助下悄悄地从城堡里出来，用绳子把躺在树下的敌人全都绑在了树上。他们有的被绑住了爪子，有的被拴住了尾巴。然后，列那得意地站在一旁等他们醒来。

当第一缕阳光射进森林，国王诺勃勒和他的随从们醒来了。他们立刻吃惊地发现自己被绑住了手脚，而他们一心想制伏的敌人列那正一脸挑衅地站在不远处。

看到列那这副得意的样子，这伙人顿时怒火中烧，想要冲过去狠狠地揍他一顿。

"你这个不遵守承诺的骗子！"国王怒吼起来，"兰姆呢？我的忠臣，他被你弄到哪儿去了？你能告诉我吗？混蛋！"

"兰姆？他不是跟你在一起吗，倍令牧师！"列那面无表情地反问倍令，"我不是交给你一个装满了财宝的口袋，让你带给国王陛下吗？"

"真卑鄙！"国王虽然骂道，但有些动摇了。

列那满脸无辜地说："我真搞不懂，你们怎么能用'卑鄙'这个词来形容我？难道我送去的那些珍珠宝石还不够吗？还是王后不喜欢它们？"

国王愤怒地说："哼，那口袋里装的是兰姆的头颅。那不是你用卑鄙手段陷害他们的结果吗？你居然还让倍令把这种东西带给我，简直是可恶！"

列那惊呆了，说道："兰姆的头颅？但是，陛下，这根本不是事实。你为什么不想想，也许是倍令监守自盗，杀了碍手碍脚的兰姆呢？这样一切就好解释了。如果事情跟我有关，为什么我不一起解决倍令杀人灭口呢？这样做我不就高枕无忧了么？不用想了，肯定是倍令杀了兰姆！"

倍令听到这话吓得目瞪口呆，哑口无言。

列那接着说："我要起程去罗马朝圣，我要洗刷我的冤屈。你们的那些控诉对我很不公平，还连累我的家人也遭到了攻击，这一切让我万分痛苦。所以，我想以此来忏悔自己的罪孽，求得上帝的宽恕。无论如何我都要这样做的。如果我真的有什么罪过，也会被赦免。"

国王诺勃勒想了一会儿，说："如果你真心悔改，我会为你祈祷。愿上帝保佑你达成心愿，相信大家也会因此而感到高兴。"

然后，国王大声对全体人员宣布："各位，列那已诚心忏悔，现在就要去罗马朝圣了。这个罪人希望能与大家和好如初，我希望你们每个人也都能与他和平共处。他已经到鬼门关走了一遭了，希望大家能够原谅他。从今以后，我不再管这些案子了。列那有什么要求，希望你们能尽量满足，这是对诚心悔改的人最起码的尊重。"

列那要了一个用狗熊勃伦的皮做成的结实的背包，以及叶森格伦夫妻穿的暖和的半统靴。三个受害者无法违背国王的命令，但在心里狠狠地诅咒列那。

列那告别的场面十分感人。国王不停地安慰他，前一天还恨不得置他于死地的人现在都在和他拥抱。

列那被大家拥抱得几乎窒息。最后，他推说要抓紧时间动身起程，才得以脱身。

朝圣归来

　　列那真的会去罗马吗？或者他是要去罗马找他的堂兄？听说他有个堂兄就住在罗马附近，家中非常富裕，飞禽走兽、山珍海味一应俱全。列那去那儿，日子应该能过得很舒心才对。无论如何，列那已经走了很久了。

　　这一天，列那准备回家探望妻子海梅林和他的孩子们。走到马贝度城堡附近，他终于丢掉了那个破旧的熊皮背包。一路上他历尽艰辛，风尘仆仆，连皮毛都因常在杂草中摩擦而被染成了灰白色。现在已经没人能认出列那了，加之他背着一把捡来的大弦琴，所以外表看上去就像个在街头卖艺的流浪汉。

　　巧得很，这时，海梅林和一个叫彭赛的年轻狐狸要举行婚礼，大家正在四处寻找卖艺人。

　　原来，海梅林一直在马贝度城堡等着丈夫归来，但过了很久，等到的却是列那已经不幸去世的消息。日复一日，海梅林的悲伤渐渐退去了，而她最顽皮的小儿子鲁赛尔也确实需要人管教。于是，胡獾葛令拜趁机劝海梅林改嫁。

　　葛令拜推荐了一个他认为很理想的人选——列那的堂弟彭赛。这人不仅年轻，而且人品也好。如果海梅林能嫁给他，他也会感到非常高兴的。

　　就这样，海梅林慢慢地接受了彭赛。就在列那回来的时候，婚礼已经筹备得差不多了，只差一位为酒宴助兴的歌者。

　　葛令拜在路上偶然间碰到了狼狈落魄的列那，但是却没有认出他来，还邀请他在婚礼上演唱助兴。列那听到这个消息，难过得心都碎了。

　　列那认为这些都是敌人的诡计，不是妻子的错。所以他故意不说破，以一个卖艺人的身份接受了邀请，跟着葛令拜一起向马贝度城堡赶去。

　　列那伪装得很好，他像一个真正的卖艺人一样卖力地弹着大弦琴唱着歌。来参加婚礼的宾客，甚至连他的妻子和孩子们

都没有认出他来。

婚礼举办得非常隆重，主办人准备了许多母鸡和白鹅，还有很多美酒。

彭赛想着美丽的海梅林就快成为自己的妻子了，便抑制不住心中的激动，陪着客人大碗喝酒，大块吃肉，最后摇摇晃晃地走了出去。列那怒火中烧，仇恨差点让他不顾一切地要杀死眼前这个不知死活的青年。但是，他终于还是忍住了，假装关心地上前问道："你还要到圣女墓上去守夜吧？"

彭赛惊讶地问道："什么？为什么要守夜？圣女墓？你说的是哪个圣女啊？"

列那小声地提醒他："难道没人告诉你么？到圣女柯珀的陵墓守夜是婚礼的一部分啊，非常重要的。唉！这些人只知道吃吃喝喝，只会照顾场面，请人来奏乐演唱，但是都忘记了婚礼最重要的一个环节，太糊涂了！"

彭赛一脸茫然："不，我根本不知道谁是圣女柯珀，但如果你知道的话，就告诉我她的陵墓在哪儿吧！"列那当然知道柯珀的陵墓在哪里，可是他却故意不说，只说可以带彭赛去。

于是，他俩一前一后，向柯珀的坟地走去。彭赛平时话就多，这会儿为了打发路上无聊的时间，他的嘴巴一刻也不停歇，和列那聊起了自己的婚事。听到很多海梅林和彭赛订婚的细节，列那恨得牙痒痒的。然而在这段真诚的对话过程中，他也知道了他们曲折的成亲过程，而这正是列那感兴趣的。

目的地到了，列那对彭赛说："就在这儿，你快点向圣女

祈祷吧，让她保佑你的婚姻生活无忧无虑，一辈子幸福美满。"

彭赛问："请你告诉我，应该站在哪里？该怎么做呢？"

列那冷冷地说："你把身体对着天，双手交叉抱胸，做成十字架的形状，保持这样的姿态直到明天早上。如果你愿意的话，我也可以用绳子绑住你，帮你把两只手交叉，吊在树干上，这样你就可以保持这样的姿势而不会感到吃力了。"

"那到时候怎样才能解开绳子呢？"彭赛问。

列那假装露出真诚的笑脸回答道："我会在附近躺着，天亮后就立刻解开绳子放你下来。"

头脑简单的彭赛对眼前这位卖艺人万分感激，他不停地向列那道谢。狡猾的列那手脚并用，牢牢地把海梅林的新丈夫绑在了树干上，并鼓励他要对自己有信心，一定要坚持到底。然后他便满意地离开了坟地，去干别的事情了。

天终于亮了，可怜的彭赛坚持了一整夜，怀着对卖艺人列那的信任等待列那来为他解开绳子，可是狡猾的列那始终不见踪影。一群路过的猎人发现了彭赛，看到这个意外的收获，他们毫不留情地开枪射死了他。

与妻儿团聚

　　离开墓地后，列那把全身上下彻底地清洗了一遍，终于又恢复了原来光鲜亮丽的模样，然后开开心心地去找海梅林。

　　这时候，马贝度城堡的人全都入睡了，而且睡得很熟很香。列那试着敲了敲自己家的大门，过了很长时间，才听到海梅林的脚步声。

　　只听见她问："是谁啊？"

　　列那回答道："我是一位到圣地朝圣后回来的香客。我路过这里，顺便给你带来了你丈夫的消息。"

　　海梅林听到这话之后，迅速把门打开了。列那便出现在她的面前。

　　"是你吗，列那？真的是你吗？"海梅林惊喜交加。

　　海梅林见到列那，热泪盈眶，不能自已，她激动地张开双臂与丈夫拥抱。

　　马贝度城堡在婚礼后一片狼藉，列那假装没看见，也装作完全不知道海梅林要改嫁的消息，还询问她到底是怎么回事。

海梅林十分惭愧，带着一丝内疚说出了事情的来龙去脉。

听海梅林讲述的时候，列那显得很温柔，一点也没有要责怪海梅林的意思。

列那说："我都知道了，我已经使了点小计谋，彭赛再也回不来了。等着瞧吧，总有一天，我要让那些曾经对不起我的人全都受到惩罚。"

现在，海梅林早就将可怜的彭赛抛到了脑后，对于其他人的遭遇，更没有心情去理会了。对她来说，只要她亲爱的丈夫列那能够平安地回来，就是最大的安慰了。

这天夜里，他们通宵达旦，秉烛夜谈，诉说着离别后的相思之苦和一些生活上的小事情。

第二天一早，孩子们醒来后，又见到了自己亲爱的父亲，都感到非常惊喜和兴奋。

列那原本打算好好地教训小鲁赛尔一番，可是现在，这个念头和其他所有不痛快的想法全都烟消云散了。

列那回家后，海梅林把城堡内外仔仔细细地打扫了一番。列那享受着家庭的温暖，感到生活无比幸福，好像什么事情都没有发生过一样。

国王蒙难

列那回来后，他的朋友走的走，散的散，都再也不和他联系了。列那很想重回王宫，但他现在对那里的情况一无所知。国王是怎么想的，他也猜不着、摸不透，因此不敢轻举妄动。

胡獾葛令拜可能去旅行了，公狼叶森格伦和野猫梯培也下落不明。有一件事情大家可能还不知道，狗熊勃伦已经死于列那的诡计。虽然现在没人知道，但这个秘密又能守多久呢？

一天，列那闲逛到离马贝度城堡很远的地方，他感到十分奇怪，为什么他现在不能像以前一样灵感乍现，总能想出一些好的办法来觅食呢！要知道他脑子里总是装满了那些聪明睿智的想法的。

他走着走着，来到一座小树林边，突然看到国王诺勃勒像低贱的贫民那样坐在一棵树下打瞌睡。而离此不远处，一些樵夫正在捆扎砍下来的柴火。过了一会儿，樵夫们吃饭去了。

列那趁机拿起樵夫的绳子，悄悄走到诺勃勒身边，轻手轻脚地把他捆绑在树上。做完这一切，他便偷偷躲了起来。

一个樵夫吃完饭回来，发现绳子不见了，便四处寻找，突然看到了狮子诺勃勒。樵夫吓得大叫了一声，倒退了几步，转身逃走了。国王诺勃勒被喊声惊醒，心中有些发毛，他想站起身来，但发现自己根本动不了。

正当他拼命地挣扎时，突然看到列那正在不远处的小路上散步。列那似乎并没有看见他，国王立刻向列那大声求救。列那却故意装作惧怕国王，不敢靠近，然后转身就跑。

吓坏了的国王绝望地大叫："列那，亲爱的列那！我有麻烦了，快过来救我，给我解开绳子，晚了恐怕我就没命了。"

"陛下，"列那停下脚步，故意怯怯地说，"我也要考虑考虑自己吧，虽然我这条命在您看来不算什么，但对我来说非常宝贵，我的处境也没比您好到哪里去。我已经听到猎狗的声音了，请原谅我，让我走吧！"

"列那！列那！你不能把我丢下不管啊！"

"陛下，我一直都对您忠心不二，做您最忠实的臣子，而您却轻信谗言，带人围攻我的城堡，把我当成盗窃犯和杀人凶手。如果我回到王宫，还不知道您会用什么手段来对付我呢！"

"列那，我封你为大将军，地位只比我低一点。而且我保证以后再也不随便听信谗言了。我听到猎狗的声音了！快，列那，快来给我解开绳子。"

列那这才跑过来用牙齿咬断了绳子。国王诺勃勒顾不上保持自己的威严，慌慌张张地夺路而逃。列那紧随其后。就这样，列那如愿以偿地回到了王宫。

国王的救命恩人

　　列那还不知道大家会如何对待自己。他只知道他的敌人公狼叶森格伦、公狗柯尔特、野猫梯培，还有一些被他三番五次戏弄过的人，都对他恨之入骨，其他的人也都是他的反对派。所以，他的一举一动都格外小心。

　　列那挽着国王诺勃勒，诺勃勒则亲切而庄严地靠在列那身边。当他俩亲密无间地出现在众人面前时，人群里爆发出一阵热烈的欢呼声和赞美声。人人都对列那的光荣归来表示祝贺，并问起他朝圣的经过。

　　王后菲耶尔对列那救了国王的命表示热忱的感谢。菲耶尔夫人一直都对列那有好感，她的亲热态度列那并不感到奇怪。

　　可是国王诺勃勒却在这时候病倒了。菲耶尔夫人熬夜给他熬了一碗汤药，可国王服下后病情却不见起色。

　　那天国王在树下休息，被捆绑后受了惊吓，又担心自己挣不开绳子会被樵夫袭击，造成精神过度紧张，接着他又为了逃难狂奔了一阵，回到王宫后吃的东西又过于丰盛了。所以，他才会发烧病倒。

国王的病情越来越严重，找了好多名医来医治，吃了好多药都无济于事。

全体大臣都聚集在王宫里唉声叹气。其中几位看到国王可能不久于人世，竟谋划起另立新国王来。他们拟了一份候选人名单，但大家意见不统一，争执了很久都不能定下来。

其中一个大臣说："列那会不会反对立狗熊勃伦为新国王呢？他会有什么意见？"

"列那已经外出散心去了。"另一个大臣不怀好意地说。

其实，列那并不是出去散心，他正在田野里寻找草药，希望能治好国王的病。整个白天他都忙于这些事，他采了好多药草，按他自己的方法进行加工，把其中一些用石头捣烂，滤出汁水，把另一些烧成灰烬。到了晚上，他回到王宫求见国王。

他已经知道应该怎么医治国王的病了，所以去见国王时，表现出一副胸有成竹的样子。

国王有气无力地问他："外面阳光明媚，出外散散心倒是挺不错的主意，你玩得很开心吧？我不想孤单地在这里等死，也正想出去散散心呢！"

"陛下洪福齐天，一定不会死的！"列那回答道，"只要吃了我白天为您配制的药，您很快就能随心所欲地游山玩水了。这种药是我朝圣时带回来的，已经试过很多次了。经过验证，证明它确实效果神奇。"

王后菲耶尔说："啊，列那，要是你能治好我丈夫的病，那我将感激不尽！"

列那马上摆出一副医生的样子给病人切脉听诊，察看舌苔。当诺勃勒感到疼痛而发出呻吟时，列那以一个权威医生的口吻说："要是再晚一天，那就彻底完了！"

"陛下，"他接着说，"如果您能满足我所要求的一切，我肯定能治好您的病。"

"你尽管说吧！"国王回答道。

列那说："首先，我需要一张狼皮把您的身体裹起来，使您发汗。我想，我的好舅舅叶森格伦非常乐意奉献出他的皮。"

"我亲爱的叶森格伦，"国王温和地说，"听说你愿意把皮奉献给我，真是太感谢了！你真是我最忠心的臣子！"

"不错！"列那说，"现在正是春光明媚的大好季节，我仁慈的舅舅很快就能长出新皮来，不会因此着凉的。"

"啊，陛下，陛下，"叶森格伦哀号道，"我请求您留下我的皮吧！列那要我的皮，不是为了治您的病，而是跟我过不去啊！如果我的皮真能给您带来好处，我一定心甘情愿献给您。可是，现在谁也不能肯定。列那常常这样欺骗我们啊！"

"叶森格伦！"狮子吼叫起来，"你这个逆臣！我看你对我一点也不忠心。你拒绝把皮奉献给我，就是不忠。"

叶森格伦立刻被几只大手揪住了。卫兵把他捆绑起来，三下两下便剥下了他的皮。列那接过热乎乎的狼皮，把它裹在了国王身上。至于叶森格伦，早已赤身露体地逃走了。

"野猫梯培的皮，"列那又说，"可以用来盖您的脚……"

可是狡猾的梯培早已不知去向，任凭别人怎么叫，也无法听到他的回应了。

每个大臣都在发抖，害怕列那又出什么鬼点子。

最后，雄鹿白里士美的角和野猪波桑的一颗牙齿被列那捣成了粉末，给国王吸进了鼻子。接着，国王打了好几个震天撼地的喷嚏，弄得自己头晕眼花。列那又在国王头上敷了一些草药，然后又用另一些草药熏。

这样捣鼓了一阵子后，国王真的感到舒服多了。

国王说："列那，我还以为你想用这些药来谋害我呢，可是现在我觉得好多了，身体也感到很舒服。"

"我们明天再继续治疗，陛下。不用怀疑，到第三天您就会痊愈了。"列那向国王保证道。

第二天，几乎所有的人都吓得不敢露面了，他们害怕被列那报复，成为牺牲品。只有少数几个大臣参加到列那的诊治工作中。

可是接下来的两天列那却一直只用草药调理国王的病。到第三天，国王真的痊愈了。

列那又一次救了国王诺勃勒的命，再一次成为国王的救命恩人。

再次得宠

　　吃了列那配制的草药后，国王的身体恢复得不错。在休养身体的这段时间里，列那常被国王叫到王宫里陪他解闷。想到列那两次救了自己，国王心中就有着说不出的感激，现在他像王后菲耶尔一样，对列那特别友好。

　　国王对列那说："在我心目中，大祭司倍令虽然不算干练，但至少称得上正直，所以只要有什么重要的事情，我都会和他商量，让他去办理，对他十分信任。但是结果呢，他竟然为了私吞财宝谋害了兰姆。唉！我真的很失望！"

　　列那接着国王的话说道："金钱的诱惑是任何人都抵抗不了的，陛下！"

　　"啊，列那，我是统领这个国家的国王，要是有一位能干的人在我的身边帮助我，那我的统治会更加稳固。那个人是谁呢？列那，只有你才当之无愧啊。不久以后，我将任命你担任大将军，你将成为我最信任的大臣，你愿意接受这项任命吗？"

　　列那摇了摇了头，说："陛下，感谢您对我的信任，您过奖了。的确，我对您的忠心是其他大臣无法比拟的，您现在对我的信任，我只有努力来回报，但我还不能做到当之无愧。可是您要知道，正因为我坦诚、正直，所以结下了许多仇家。他们一定会联合起来攻击我的，到时候您就知道，他们有多么希望我彻底消失。我年纪大了，只想回家，在家里和家人安安稳稳地过完下半辈子，这就是我现在最大的幸福了。"

国王诺勃勒亲切地说："哦，列那，你的回答让我十分难过。我对你了解太迟了，可是，我绝不会放弃把你留在我身边的打算。我早就应该和你在一起的，这样才能干出一番事业来啊！你还是先回家看看，与你的妻儿团聚几天吧！当你舒舒服服休息一段时间后，如果还愿意回到王宫来，我会再给你一个和你能力相匹配的职位的。"

列那认真地想了想，认为如果今天不顾国王的挽留离开王宫，一定会惹国王生气的，也许过一段日子后，当他再回到王宫，国王就不会对他这么热情了。但是比起在王宫里过那种整天担心失宠的日子，列那更喜欢在马贝度城堡过称王称霸的生活。在那里即使无米下锅，他还是可以用愉快的心情来冲淡饥饿和烦恼，那种自由自在的日子比伺候国王的生活有趣得多。而在这里强敌环伺，他的仇人是不会放过他的，他们一定会不断寻找机会，制造谣言打压他。经过一番深思熟虑，列那向国王和王后提出了辞别的请求。他向国王表示了感谢，许下了口是心非的承诺，然后离开了王宫。

在回家的路上，列那一路小跑，感到无比的轻松愉快。

重获自由

　　列那怀着幸福的满足感轻松地朝家的方向走去，此时的他不仅摆脱了大臣们的控诉，还取得了国王和王后的信任甚至是宠爱，那些仇人们再也不敢来找他的麻烦了。

　　他一路飞奔，脚步轻快，好像已经看见了马贝度城堡一样，心中有说不出的喜悦。

　　路过舅舅叶森格伦家时，列那突然产生了一个奇怪的念头，想要在回家之前，去拜访一下叶森格伦和海逊德夫人。

　　到了叶森格伦家门口，他假惺惺地说："好舅舅，我来看望您和舅妈了，告诉你们一个好消息，国王的病已经痊愈了。舅舅，国王让我转告您，他再一次向您表示感谢，他永远也不会忘记您，多亏您的皮让他治好了病。国王和王后都对您心存感激。"列那最后还不忘强调自己并没有撒谎。

　　屋里的气氛显得有些不太自然，但列那一点儿也不在意。他坐下来，抬头看看烟囱，发现上面挂着几根肥硕的火腿，于是喊道："好舅舅，那些火腿真是香啊！"

叶森格伦以为列那又在打什么歪主意，愤怒地说道："我身体还没有完全恢复，当然要多准备些过冬用的食物啦。"

"我的好舅舅，虽然您真的很有远见，但是您不怕小偷吗？您把它挂在那么醒目的位置，不管谁看见都会打它的主意的。"列那故做关心地提醒道。

叶森格伦回答说："谁敢打主意？我肯定没人敢来偷我的东西！而且你看烟囱封闭得这么好，想要偷走火腿是不可能的。"

天黑前，列那告别叶森格伦和海逊德，朝自己家的方向走去。走了一段时间，当他确定已经远离叶森格伦的视线后，便躺在灌木丛中睡起觉来。

列那醒来后太阳已经下山了，他又抄小道悄悄回到叶森格伦的屋子前。在屋外，他脱了鞋，爬上屋顶，拆掉烟囱的封口，顺着烟囱溜进了屋里。然后，他拿起火腿，飞快地逃走了。

第二天，叶森格伦一觉醒来，感觉凉风习习，打了好几个喷嚏。他以为有人打开了门，连忙问道："谁在那儿？谁要进来？"可没有任何回应。

于是他从床上爬起来，去找那阵凉风的来源。当他来到烟囱下时，抬头一看，发现烟囱封口被人掀开了，而且挂在角落里的火腿也不见了。

叶森格伦不停地抱怨着，完全不顾裸露在外的身体了，他愤怒地跑到门外踱来踱去。

就在这时，列那出现了。

他看到叶森格伦在那里长吁短叹，便假装十分关切的样子问道："我的好舅舅，什么事让您这样忧愁呢？"

"火腿，我的火腿，火腿啊！"叶森格伦厉声哀号，似乎只有这样才能排解他心中的愤怒，让心情平静下来。

列那说："是那些火腿吗？我早就警告过您火腿放在那地方不安全，可您就是不听，现在被偷了吧！唉，现在我跑来，就是特地来请您让一些火腿给我，海梅林听说您家里有火腿后，垂涎欲滴，说什么都想尝尝火腿的味道，哪怕只有一小块！我今天早上才钓到十二条大鳗鱼，她就催着我快点过来跟您交换，可没想到还是来迟了一步！"

"十二条大鳗鱼！"叶森格伦惊叫道，听到这样的消息，他更加懊恼了。

这时，列那看见烟囱上开着的洞，突然大笑起来："哈！哈！哈！我的好舅舅，您这样做就对了。怎么样，您还是按照我说的做了吧，肯定错不了。哈！哈！哈！干得不错，但您要装就装得像一些，多装出一些自己不小心的样子，让别人以为您的火腿就是这样被偷走的。舅舅，您应该已经把那些火腿藏到一个安全的地方了吧？说句老实话，现在您只需要把烟囱堵上就行了啊。唉！我亲爱的海梅林，你还真是可怜啊！这些鳗鱼我只好自己留着了！"

列那摇头叹气地离开了叶森格伦的家，但实际上他正在暗地里偷笑呢！而可怜的叶森格伦，这个傻瓜还在那里独自难过着，也不知道是在为丢了火腿难过，还是为吃不到那些美味的鳗鱼而难过。

列那"辞世"

　　自从列那走后，国王诺勃勒无人做伴，觉得生活十分无趣。他已经习惯了有列那在身边陪伴的日子，每次菲耶尔夫人谈起列那不愿意留在宫中的事情时，他都会流露出遗憾的神情。终于，他忍不住派人去马贝度城堡传唤列那进宫。

　　这次派出的使者是松鼠卢索，国王希望卢索能说服列那回到宫中。

　　卢索神气活现地接受了这个重要的任务，像一位钦差大臣一样，向马贝度城堡出发了。

　　但是，王宫里和世界上每个角落一样，是永远也不会有秘密的。就在卢索出发后不久，国王要召列那进宫的消息就传到了马贝度城堡。原来，在卢索赶往马贝度城堡的时候，箭猪比刚就把这个消息告诉了列那。

　　卢索终于到了马贝度城堡。他看见城门紧闭，就不停地敲门，过了很久，才听到里面有人应答。是贝尔西埃，他打开了门，让卢索进屋。

卢索俨然就是国王的钦差大臣，趾高气扬地说："请你们的男爵出来见我，我有重要的事情要转达。"

贝尔西埃说："哎呀！我父亲现在谁也见不了了。"

卢索被贝尔西埃的话弄得莫名其妙，不解地问道："为什么？发生什么事了吗？国王陛下愿意接受他提出的任何条件，只要他肯进宫去陪国王。所以我无论如何也要见他，并且要带他进宫。"

"去不成了，去不成了……"贝尔西埃只是这样不停地重复，这时候传来了另外三个声音，那是马尔邦什、鲁赛尔和他们母亲的声音，他们的回答就像是贝尔西埃的回声："去不

成了——"

卢索被弄得一头雾水，继续追问道："可是，为什么？为什么呢？"

这时，远方好像传来了列那的声音："因为我死了，已经不在这世上了。可怜的卢索啊，我再也不能和你一起进宫了。我亲爱的卢索啊，我们永别了！让你白跑一趟，给你带来失望，我真的很难过，可是我也没有办法，实在帮不了你啊！我的坟墓就在屋外，让贝尔西埃带你去看看吧。我要感谢我的家人，是他们让我能住在这样华丽的坟墓里。"

最后，卢索伤心地回王宫去了。

王宫收到这个不幸的消息后，为列那举办了盛大的追悼会，来悼念这位睿智、聪明的狐狸。

语文阅读经典丛书·第六辑

名 人 传

〔法〕罗曼·罗兰　著

文质　改编

长江出版社
CHANGJIANG PRESS

图书在版编目(CIP)数据

语文阅读经典丛书. 第六辑 / 文质改编.
—武汉:长江出版社,2021.4
ISBN 978-7-5492-7642-4

Ⅰ.①语… Ⅱ.①文… Ⅲ.①世界文学—作品综合集
Ⅳ.①I 11

中国版本图书馆 CIP 数据核字(2021)第 070065 号

语文阅读经典丛书. 第六辑   文质 改编

责任编辑:江水
出版发行:长江出版社
地   址:武汉市解放大道 1863 号   邮   编:430010
网   址:http://www.cjpress.com.cn
电   话:(027)82926557(总编室)
          (027)82926806(市场营销部)
经   销:各地新华书店
印   刷:湖北嘉仑文化发展有限公司
规   格:880mm × 1230mm   1/32   20 印张   400 千字
版   次:2021 年 4 月第 1 版   2021 年 4 月第 1 次印刷
ISBN 978-7-5492-7642-4
定   价:124.00 元(共五册)

贝 多 芬

米开朗琪罗

托尔斯泰

贝多芬

贝多芬传

"竭力为善，爱自由甚于一切，即使为了王位，也不要忘记真理。"

——贝多芬（一七九二年手记）

艰辛的童年

路德维希·凡·贝多芬，一七七〇年十二月十六日出生在德国波恩的一个平民家庭。他的祖父是荷兰人，后移居德国，曾担任当地宫廷乐长。父亲是个男高音歌手。母亲是宫廷御厨的女儿，最初嫁给了一个男佣，丈夫死后改嫁，与贝多芬的父亲结婚。

贝多芬从小长得就很结实，天生一副运动员的骨架。他有一张土红色的宽大的脸，隆起的额头占去了一半，乌黑的头发异常浓密粗硬，总是蓬乱地堆在头上。最引人注目的是那双不大的眼睛，总闪烁着一股奇异的光，摄人心魄。特别是当他兴奋或愤怒的时候，那道光便在眼中流转，仿佛奇妙的思想在起伏荡漾。他的鼻子短短方方的，酷似狮子的鼻子。他的牙齿异常坚固，似乎可以嗑破核桃。这张脸给人的整体印象，不能算是俊美，但据他的一个朋友回忆："他的微笑很美，说话时总是一副很可爱、令人高兴的神情！"但他的笑很短暂，稍纵即逝，通常的表情是忧郁，那是一种无可救药的哀伤。在他临死之前的一段时间里，他总是喜欢独自一人坐在一家酒店的墙角，叼着长烟斗，双眼紧闭。朋友跟他说话时，他悲哀地微笑着，从口袋里掏出一本小小的谈话册，示意朋友把要说的话写下来。他的面部表情变化无常，时而平静舒缓，时而肌肉隆起、血管膨胀、怒目圆睁，癫狂而可怕，就像莎士比亚戏剧中的李尔王。

贝多芬的童年并不幸福，不像莫扎特那样享受过家庭的温情。嗜酒成性的父亲败光了家业，他企图把四岁的贝多芬变成摇钱树，一心想让他也成为莫扎特式的神童，因此他整天强迫孩子练琴，甚至常常三更半夜酗酒回家后，还把孩子从睡梦中拖起来拉琴。不满八岁的贝多芬就被迫在波恩的听众面前表演、卖艺，十一岁时开始在剧院的乐队里工作。艰辛的童年生活，使贝多芬很早就走上了独立的以音乐为生的道路,同时也形成了他坚毅倔强的性格。一七八七年,他深爱的母亲因肺病去世了,贝多芬伤心不已,而且总以为自己也染上了与母亲同样的疾病,莫名的忧郁开始折磨他的精神和肉体。十七岁时,他就成了一家之主,负担着两个兄弟的教育。而且有关人士担心他父亲酗酒挥霍,就将养老金交给贝多芬代为收领,对此,他感到无比羞愧。这些事都在他心里留下了深深的创伤。

为了维持生计,贝多芬找了一份家教的工作,也因此,他遇上了让他珍视一生的布罗伊宁一家。这个家中有一个比贝多芬小两岁的可爱的女孩——埃莱奥诺雷·特·布罗伊宁,贝多芬负责教她音乐和诗歌。在文艺女神轻柔的呵护下,两个懵懂的年轻人度过了一段非常美好的时光。后来埃莱奥诺雷嫁给了韦格勒医生,他也成了贝多芬的知己之一。直到晚年,他们三人之间一直保持着恬静的友谊,这从他们往来的书信中可以看出来。当三人老了的时候,彼此间的感情格外动人,心灵也仍然保持着当年的童真。

尽管贝多芬的童年非常的悲惨,但对于生养他的故乡,他永远保留着一种温柔而凄凉的回忆。他几乎终生都住在音乐之都维也纳,可也从未忘却过莱茵河畔的故乡。在他的生命中,莱茵河仿佛是一位庄严的父亲,赋予他人性和灵魂。他的思想和力量在其中流淌、欢腾……这里是他漂泊心灵的栖息地。无数次的魂牵梦绕,他回到了故乡——和风轻拂的草原上,满地盛开着鲜花,莱茵河畔的白杨、细柳和果树把根须浸在寂静而湍急的河流中，贪婪地吮吸着养分；远远近近的村落、教堂和墓地，懒洋洋地注视着这片土地；抬眼望去，在河流隐没的地方，群峰映入蓝色的天空，像一幅笔墨山水画，山巅矗立着废旧的古堡，显出瘦削而古怪的轮廓……他一心忠于这里，直到生命终了。贝多芬在给朋友的信中曾经说道：

"我的家乡，我出生的地方，在我眼中她始终是那样的壮美，那样的明亮，和我离开时一模一样。"

耳聋的愁苦

一七八九年，法国大革命爆发了，战争的阴影笼罩着整个欧洲。那段日子，贝多芬的整颗心几乎都被这疯狂的战争占据着、折磨着。当时贝多芬就读于波恩大学，那是一个新思想汇聚的大舞台，慷慨激昂的诗歌，激起了年轻学子如痴如醉的热情。一七九二年十一月，正当战事蔓延到波恩的时候，贝多芬离开了故乡，来到了音乐之都维也纳。在这期间，贝多芬一直受着爱国热情的感染，在一七九六年至一七九七年间，贝多芬把弗里贝格的战争诗谱成了两首音乐作品：《行军曲》和《我们是伟大的德意志民族》。尽管贝多芬在爱国热情的影响下讴歌了大革命的敌人，但事实上，他已经被大革命的思想征服了。从一七九八年开始，虽然奥法两国关系很紧张，但贝多芬仍然和法国人有密切的往来，其中甚至包括在大革命期间战功

显赫的贝尔纳多德元帅。他越来越拥护共和思想，在以后的生活中，这种思想也越来越明显。

共和自由的思想似火焰般在他二十五岁的心中燃烧着，他知道自己的意志所在，并相信自己的力量。他在笔记中写道：

"勇敢啊！虽然身体不行，我的天才终究会获胜……二十五岁！不是已经降临了吗？……就在这一年，整个人应当展现出来！"

可是，就在他对生活充满信心的时候，命运的魔爪已经慢慢地伸向了他。从一七九六年到一八〇〇年，他的耳朵日夜轰鸣，听觉也越来越糟糕，与此同时，他的内脏也遭受着剧烈的疼痛。在好几年的时间里他对家人隐瞒着这一切，甚至连最亲爱的朋友也没有告诉。他避免与人交谈，以免他的疾病被人发现。他独自承受着这个秘密，也承受着巨大的心理痛楚。到了一八〇一年，他终于绝望了，于是写信告诉他的两个朋友——韦格勒医生和阿门达牧师。

在给阿门达的信中，他这样写道：

"我亲爱的、我善良的、我真挚的阿门达……我多希望你能常在我的身边！你的贝多芬真是可怜极了。我身体里最高贵的一部分——我的听觉，大大地衰退了。当我们在一起的时候，我已感觉到很多病状了。我瞒着，但它现在越来越严重了……它还会痊愈吗？我当然希望如此，但已是非常渺茫了，这一类的病是无药可治的。我不得不过着凄凉的生活，避免一切心爱的人和物……我不得不在伤心中独自栖息！固然我曾经发誓要超越这些祸害，但又如何可能？……"

他在给韦格勒医生的信中说：

"这两年来，我过着悲惨的生活——我聋了。我不得不躲避着，不与人交往，因为我不能和别人说话。如果我从事的是别的职业的话，也许还没问题。但不幸的是，我恰恰生活在音乐这个行当里。如果人们知道我是一个聋子的话，他们还会相信我的音乐才能吗？我的敌人又会怎么想呢？我真是不敢想象这些可怕的后果！在戏院里，我得坐到离乐队最近的地方才能知道演员在说什么。如果稍远一点的话，就听不见乐器的演奏和唱歌的声音。别人柔和地说话时，我还能勉强听到一些，但是，也只能听到一些声音，却不知道他们到底在说什么；如果有人高声叫喊，我简直痛不欲生。我诅咒造物主为什么这么不公平，为什么要我承受这样的痛苦。普鲁塔克这位古希腊的圣哲教我隐忍，我却愿向我的命运挑战——只要可能的话；但有的时候，我又是上帝最可怜的造物，我无计可施，只有隐忍，多么伤心的避难所啊！然而这是我唯一的选择！"

这种悲剧式的愁苦，在贝多芬当时的一些作品中有所反

映，例如他一七九九年创作的《悲怆奏鸣曲》。但并非这一时期所有的作品都带有忧郁的情绪，也有许多乐曲反映了青年人的天真。也许人在孤独和伤心的时候，总是喜欢回忆过去的欢乐时光，当现实太残酷时，人就会依靠记忆中的美丽而生活。独自一人在维也纳遭受折磨时，贝多芬便会怀念起故乡的欢乐时光，他的《七重奏》便是一支莱茵河的歌谣，《第一交响曲》则是青年人在梦中对着莱茵河的微笑。

爱情的磨难

一八〇一年，他与一位名叫朱丽埃塔·圭恰迪妮的姑娘恋爱了，那首闻名于世的《月光奏鸣曲》，便是贝多芬为她而作的。这是一段美好的爱情，可是这段爱情却让他付出了沉重的代价。他非常在意自己的残疾，同时，艰难的境况也使他无法娶他所爱的人。朱丽埃塔是一个风骚、稚气而且自私的女人，两年后，她嫁给了一个有钱的伯爵，这使贝多芬痛苦懊恼。婚后，这个女人还不时地利用贝多芬对她的爱来帮助她的丈夫，而贝多芬每次都爽快地答应了。他在一八二一年和申德勒会面时的谈话手册上写道："她到维也纳来找我，哭着哀求我，但是我瞧不起她。""她是我的敌人，所以我更要尽力帮助她。"在心灵遭受疾病折磨而变得极度脆弱的时候，这狂乱的情绪几乎把他完全毁灭了。在绝望与苦闷的边缘，他甚至给他的兄弟写好了遗嘱，上面写着："等我死了以后再拆开。"他似乎已经走到了生命的尽头。

最终贝多芬没有选择死亡，他又活了二十五年。这全仰仗他那高尚的道德情操。

爱情会使人沉沦，但也会磨炼人的意志。在经历了爱情的磨炼后，贝多芬重新感悟了人生。这个时期的他充满了力量，音乐创作也进入了一个旺盛期。俗称《月光曲》的《幻想奏鸣曲》，题献给亚历山大大帝的《小提琴C小调奏鸣曲》，《克勒策奏鸣曲》等作品戏剧式的吟诵恍如一场伟大而凄凉的独白，《第二交响曲》却反映了他年少气盛的爱情。显然，他的意志占了上风，一种无法抵抗的力量把忧郁的情绪一扫而光。生命的燃烧奏响了乐曲的终章。他渴望幸福，渴望爱情，并且充满了希望。

就在贝多芬遭受爱情打击和磨炼的这段时间里，拿破仑的铁蹄踏遍欧洲，法国大革命也波及到了维也纳。贝多芬被共和自由的信念鼓动着，并为它激动不已，他与朋友们兴高采烈地谈论着政局，对局势的发展做出犀利的判断。贝多芬把他所有的同情都给了革命党人。他亲密的朋友申德勒说："他爱共和的原则。他主张无限制的自由与民族独立……渴望法国实现普选，希望波拿巴建立起一个人心所向的政府，为人类的幸福打下基础。"一八〇四年贝多芬创作的《英雄交响曲》就是以波拿巴为题材的，在最初的手稿上还写着"波拿巴"这个题目。可是，后来拿破仑称帝，贝多芬得知后，大发雷霆，嚷道："他也不过是个凡夫俗子！"愤慨之下，他撕毁了题献的词句，换上了一个富有报复意味而又耐人寻味的题目："英雄交响乐……

纪念一个伟大的遗迹。"

一八〇九年，拿破仑的军队已经驻扎到了舍恩布伦，并在那里与奥地利签订了《维也纳条约》。拿破仑的军队在进攻维也纳的时候曾经炸毁了城墙，看着这些断壁残垣，贝多芬更加痛恨和厌恶这些所谓的法国统治者。

重获爱情

人们常说，听贝多芬的《第四交响曲》有恋爱的感觉。因为这支交响曲是在爱情滋养下结出的一朵纯洁的花，散发着贝多芬一生中比较平静的那段日子的清香。

一八〇六年，在那个美好的五月，贝多芬收获了爱情的果实，与一个暗恋他多年的姑娘订婚了，她就是特雷泽·特·布伦瑞克小姐。贝多芬刚到维也纳的时候，和布伦瑞克的哥哥成了好朋友，当时的布伦瑞克还是一个小姑娘，拜贝多芬为师，学习钢琴，也就是从那时起她就悄悄地喜欢上了贝多芬。关于那些幸福日子的回忆，在布伦瑞克的一部分谈话里还保存着：

"在一个星期天的晚上，我们用过了晚餐，在皎洁的月光下贝多芬坐在钢琴前面。他先是放平了手指，在键盘上来回抚弄，他往往是这样开场的。我和哥哥都知道他这个习惯。随后，他在低音部分弹奏了几个和弦，接着，他慢慢地用一种神秘而庄严的神情，弹奏着赛巴斯蒂安·巴赫的一首歌：'若愿

素心相赠，无妨悄悄相传；两情脉脉，勿为人知。'

"第二天早上，我们在花园中相遇。他对我说：'我正在写一部歌剧。主要的人物在我心中，在我面前，不论我到什么地方，他总和我同在。这是我从来没有过的崇高境界。一切都是光明和纯洁的。在此以前，我像是童话里的孩子，只管捡取石子，而不看路上美艳的鲜花……'在那个美好的五月，哥哥同意了我们的婚事。"

爱情是美好的，它与贝多芬的天才结合，产生出灵感，结出了最完美的果实——《第五交响曲》像一曲古典的悲剧，旋律悠长；《田园交响曲》奏响了夏日神明的梦。他还创作了《热情奏鸣曲》——献给他深爱的妻子布伦瑞克。这是贝多芬自认为在他的奏鸣曲中最有力的一首曲子，灵感来自莎士比亚的戏剧《暴风雨》。

可是这段美好的姻缘仅仅维持了四年。是什么原因破坏了这对相爱的人儿的幸福呢？——也许是财产、地位的不同；也许是贝多芬感到屈辱，因为他们的结合始终不被布伦瑞克的家人所接受；也许是他妻子无法忍受贝多芬暴躁的脾气。婚姻结束了，然而他们两人谁也没有忘却这段感情，直到生命的最后一刻，布伦瑞克还爱着贝多芬。

如日中天

这段爱情结束后，贝多芬几乎把所有的精力都投入到音乐创作中。他完全放纵他暴烈与粗犷的性情，对于社会，对于习俗，对于旁人的说三道四，对所有的一切他都无所顾忌。他还有什么需要畏惧，需要敷衍？爱情，没有了；野心，没有了。剩下的只有力量，他需要利用它，甚至是肆无忌惮地滥用它。他重新不修边幅，举止也越来越放肆。他知道他有权畅所欲言，即便是对高官显贵也是如此。

此时的贝多芬在音乐界可谓是如日中天。当时歌德的青年女友也被贝多芬的威力震慑住了，写信给歌德说："当我第一次看见他时，整个世界在我面前消失了，贝多芬使我忘记了世界，甚至忘记了你，噢，歌德！……我敢断言这个人远远地走在现代文明之前，而我相信我的话是对的。"

看了这封信后，歌德很想认识贝多芬。一八一二年，他们在波希米亚的浴场特普利兹相遇了，可他们相处得并不投机。贝多芬非常佩服歌德的天才，他曾说："读歌德的诗使我感到幸福。"但贝多芬过于自由的思想和暴烈的性格，与歌德完全不合。

在一次散步时，他们两人的巨大差异就暴露无遗了。在回来的路上，他们遇到了王公贵族，歌德就在远远的路旁停下，恭敬地脱帽行礼，静候他们经过；而贝多芬却旁若无人地与歌德说话。此时的歌德无暇顾及贝多芬，贝多芬按了按帽子，背着手向人群迎面走去。太子鲁道夫公爵见到贝多芬后立即脱帽向他致敬，皇后也跟他打招呼，那些大臣也都认识他，没有不向他致敬的。事后，贝多芬毫不客气地教训了比他年长的歌德。这让当时任魏玛大公枢密参赞的歌德永远不能原谅他，而贝多芬却不以为然。他在歌德面前表现出了自己的高尚和伟大，藐视王宫贵族的世俗和渺小。他在信中曾经说道：

"君王和公卿完全可能造就大批的教授和参赞，可以赏赐给他们各种头衔和勋章。但是，他们不能造就伟大的人物，不能造就超凡脱俗的心灵。而当像我和歌德这样的人在一起时，这些君王贵族应该感到我们的伟大。"

这就是当时的贝多芬，一个桀骜不驯的人。

也就是在这个时期，贝多芬的《第七交响曲》和《第八交响曲》诞生了。前者是节奏明快的大祭乐，后者是诙谐戏谑的交响曲。在这两部作品中，贝多芬任凭思想的野马在广阔的草原上自由驰骋，肆无忌惮地张扬着力与美。《第七交响曲》是为了庆祝乡村的酒神节而作，整个曲调就像一条河流欢快地向四处流淌、泛滥，淹没了所有的烦恼和不快。《第八交响曲》虽然没有这么夸张的表现，但却有着大力士般的雄健和孩童般的任性。令人不可思议的是，这两种意境竟然异常融洽地表现在同一首乐曲中而不让人觉得突兀，不得不让人感叹贝多芬伟大的天赋。

一八一二年，拿破仑进攻俄国失败而归。一八一三年，奥地利讨伐法国，不久普鲁士也接踵而来。在独立战争的鼓舞下，贝多芬创作了《德意志的再生》，大大鼓舞了人们的士气。一八一四年十一月二十九日，他在许多君王面前指挥了一支爱国歌曲《光荣的时节》。后来奥德联军攻陷巴黎，他写了一首合唱《大功告成》。这一年，贝多芬风光至极，这些应时之作给他带来了极大的声名：在维也纳会议上，人们把他看做欧洲的光荣；在庆功会上，亲王们向他致敬。他像一颗耀眼的星星，万众瞩目，万众敬仰。

完全耳聋

人生就像一条抛物线，幸运的顶点往往也是厄运的开端。

贝多芬，一个高傲且特立独行的天才，在这轻佻浮华的都市里是不会得人心的——维也纳从来也没对贝多芬抱有好感。贝多芬想离开维也纳，他尽力去抓住每一个可能的机会。一八〇八年，他很想到拿破仑弟弟的宫廷里去，那里的俸禄丰厚。但维也纳有着丰富的音乐源泉，也有一些不愿使国家丧失像贝多芬这样的天才的高贵的鉴赏家，他们极力地挽留着贝多芬。一八〇九年，维也纳三个富有的贵族——贝多芬的学生鲁道夫太子、洛布科维兹亲王、金斯基亲王——答应给他四千弗洛令的年俸，只要他肯留在奥地利。他们说："一个人只有在没有经济烦恼的时候才能全心全意地献身于艺术，才能够创作出不朽的作品，所以我们应该为贝多芬提供物资保障，避免一切妨害他天才发展的障碍。"可不幸的是，这笔津贴并没有完全兑现，后来甚至完全停止了。从一八一四年维也纳会议开始，维也纳把目光从艺术转移到了政治，音乐界也被意大利风格的乐曲占据了，贝多芬成了迂腐的象征。更不幸的是，贝多芬的朋友和保护人也相继去世：金斯基亲王死于一八一二年，李希诺夫斯基亲王死于一八一四年，洛布科维兹亲王死于一八一六年。贝多芬和他童年的朋友——布罗伊宁的哥哥——也闹翻了。从此他又孤独了。一八一六年，他在笔记中写道：

　　"没有了朋友，一个人孤零零地在这世界上。"

　　这时，贝多芬的健康也每况愈下——耳朵完全聋了，身体的其他机能也开始衰退。从一八一五年秋天开始，他只能用笔与人交流。从申德勒的记述中可以看出贝多芬的痛苦：

　　"在一八二二年的一场演奏会上，贝多芬要求亲自指挥最后一次的预奏。可是，他根本听不见台上的歌唱，他把节奏延

缓了许多，结果当乐队跟着他的指挥演奏时，歌手却已提前唱出了另一段歌词，全场一片混乱。另一名乐队指挥提议休息一会儿，并和歌唱者低声交换了几句话之后又重新开始。同样的事情又发生了，不得不再休息一次。贝多芬开始不安起来，他完全不知道发生了什么事，没有一个人告诉他。他开始用命令的语气呼唤我。我走过去，他把谈话手册递给我，我便写道：'恳求您不要再继续，回去后再告诉您理由。'于是他一下子跳下舞台，对我嚷道：'快走！'他一口气跑回家里，一头倒在睡榻上，双手捧着脸，一直到晚饭时分。他流露出最深刻的痛苦的表情，在用餐时一直沉默着。晚饭以后，当我想告别时，他挽留着我，表示不愿独自在家。他心里受了伤，至死也不曾忘记这可怕的一幕。"

两年后的一天，当他指挥《合唱交响乐》时，更准确地说是按节目单上所注明的参与指挥事宜，他完全没有觉察到全场的喝彩声，直到一位女歌唱家牵着他的手，让他面向听众时，他才看见全场起立，大家都挥舞着帽子，向他致意。据英国旅行家罗素回忆，他在一八二五年时看过贝多芬弹琴，说当他要表现柔和的时候，琴键不曾发声，在这寂静中，他神情激动，脸部和手指都抽搐起来，真是令人感动。

穷困潦倒

在耳朵完全聋了以后，孤独的贝多芬过着与世隔绝的生活。他只有在大自然的怀抱里才能找到安慰。他狂热地爱着那些树木、花草、云彩和田野。在野外散步时，他不戴帽子，顶着太阳，冒着风雨，全身心地融入大自然。也许只有大自然才可以抚慰他那骚乱的精神世界。

虽然他的精神在大自然中得到了些许的安慰，但艰难的生计却使他疲惫不堪。一八一八年的时候，他差不多到了要乞讨的地步，可是他还得装作一点都不贫困的样子。为换取面包，他不得不拼命地写曲子。这对他来说是一件再痛苦不过的事了。他最潦倒时连靴子都破得露出了脚趾头，以至于常常不能出门。那时，他的作品不仅卖不出钱，还欠下了出版商很多债。花了三个月谱写的曲子却只能换来三十多杜加，用血和泪为加利钦亲王制作的四重奏，连一分钱也没拿到。与此同时，贝多芬还陷入了一些日常的琐碎事务和窘迫之中——没完没了的诉讼，追讨曾经许诺的津贴，争取侄儿的监护权——他弟弟得肺病去世后留下了一个儿子。

贝多芬不仅要和卑鄙的弟媳争夺小卡尔，而且这孩子很不争气，让他的叔父很恼火。贝多芬把自己的温情全部倾注在这个孩子身上，可上帝似乎故意要考验这个天才似的，给他出了一道又一道的难题。在信中他曾抱怨道：

"难道我还得再忍受这么卑鄙、无情无义的打击吗？也罢，如果我们之间的关系要破裂的话，就让它破裂吧！一切有良知的人知道了这件事后，都会恨你的……像你这样娇生惯养的孩子，学着真诚朴实一点吧，你对我的虚伪行为，实在让我痛心疾首！上帝作证，我现在只想跑到千里之外，离你远远的，远离你那个丑恶的家庭……我不能再信任你了。"

像任何做父母的一样，即使子女做得再不对，在抱怨和愤慨之后，宽恕又会接踵而来。贝多芬也是如此：

"我亲爱的孩子！一句话也别说，到我的怀里来吧！我保证不会再责备你了，让我们像朋友一样说说你的未来吧，我会一如既往地爱你。"

贝多芬的伟大，对侄儿不但无益，反而有害，使他恼怒和反抗，正如他自己所说："因为伯父要我上进，所以我变得更下流。"这是多么可怕的言辞，活脱脱显示了这个浪子的丑恶灵魂。一八二六年，他甚至朝自己头上开了一枪。但他并没有死，倒是贝多芬差点因此丧命。这件事给了贝多芬一个沉重的打击，他甚至精神崩溃，失去了生存的意志和力量，一夜之间变得苍老无比，像个七八十岁的老人。几个月后，贝多芬一病不起。

不幸的爱情，凄凉的遭遇，痛心的亲情使贝多芬陷入了悲苦的深渊。他呐喊着，彷徨着，生命不该如此。在现实的世界里，他找不到精神的寄托，只有去艺术的世界里寻找生命的欢乐，他把音乐当成了一项讴歌欢乐的事业。

这是他毕生的追求。从一七九三年他在波恩时就有了这个念头。他一生要歌唱欢乐，把这歌唱作为他某一部作品的结局。关于颂歌的形式，以及在哪一部作品里表现，他踌躇了一生。即使在创作《第九交响曲》时，他也不曾打定主意。直到最后一刻，他还想把《欢乐颂歌》留下来，放到第十或第十一交响曲中去。《第九交响曲》原名《以欢乐颂歌的合唱为结局的交响乐》。他一直在思考：在交响乐中引进合唱的技术难度以及如何处理乐器与人声的关系。他做过多次试验，想把歌唱的时间尽量延缓，甚至把主题交给乐器来完成。贝多芬永远受着忧患的折磨，永远想讴歌欢乐之美。直到生命的最后一天他才完成了自己的心愿，这个时刻是何等的伟大！当欢乐主题第一次出现时，乐队突然中断，出其不意地一片静默，带着一种神秘与神圣的气息，似乎神明即将降临。当主题过渡到人声上去时，开始表现的是低音，曲调是严肃而受压迫的，慢慢地，欢乐抓住了生命——这是一种征服，一场对痛苦的斗争。接下来是进行曲的节奏，男高音热烈而急促地歌唱，似浩荡的军队。在这些沸腾的乐章中，我们可以感受到贝多芬的气息，他的呼唤，他因感动而呼喊的节奏，仿佛在原野上奔驰，作着他的乐曲，受着如醉如狂的激情的鼓动，宛若大雷雨中的老李尔王。在战争的欢乐之后，是宗教的沉湎，在宁静中对于欢乐的感恩。随后又是神圣的宴会，又是爱的兴奋。整个人类向天张开手臂，大声疾呼着扑向"欢乐"，把它紧紧地搂在怀里。

在颓废忧郁之际，贝多芬正想移居伦敦，去那儿演奏《第

九交响曲》。像一八○九年一样，他高贵的朋友们又来了，求他不要离开。他们说：

"我们知道您又完成了一部新的圣乐，在您的伟大交响曲的王冠上又添了一朵不朽的鲜花。在新的圣乐中，表现了您深邃的信念，感应了您高尚的情操，渗透了您心灵中超越世俗的光明，照耀着这部作品。几年来，您的沉默，使所有关注您的人为之凄然。我们感到悲哀，正当外国音乐在我们的土地上盛行而德国艺术即将被遗忘时，在人类中占有崇高地位的天才们竟默无一言……唯有在您身上，我们看到了整个民族的希望，期待着新生命、新光荣。您不顾时下的风气而建立起真与美的音乐王国……但愿您能使我们的希望不久即实现……但愿靠了您的天才，迎来我们民族艺术的春天，并繁荣人类的艺术。"

这封慷慨陈词的信，表明了贝多芬在德国优秀人士中所享有的崇高声望。这不仅体现在艺术上，更体现在道德方面。崇拜者在称颂他的天才时，想到的第一个词既不是"学术"，也不是"艺术"，而是"信仰"。贝多芬被这封言辞恳切的信感动了，他留在了维也纳。一八二四年五月七日，贝多芬在维也纳举行《D大调弥撒曲》和《第九交响曲》的第一次演奏会。在演奏会上，贝多芬一出场就赢得了热烈的掌声，热情的观众为他鼓了五次掌，超过了皇室出场的热烈气氛。贝多芬的交响乐引起了狂热的骚动，许多人感动得哭了起来。场面异常热烈，人们以为发生了暴乱，不得不调动大批警察维持秩序。贝多芬深受感动，以至于终场后晕倒了。大家把他抬到申德勒家，他和衣睡着，蒙蒙眬眬的，不吃不喝，直到第二天早晨才醒来。贝多芬的演出获得了空前的成功。

凭着执着的信念，贝多芬成功了，实现了他终生追求的目标。他抓住了欢乐的翅膀，在音乐王国里自由地翱翔。在整个欧洲，专制、黑暗的思想却在沉重地压迫着贝多芬，但这并不能钳制贝多芬思想的自由翱翔，不能压制住伟大的自由之声——也许是当时德意志思想界唯一的自由之声。"文字是被束缚了，幸而声音还是自由的！"贝多芬深感责任重大，他要把他的艺术奉献给"可怜的人类"和"将来的人类"，为他们造福，唤起他们的勇气，唤醒他们的迷失，祛除他们的怯懦。

贝多芬在写给他侄子的信中说："这个时代，需要有力的心灵来鞭策这些可怜的人群。"他抨击政府腐败、司法专制、警察滥用权力、官僚腐化无能……一八二七年，米勒医生说："贝多芬在政府、警察、贵族面前，永远自由地发表意见，甚至在公众面前也是如此。"贝多芬曾公开坦言："归根到底，基督不过是一个被钉死的犹太人而已。"警察当局几次起诉他，可对他不起任何作用，没有什么能使他屈服。那时的贝多芬简直百毒不侵，不可驯服，他学会了苦中作乐。在最后几年，虽然环境十分恶劣，但他所写的音乐却有面貌一新的感觉：嘲讽、傲慢，也有欢乐。在他去世前的四个月，他写了一部四重奏，结束部分非常轻快，这种轻快是战胜痛苦后的动人微笑。

贝多芬胜利了，他不相信死亡，然而死神终于还是来了。一八二六年十一月，他患上了肋膜炎性的感冒。他为侄儿的前程奔波着，旅行的劳累让他回到维也纳后就病倒了。他的朋友都在远方，他打发侄儿去请医生，可这个麻木不仁的家伙竟把这事忘得一干二净，直到两天之后才想起来。医生来了，但已经太迟了，而且他的医术很差。在之后的三个月内，贝多芬凭着坚强的毅力和运动员般的体格与病魔搏斗着。一八二七年一月三日，他把挚爱的侄儿立为正式的继承人。临终前，他想到了莱茵河畔的友人，他写信给韦格勒说："我亲爱的朋友，我多想再和你说说话，但我的身体太虚弱了，除了在心里拥抱你和你的夫人外，我什么都不能做了。"

一八二七年三月二十六日，风雨交加，在一声响雷中，贝多芬安详地咽下了最后一口气。一只陌生的手替他合上了眼睛。

在贝多芬病危的时候，曾经做过三次手术，在等待第四次手术期间，他还安详地说："我耐着性子想着，一切灾难都将带来几分善。"这个善，是解脱，是像他临终时所说的"喜剧的终场"——我们却说是他一生悲剧的终场。他的好友布罗伊宁感叹道："感谢上帝！感谢他结束了这长期悲惨的苦难。"

贝多芬的一生宛如雷雨交加的一天——在一个明净如水的清晨，几阵懒懒的微风吹过，在静止的空气中已有隐隐的威胁。突然之间，巨大的阴影卷过，紧接着是一声悲壮的雷吼，充满着可怕的静默，吹过一阵又一阵的狂风，《英雄交响曲》

与《第五交响曲》诞生了。

　　然而白天的清纯之气尚未受到损害，欢乐依然是欢乐，悲哀中也永远保有一缕希望。黄昏即将来临，雷雨还在酝酿着；沉重的云，饱蓄着闪电，被黑夜染成漆黑，挟带着大风雨，即是《第九交响曲》的开始。突然，风狂雨骤之际，黑暗裂开了，夜被赶走，白天的清明又还给了我们。这是意志之力的神奇。

　　什么样的胜利可与这场胜利相比？波拿巴的哪一场战争，奥斯特利茨哪一天的阳光能够达到这种超人的光荣？获得这种心灵从未获得过的凯旋？一个贫穷、残疾、孤独的不幸的人，世界不曾给他欢乐，他却创造欢乐给予整个世界！他用他的苦铸就欢乐，恰似他那句豪言壮语——"用痛苦换来的欢乐。"那是可以总结他一生，可以成为一切英勇心灵的箴言。

贝多芬的遗嘱

给我的兄弟卡尔和约翰

啊！你们这些人,怎么把我看做或者让别人把我看做这样的一个人：心怀怨恨的、疯狂的，甚至是愤世嫉俗的。实际上,这是对我极大的诬蔑！你们并不知道隐藏在外表之下的我是个什么样的人。

从童年时代起，我就怀有慈悲的情怀，我时刻想着要去成就一番伟大的事业。可是后来，我的身体是如此的羸弱，那些庸医又加重了我的病情。他们一年又一年地欺骗着我，让我枉费了好转的希望，终于我知道这是一种"持久的病症"，即使能治愈也要花很长时间。

我生性开朗好动，很喜欢参加各种社交活动,但却被迫与世隔绝，过着孤独的生活。有时，我也想克服重重障碍，但又被我身体残疾这个悲惨的事实挡住了。我不得不对别人说:"你们讲得大声一些，叫喊吧，我是个聋子！"但我能跟别人说我是一个聋子吗？我的耳朵要比别人更灵敏才对，而我从前确实比音乐界中的任何人都更加灵敏！

当你们看到我独处时，请你们不要见怪，我是在心中与你们交流着的。我在痛苦中煎熬着，我总是因为耳聋被人误解。我非常愿意与别人交往，希望能在与人的谈话中，在与人的交流中获得精神上的慰藉。但我做不到，我是孤独的。我需要在社交场合抛头露面，但我又不得不逃避与人交往，我只能过着流亡的生活。在人群中我痛心疾首，最怕别人发觉我是聋子。

因此，最近我在乡下住了六个月。我的医生劝我好好保护自己的听力，让我静心休养。可是，我还是忍不住要到社会中去和人们交往。我去了，但是，我身边的人都听见了远处的笛声或者牧童的歌唱，而我什么也没听见，我是何等的屈辱啊！我完全绝望了，甚至想到了自杀。可是，我没有死。我热爱艺术，是艺术留住了我的生命。我觉得在没有完成我的使命之前，我是不能离开这个世界的。

我拖着虚弱的身体悲惨地活着，我已习惯了这种生活，练就了极大的耐性。我希望我能忍耐得长久一些，我已看破了这一切，尽管我才二十八岁。保持这样的心态是不容易的，对一个搞音乐的艺术家来说就更难了。

神明啊，你在天上能看透我的心，知道它热爱人类并抱有行善的意愿！人啊，要是你们有一天读到这些，可别忘记你们曾对我的不公。当不幸的人看到一个与他同样遭遇的人，但愿他能克服阻碍，竭尽全力地跻身于艺术家或优秀人士之列，我将借以自慰。

我的兄弟，卡尔和约翰，在我死后，施密特教授若还健在的话，你们用我的名义去请求他，详细说明我的病情并附上这封信，让社会大众都知道，并尽可能与我言归于好。

我的兄弟，我死后你们将是我的一些微薄财产的继承者。你们要和睦相处，彼此关爱，相互帮助，公平地分配这些薄产。你们对我的伤害，我早已原谅了。卡尔近来对我的忠诚，我在这里特别表示感谢！我祝你们享有更加幸福的生活，而不是像我这样充满着无尽的烦恼。要好好教育你们的孩子，让孩子明白使人幸福的并非金钱而是德性。这是我的经验之谈。在最困难的时候，是道德支持了我，也是道德使我没有自杀，当然也还有对艺术的追求。

永别了，我的兄弟，你们要永远相亲相爱！我还要感谢所有的朋友，尤其是李希诺夫斯基亲王和施密特教授。李希诺夫斯基的乐器可以保存在你们任何人的手里，但切勿为此而争执。若对你们有所帮助，你们可以卖掉它。要是真有在天之灵的话，我将竭力帮助你们，并为此而感到非常高兴！

我希望死神能迟一点来到我的身边，好让我有时间把自己的才能展现出来。但如果死神来了，我也会高兴的，因为它把我从无尽的痛苦中解脱出来了。来吧，死神。想什么时候来都行，我将勇敢地迎接你！

永别了，我亲爱的兄弟们，可别把我忘了，我是值得你们

思念的。因为在有生之年,我是时刻思念你们的,并想让你们
获得幸福。愿你们幸福!

路德维希·凡·贝多芬

一八〇二年十月六日　海林根施塔特

给我的兄弟卡尔和约翰

——在我死后开拆并执行

此时此刻,我很伤心,我要向你们告别了。我希望我的病
能够痊愈,至少在某种程度上痊愈。但希望把我遗弃了,就像
秋天的树叶要枯萎落地一样,我的希望也枯萎破灭了。我去
了,几乎和我来的时候一样。在美妙的夏天,曾经屡次支持过
我的勇气也消逝了。

万能的主啊,请给我一天时间吧,也让我享受一天的纯粹
的快乐吧!我已经很久没有听到欢乐的声音了!啊,神明啊!
什么时候,我还能再在自然与人类的世界中感受到快乐?永远
不?不,这太残酷了!

路德维希·凡·贝多芬

一八〇二年十月十日

贝多芬名言录

关于音乐

只要是为了获得更美的事物，任何规则都可以打破。

音乐应当使人类的精神迸发出火花。

音乐是比一切智慧、一切哲学更高的启示……谁能参透我音乐的意义，便能克服寻常人难以克服的苦难。

（一八一〇年致贝蒂娜）

最美的事，莫过于接近神明并把它的光芒散播于人间。

我为什么要写作？因为我必须抒写出我心中蕴含的一切。

你相信吗？当神明和我说话时，我是在想着一架神圣的提琴，并写下它所告诉我的一切！

（致舒潘齐希）

我在作曲时，仿佛眼前就摆放着所有的乐器，任我的灵感在上面舞蹈。

（致特赖奇克）

不用钢琴而作曲是必须的……慢慢地可以培养出一种能力，把我们所希望的、所感觉的，清清楚楚地表现出来，这是高贵的灵魂不可缺少的。

（致奥太子鲁道夫）

描写是属于绘画的。在这一方面，诗歌和音乐相比，也可说是幸运的了，它的领域不像我的那样受限制；但另一方面，我的领土可以在其他的境界内扩张得更远，但人家却不能轻易到达我的王国。

（致威廉·格哈得）

关于批评

站在一个艺术家的立场上，我从不关注别人是怎样评价我的。

（一八二五年致肖特）

我和伏尔泰的想法一样："几只苍蝇咬几口，决不能羁绊一匹英勇的奔马。"

（一八二六年致克莱因）

让那些愚蠢的家伙说去吧，他们的嚼舌决不能使任何人不朽，也决不能使太阳神阿波罗指定的人丧失其不朽。

（一八〇一年致霍夫迈斯特）

幸运的是，他的坚持战胜了父亲的顽固和偏见。十三岁时，他进入多梅尼科·吉兰达约的画室——那是当时佛罗伦萨所有画室中最大最好的一个。刚开始时他的成绩很优秀，据说还曾令他的老师嫉妒。可是过了不久，他却开始厌恶绘画，喜欢上了一种更英雄的艺术——雕塑。后来，他转入一所雕塑学校，这所学校是洛伦佐·特·梅迪契亲王创办的，学校设在美丽的圣马可花园内。很快，米开朗琪罗得到了亲王的赏识，亲王让他住在自己的宫殿里，允许他和自己的儿子们一起学习、进餐。这是一个千载难逢的好机会——他接触到了柏拉图，接触到了古希腊，呼吸着文艺复兴的清新空气。他一下子就处于文艺复兴运动的中心，被大师们深邃的思想所吸引、所感染，一个信念在心中召唤着他：成为一个古希腊式的雕塑家！

　　一四九四年十月的一天，米开朗琪罗的一个朋友告诉他，说自己梦见了死去的梅迪契亲王，他穿着破破烂烂的衣服，上身赤裸，梅迪契亲王命令他去告诉自己的儿子彼得亲王，说彼得亲王将会被逐出这个王国，永远不能回来。米开朗琪罗相信了这个预示着灾难的梦境，开始惶恐不安，并逃离了佛罗伦萨。这是米开朗琪罗第一次因为迷信而精神错乱。这类事情在他一生中发生了很多次，虽然他自己也觉得羞耻，但却无法控制。

　　一个月后，彼得亲王因为众叛亲离也逃亡了，佛罗伦萨建立了平民政权。那个叫萨伏那洛拉的传教士预言佛罗伦萨将指引着全世界都变成共和国，但这个共和国只承认一个国王，便是耶稣——基督。米开朗琪罗逃到了威尼斯，骚乱的心也逐渐

平静下来，完全忘记了那个可怕的预言，他在威尼斯的一个朋友家中度过了一个温暖的冬天。

第二年春天，米开朗琪罗又回到了佛罗伦萨，各种狂热的宗教仪式正在那里举行，各党派间进行着激烈的争斗。但是他不再相信萨伏那洛拉的言论了，也厌恶了人们的这种宗教狂热，开始专心于自己的雕塑事业，完成了著名的《睡着的爱神》，这在当时被认为是富有古希腊风格的作品。之后的几年，他到了罗马，在那里潜心研究古希腊、古罗马遗风，雕成了《醉的酒神》《垂死的阿多尼斯》和《爱神》，收获颇丰。

在这几年中，米开朗琪罗的家乡发生了巨大的变化：他的哥哥因为信仰多明我教而被告发，曾经辉煌一时的传教士萨伏那洛拉被当众烧死。面对这一切，米开朗琪罗沉默不语，静静地雕成了《哀悼基督》：死去的基督躺在圣母的膝上，似乎睡着了。雕塑中的线条富有古希腊之风，但其中也混杂着一种无可名状的哀愁，这些美丽的躯体沉浸在凄凉的氛围中。这正是米开朗琪罗当时心情的写照。

一五〇一年春天，他又回到了佛罗伦萨。这一次，他接到了一个艰巨的任务。大约四十年前，当地的宗教委员会曾委托一位著名的雕塑家雕刻一位先知的像，可是这项工作没开始多久就停止了。出于对这位雕塑家的名望的敬畏，许多人都不愿也不敢接受这项工作。米开朗琪罗却毅然地接受并创作出了伟大的作品——《大卫》。

关于这个雕像还有一个小小的故事：当时佛罗伦萨的行政

长官皮耶尔·索德里尼(就是他决定让米开朗琪罗接手这份工作的)去看这座雕像时，为显示他的高见，作了很多评论，例如他认为鼻子太大了。于是米开朗琪罗拿了剪刀和一些石粉爬上台架，轻轻地动了几下剪刀，手中慢慢地散下若干粉屑。事实上他一点儿也没有改动，只是装模作样而已，然后转身问道："现在请看，觉得怎么样呢？"

索德里尼说："现在看起来精神多了，你改得很好！"

一五〇四年，《大卫》终于完工了，艺术委员会按照米开朗琪罗的要求，把它安置在了诸侯宫殿的前面。但是，人们的反应并不好。因为大卫像是裸体的，他们认为这有伤风化，还向大卫像投掷石块以示抗议。

与米开朗琪罗同时代的还有一位伟大的艺术家，那就是莱奥那多·达·芬奇，不过他比米开朗琪罗大二十岁。达·芬奇三十岁的时候就离开了佛罗伦萨，因为那里的人们对宗教狂乱的热情使他无法忍受。他天生感情细腻，还稍微有点怯懦，喜欢平静安宁的生活。这个喜欢绝对自由、孤独的人，对他的乡土、宗教，乃至全世界，都很淡漠，他只有在思想自由的、开明的君王身边才感到舒畅。当时达·芬奇在米兰的保护人下台了，他不得不回到佛罗伦萨。在这里，他和米开朗琪罗相遇了，但彼此并没有什么好感，因为他无法适应米开朗琪罗对宗教信仰的那股热情，而米开朗琪罗也痛恨那些毫无热情和信仰的人。

达·芬奇长得非常俊秀，举止温文尔雅。一天，他和一个朋友在佛罗伦萨的街上散步，他穿着一件玫瑰红的外衣，一直垂到膝盖，修剪得非常美观的卷曲的胡须在胸前飘洒。在圣三一寺旁，几个中产阶级的知识分子正在交谈，讨论着但丁的一段诗。他们招呼达·芬奇，请他替他们辨明其中的意义。恰好米开朗琪罗从这里经过，达·芬奇说："米开朗琪罗会解释给你们听的。"米开朗琪罗误以为达·芬奇有意嘲弄他，便冷酷地答道："你自己解释吧，你这个做事半途而废，不知羞耻的家伙！"说完，转身就走了。达·芬奇顿时面红耳赤，非常难堪。可是米开朗琪罗还不满足，边走边骂着。

就是这样两个格格不入的人，佛罗伦萨的行政长官却让他们共同完成一件作品：诸侯宫殿会议厅的装饰画。这两个人的较量，是文艺复兴时期两股最伟大力量的较量，也是佛罗伦萨人与米兰人之间的较量。一五〇四年五月，达·芬奇开始创作他的《安吉亚里之战》。同年八月，米开朗琪罗受命创作《卡希纳之战》。整个佛罗伦萨沸腾了，为此还分成了两派，这是文艺复兴时期两种截然不同的艺术风格的争鸣，最后的结局将会如何？谁会赢得这一战呢？

结果是谁也没有赢。时间扯平了一切：两件作品全都被毁了。米开朗琪罗的图稿是在后来的彼得亲王卷土重来的暴乱中毁掉的。至于达·芬奇的那一幅，是他自己把它毁了的，因为为了追求技巧的完美，他尝试用了一种油膏，但不能持久保存，于是，灰心的达·芬奇把它丢掉了。

　　一五〇五年三月，米开朗琪罗开始了他的英雄时代，他被教皇尤利乌斯二世召往罗马。这两个人都是时代的强者——一个是伟大的艺术家，一个是至高无上的教皇。他们要共同完成一项宏伟的计划：为教皇尤利乌斯二世修建一座陵墓。米开朗琪罗为这个宏大的设想激动不已，他怀抱着一个巴比伦式的计划，准备建造一座山一样的建筑，几乎可以与古罗马城相媲美，他要在那上面放四十余座硕大的雕像。他甚至想把整座山都雕成一座巨大的雕像，让远处的航海家们也能望见。教皇听了这个美妙绝伦的计划更是兴奋不已，他授权米开朗琪罗去山中开采任何他想要的石头。

　　可是好景不长，米开朗琪罗的敌人利用教皇的迷信和无知，说生前修建陵墓不吉利，建议教皇修建圣彼埃尔大教堂，那将使教皇名垂千古。教皇接受了建议，米开朗琪罗被击败了，而且还得自掏腰包支付前期工作的费用。他因此债台高筑，生活陷入了极大的困境。

　　当他要求见教皇的时候，尤利乌斯二世却无情地拒绝了。米开朗琪罗气愤极了，给教皇写了一封信："圣父，今天早上，你下旨将我赶出了宫门。在此，我郑重地通知你，从今天开始，我将离开罗马，如果你想再见到我的话，可以派人到罗马以外的任何地方找我！"米开朗琪罗离开的第二天，他的敌人们举行了盛大的重建圣彼埃尔大教堂的奠基典礼。他们把米开朗琪罗采来的石头抢劫一空，并想把他重重地踩在脚下，让他永世不得翻身。

米开朗琪罗的出走触怒了教皇，他给佛罗伦萨各地的诸侯下令，要米开朗琪罗回罗马去见他。在那个时代的欧洲，教皇是至高无上的，他是上帝的代言人，凡间的国王都要经过他的认可才能成为真正的国王。米开朗琪罗却固执地不肯回罗马，并提出如果教皇履行当初修建陵墓的诺言，他才回去，否则，教皇永远也见不到他。可是至高无上的教皇更加强硬，佛罗伦萨的诸侯都不敢保护他，纷纷劝他说："即使是法兰西国王也不敢和教皇对着干，你还是回去吧，我们也不愿意为了你和教皇闹翻，那样后果将不堪设想！所以，你还是回罗马去吧，我们会带信过去，替你求情的！"

终于，他不得不屈服于教皇，回到了罗马。教皇又有了新的旨意，他要米开朗琪罗在他新征服的领土博洛尼亚城为自己铸一座铜像。米开朗琪罗竭力声明自己根本不懂得如何铸造铜像，但无济于事。他只好从头学起，以完成这项艰苦的工作。在这期间，他住在一间破屋里，与两个助手挤在一张床上。他那两个助手品行不端，居然偷了他的东西，他赶走了他们。这两个无耻的家伙竟然到处散布谣言，攻击米开朗琪罗，甚至倒打一耙，说米开朗琪罗偷了他们的钱财。米开朗琪罗身边的那个铸铜匠也是个没用的家伙。

一五〇七年六月，铸造铜像的工作失败了。一切又得从头开始。到一五〇八年二月这项工作才终于完成。为了铸造这座铜像，米开朗琪罗的健康受到了极大的损害。他给他的兄弟写信，说：

"我几乎连吃饭的时间都没有，我得夜以继日地干活，什么也不想，受尽了痛苦和折磨。"

这样艰辛铸造的铜像却仅有四年的寿命。一五一一年十二月，尤利乌斯二世的敌人本蒂沃利党人毁灭了铜像，残余的古铜被人买去铸造了大炮。

米开朗琪罗从博洛尼亚城回到了罗马。教皇又给了他一个意想不到的艰巨工程，命他去为西斯廷教堂作天顶画。他完全不懂壁画技术，但又不得不去执行，任何说辞都是徒劳，固执的教皇丝毫不肯让步。

艰难的工作让他痛苦不堪，这痛苦绝非他神明般的思想能够解救得了的。

"我处在极度苦恼之中，一年来，我没有从教皇那里拿到一分钱，我也不配去要酬劳，因为我的工作进展缓慢，技术上也发生了问题，这是因为我不是这方面的行家，从而浪费了很多时间。愿神保佑我。"

比如，他刚绘完《洪水》一部，作品就开始发霉，以至于人物面貌都辨认不清。他拒绝继续工作下去，可教皇根本不予理睬，他又不得不重新开始工作。

在创作过程中，教皇曾经因为他的工作进展缓慢，以及固执地不让别人看到作品而发怒。教皇问他何时可以画完，米开朗琪罗依着他那傲慢的习惯说："当我完成的时候。"教皇气极了，用拐杖打他，口中不停地说着："当我完成的时候！当我完成的时候！"

米开朗琪罗感到很委屈，他想离开罗马，甚至已经准备好了行装。尤利乌斯二世得知后，立即派人给他送去五百金币，并竭力抚慰他，向他道歉。米开朗琪罗接受了道歉，答应留下来继续工作。直到一五一二年的万圣节，他才撤去台架，展示作品。仪式盛大而又神秘，祭祀亡灵的仪式与这件骇人的作品的开幕礼，氛围十分相宜，因为作品充满着生杀一切的神的精灵——挟着急风骤雨般的气势横扫天空的神，带来了一切生命的力量！

力的崩裂

伟大的作品问世了，米开朗琪罗获得了至高无上的荣耀，而与此同时，艰辛的工作也摧残了他的身体。成年累月地仰头于西斯廷教堂的天顶作画，他的视力受损了，以至于后来看东西时，他不得不把它们举到头顶上才能看得清楚。

作为一个艺术家，米开朗琪罗深爱着自己的身体，对这病态的身体，他是深恶痛绝的。他认为，这对艺术家来说，简直是耻辱。

轻松自在的日子没过上几天，米开朗琪罗又开始了暗无天日的生活。新任教皇利奥十世要为自己的宗族歌功颂德，他要米开朗琪罗从前任教皇的事业上转到他的事业上来。新教皇和米开朗琪罗都曾在梅迪契亲王创办的学校里受过教育，所以，建造梅迪契家族的神庙——圣洛伦佐教堂的大任——自然就落到了他的头上。米开朗琪罗答应了，因为他要和他的对手一决高下。他的对手拉斐尔在他离开罗马期间担任了建造圣彼埃尔大教堂的艺术总监，这让米开朗琪罗愤愤不平，因为如果一个人坐上这个艺术宝座就好比登上了国王的位子。一五一八年一月十九日，米开朗琪罗和新任教皇签署了合约，答应他在八年之内完成这项工程。米开朗琪罗设想着把圣洛伦佐教堂建成意大利建筑与雕塑的一面镜子，他

要把所有意大利的上乘艺术都表现出来。

米开朗琪罗是个追求完美的人。他天生不喜欢与人合作，一切都要自己动手。所以，他并没有呆在佛罗伦萨做自己的工作，而是跑到卡拉雷去监督采石工作。梅迪契族人要用皮耶特拉桑塔采石场的石头，而米开朗琪罗则主张用卡拉雷的白石。为此，梅迪契家族的人和教皇都怀疑他是否收取了卡拉雷人的贿赂。最终，米开朗琪罗不得不屈服于教皇而采用皮耶特拉桑塔采石场的石头。但是，这种出尔反尔的行为又触怒了卡拉雷人，他们联合航海工人阻碍米开朗琪罗的工作。结果，米开朗琪罗竟然找不到一条船肯帮他运送石料。

一五一八年九月，米开朗琪罗终于支撑不住，病倒在了途中。他只好先回到佛罗伦萨，苦苦地等着石料的到来。可是这个时候，正是河流干涸的季节，运载石料的船只搁浅了。一段时间后，第一批石料运到了，可他并没有急着开工，他要把石头堆成山似的才会开工。开工时间就这样在等待中一天天地拖延着。他有些害怕，当初自己的承诺是不是太轻率了？这么巨大的工程是不是太冒险了？更让他焦虑的是，运往佛罗伦萨的六根石柱式的白石中，有五根在途中断裂了。

教皇与梅迪契大主教看着这么多宝贵的时间白白浪费在采石场与泥泞的路上，很是气愤。一五二〇年三月十日，教皇下旨，取消了建造圣洛伦佐教堂的契约。这让米开朗琪罗深受打击。他在信中写道：

"我不想计较我在此耗费的三年光阴，不计较我为了这圣洛伦佐作品而破产，也不计较别人对我的侮辱：一下子委任我做这项工作，一下子又不要我做。我不和他计较我所损失的一切费用……而现在，这件事情就这么结束了，我手中是他给我的五百金币，我就这样自由了！"

自由的米开朗琪罗，一生历尽磨难，不停地为不同的主人服务，就这样耗费着他那天才的生命。后来，梅迪契主教成了教皇克雷芒七世，也成了米开朗琪罗的新主人，和所有的教皇一样，他仍然让艺术家们来为他唱赞歌，米开朗琪罗就是这众多歌手中的一员。不过新任的教皇非常了解米开朗琪罗——了解他的经历，了解他的意志，了解他的精神。教皇甚至会在他萎靡不振或陷入混乱的时候帮助他重新振作起来。教皇重新委任米开朗琪罗主持梅迪契家族的神庙和陵墓的修建工作，并要求米开朗琪罗加入教会，还答应每月给他工资。尽管米开朗琪罗拒绝了这个建议，可是教皇还是按月给他发工资，甚至比原来的还多了三倍。除此之外，教皇还把一栋别墅送给了米开朗琪罗。

一切似乎进展顺利。然而尤利乌斯二世的继承人却突然声称要把米开朗琪罗送上法庭，原因是他没有遵守合约完成建造尤利乌斯二世陵墓的工作。米开朗琪罗承认是自己违约了，他受着良心的谴责，请求克雷芒七世准许他回到建造尤利乌斯二世陵墓的工作中去，并拒不接受克雷芒七世的薪俸。对此，教皇坚决不答应，一定要他继续建造梅迪契家族神庙的工作。米开朗琪罗的一些朋友也劝他不要太偏执了。可是米开朗琪罗却固执地和教皇、他的朋友们以及一切关心他的人们作对。宫中的司库为了戏弄他，真的撤销了他的薪俸。可怜的人，因为经济拮据，几个月之后，又不得不重新请求自己所拒绝的薪俸。他怯懦地，带着羞耻地写信给教皇的管事：

"我亲爱的乔凡尼，也许笔杆子会比口舌更大胆。所以，我把我想说又不敢说的话写给你：我还能获得月俸吗？……当然，如果我已经不能得到，我也不会改变对教皇的忠诚，我会一如既往地为教皇工作。"

可是，管事却装聋作哑，不予答复。米开朗琪罗整整一年多都没有拿到工资，整日与贫困作着斗争，这已经严重影响了他的工作。

在这些状况下，工作没法进行。到一五二七年意大利发生政治大动荡的时候，梅迪契家族神庙中的塑像一个也没有完成。米开朗琪罗有着英雄般的天才，也同样有着英雄般的艺术幻想。可是，从一五二〇年到一五二七年间，生活的境遇让天才的米开朗琪罗疲惫不堪，艺术的幻想不断地破灭，整日生活在痛苦之中。在这个新时代面前，米开朗琪罗没有完成一件作品，实现一桩计划。

绝　望

　　虽然，在艺术上米开朗琪罗是一个天才，但优柔寡断的性格，使他在政治方面显得很幼稚。也正是这种摇摆不定的性格使他卷入了一五二七年的政治革命。

　　在政治斗争中米开朗琪罗一向很胆小。他总是害怕会冒犯什么，但凡听到一点对于专制行为的批评，他会立刻否认。他也时常写信给他的家人，叮嘱他们注意自己的言行，要时刻留神，一有动荡就马上逃离。

　　米开朗琪罗是如此的谨小慎微，他周围的人包括他的兄弟们都因此看不起他，甚至认为他精神不正常。

　　虽然米开朗琪罗对周围的一切危险时刻保持着警惕，可是，在他心灵的深处却有着强烈的共和思想。关于这一点，我们可以从他与朋友的谈话内容中看出来。当他们谈论关于暴君和刺客时，他为刺客辩解道：

　　"如果我们认真地读一读这部作品，就会发现但丁把暴君归入了恶人系列，暴君所犯下的罪是人神共愤的，所以但丁要把他打入第七层地狱，使他永世不得超生。既然但丁承认了这一点，那么在他看来，暴君已经丧失了人性，没有了同类之爱。所以，杀死一个暴君无异于杀死一头野兽，一头人面兽心的野兽而已。"

把暴君比做野兽，只要他压迫人民，践踏人权，任何人都可以起而杀之。这是何等的思想！可是，这种极端的思想和先前所述的懦弱性格竟出自于同一个人，真是不可思议啊！

所以，当罗马被西班牙国王攻陷的时候，当梅迪契家族被驱逐的时候，米开朗琪罗便成了革命党的先锋之一。一五二八年十月，他参加了守城会议。一五二九年一月十日，他又被任命为守城工程的督造者。同年四月六日，他再一次被任命为佛罗伦萨的防卫司令官。他到处视察，和防御工程的专家们，和当地的权贵们热烈地讨论着。

米开朗琪罗认为佛罗伦萨防御工程中最重要的是圣米尼亚托山冈，他决定在那里建造炮垒。可是，这个决定让米开朗琪罗与当时佛罗伦萨的行政长官卡波尼产生了分歧和冲突。行政长官一气之下要米开朗琪罗离开佛罗伦萨。米开朗琪罗怀疑卡波尼与梅迪契家族的人故意要把他赶走。紧接着，全城都在议论这件事。结果，卡波尼却被撤职，由弗朗西斯科·卡尔杜奇继任。米开朗琪罗预感到灾难即将来临，他惊恐不安，并把这种预感告诉了新任的行政长官。而卡尔杜奇不但不感谢他，反而辱骂了他一顿，责备他喜欢猜疑、胆小如鼠。这使米开朗琪罗非常沮丧，并且更加害怕了。

没过多久，米开朗琪罗就逃离了佛罗伦萨。在逃亡的途中，沿途的王公贵族们听说他来了，都竞相请他留下。可是，这种邀请让米开朗琪罗觉得十分羞愧，而且，他还是觉得不够安全，想逃到法国去。巧的是，他的一位朋友正在意大利替法国国王购置艺术品，于是，他就写信给这位朋友。当时，驻当地的法国大使知道了这件事，立即写信给法国国王和元帅，请求他们邀请米开朗琪罗到法国去，并设法把他留在那里。法国国王立刻给米开朗琪罗写信，希望他能前往法国。但遗憾的是，米开朗琪罗并未收到这封信，他又回到了佛罗伦萨。

这次狂热的革命之后，佛罗伦萨又恢复了往日的平静。一五二九年九月三十日，佛罗伦萨的行政长官下令，在革命期间逃亡的人必须在十月七日之前回来，否则将以叛逃罪论处并没收全部财产。有人替米开朗琪罗求情，于是，行政长官延长了他的期限，还派人给他送去了一张居留许可证。米开朗琪罗动了心。

同年十一月二十日，米开朗琪罗回到了佛罗伦萨。行政长官只是象征性地处分了他一下，很快，他又官复原职了。但是，这种情况并没有持续多久，灾难又再次降临了。一五三〇年八月二日，因为守军统领的叛变，十二日佛罗伦萨又沦陷了。紧接着，杀戮开始了，米开朗

琪罗的好友们无一幸免。他也慌忙躲到了教堂的钟楼上。

　　教皇克雷芒七世虽然知道他参加革命的事，但最终还是宽恕了他，并且说如果他还愿意继续建造梅迪契家族神庙的话，不但既往不咎，而且还会像从前那样对他，发给他工资，赐予他让人羡慕的荣誉。因为胆怯，米开朗琪罗从钟楼里走了出来，并且答应了他们，重新为他所反抗过的人们服务。不仅如此，这可怜的人还得为杀害自己朋友的凶手工作，不得不否认那些被放逐的人曾经是他的朋友。为了保全自我，为了实现自己的艺术理想，他被迫说谎，向他曾经的敌人们献媚，向世俗的权贵低头。米开朗琪罗为自己的胆怯而感到羞愧，痛苦无休止地折磨着他。因此他把所有的精力都投入到了工作之中，把一切虚无的狂乱都发泄到了工作之中。他好像不是在雕塑梅迪契宗室像，而是在雕塑他自己绝望的像。每当有人说他雕的像和真人并不像时，他总是说："千年之后谁还能看出像还是不像呢？"一五三〇年至一五三一年间，米开朗琪罗完成了《日》与《夜》、《晨》与《暮》这些不朽的作品，表现了一切生存的苦恼和对自己的憎恶，可是没有人能懂。

　　一五三四年九月二十五日，教皇克雷芒七世驾崩，米开朗琪罗失去了保护伞。幸运的是，米开朗琪罗当时并不在佛罗伦萨。长久以来，他在佛罗伦萨过着惶恐不安的生活。因为亚历山大·特·梅迪契大公恨他。如果不是出于对克雷芒教皇的尊敬，他早就派人刺杀米开朗琪罗了。所以克雷芒七世不得不小心翼翼地保护着米开朗琪罗，防止他受到梅迪契大公的伤害。

自从米开朗琪罗拒绝为佛罗伦萨建造要塞后,梅迪契大公对他的怨恨更深了!克雷芒七世驾崩以后,米开朗琪罗再也不敢回佛罗伦萨了,他和他的故乡永远诀别了。

此后,米开朗琪罗一直呆在罗马,直到去世。回头想想他走过的人生之路,在艺术上虽然是建树颇丰但也留下了很多遗憾。他雕刻了尤利乌斯二世陵墓上的三座未完成的雕像、梅迪契陵墓上的七座未完成的雕像、洛伦佐教堂的未完成的穿堂、圣玛丽·德拉·米涅瓦寺未完成的《基督》、为巴乔·瓦洛里雕塑的未完成的《阿波罗》。与此同时,他在他的艺术王国中也逐渐丧失了健康、精力和信心。这段时期,他最心爱的兄弟先他而去,他的父亲也去世了,绝望和悲痛完全笼罩着米开朗琪罗。

人世间再没有值得他留恋的东西了:艺术、雄心、温情,这些都不重要了。他已经六十岁了,他的生命似乎已经耗尽。他离群索居,再也不相信自己的作品了;他很想早日离开人世,离开这俗不可耐的人世。

下篇:舍弃

爱　情

当所有的希望都破灭的时候,在米开朗琪罗残破的心中,另一种生命却开始了——爱情,这朵娇艳的花儿正悄悄地绽放着。这爱情是那么的圣洁无瑕,那是对美的追求与崇拜。米开朗琪罗喜欢上了一个罗马的中产者,名叫卡瓦列里,他年轻而英俊。人们对他们之间的关系很不理解,甚至公然讽刺、挖苦米开朗琪罗。可是对于爱情,没有一颗灵魂比米开朗琪罗的更纯洁,没有一个人比米开朗琪罗更虔诚。他和朋友在谈论爱情的时候,语言是那么的优美,态度是那么的恭敬,丝毫没有通常人们想象的那种世俗欲望。

他最初的恋人是佩里尼,后来,他又喜欢上了波焦、布拉奇。但是他一生中最爱的还是罗马的卡瓦列里。米开朗琪罗对他的爱是最狂热最持久的,这位好朋友似的恋人吸引他的并不仅仅是超凡脱俗的面容、温文尔雅的举止,更重要的是他出众的思想和高尚的品德,这些都赢得了米开朗琪罗极大的尊重。米开朗琪罗的朋友回忆说:"他爱卡瓦列里胜过一切别的朋友。卡瓦列里年轻,热爱艺术。米开朗琪罗专门为他画过一幅肖像,这是米开朗琪罗一生当中画的唯一的一幅肖像——因为他拒绝描画活人,除非这人美丽无比。"

卡瓦列里似乎永远保持着这种尊敬而真诚的感情,直到米开朗琪罗离开人世。米开朗琪罗也永远信任他,他被认为是唯一影响了米开朗琪罗的人。他也恰如其分地运用了这种信任和影响来成就米开朗琪罗的伟大:是他使米开朗琪罗决定完成圣彼得大教堂穹隆的木雕模型;是他为我们保留了米开朗琪罗为穹隆构造所画的图样;而且也是他,在米开朗琪罗死后,按照米开朗琪罗的思想继续监督工程的进行，并最终把它完成。

一五三三年，米开朗琪罗回到了佛罗伦萨，不得不与卡瓦列里分开。一五三五年，他认识了一个名叫维多利亚·科隆娜的女子。维多利亚生于一四九二年，她的父亲是当地的侯爵，母亲也出生名门，是一个亲王的女儿，有着很好的文化修养。维多利亚长得并不算漂亮，面部线条接近于男性。她高高的额头，鼻子长而挺直，上嘴唇较短，下嘴唇则微微向前突。她没有娇艳的容貌，但却有着很好的文学素养和对美好事物的热情。她崇尚高贵而纯洁的感情，曾经说："低俗的肉体享乐，不能产生高贵的心灵和纯洁的爱情，它们决不能引起我的欢乐，只有崇高的思想才会让人感到快乐。"

十七岁时，维多利亚嫁给了一位侯爵。她爱她的丈夫，但丈夫却不爱她，一直瞒着她在外面拈花惹草。一五二五年，她的丈夫去世了。痛苦和迷茫之下，她皈依了宗教，并作诗聊以自慰。她和当时意大利的一些有名的作家都有来往，她杰出的文学才华得到了他们的赞扬。到了一五三〇年，她的十四行诗已经非常受欢迎并流行于整个意大利了。作为女性，能在当时取得这样的成绩的确是非常的了不起。

优秀的维多利亚也是对社会抱有美好理想的人们中的一员。但是，和米开朗琪罗一样，她的灵魂既是狂热的，同时也是怯懦的。当反对宗教改革的运动开始时，她又变成了一个宗教改革的怀疑者。她开始变得无所适从，信仰没有了依托，现实的斗争又让她感到迷惘，于是她走向了极端，陷入了神秘主义。她开始过着清教徒的生活：吃斋、诵经、修行。但是，无论怎样，神秘主义的教义也无法把她从残酷的现实中拯救出来，在强大的权威和残酷的暴行面前，她像米开朗琪罗一样低下了高贵的头颅，甚至把那些宗教改革者们抨击教会的文字送到了罗马的宗教裁判所。对此，她的良心饱受煎熬。

在深受神秘主义思想影响的时候，她遇见了米开朗琪罗。此刻的她是那样的哀愁、孤独，是那样的需要一个伴侣，需要一个更加软弱无助的人，在他身上倾注她所有的母爱。这人是谁呢？就是米开朗琪罗！

在米开朗琪罗面前，维多利亚竭力掩饰她自己内心的慌乱和迷茫，表面看起来还是那样的平静祥和，就像母亲一样。他们的友谊始于一五三五年，到一五三八年，他们的关系已经非常亲密了，不过这种感情完全是精神层面的。当时维多利亚四十六岁，米开朗琪罗六十三岁。维多利亚住在罗马的一个修道院里，米开朗琪罗的住处离那里很近，每逢星期天，他们就会在当地的圣西尔韦斯德罗教堂中相聚。教堂的牧师朗读着《圣保罗福音》，他们共同讨论着，这个场景在一位和他们很熟悉的西班牙画家弗朗西斯科·特·奥兰达的绘画随笔录中有所记载。在他的记载中，这种严肃而又温柔的友谊非常动人。

可惜，这种亲密的关系并没有持续多久。一五四一年，侯爵夫人因为宗教上的彷徨，离开了罗马，前往维泰尔贝的修道院。不过她经常回罗马看望米开朗琪罗。她给他写了很多信，充满了温馨的关怀。米开朗琪罗被她圣洁的心灵感动了，他感到无比的欣慰。在维多利亚的鼓励下，他创作了一个裸体的基督像，基督没有被钉在十字架上，而是一副就要倒下去的样子，圣母坐在十字架下哭泣着，张开双臂，举向天空。同时为了感谢维多利亚对他的爱，米开朗琪罗也画了一个十字架上的基督像，画面上，基督正仰头向天空呼喊着什么，似乎在做最后的痛苦的挣扎。

在与维多利亚的交往中，另一扇信仰的大门在米开朗琪罗的面前打开了，使他获得了不少宗教的启示，激发了他的创作灵感。这灵感不仅来自于对宗教的虔诚，也来自于维多利亚本人。维多利亚不仅在宗教上引导了他，还用她擅长的诗歌赋予了米开朗琪罗新的生命。短短的几年间，她为米开朗琪罗创作的诗歌就达一百五十首之多。

一五四四年的夏天，维多利亚又回到了罗马，住在圣安娜修道院中。米开朗琪罗也经常去看她。为了使他的生活变得快乐些，她总想送他一些小礼物，但是都被米开朗琪罗拒绝了。米开朗琪罗是这样想的：朋友之间应该平等，如果一方的给予多于另一方，那么这种平等就会被打破，朋友的关系就很难再维持下去。所以，他拒绝朋友送他礼物，即使是他珍爱的维多利亚也不例外。在他的眼里，维多利亚就是圣洁的化身。他对她有着一种宗教般的虔诚，即使是爱情也不能让他改变。因此他对维多利亚一直保持着一种恭敬和拘谨，直到她去世。

一五四七年二月二十五日，维多利亚去世。米开朗琪罗一直守在她身边，他说了下面的几句话，足以表明他们圣洁的爱情保守拘谨到何等程度：

"我看着她死去，而我却没有吻她的额头和脸颊，只是吻着她的手，真是悲哀啊！"

维多利亚去世后，他失魂落魄了很长时间，仿佛失去了一切。

对于米开朗琪罗来说，维多利亚并不是唯一一个让他奉献爱情的人。确切地说，米开朗琪罗对于她的感情并不专一，她只不过是那众多爱情之花中的一朵。在一五三五年至一五四六年间，也就是米开朗琪罗与维多利亚交往密切的时候，他还爱上了一个美丽而残忍的女人。他对她的感情是那么的热烈，在她面前小心翼翼，唯恐惹她不快，甚至可以为她牺牲一切。而这个女人变化无常，以玩弄米开朗琪罗为乐，她甚至和别的男人厮混，以此来刺激米开朗琪罗。米开朗琪罗为情所困，痛苦不堪，但他最终开始恨她、诅咒她。这个时候，是维多利亚帮米开朗琪罗找回了自己，找回了创作的灵感，促使他完成了他最后的绘画与雕塑的杰作：《最后的审判》、保利内教堂的壁画和尤利乌斯二世陵墓。

一五三四年，新任教皇保罗三世要米开朗琪罗侍奉他。米开朗琪罗拒绝了，因为他和乌尔比诺大公还有合约，他得把尤利乌斯二世的陵墓完成。教皇非常生气："我一直很想你能为我雕塑，这是我三十多年来的愿望，眼看就要实现了，你却说不行！我要你撕毁那张合约，无论如何，我要你侍奉我。"

米开朗琪罗决定再次逃亡。他想逃到附近的一所修道院去，那里的主教是他的朋友，也是尤利乌斯二世的朋友，在那里他也许可以顺利地完成他的作品。他又想逃到尤利乌斯二世的故乡，那里的人们也许会看在尤利乌斯二世的情面上优待他。他派了一个人去那里，给自己买了一所房子。可是，临行前他又犹豫了，那个地方能否保证自己的安全呢？当地的人会不会迫于教皇的压力交出他呢？最终他妥协了，重新成为教皇的奴隶，整天做着繁重的工作。

一五三五年九月一日，保罗三世任命米开朗琪罗为圣彼得的建筑绘画雕塑总监。从那年的四月起，米开朗琪罗接受了《最后的审判》的雕塑任务。从一五三六年四月到一五四一年十一月，他全身心地做着这项工作。在这期间，米开朗琪罗发生了一次意外。六十多岁的他从工作架上摔了下来，腿部受了重伤，但是他不愿治疗，他瞧不起医生。当他的家人要为他请医生时，他觉得很可笑。幸运的是，他的朋友中有一个聪明的医生，他对米开朗琪罗很好。当他得知米开朗琪罗受伤的消息，就主动找上门去。虽然米开朗琪罗并不乐意，但好心的医生始终坚持，直到他痊愈才离开。

《最后的审判》终于完成了，米开朗琪罗以为他从此能够全身心地投入到尤利乌斯二世陵墓的建造中去。但是，贪得无厌的教皇简直要榨干米开朗琪罗身上的最后一滴血。此时的米开朗琪罗已经是七十多岁的老人了，保罗三世还逼着他画保利内教堂的壁画，这

些壁画包括《圣保罗谈话》和《圣彼得上十字架》等。这些画是米开朗琪罗创作的最后的壁画，费了很大的精力才完成。在这个创作过程中，他病

·名人传·

了两场，毕竟壁画并不是他的专长。他还能雕成预定的尤利乌斯二世陵墓上的几个雕像已是万幸。他和尤利乌斯二世的继承人签订了第五份，也是最后一份契约。根据这份契约，他交付了已经完工的雕像，最初是《摩西》与两座《奴隶》，但后来米开朗琪罗认为《奴隶》不再适合这个已经缩减的建筑，所以又雕刻了《行动生活》与《冥想生活》来代替。然后出钱请了两个雕塑家完成了陵墓的收尾工作。这样，他彻底地完成了毕生所从事的工作，终于可以从噩梦中解脱出来了。

信　仰

　　自从维多利亚去世后，爱情的火花就再也没有在米开朗琪罗的心中点燃。不仅如此，死神还不断地夺走了他的亲人和朋友。他的兄弟死后，他把他所有的爱都倾注在兄弟的子女身上，尤其是他最爱的兄弟博纳罗托的子女。博纳罗托的女儿叫切卡，儿子叫利奥那多。米开朗琪罗把切卡送入修道院，供给她衣食及一切费用。当她出嫁时，还为她置办了丰厚的嫁妆。他十分关心利奥那多的成长，但这个侄儿却很不争气，经常会激怒他的伯父。比如，他的潦草字迹经常使米开朗琪罗勃然大怒，在给侄儿的回信中他痛斥道：

　　"收到你的来信，我简直没法读下去，真不知道你是从哪儿学来的'书法'。你应该知道你即使是在给世界上最大的笨蛋写信，也应该小心翼翼地写好才是……我已经把你的来信丢到火里烧了，因为我实在看不懂你在说些什么。我再警告你一次，如果你再不有所改进的话，就永远不要给我写信了；如果你实在有什么事情要告诉我的话，就找个字写得漂亮的人代你写吧，我再没有精力耗费在辨认你那些涂鸦般的字迹上了。"

虽然伯父的话有些不近人情，但他的侄儿并不生气，反而在他面前假装乖巧。因为他知道他将是伯父巨额财产的继承者，如果这个时候得罪他，可没有什么好下场。但是，他迫切地想要继承遗产的心情暴露得过早了。有一次，米开朗琪罗病危，他竟然跑到米开朗琪罗的朋友弗朗西斯科那里，去打听他的伯父会留下什么财产。这件事被米开朗琪罗知道后，很不高兴，他在给侄儿的信中狠狠地把他责骂了一顿，并警告说不会让他继承自己的遗产。但是，这些警告并不能使他的侄儿害怕，因为米开朗琪罗很快就会忘掉这一切，又会对他好。他很了解他的伯父，相信他不会那么狠心地对待自己。

不久，他的侄儿订婚了，并于一五五三年五月完婚。米开朗琪罗听到这个消息后非常高兴。

两个月后，米开朗琪罗寄给他侄媳妇两只戒指表示祝贺，一只是镶有钻石的，还有一只是镶有红宝石的。他的侄媳卡桑德拉很感动，为了表示感谢，她一次性为米开朗琪罗挑选了八件内衣寄去。米开朗琪罗在写给侄儿的信中说：

"这些衣服我非常喜欢，尤其是布料我很满意！但让你们花了这么多钱，我真是不好意思！现在我什么也不缺，为了表示我的感谢，告诉她我可以给她我这里的任何东西。下一次，我会寄一些更好的使她更开心的东西。"

一五五六年，米开朗琪罗邀请他侄儿一家到罗马来玩。他一直对他们家族的事情很关心，但是却不允许他的家人过问他的任何事情，他依然是那么的固执和任性。

米开朗琪罗在晚年时所获得的荣誉可以和歌德、雨果相媲美，但他和他们又很不同。他既没有歌德那种想要成为妇孺皆知的人物的强烈愿望，也没有雨果那种对于传统的权威的尊重。他轻视荣誉，轻视地位。他虽侍奉教皇，但却是"被迫的"，并非心甘情愿。他甚至宣称即使是教皇的谈话也会使他感到恶心，如果他不高兴，他会拒绝执行教皇的旨意。

米开朗琪罗有很多忠诚的助手，但大多是些平庸之辈。人们猜测说是他故意如此，以便更好地控制他们，使他们成为驯服的工具，而不是合作的艺术伙伴。但是，据他的一位追随者记录："许多人说他不愿教他的助手们，这是鬼话。相反，他一向都很努力地教他们。不幸的是，他的助手不是低能便是没有多大恒心，还往往夜郎自大，自以为是大师。"

当然，对于像米开朗琪罗这样大师级的人物来说，助手们无条件地服从是绝对有必要的。

对于那种骄傲自大的人，米开朗琪罗是毫不客气的；而对于那些谦虚忠实的助手，他却十分宽宏大量。米开朗琪罗有一个叫安东尼的学徒，意志坚定但是并不聪明，他爱上了一个穷寡妇的女儿，他的家人坚决反对这段恋情，让他离开佛罗伦萨，米开朗琪罗也劝他离开。安东尼想到法国去，米开朗琪罗就把自己的一些素描、草稿图样，还有一幅名画《鹅狎戏着的丽达》送给了他，想让他在必要的时候卖了这些画，可以换些生活费。

安东尼到巴黎之后，想把《鹅狎戏着的丽达》献给法国国王。但是因为当时国王不在巴黎，他就将这幅画暂时寄存在一位意大利朋友家中。没有料到的是这位朋友竟然背信弃义，私自将这幅名画卖给了法国国王，自己拿了钱跑了。安东尼没有任何经济来源，最后客死在法国。

在他所有的助手当中，米开朗琪罗最喜欢的还是弗朗西斯科，绰号乌尔比诺，他是从一五三〇年起来到米开朗琪罗的工作室的。在米开朗琪罗的耐心指导下，他还参与了尤利乌斯二世陵墓的建造工作。米开朗琪罗很关心他的生活，有一次，米开朗琪罗问他："如果我死了，你怎么办？"乌尔比诺回答说："那我只有去服侍另一个人了！""噢，可怜虫！"米开朗琪罗说，"我得帮帮你才行！"

于是米开朗琪罗一下子就给了他两千金币。要知道，即使是教皇和国王也不会这么慷慨大方啊！然而不幸的是，乌尔比诺在他前面去世了。这让他伤心极了，他给侄儿写信说：

"昨天下午四点，乌尔比诺永远地离开了我，我很伤心，我真希望走的人是我而不是他。乌尔比诺一生光明磊落，诚实守信，现在这个好人离我而去了，我感觉自己仿佛已经和他一起去了，仿佛我已经不复存在了……"

乌尔比诺死后，米开朗琪罗主动承担起了抚养他儿子的责任。乌尔比诺有一个儿子的名字也叫米开朗琪罗，他就把这个小家伙认做了义子。

另外还有个不知名的画家，时常要求米开朗琪罗为他画画，然后再把这些画卖到乡下去。奇怪的是，对于他，米开朗琪罗总是有求必应。

米开朗琪罗还曾经指导过一个罗马工人，并和他一起在尤利乌斯二世陵墓的工程中工作，后来这个工人自己在一块大白石上完成了一尊美丽的雕像，这让他自己都不敢相信。

米开朗琪罗天生就藐视权贵，他骨子里似乎更愿意和一些贫苦的、卑微的、渺小的人在一起。也许这是对那些自以为是大艺术家的人的怜悯，也或许是这些疯癫的人更能引起他疯狂的念头，激发他艺术的灵感吧！

孤 独

晚年的米开朗琪罗对什么都失去了热情，如果说他对什么还残留着一点热情的话，那就是政治。但是，他的这种政治热情并不持久，就像一颗流星划过夜空，转瞬即逝。一五四四年，法国国王已经统治了佛罗伦萨，而此时的米开朗琪罗正大病不起，他让他的一位好朋友向法国国王转达他的心意：如果法国国王让佛罗伦萨恢复自由的话，他愿意自己掏腰包在佛罗伦萨的广场上为国王雕塑一座骑着马的古铜像。

可是结果却令他失望。他已经不再相信斗争会给人类带来什么好处了，所以他只是按神的旨意一心向善。一五四七年，他在给侄儿的信中写道：

"无论是什么样的理由，都不能使我相信杀戮会产生什么好的结果。那些人口口声声说是一心向善，宣称他们所做的一切都是为了让人类生活得更美好。可是，他们却是从杀戮开始，这正是最大的罪孽。"

同样一个米开朗琪罗，前后却发生了质的变化，最初是激烈地抨击君主专制，此刻却转而反对那些怀抱理想的革命家了，虽然他自己也曾经是革命家中的一员。现在的米开朗琪罗是个怀疑一切的米开朗琪罗，一个只相信神的米开朗琪罗。这个终身为了追求自己的艺术理想而疲惫不堪的老人，对于人类的事情已经开始感到厌倦了。现在他拥有的只是神赐予他的一颗善良、宽容的心，也许多多少少还带有一点高傲。

米开朗琪罗住在马塞勒，在那里他有一座带花园的大房子。他和一个男仆、一个女佣以及许多家畜住在一起。他经常独自一人在深夜里工作,他已经习惯了或者说喜欢上了在宁静的夜晚工作,黑夜就是他的朋友。虽然他很富有,但他仍过着简朴的生活。他吃得很少,基本上每顿只吃一点点面包,喝一点点红酒,他把全部精力都投入到了工作中。晚上睡不着的时候,他就起来工作。为了方便工作,他甚至给自己做了一顶纸帽子,把蜡烛插在帽子中间,这样他就可以头顶着一片亮光工作了。

一五五六年,当西班牙军队兵临罗马城下的时候,米开朗琪罗到波莱泰躲避了五个星期。波莱泰环境优美,有成片的橡树和橄榄树,秋高气爽,空气湿润,美丽的田园风光让他流连忘返。回到罗马后,他念念不忘大自然的旖旎秀美,诗兴大发,作了一首田园诗来赞美大自然。

这一次的逃亡给他带来了意外的收获。以前他虽然在乡下住过很长时间,但却从未留意过美丽的自然风光,这一次,大自然的美给他留下了深刻的印象,他认为这是神的奇迹。

米开朗琪罗的生活虽然很简朴,但对别人却很慷慨,尤其是对那些穷苦的人。他从不

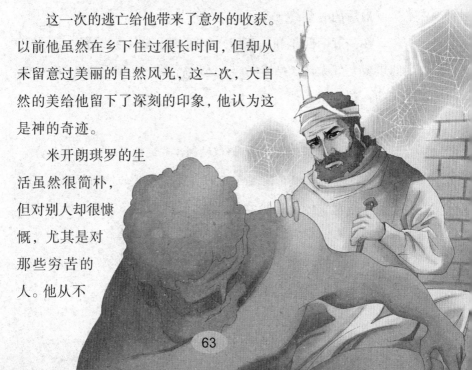

看重钱财，也不斤斤计较；他时常慷慨地把钱财赠给他的朋友、仆人或者任何一个相识或不相识的穷人。他曾收留了一个他兄弟家的老仆人；曾经帮助过一个建造西斯廷大教堂的木匠，在木匠的女儿出嫁时还资助过他。他还让家人加入施舍的行列，要他们把钱财给那些真正需要而又羞于启齿的穷人。他还很同情那些处于贫困之中的女人，悄悄地施舍给她们一些钱财，使她们能够出嫁或者进入修道院。可是，米开朗琪罗又是理智的，他并不会滥用他的怜悯，他曾告诫他的侄儿在施舍的时候尽量注意，不要上当受骗。

死　亡

最后的时刻终于来了。

在一五四四年和一五四六年间的连续两场高烧之后，米开朗琪罗元气大伤，身体虚弱，此后病痛一直折磨着他。在他晚年的一首诗中，他写道：

"我孤独悲苦地生活着，好像被树皮隔绝的树芯……我的声音沙哑，就似被关闭在臭皮囊中的黄蜂……我的牙齿松动，有如乐器上的键盘……我的面目丑陋，足以把鸟儿吓跑……我的耳朵轰鸣，嗡嗡作响，一只好似有蜘蛛在其中吐丝结网，另一只好似蟋蟀不停鸣叫……我无法入睡……如果死神不快来救我，疲劳就会把我肢解，唯一的归宿便是死亡……"

米开朗琪罗白天几乎足不出户，晚上又无法入睡，他已经被折磨得极其虚弱。一五六〇年的春天，瓦萨里去看望他时，他居然像个孩子似的快活地哭了起来。他和瓦萨里畅谈艺术，并不失时机地指导瓦萨里。

一五六一年八月的一天，米开朗琪罗身患重感冒却仍然赤脚工作了三个小时，最后支撑不住，倒在了地上。几天之后，他竟又骑马外出，开始工作。老年的米开朗琪罗仍然固执、古怪，不要任何人的照顾。

他的侄儿得知了伯父的情况后，想要到罗马来探望他。但是，为了吸取以前的教训，消除伯父怀疑他是为了继承财产才去罗马的顾虑，他先托人问米开朗琪罗是否愿意让自己去罗马看望他，他还特地要人告诉米开朗琪罗说自己的事业蒸蒸日上，很富有。米开朗琪罗一下子就看穿了侄儿的伎俩，但是，他假装糊涂。米开朗琪罗回信说很高兴听到他事业有成，既然他不再需要什么了，自己就决定把钱财施舍给穷人。

关心米开朗琪罗遗产的人可不止利奥那多一个，整个意大利都是米开朗琪罗的遗产继承人，尤其是托斯卡纳大公与教皇，他们最担心的就是千万不能把圣洛伦佐与圣彼得的建筑图稿及素描遗失了。一五六三年六月，他的朋友瓦萨里请求教皇秘密监视和保护米开朗琪罗的财产，以免有人乘乱盗窃他的财产。于是他们把米开朗琪罗所有的财产，包括素描、图稿、作品、信件、钱财等等，都登记入册，做到心中有数。

这些措施并非是无益的，因为米开朗琪罗的最后时刻已经到来了。米开朗琪罗最后一封信是在一五六三年十二月八日写的，一年以后，他已经不能动笔了。后来，只能是别人给他读信、写信，他负责在上面签名。

虽然他的身体已经极度的虚弱了，但他仍没有停止工作。一五六四年二月十二日，他又工作了一整天，雕刻《哀悼基督》，这座雕像还没有完工。二月十四日，他又发烧了。他话语含糊，目光涣散。朋友很不放心，马上写信告诉他的侄儿，并给他请来了医生，终日守在他的身边。直到临终前的两天，米开朗琪罗才躺下来休息。在病床上，他留下遗言：

"把我的灵魂献给上帝，把我的肉体送还尘土。"

这是一五六四年二月中的一个星期五，下午五点，正是日落时分，米开朗琪罗平静地闭上了双眼。他永远地去了，终于可以好好休息了。

后 记

　　在这篇传记的最后，在这个悲剧的最后，我忽然有一些顾虑了。我把这些悲剧和痛苦——呈现在大家的面前，本想让你们找到一个精神上的伴侣，现在想来可能反倒会增加你们的痛苦呢。所以，我是否应当掩饰这些悲苦，而只讲述他辉煌的一面呢？

　　然而，这是真理啊！我最终还是没有选择掩盖。因为，我深深地知道：辉煌的英雄事迹固然可以鼓舞人，但是，只单单地表现它却是一种欺骗，因为，辉煌的背后是沉重的代价——痛苦的经历。只有了解了这些，我们才能真正懂得幸福的含义，才能勇敢地去追求真理。

　　伟大的心灵就像崇山峻岭，任凭风吹雨打、乌云包围，它都能一如既往地巍峨明丽。当人们登上山巅，回望来时之路时，这里比别处看得更清楚、更开阔、更自由。这里清新的空气可以涤荡心灵的污秽，驱散心头的阴霾。

　　这座崇高的山峰，矗立在文艺复兴时期的意大利，从远处我们望见它高大的侧影，在无垠的青天中消失。

托 尔 斯 泰

托尔斯泰传

怀念托尔斯泰

列夫·尼古拉耶维奇·托尔斯泰是俄国历史上一面伟大的旗帜。他好似太阳一样，散发出万丈光芒，普照着我们的青春时代。在那个昏暗的年代，是他驱散了人们心灵上的重重阴霾，如同一泓清泉涤荡着人们的心灵。

在法兰西，很多人认为托尔斯泰不仅仅是一个伟大的艺术家，而且是一位受人爱戴的长者，一位知心的朋友，是欧罗巴艺术中唯一的真正的朋友。

记得当时我刚刚升入高等

师范学校的时候，邂逅了这位伟大的艺术家——托尔斯泰，那时周围的同学们都在拜读他的作品。从一八八五年到一八八七年间，托尔斯泰的作品在巴黎问世了，从《战争与和平》《安娜·卡列尼娜》，到《童年与少年》《波利库什卡》《伊万·伊里奇之死》，另外还有一些短篇小说。从这些作品中我们可以看到一个民族的成长，一个新世界的到来，所以他的作品一经面世，就被疯狂地抢购一空了。

还记得当年我和我的同学们由于立场不同，在讨论文学作品时，看法也很不统一。他们当中有批判现实主义者，有深切地追忆意大利文艺复兴的诗人，有忠实地追随古典主义的信徒，也有宣扬无神论和神秘主义的人。每当我们因为意见不统一而争辩时，总是各有说辞，难分胜负。

但是，只有一种情况让我们不约而同地统一起来——那就是谈到托尔斯泰的作品时，因为我们对他的敬仰之情是一样的。尽管大家热爱他的理由不尽相同：有的是因为从他的作品中看到了从未看到过的世界，就好似眼前又打开了无数扇门窗；有的是在他的作品中看到了真实的自己；更有的是因为在里面找到了另外一个自我并陶醉于其中；还有的是被他作品中那些悲惨的情节深深震撼了。最令我吃惊的是在一次回家的路上，我看到一个从来不关注文学的大商人，居然在和别人激动地谈论着《伊万·伊里奇之死》。

许多批评家开始挖掘这些思想产生的根源。有一些人批评托尔斯泰作品中最精髓的部分都是从浪漫派作家，如乔治·

桑、维克多·雨果那里抄袭来的。我们先不去讨论乔治·桑的作品对托尔斯泰本人来说是否有影响，只就乔治·桑的思想来说，托尔斯泰就坚决接受不了。我们当然也不能否认其他人对托尔斯泰作品的影响。但是，如果仅仅因此就对托尔斯泰那深邃的思想、伟大的作品进行全盘否定的话，是怎么也说不过去的。

我们暂时不去讨论上面的内容。现在的事实是，他的这种声音从未在欧罗巴听到过，在任何一个角落都没有，而这声音是人们期盼已久的，我们是如此地渴望听到它。人们在读他的作品时能很快地进入角色，并深深地沉迷于其中，好像已经分不清是在现实中还是在文学里。他的作品的风格也是其他作家无可替代的。从他的作品里，我们可以看到他的灵魂：他对生命的热爱，对希望破灭的无奈，对平等与和平世界的追寻，对现实阴暗面的批判，以及对大自然的向往，对人们生活的关注等等。他时刻关注着别人关注或不关注的，所以他的作品是那样地贴近生活，贴近人心。

尽管如此，可还是有人用狭隘的思想去猜忌这颗伟大的心灵，一会儿说他是这个党派的，一会儿又说他是那个党派的。我们不需要知道这个问题，只要能够从他的作品中得到我们每日所需的营养就够了。比如你吃了一个鸡蛋，你完全没必要追究这是黄色母鸡下的蛋还是黑色母鸡下的蛋。

有些批评家把托尔斯泰分成两个——一个是原始的，一个是进化后的。我们是坚决不赞同这个观点的。在我们看来，世上只有一个托尔斯泰，他是唯一的，我们喜欢这个他，喜欢他

的全部。尽管他在不同的时期有不同的思想、立场，但这些都是前后相连、因果相生、一脉相承的。

成长的烦恼

托尔斯泰的作品和他的生活经历有着千丝万缕的联系：不难看出，他的作品以自传居多，从这些作品中我们可以追寻一个青年的成长过程。他二十岁以前就开始写日记，直到他逝世。从这无数篇日记中，读者可以更为直观地看到他思想转变的过程，深切地感受到这颗伟大心灵的诞生。

托尔斯泰有着双重显赫的家族：托尔斯泰家族与沃尔康斯基家族。他的家谱上既有七年战争中的将领、拿破仑战役中的英雄，也有侍奉过皇族的人物，不过也有政治犯。从他的家族颇为丰富的经历中，托尔斯泰获得了《战争与和平》的创作灵感，如：他的外祖父，老亲王沃尔康斯基，是当时专制时代的贵族代表；他的父亲尼古拉·伊里奇伯爵参加过一八一二年的卫国战争，以中校军衔退役；他的母亲，玛丽亚公主，是位仁慈的夫人，有着美丽的眼睛和不太美丽的面庞，她那善良的目光，是《战争与和平》的灵魂所在。

但托尔斯泰对自己的父母并不像他所写的那样熟悉。《童年时代》与《少年时代》中那些可爱的叙述是虚幻的，缺乏真实性。因为在他还不满两周岁时，他的母亲就离开了人世。所以他只能在别人的描述中想象自己母亲的样子，她那慈祥的脸庞，总是流露出让人温暖的微笑，使她的周围布满了阳光……

在托尔斯泰的印象中，父亲是一位既和蔼又幽默的人，但父亲眼中的忧郁好像告诉人们他只生活在自己心中那个无拘无束的世界里。父亲去世的时候，托尔斯泰刚满九岁。父亲的死让年幼的托尔斯泰第一次懂得了现实的残酷，绝望之情立刻从心底涌出。他第一次产生了对生命的恐惧，这种感觉在《童年时代》的最后几章里也时有表露。在那几章里，对幼年时的回忆都完全被父亲的死和葬礼的过程所占据，他幼小的心灵充满了对死亡的恐惧。

托尔斯泰家有五个孩子，都出生在莫斯科南图拉城一个小村庄的古老的宅子里。五个孩子中最小的一个叫玛丽亚，她后来做了修女（托尔斯泰临死前，便是避到她那里去了）。其余几个都是男孩：其中一个叫谢尔盖，虽然有点自私，但是真诚、可爱；一个叫德米特里，很有激情，读过大学，在大学时疯狂地信奉宗教，什么也不顾，整天吃斋禁欲，还救济穷人，帮他们排忧解难，后来不知怎么突然变得放浪不羁，并和一个妓女同居，二十九岁的时候得肺病死了；老大叫尼古拉，是最讨人喜欢的一个，遗传了母亲会讲故事、喜欢幻想的才能，感情细腻，但胆子很小，他还曾经写过一部《猎人日记》，后来当了军官，却染上酗酒的坏毛病，他心地善良，把自己所有的财产都分给了穷人。

一直以来，有两个心地善良的女人无微不至地呵护着这些孩子们。一个是被托尔斯泰称为"有冷静与爱两种美德"的塔佳娜姑母。事实上她是托尔斯泰的一个远亲，她曾经对托尔斯泰的父亲产生过爱慕之情，当然，他的父亲也爱她，但最终她还是选择了无声的爱，她的爱只是付出，不求回报。托尔斯泰在她的身上看到了爱的力量。另外一个是亚历山大姑母，她虽然富有，但不请仆人，总是不想去麻烦别人。她喜欢读《圣经》，喜欢和那些前去朝圣的人一起交流，所以她经常会让一些朝圣的人在她家里留宿。其中有一个朝圣的老妇人，会背诵赞美诗，她是托尔斯泰妹妹的养母。还有一个女人叫格里莎，托尔斯泰在《童年时代》中这样描述她：

"格里莎信仰很坚定，她热切地希望靠近神，她庄严地赞颂神的伟大、博爱，她终日不停地祈祷，并且经常会感动得痛哭流涕。"

除了善良的格里莎之外，托尔斯泰在他的《童年时代》中，再也没有提到像她这样对他产生过深刻影响的人。童年的事情和人物在托尔斯泰的心里产生了不可磨灭的影响。在这种影响之下，托尔斯泰产生了"坚定的、可以使人成熟"的信仰，并学会了怎样去关心身边的人和物。他会为别人的幸福而高兴，同时也会为那些不知名的受难者感到悲伤难过。他曾经为一匹受苦受难的老马深深地感到自责，并亲吻它，请求它的谅解。我们从托尔斯泰的童年时期就能看到他身上不同于同龄人的闪光点：想别人之所想，怀着一颗博爱的心，以独特的视角观察着周围的人和事。他如此细致地观察，能从别人脸上的表情想象他所经历的快乐与悲伤。他的《初期回忆》曾提到：

　　"五岁时，我第一次感到，人的一生不是在享受生活，而是在完成一件非常沉重的工作。"

　　托尔斯泰小的时候在一个叫卡赞的地方读书，那时他的成绩很一般。后来他称这段时期是"一个青年的荒漠时期"。荒凉的沙漠，被一阵阵狂风扫荡着。对这段时期，他在《少年时代》，尤其是《青年时代》中，都进行了深刻的忏悔。他在书中描写那个时候的自己就像是漫天飞舞的蒲公英，随风而行，又随风落下，看不清前方的路，也不知自己该往哪儿去。曾经

有整整一年多的时间，托尔斯泰对各种学说热烈地追随，希望
从中可以找到心灵的依托，从禁欲的斯多噶主义到纵欲享乐的
伊壁鸠鲁主义，从折磨自己的肉体到纵欲无度。终于，在如此
复杂繁多的学说中，他迷失了自己。托尔斯泰陷入了一种精神
混乱之中，世界上的一切在他看来都是虚无的。于是，他开始
疯狂地把自己剖析，剖析，再剖析……

年轻的托尔斯泰继续迷茫着，他有时甚至把自己想象成一
个救世主。他曾想过不请仆人，并且卖掉心爱的坐车，把钱省
下来分给那些受苦受难的穷人。因为他觉得人生来就是平等
的。托尔斯泰生病期间写了一本书叫《人生的规则》，在书中
他天真地指出人所肩负的责任，他认为，人肩负着对一切都要
进行深刻探讨的责任。这里的一切，包括法律、医学、语言、
农学、历史、地理、数学、音乐和绘画，等等。他坚定地认为
人应该用毕生的精力坚持不懈地追求完美。

但是完美又是怎样的？他自己也说不清楚，少年时的热情
和感悟使这种信念转而成为了一种向功利靠近的东西。

他在《青年时代》里把人分成三类：体面的人，这些人是
值得尊敬的；不体面的人，他们应该受到蔑视与憎恨；贱民，
现在已经不存在了。年轻的托尔斯泰的理想是成为一个值得尊
敬和受人爱戴的体面人，可是这种思想却使他在圣彼得堡的那
段时间里学会了赌博、欠债和放荡不羁。

但另一种品质永远地救了他，这种品质也是他特有的、与
生俱来的，那就是真诚和坦率。他的朋友也曾说他身上的这种

品质深深地吸引了自己。在托尔斯泰最放荡的时候，他也用犀利的目光毫不掩饰地批判自己。他说：

"我现在的生活，完全像个畜生一样，我是彻底地堕落了。"

接着，他通过深刻地检讨和分析，列出了自己身上的九大缺点：一、优柔寡断；二、自我欺骗；三、急功近利；四、无谓的羞愧；五、情绪不稳；六、时常迷失自我；七、人云亦云；八、心浮气躁；九、考虑不周。

托尔斯泰的这种独到、犀利的批判，不仅用于反省自己，在大学时期，他还把它运用于对现实社会传统戒律的审视之中。他对传统的大学教育提出了异议，反对正统的历史研究。他的这种离经叛道使他吃了不少苦头。这个时期，他拜读了卢梭的《忏悔录》和《爱弥儿》，并深陷其中。他后来在和朋友的谈话中说：

"我对他无比崇拜，他简直就是我的偶像，我把他的肖像挂在脖子上，就像是一尊圣像挂在那儿。"

托尔斯泰渐渐厌倦了大学枯燥压抑的生活，也放弃了做一个"体面人"的最初梦想，他回到家乡，住在农场里。他和老百姓有了更多的接触，经常找借口帮助他们，简直可以称得上是一个慈善家和教育家了。我们可以从他的《一个绅士的早晨》中找到那个时候的托尔斯泰的影子。这是一篇很优秀的小说，其中的主人公的姓名——涅赫留多夫——也是他最爱用的化名。在他后来的多篇小说中也都用到过这个名字。这个人物是托尔斯泰的各种化身，有时是正面的，有时是反面的。

《一个绅士的早晨》创作于一八五二年，主人公涅赫留多夫当时二十岁，回到了农村，想为农民谋福利。一直以来，他都想着怎样才能帮助穷人摆脱贫困。他到了一个乡村，但那里的人只是嘲笑、挖苦、讽刺他，甚至粗鲁地对待他。那里的人过着一成不变的日子，他们守旧、懒惰、下流，他和那些农民之间似乎有道沟，一道无法跨越的鸿沟。他没办法改变他们，一切的努力都是徒劳。即将离开时，涅赫留多夫心灰意冷，他想起一年以前自己怀揣着梦想与激情来到这里，但现在什么也没有改变……他感觉自己很失败，心里有说不出的滋味。

涅赫留多夫重新审视这些农民，从另一个角度来看他们，突然发现在他们的身上，有着对压迫的无畏，对家庭的热爱，以及对传统的忠贞。之前一切不好的印象瞬间都烟消云散了。"这些真美，我为何不留在这里，成为他们中的一员呢？"小说的结尾，主人公发出了这样的感叹。这又何尝不是年轻的托尔斯泰的心声呢？

在高加索的日子

一八五〇年左右，托尔斯泰开始对他的生活感到疲倦和厌恶了，亚斯纳亚令他失望，他也开始厌倦农民，正如他厌倦"体面人"那样。同时他又感到很悲哀，对于之前一再强调的责任，对农民的责任他已经没办法坚持下去了。此外，他还欠下了很多赌债，债主们三天两头找上门来。一八五一年，他逃往哥哥尼古拉服役的地方——高加索。

高加索阳光明媚，微风扑面，托尔斯泰每天呼吸着新鲜的空气，感受着山间吹来的甘甜的微风，是那么的陶醉。但洁净的大自然并不能完全驱散托尔斯泰心中的阴霾。他时时感到有一股邪恶的暗流直逼心间。他在日记中诉说着折磨他的三个恶魔：第一是可能战胜的赌博欲，第二是极难战胜的肉欲，最后是不可能战胜的虚荣欲。

就这样，托尔斯泰和这些内心的魔鬼奋力地斗争着。

托尔斯泰于一八五一年秋天开始创作小说《童年时代》，一八五二年七月二日在高加索完成。在这个如此优美的地方，在崭新的生活中，在残酷的战争里，在他一心想推陈出新的心灵中，居然写出了一部回忆他童年的作品。那时的他大病了一场，不能继续服役，在孤独痛苦中，他怀念着自己儿时的生活。过去几年颓废堕落的生活，使他感到无比厌烦，重温那天真无邪、充满童真的童年生活，反而使他的心底涌起了一股暖流，让他感到无比的甜蜜和幸福。

激情与梦想又重新回来了，他打算写一部《一生四部曲》，而《童年时代》只是其中的一部。当完成这一部后，他把稿件投到了当时俄罗斯著名的杂志《现代人》，并且立刻发表了。这部作品引起了当时整个欧洲文学界的轰动。可是后来，托尔斯泰和别人说起这个作品时，他自己却不是很满意，他的理由是这部作品缺乏真实感，内容空洞。总之，这部作品被他说得一无是处。

但是在高加索的这段日子，他对人民大众有了一种相当深刻的认识，他的个性也在慢慢形成。在一八五三年创作的《少年时代》中，他诉说了成长的烦恼，并表露出想回归大自然的心情。

还有一部倾注了他当时情感的力作《高加索纪事》，其中有一段描写当时的景色，写得出神入化：

"清晨，在一条河流旁边，在万山丛中，远远的太阳跃入眼前；而晚上，当积雪的山峰在紫色的雾霭中消失的时候，士兵动听的歌声在透明的空气中飘荡。"

在这部作品中，有好几个人物成为他后来的力作《战争与和平》中的原型。如：赫洛波夫大尉，一个战场上的英雄，他不是因为个人的喜好而打仗，而是因为一种神圣的责任。他有点笨拙，有点可笑，周围的一切他从不在乎。在战争中，当大家都像变了一个人似的，他却一如往常，"同样镇静的动作，同样沉着的声调，那张朴实天真的脸上永远是那坚定的表情。"

托尔斯泰用他看似平凡的眼睛观察着他周围不平凡的世界：美丽的大自然、好人、坏人、无情的战争、丰富多彩的生活，等等。面对这所有的一切，他呼吁人们联合起来反对战争：

"在这如此美丽的世界上，在这广袤无垠的天空下，人们为什么不选择平静的生活？人们为什么要用恶毒、仇恨的眼光来看待同类呢？大自然是真善美的化身，让人类的丑与恶在它面前消失得无影无踪吧！"

他在高加索创作的所有作品中，最好的要数《哥萨克》。它是一部抒情小说，其中洋溢着托尔斯泰对青春的无比喜爱之情，是一部歌颂青春、歌颂爱情的赞歌。小说中的主人公奥列宁和托尔斯泰一样，为了寻求新鲜的生活，来到了风景优美的高加索，无意中深深地爱上了一个高加索少女，终日沉浸在希望的欢乐和失望的痛苦中。有时他想：只要让别人快乐，牺牲自己也在所不辞；有时他又想：牺牲自己难道不是一件很愚蠢的事吗？想来想去，始终找不到答案，他彻底迷茫了。最后，他索性认为：无论做什么都是对的，因为，神创造的这一切都是为了让人得到快乐。可是，他又很矛盾，既然这样的话，那人还需要思考吗？不用，只要活着就好，

只要享受神安排给我们的这一切就好，这样想，我们就可以
获得幸福、快乐，让那些可恶的社会责任、伦理道德见鬼去
吧！于是，奥列宁放开了手脚，感觉再也没有什么可以牵绊
他了。既然喜欢那个高加索少女，那就勇敢地去追求吧；既
然你可以为她牺牲自己，那就拼命去追吧；当然，如果你这
时想为自己着想一下，那也无可厚非。没有了后顾之忧，也
解除了思想上的苦闷和烦恼后，奥列宁一下子觉得轻松了很
多，他突然醒悟，原来可以这样生活。为此，他感谢神。在
这里，奥列宁再也不是一个来自莫斯科上流社会的绅士了，
没有了身份地位的限制，没有了道德戒律的约束，他觉得自
己就像一只小鸟，在天空中无忧无虑地飞翔。这样的生活，
他反倒觉得更自在。

　　这个时期的托尔斯泰正值青春年华，对任何事物都热情似
火。在高加索这个美丽的地方，他感受到了自然神力的伟大，
觉得一切都尽在其中。在《哥萨克》中，他借奥列宁之口说：

　　"也许在爱高加索少女时，我也深爱着自然……在爱她时，
我感到自己和自然已合为一体了。"

　　他时常把所爱的人比做是大自然，"她和自然一样是平静
的、恬静的、沉默的。"他还把远处的青山绿水比做是"端庄
的女子"。但他并没有迷失在这种浪漫的想象中，他还是能够
看到现实的一面，即使是对于他所热爱的人和物也一样，在欣

赏自然的美景，赞美高加索少女的美丽和她的朋友的善良时，也不忘描写他们自私、贪婪和狡猾的一面。

战斗在塞瓦斯托波尔

　　俄罗斯与土耳其之间的战争在一八五三年打响了。托尔斯泰也参加了这场战争，他最初在罗马尼亚军队服役。一八五四年他随着部队来到塞瓦斯托波尔。那时的托尔斯泰怀着满腔爱国热情，英勇无比，在最危险的时刻都坚持不放弃。要知道，在一八五五年的四月至五月间，战争进行得非常激烈，每天都像是提着脑袋在战斗。

　　在炮火轰鸣的战争年代，残酷的现实把他从记忆中残存的那点温情里拽了出来。也正是由于这个原因，《青年时代》没有完成。每天面对着战场的硝烟，面对着在战场上奋力拼杀的同伴们，观察着幸存者和垂死者，他创作了三部纪事：《一八五四年十二月的塞瓦斯托波尔》《一八五五年五月的塞瓦斯托波尔》和《一八五五年八月的塞瓦斯托波尔》，写出了他和那些英勇的战友们心中无限的悲凉和酸楚。写完之后，他寄给了《现代人》杂志，立刻就发表了。据说，当俄罗斯皇后读了第一部之后，不禁潸然泪下，在惊叹作者的才华之余，她又下令把原著译成法文，并下令把托尔斯泰从危险地带调回来。在这部书中，有很多情节是宣扬爱国精神与战争的。当时的托尔斯泰入伍不久，坚定的信念使他沉浸在英雄主义的梦想之中。他在保卫塞瓦斯托波尔的士兵身上，看不到野心勃勃、骄傲自大或任何卑鄙的思想。对于他，这是一部令人敬佩的史诗，其中的英雄们"能与希腊的英雄媲美"。所以，他要歌颂他们，要忠实地记录下他们最真实的生活。

但是，在第二部纪事中，托尔斯泰的热情就明显没有那么高涨了，他看到了"千千万万个人的自尊心在这里互相冲撞，或在死亡中沉寂下来"，"虚荣，虚荣，到处弥漫着虚荣"。他哀叹道：

"这是我们这个时代的特殊病症。为什么荷马和莎士比亚在讨论爱与痛苦，而我们却讲述着虚荣者的故事呢？"

托尔斯泰以他独特的视角，直击同伴们心灵的最深处。他看到了骄傲、恐惧和一幕幕死到临头还在不断上演的人间喜剧。

这种无情的剖析让人们看得更清楚，头脑也更清醒了，他对同伴们不再有任何肤浅的伤感情怀了。他曾用整整两页纸来描写当炸弹落下来的一瞬间，一个士兵在灵魂深处的反应；他还另起一页纸来描写当炸弹爆炸之后，士兵在临死前的所思所想。当战争来临的时候，整个世界都笼罩在隆隆的炮声中，滚滚浓烟遮蔽了仅有的一点光明，成千上万的人在战场上厮杀、叫喊、呻吟。这种残酷的场面已经完全驱散了托尔斯泰心中浪漫的英雄主义，此时的他已经完全忘却了第一部纪事中的爱国热情，他开始责备这破坏安宁的战争：

"你们这些基督徒，一方面宣扬着伟大的爱与牺牲精神，另一方面却干着杀人的勾当。而且，在你们做了这些丑恶的事情后，竟然不向神忏悔，反而簇拥在一起庆祝所谓的胜利。"

　　当《现代人》杂志的主编涅克拉索夫读到这几句话时，他写信给托尔斯泰说：

　　"你所讲的真理正是当今俄国社会所急需的，真理自果戈理死后，在俄国文学界就极少了……你今日所提到的真理对于我们是个全新的东西。但我有点害怕：我怕随着时间的流逝，你会变得怯懦，聚集在你周围的那些腐朽的东西会把你压倒，把你优秀的品格一点点磨蚀掉，就像我们中的大多数人一样。"

　　但是，时间并没有磨蚀掉托尔斯泰对真理的追求，这种信念反而变得愈发坚定了。塞瓦斯托波尔失守的时候，托尔斯泰很后悔当初对英雄们的剖析和过度怀疑。在他的第三部纪事中，他又重拾信心，他相信战士会为了真理而不懈努力：

　　"我相信，在每个人的灵魂深处，都燃烧着一团高贵的火焰，终有一天，这火焰会带给人力量和希望，让他成为一个真正的英雄！"

　　托尔斯泰在《一八五五年八月的塞瓦斯托波尔》中刻画了两兄弟：哥哥名叫科泽尔特佐夫，是一个军官，和托尔斯泰有

着相似的经历，"他的自尊心和整个生命融合在一起了"，强
烈的自尊心足以毁掉他。弟弟是一个旗手，他内心怯懦，经常
做噩梦，还会不自觉地说胡话，有时甚至毫无理由地掉眼泪。
他刚来部队的时候，很怕黑，把头埋在帽子里睡觉。别人对他
很冷淡，他感到很孤独、很苦闷，可是经过一段时间的磨炼，
他很快就学会了苦中作乐。对于战争，他不再畏惧，他很高兴
地与他的战友一起奔赴战场。最后，两兄弟都牺牲在战场上。
托尔斯泰在文中饱含同情地叙述了这个故事。小说是以一种爱
国情怀怒吼着结束的：

　　"军队离开了这个城市。每个士兵，望着失守的塞瓦斯托波
尔，心中有一种莫名的悲苦，叹着气，挥舞着的拳头指向了敌人。"

平民思想

在过去的一年里，托尔斯泰饱尝了爱情、虚荣、战争所带来的痛苦。一八五五年十一月，托尔斯泰远离了战火，在圣彼得堡的文人圈中时常能看到他的身影，但他瞧不起这些文人，觉得他们谎话连篇，并且很卑劣。比如屠格涅夫，托尔斯泰之前就拜读过屠格涅夫的作品，十分敬佩他，但与屠格涅夫近距离接触后，他觉得有些失望了，他和屠格涅夫似乎有点格格不入。拍摄于一八五六年的一幅照片，正是这些文学家的一次集体合影：屠格涅夫、冈察洛夫、奥斯特洛夫斯基、格里戈罗维奇、德鲁日宁和托尔斯泰。照片中的其他人都是很自然、随意的样子，唯有托尔斯泰的表情很严肃。骨骼嶙峋的头，深凹的面颊，手臂僵硬地交叉于胸前，让他在这堆人里非常扎眼。当时有人开玩笑说："托尔斯泰穿着军装，站在这群文学家的后面，似乎不是这个团体的一员，倒更像是来看守这些人，准备着随时把他们押送到监狱中去的。"

托尔斯泰最无法忍受的就是这些文学家自命清高，认为自己是执掌着整个文学界的最优秀的人。托尔斯泰与他们不同，他仿佛是一个领袖，骄傲地俯视着这群浪荡的中产阶级文人。同时，托尔斯泰天生就不相信别人，他本能地怀疑别人所说的一切，尤其厌恶那种新颖的流行的思潮。

屠格涅夫曾经说托尔斯泰永远不相信别人的真诚。别人在他面前谈论有关道德的东西，他就觉得那人一定很虚伪。他对于一个他自己认为没有说实话的人，习惯用他那深邃的目光逼视着对方……屠格涅夫说他从来没有看过比这更尖锐的目光。

一八六一年，托尔斯泰和屠格涅夫都参加了一个聚会，那是他们第一次会见，但是这次他们发生了激烈的冲突。当时，屠格涅夫在聚会上大谈特谈他的博爱思想，还赞扬他的女儿所从事的慈善事业。这些言辞让托尔斯泰觉得很厌恶，很愤怒。他认为没有比这更世俗、更虚伪的慈悲了，他立即对屠格涅夫说：

"一个穿着时髦、精致的年轻女郎，手里拿着一些破旧的衣服去施舍给穷人，这看起来缺少真诚，真是滑稽可笑得很！我不明白这有什么值得炫耀的？"

随后，两人激烈地争吵起来。盛怒之下，屠格涅夫竟然扇了托尔斯泰一记耳光。托尔斯泰当即不依不饶，拔出手枪要与屠格涅夫决斗，并要屠格涅夫赔偿自己的名誉损失。事后，屠格涅夫也对自己愚蠢的行为后悔不已，写信向托尔斯泰道歉，但托尔斯泰表示决不原谅。直到二十年后，托尔斯泰才放下了他的骄傲，觉得自己不应该这样心胸狭窄，希望得到屠格涅夫的原谅。

最终，托尔斯泰与他们彻底地决裂了。但是，这也避免不了他用一种很功利的态度来对待文学。因为一旦你出名了，金钱、地位、女人都随之而来了。托尔斯泰曾经确实是这些名利双收的文学家中的一员，而且，在这群人中间他还有着很高的地位。一八五六年十一月，为了这些荣誉，托尔斯泰辞去了军营中的职务，全身心地从事文学创作。然而，与生俱来的性格导致了他不会满足于用一种方式，枯燥无味地去生活。

从一八五七年一月二十九日到七月三十日，托尔斯泰环游欧洲。他之前的信念被途中的一些见闻所颠覆。一八五七年四月六日，他在巴黎看到了执行死刑的一幕，对他触动很大：

"当我看到人头与身体分离，滚到篮子里的时候，我整个人都窒息了，我不知道为什么会有这样一种理论的存在——为了维护社会治安，就一定要将人头砍掉。无论别人是怎样想的，我觉得实在不应该。"

这幕情景使他明白了现实与理想的差距还很大，并没有诗中所歌颂的那样美好。现实有时比理想要残酷许多。

从国外回来后，他回到了家乡亚斯纳亚。在那里，他对农民又有了新的认识。他这样写道：

"农民也许像一些人所讲的那样，他们平时都是些好人。但是我所看到的他们，往往是庸俗卑劣的，也许他们天生就有着许多致命的弱点吧。"

此时，托尔斯泰意识到了他的职责所在：要拯救这些农民。但这并不意味着要成为他们当中的一员,更重要的是要唤醒他们的意识,从他们还是孩童时开始,这才是拯救他们的首要途径。于是,创建学校这个想法应运而生。但是他不知道该教孩子些什么,用什么方法来开启他们的智慧。于是他第二次到了欧洲。

在欧洲的那一年里,托尔斯泰潜心研究各种教育理论,可是后来他又把这些理论全盘否定了。在马赛的那两次学习,让他真正明白了民众教育应该在学校之外,在报纸、博物馆、生活中学习更能激发他们的兴趣和潜能,这才是最实际最可行的方法。所以,当他回到家乡的时候,并没有直接创办学校。因为托尔斯泰认为,人们各自有自己的思想和认识,因而也应该有属于自己的自由。所以,那些特权者不应该把他们的知识强加给人民大众。大学永远不可能培养出为社会谋福利的人,它培养的要么是一些堕落的灵魂,要么是一些社会权贵的走狗,要么是一些不切实际的空想家。只有知道民众需要什么,才能找到合适的方法来开启他们的智慧。

有了这种想法,托尔斯泰就开始在他的家乡进行试验了。在那里,他不是老师,而是朋友。他还在当地的杂志上发表他的理论,希望更多的人了解这些思想。同时,他还和农民们一起开垦农田,辛勤劳动。

一八六一年,托尔斯泰被任命为地方仲裁人,他成了当地人民的保护者。当政府和地主欺骗、压榨他们时,托尔斯泰就成了他们可以依靠的大树。

托尔斯泰在开启民众的思想时，还是会受到其他欲望的干扰。尽管他努力地成为农民中的一员，但物质生活的享乐对他诱惑还是很大。他冒着生命危险去猎熊，在赌场上一掷千金。他有时甚至会受到他所藐视的圣彼得堡文坛的影响。当他感到自己的现实欲望与理想生活背道而驰时，他很自责、苦恼，但又无能为力，这种矛盾几乎使他精神错乱。

这种相互矛盾的精神状态在他的作品中有所表现。他在一八五六年创作的《两个轻骑兵》表现出一种夸大、浮华而又有些典雅的文风。一八五七年写的《阿尔贝》又是疲软、肤浅而古怪的风格，当中缺少了他一贯的坚持和明确。在《记数人日记》中，托尔斯泰甚至表露出对自己的厌恶：他的化身——涅赫留多夫亲王非常富有，并且享有很高的声誉，重要的是他也很聪明，总之，他拥有别人羡慕的一切，但他却在一个小地方自杀了。他没有犯什么罪，只是觉得自己意志不坚定，在青春时迷失了自我，所以自杀了。托尔斯泰这样写，似乎表明了他对现在的自己很不满意，很想除掉自己身上那些与理想背道而驰并常常会让他矛盾的欲望。

爱情生活

《夫妇间的幸福》是托尔斯泰创作的一部很完美很纯粹的关于爱情的作品。

很久以前，托尔斯泰就和别尔斯一家有很好的交情。别尔斯夫人是托尔斯泰童年时的玩伴,她后来生了三个女儿,长得都很漂亮。托尔斯泰对她们三个都有点喜欢,但也谈不上爱谁。后来,托尔斯泰终于明确地知道了自己爱的是别尔斯家的二女儿——索菲娅。当时索菲娅只有十七岁,而托尔斯泰已经三十多岁了,年龄的差距使他感觉自己就像一个老人,已经没有权利和这么一个天真无邪的少女在一起。因此,他把这份爱在心底整整埋藏了三年。当他向她表白的时候,就像后来他在《安娜·卡列尼娜》中描写的那样,两个人用笔在一张桌子上写出他们埋藏在心底而又不敢说出的那个字的第一个字母。不仅如此,他还像《安娜·卡列尼娜》中的列文那样,为了让心爱的人了解他的一切,他也把日记拿给索菲娅看。一八六二年九月二十三日,托尔斯泰和索菲娅结婚了。

无论是梦幻的爱情,还是现实的婚姻,都让托尔斯泰感受到了无比的甜蜜,这种感受抚平了托尔斯泰内心的不安。

托尔斯泰的作品发表之后获得了巨大的成功,这些作品为他赢得了崇高的声望和地位。批评的声音也渐渐沉寂下去,赞美的声音不绝于耳。现在的他显得很强大，不仅敢写，也敢说。他不再在乎别人的想法，也不再理会别人的意见。

但一段时间过后，他感到很困惑，不知道自己的作品除了让别人拍手叫好之外，还能做些什么。一八六二年，他辞去了地方仲裁人的职务。同一年，当地政府封锁了他的学校。他想为社会做贡献的事业中断了，心中的梦想也随之破灭。

《战争与和平》

婚后的日子很甜蜜，他尽情地享受着家庭生活带来的幸福和温暖。托尔斯泰伯爵夫人对她丈夫艺术上的创作给予了巨大的支持和帮助，她细心地把丈夫口述的东西都记录下来，整理成书稿。

索菲娅的妹妹塔佳娜聪明伶俐，在音乐方面极具天赋。托尔斯泰曾经说：

"《战争与和平》中的娜塔莎是塔佳娜和索菲娅的结合体的缩影。"

这两个重要的女人也是《安娜·卡列尼娜》中基蒂的创作原型。不仅如此，甚至《安娜·卡列尼娜》中的若干章节也好像是出自一个女人的手笔。这部作品中许多描写、女人生活细节的部分，如：多莉在乡间的别墅中的布置，多莉与她的孩子

们，还有一些女人化妆细节的描写，女性心灵深处的刻画等等，似乎都是在索菲娅与塔佳娜的帮助下完成的。

在婚姻与爱情的荫庇下，托尔斯泰完成了两部旷世巨著：《战争与和平》和《安娜·卡列尼娜》。《战争与和平》是一部十九世纪的史诗，它犹如浩浩荡荡的长河，万千精灵在这条河里跌宕起伏，演绎着五彩缤纷的生活；它又如巍峨的高山，历经千年风霜，涤荡出最纯美的心灵。托尔斯泰在这部作品中把重心也转移了，他以前的作品更多地关注个人的生存状态和命运，而这部作品对军队、民众、整个社会都做了细致入微的描写。在塞瓦斯托波尔度过的岁月让托尔斯泰明白了俄罗斯伟大的民族精神和无私的爱国精神。在《战争与和平》中，托尔斯泰不再将目光局限于身边的一小块，而是转向了更广阔、宏大的历史空间。此时的托尔斯泰心中，勾画着更为宏伟的创作蓝图。《战争与和平》就是这蓝图中最耀眼的一幅。

《战争与和平》共六册，从一八六五年发表第一册开始，一直到一八六九年才全部完成。事实上，《战争与和平》这部巨著早在写《十二月党人》时就开始构思了。起初的画面像平静的海洋一样，正如战前寂静的俄罗斯社会，托尔斯泰用他犀利的眼光和高超的艺术手法，描绘着在俄罗斯这片弥漫着奢华的土地上，人们懒散、互相欺骗，以至失去了原本的人性。但即使在这种乌烟瘴气的环境中，也还是有真诚、朴实、道德高尚的人，比如天真的皮埃尔·别祖霍夫、独立不羁的玛丽亚。

平静的日子被战争的号角打破了。此时，俄罗斯军队开始奔赴奥地利，阻击拿破仑的军队。无辜的百姓卷入了这场旷日持久的战争之中。战争看来似乎不可避免，无论是胜利还是失败，无论是偶然还是必然，人们都把它看做是天意。在残酷的战争面前，人们只有顺从天意才能获得片刻安宁。所以那个不太善良的安德烈亲王得以喘息，暂时恢复了平静的生活；在远方，皮埃尔与玛丽亚公主无比甜蜜地沐浴在爱河之中。

枯萎、贫瘠的灵魂需要战争的刺激。一八一二年九月七日，鲍罗金诺村失陷，俄罗斯再次受到战争的威胁。战争让人们暂时忘记了那些低俗的市侩和自私自利的欲望，受伤的安德烈竟然为了他生平最憎恨的人阿纳托里遭受病痛的折磨而痛哭流涕，道洛霍夫竟然拥抱了他的敌人皮埃尔。天下兴亡，匹夫有责。大敌当前，人们放下了勾心斗角、自私卑劣，摒弃了一切，为保卫国家而空前地团结起来。

俄罗斯民族沉稳而又悲壮的宿命观在那个可怜的乡下人卡拉塔耶夫身上也渐渐体现了出来，质朴、虔诚、真诚，即使在痛苦的时候也是面带微笑。书中的两个英雄人物皮埃尔和安德烈经历了种种磨难，饱尝了种种忧患之后，终于在神的感召下获得了精神上的解脱。

故事还在继续，拿破仑时代的故事只是为了向十二月革命党人过渡，在《十二月党人》里，那些引退的英雄和在战场上牺牲的人又都复活了。娶了娜塔莎的皮埃尔变成了将来的十二月党人，他成立了一个为人民谋福利的秘密组织，娜塔莎也参加了这个组织。而尼古拉·罗斯托夫身上依然保留着那种士兵独有的盲从性，他曾经说："战死沙场就是我的天职！"他甚至对皮埃尔说："如果有人命令我杀了你，我会照着他的指令做的。"他的妻子，也是皮埃尔曾经的恋人玛丽亚公主也赞同他的说法。安德烈的儿子小尼古拉非常喜欢皮埃尔和娜塔莎，但是不喜欢尼古拉·罗斯托夫和玛丽亚。可以想象，如果托尔斯泰把《十二月党人》继续写下去的话，随着情节的发展小尼古拉肯定会成为一个英雄人物。

以上这些是对《战争与和平》这部小说的主要内容的一个回顾。实际上，书中还有很多描写得非常逼真的人物，例如：士兵、农民、贵族、俄国人、奥地利人、法国人，他们都给人留下了深刻的印象。如此繁多的人物和如此复杂的人物关系，托尔斯泰是怎样安排得如此周全的呢？这要从托尔斯泰庞大的家族说起，《战争与和平》中的两个大家族与其父亲母亲所在的家族极为相似。他从父母那里汲取了创作的营养，在图书馆翻阅了大量他们家族的家谱史料，参考了大量的笔记并加入了他自身的回忆。在这之前，高加索和塞瓦斯托波尔的生活经历也为他描写战争场面、军官、士兵的形象做了充足的准备。

托尔斯泰之所以能够创作出这样不朽的作品，还有一个重要的原因，就是当时的托尔斯泰拥有一颗年轻而又饱含激情的心。托尔斯泰没有哪本书比这本书更富有童心的了。正是这颗童心创造了那么多可爱的人物，这其中最可爱的要数娜塔莎，在她那娇美的外貌下有着一颗温暖的心。在书中我们看着她长大，清晰地了解到她的一生，更为她们姐妹间的温情而感动。

《安娜·卡列尼娜》

《安娜·卡列尼娜》是托尔斯泰继《战争与和平》之后的又一部力作。此时的托尔斯泰思想更加成熟，艺术手法更加炉火纯青，但是，这部作品却缺少了《战争与和平》中的青春的朝气和似火的热情。这是因为新婚带来的新鲜和快乐已慢慢消退，接踵而来的是枯燥无味的生活，因而托尔斯泰没有同样的激情进行创作了。尽管索

菲娅尽她所能地为他营造爱情和艺术的氛围，但还是被外界的因素搅乱了。

托尔斯泰在一八六九年完成了《战争与和平》，此后不久，他好像总是被一种无意识的烦恼伴随着。几天之后，他离开了家人到某个地方散心，他给妻子写信道：

"那天晚上，我感到很疲倦，早早地睡了，突然，感到有

一种从未有过的悲苦。这悲苦让我心烦意乱，我醒了。接着，我从床上跳下来，叫人备马，我要离开这个地方。人家正在为我套马的时候，我又睡着了，他们把我喊醒时，我又恢复了正常的意识。就在昨天晚上，同样的事再次发生了。我不知道这是怎么回事……"

托尔斯泰伯爵夫人辛辛苦苦用爱情建造的精神家园彻底地坍塌了。《战争与和平》的完成使托尔斯泰内心极度地空虚起来，接下来，许多哲学思想、教育学思想又重新吸引了他的注意力。他开始拜读叔本华的著作，同时还做一些教育学的研究。那时候，他萌发了要为贫民写一本启蒙读本的想法，于是，埋头写了四年，他对这本书的满意程度甚至比《战争与和平》还要高。一八七二年，托尔斯泰完成了其中的第一部分，随后又写了第二部。后来为了研究的需要，他又开始研究希腊文，几乎到了狂热的地步。那段时间，他的脑子里除了希腊文什么都没有。

在伯爵夫人的一再劝说下，托尔斯泰终于从对希腊文的狂热中走了出来，更让伯爵夫人高兴的是托尔斯泰终于放弃了众多未完成的不切实际的计划，开始创作《安娜·卡列尼娜》。可是，正当他专注于创作这部小说的时候，他的家庭遭受了巨大变故。一八七三年至一八七五年间，他的三个孩子先后夭折，疼爱他的两个姑母也相继去世了，更糟糕的是他的妻子也病倒了。这些晴天霹雳似的打击使托尔斯泰的生活变得阴沉暗淡。

生活中的痛苦在他的作品中留下了一丝痕迹。在《安娜·卡列尼娜》中，除了订婚的那几章写得很美外，其他章节所描写的爱情，其美妙、轻松的程度远远不及《战争与和平》。这种爱情有更多暴烈不安的成分。小说中，没有真爱的家庭生活让美丽而聪慧的安娜感到窒息，各种欲望都被压抑在心底。但是，当这个美丽的女人穿着一袭黑衣出现在沃伦斯基面前时，她身上立刻迸发出了爱情的火焰。而当沃伦斯基向她表白的时候，她身上的万道枷锁也被挣脱开来，家庭、名誉、地位都不能够阻止她内心对真爱的渴求。她原本的真诚、善良渐渐退去，她开始欺骗卡列宁，和沃伦斯基幽会。这种不能见天日的爱情让她痛苦不堪，她开始用吗啡来麻醉自己。后来，由于遭到排挤和奚落，也因为地位和身份的巨大差异，沃伦斯基无奈地选择了放弃，离开了安娜。最后，安娜带着自己的堕落和这种堕落带来的痛苦，卧轨自杀了。

　　《安娜·卡列尼娜》是托尔斯泰精神过渡期的作品。如果说托尔斯泰以前的作品对这个社会还抱有一丝美好的幻想的话，那么，现在的这部作品，托尔斯泰已经开始强烈地批判俄国社会了，而且他渐渐成了一名最尖锐的批判者。他不停地抨击社会的各种谎言，抨击披着华丽的道德外衣的谎言，抨击掩盖弥天大罪的谎言；他还对所谓的言论自由痛斥不已，藐视那些世俗的、虚假的、慈悲的表演；恶评沙龙聚会中的宗教宣传，怀疑世间宣扬的博爱精神。托尔斯泰要向整个社会宣战，要向这虚伪腐朽的社会宣战。

在这部作品中,除了要表现安娜的悲剧和一八六〇年俄国社会——沙龙、军官俱乐部、舞会、赛马的百态外,明显地还带有自传的色彩。在众多人物当中,托尔斯泰把自己身上既保守又民主的一面体现在列文这个人物的身上,反对不切实际的自由主义,反对战争,同时也反对国家主义。

不仅如此,列文的生活也是托尔斯泰生活的写照。列文与基蒂的爱情和他们婚后的生活是托尔斯泰和索菲娅生活的变相反映,列文在他兄弟去世后的痛苦表现也是托尔斯泰失去亲人后的心理感受。列文在兄弟死后陷入了巨大的悲痛之中,幸福的婚姻生活使他在一段时间里忘记了这些悲痛,但是,在第一个孩子出世后,这种痛苦又回来了。当他实在无法承受思想上的狂乱不安时,甚至想到了自杀。这个时候的列文就是某个时期的托尔斯泰。

《我们应当做什么?》

寒冷的冬天过后,一八八二年的正月托尔斯泰参加了一个人口调查的工作,都市中最为悲惨的一面——呈现在他的眼前,他没有想到文明的背后隐藏的竟然是满目疮痍。他在向一个朋友讲述自己的所见所闻时,已控制不住自己的情绪,挥舞着拳头,发出了这样的呐喊:

"人怎能这样生活,绝对不能够这样!"

《我们应当做什么？》便是这第二次迷茫的一个真实写照，这次似乎比第一次更为猛烈，后果也更加严重。从一幅奇妙的画像就可以看出托尔斯泰在这个时期所承受的痛苦：他穿着一身农夫的衣服，头发乌黑，胡须花白，一道道皱纹极不相称地爬上了这张本该年轻的脸庞，巨大的鹰钩鼻两侧是深邃而悲哀的眼睛。

托尔斯泰认为劳动是保持人们身心健康的捷径。在大力倡导热爱劳动的同时，托尔斯泰极力批判上层社会的畸形享乐。一八九五年，他发表了《残忍的享乐》。该书分为三部分，分别为"肉食者""战争"和"打猎"，他分析了为什么这种残忍、畸形的行为会给人们带来乐趣。一八八四年，托尔斯泰放弃了他一生中最大的爱好——打猎。这对于他来说是一件非常痛苦的事情，因为他的父亲也喜爱打猎，他遗传了父亲的爱好，这是他最好的消遣和娱乐方式。每当他猎取了很多猎物的时候，就会有很大的成就感。现在，他发现这种嗜好与寄生虫的享乐方式没什么两样，因而感到很愧疚。要放弃几十年养成的习惯不是一件容易的事，但他最终还是做到了。除了这些，他还严格要求自己吃素，以锻炼自己的意志。

《我们应当做什么？》是托尔斯泰对上层社会所谓的文明宣战的开始，从这时起，他开始了近二十年的艰苦奋斗。这位孤军奋战的亚斯纳亚老人置身于一切党派之外，与罪恶的文明和谎言对抗着……

很长一段时间以来，托尔斯泰伯爵夫人不安地观察着她的丈夫，并关注着他情绪的变化。从一八七四年开始，当她看到托尔斯泰把自己的全部精力和时间投入到教育中而一无所获的时候，她相当懊恼。后来，当托尔斯泰一心想要编写启蒙读物的时候，她对此也很不理解，甚至瞧不起托尔斯泰做的这些事。接着，当托尔斯泰从教育转向宗教的时候，她仍然不理解。但渐渐地，她终于明白了托尔斯泰的心思。因为托尔斯泰心中有神，他的心里装着广大的劳苦大众，他在寻求拯救这个满目疮痍的社会的良药。她为此而感动不已，她心疼自己的丈夫："他永远不知疲倦地工作，他不停地翻阅宗教书籍，苦思冥想，以至于自己患了头疼病。可是所有这一切都只是为了证明教会和福音书的主张是不一致的，宣扬的和实际做的也不一致。教会是戴着伪善的面具，干着杀人的勾当。可是这个问题在全俄罗斯又能提起多少人的兴趣呢？他的身体还长期受着病痛的折磨，真是可怜啊！真希望这一切快点过去！"

病痛还没有减轻，夫妻间的关系却变得越来越难以琢磨。虽然他们彼此相爱，彼此尊重，但是，他们已不能完全理解对方了，只是勉强地沟通着，互相做着让步，但是这种妥协让两人都感到痛苦。当时，托尔斯泰极不情愿地和他的家人来到莫斯科，他在日记中这样写道：

"这真是我最痛苦的一个月，我不知道他们为什么要来到这里，他们并不是来这里生活的，而是看到别人搬到这里来，所以他们也要跟着来。"

为了避免这种痛苦相互传染，他们不得不分开一段时间，尽管他们还深爱着对方。托尔斯泰在给妻子的信中说：

"你说'我爱你，你却不需要我的爱'。不，亲爱的索菲娅，你的爱才是我唯一需要的，你的爱比世界上的一切都让我感到幸福。"

《我们应当做什么？》的文末有一段对女性的论述，因为当时兴起了所谓的女权运动。在托尔斯泰看来，这些女权运动者虽然宣扬要和男人平等，做同样的工作，但是她们绝对不会争着去采煤或下地干农活，她们只是想加入到上流社会中，去做些简单的工作。但是，托尔斯泰对那些普通的劳动妇女却是由衷地赞美，他认为那些女人才是真正地领悟到了生活的真谛，她们默默地承受着生活的痛苦，享受着生活所带来的欢乐，默默地为她们的丈夫和孩子辛苦劳作着。托尔斯泰写道：

"这样的女人不仅不会怂恿她的丈夫去做那些违背良心的事，还会深深地厌恶这些事，并告诫她的孩子们永远也不要碰这类事。她鼓励丈夫去做一些有意义的事，为她的孩子树立生活的榜样。不仅如此，她还把她的爱传递给她的丈夫和孩子们，用她无私的爱感染着他们，这样的女人是多么的伟大和无私啊！"

　　然而连托尔斯泰深爱的妻子都不能理解丈夫的思想，更不用说当时的俄罗斯社会了。屠格涅夫在临死之前，给托尔斯泰写信劝他"重新回到文学的世界"，不要再执着于这些无谓的理想了。当时，全欧洲的艺术家都和屠格涅夫一样，希望托尔斯泰拾起他的笔重新开始写作。当他们看到托尔斯泰像一个农夫一样生活着的时候，都委婉地劝他："我们耕耘的园地不在这里，我们的园地是人类的灵魂。那些在田间忙碌的事与我们无关，我们的职责是在人类的心灵上撒下爱的种子。"

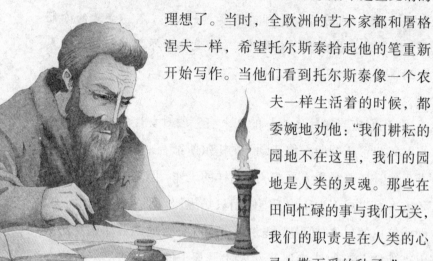

　　但是，这些人完全误解了托尔斯泰，他不仅没有忘记他的艺术，更没有抛弃他的艺术，这种崇高的信仰反而强烈地激发了他更多艺术创造的灵感。

《复活》诞生

　　《克勒策奏鸣曲》完成十年之后，托尔斯泰创作了《复活》。《复活》可以说是托尔斯泰晚年创作的顶峰，此时的托尔斯泰已经七十岁了，他回忆着过去经历过的事情，犯过的错误，坚定的信仰，就像看电影一样，回看着整个人生。在这部作品中，托尔斯泰一如既往地向一切虚伪开战，但在骚动的精神和阴沉的讽刺之外，还多了一层宗教式的静谧，这是发自他内心的超脱世俗的宗教情怀。

《复活》叙事严密、情节紧凑，几乎没有小故事的穿插，人物描绘得淋漓尽致、干净利落，毫无旁枝错节。在作品中，托尔斯泰用写实的手法，深刻地表现了人性的另一面，他说：

"人类具有可怕的兽性，当这种兽性隐藏在华丽的外表下而没有被发现时则显得更为可怕。"

在描写上流社会各种沙龙中的谈话时，托尔斯泰把这种谈话看做是满足生理的需要，因为这些空虚无聊的谈话可以使参加这项活动的人尽可能地做着口腔运动，以帮助消化。托尔斯泰入木三分地揭露了文艺沙龙的本质，犀利的目光好像要看透每个人。对于漂亮的科尔夏金他是这样描写的：

"她留着长长宽宽的指甲，经常袒胸露乳，卖弄风骚，这让涅赫留多夫感到厌恶。"

小说中主人公玛斯洛娃堕落的迹象也早已显露出来：

"过早的衰老，猥亵卑劣的谈吐，诱惑的微笑，经常酒气熏天，满脸通红。她毫不掩饰自己的堕落，反而更加明显

地表现出来，举手投足之间流露出轻佻和卑劣。"

　　生活中粗俗、丑陋、肮脏的一面都在这部作品中有所展现，以前作品中清新的诗意和浪漫的气息已经全然不见了。即使是对初恋的回忆，也被蒙上了一层阴暗的面纱。比如：

　　"复活节的那个晚上，浓雾笼罩着整个世界，寂静得有些可怕，午夜的鸡鸣和冰河中冰块撞击的声音让人不寒而栗。这时，一个青年透过玻璃窗正在偷窥，一个美丽的少女坐在昏黄的灯光下静静地沉思。"

　　抒情的部分在这部作品中几乎看不到，托尔斯泰的艺术风格变得更加独立了，摆脱了他的个人生活，努力地开拓新领域。在《复活》中，犯罪和革命的领域被展现出来，而这两个领域是他以前从未涉及过的。他完全是凭着对罪犯和革命者的同情进入到他们的世界中去的，在没有对他们的生活进行细致的观察前，他甚至明确表态自己是十分讨厌革命者的。但是，值得大家敬佩的是，这个有着犀利目光和高超分析能力的文学大师，把这两个领域写得那样细致入微，就像一块透明的玻璃隔在人们的面前。

托尔斯泰在这部作品中塑造了许多生动的人物形象。他怀着一颗怜悯之心向人们叙说了各种卑劣的道德故事，他看到了关押在监狱中的妇女的悲惨状况：即使在同一所牢狱中，她们之间也毫无怜悯之心。

在这部作品中，所有人物的性格都具有一种客观的真实性，主人公涅赫留多夫除外，因为托尔斯泰把自己的理想寄托在他的身上。托尔斯泰给年轻力壮的主人公注入了一个七十岁老人的灵魂，这使得男主人公的性格显得有点突兀，在人们的眼中他是一个精神错乱的人。书中，涅赫留多夫是一个年轻富有、受人尊敬的亲王。特殊的身份和地位使他十分在意公众的舆论，他正准备娶一个爱他而他也并不讨厌的人为妻，但是有一天，他突然决定放弃这一切——地位、金钱、朋友、家族，而去娶一个名叫玛斯洛娃的妓女。他这样做的原因仅仅是为了拯救这个堕落女人的灵魂，来弥补自己年少时曾经犯下的罪过，以祈求上帝的宽恕。一旦下定决心，任何压力都不能阻挡他，即使在他听说玛斯洛娃仍在和一名男护士厮混时，也没有气馁，反而更加坚定地要牺牲自己来拯救这个女人。

在这个作品里，涅赫留多夫并不是一个道德高尚的人，但是在他知道了玛斯洛娃是因为自己当初的年少无知而沦为娼妓时，他突然为以前的自己感到羞愧，突然变得高尚起来，他竟然肯为了补偿玛斯洛娃而牺牲自己的一切。在这个过程中，涅赫留多夫曾经哀叹过，也在现实面前畏惧过。但是，他还是选择了牺牲，尽管身边没有一个人理解他。托尔斯泰就是要用这种不为世人所理解的精神错乱来表达无畏的牺牲精神和对爱的坚定的信仰，在他看来，这正是那个虚伪的世界中的人们所欠缺的东西。

社会理想

作为一个文学家，托尔斯泰从未放弃过他的创作。即使是由于宗教信仰的原因，不发表他的作品，但是他不可以不思考、不创作。他终日笔耕不辍，文学创作已扎根在他心底，并成了他生活的一部分。一九○四年至一九○五年，托尔斯泰编写了一本《每日必读文选》，搜集了古今各国许多作家对人生与真理的思考和理解，可以称得上是一部真正的关于世界观的文选。

从一九○○年到一九一○年的十年间，托尔斯泰几乎把自己所有的心血都耗费在了有关社会问题的论战中。当时沙皇俄国的基业不稳，正经历着前所未有的社会动荡，几乎到了要分崩离析的地步。在国外，日俄战争中俄国军队节节败退，国内矛盾更加尖锐，海路军队叛乱，农村暴动，血腥和暴乱弥漫着整个社会，俄罗斯好像到了世界末日。这种恐慌在一九○四年至一九〇五年间达到了顶峰。当时托尔斯泰创作了一系列的作品:《战争与革命》《大罪恶》《世纪末》,等等,都是这段历史的真实写照。

在这最后的十年,托尔斯泰依然保持着独立、高昂的斗志,投入到社会的战斗中。他不属于任何党派、任何宗教组织,不沾染任何政治的色彩,也不为别人的挖苦讽刺所动摇。他只按着自己的理性,朝着自己的信仰前进。托尔斯泰此时想起了俄罗斯的一句古谚语:"一个撒谎的老人,等同于一个偷东西的富人。"于是,他和别人分离了,坚定地、头也不回地走向了真理。这位倔强的老人要让每个人都认识真理,他继续猛烈地抨击一切世俗宗教和迷信,严厉地攻击政府的暴政、教会的蛮横和权力的滥用。当托尔斯泰揭开这些特权阶层的神秘面纱时,广大民众的心灵从沉睡中惊醒了,在他们认识到这些特权阶层的真面目之后,就不再畏惧他们,甚至开始向他们宣战。看到这些,托尔斯泰的心中感到了一丝丝的安慰。

当托尔斯泰还在欧洲旅行的时候,就写下了这样的句子:

"一定要提防自由主义,不要让它占据了你的心灵!"

当再次从欧洲旅行回来的时候,他就认为特权阶级绝对没有权力强制老百姓接受他们的观点。在《安娜·卡列尼娜》中,他对自由党人的轻蔑更是表现得淋漓尽致。在小说中,托尔斯泰的化身列文拒绝加入当地自由党人推行的民众教育与推行新政的事业,那场在两省之间举行的选举大会也只是一个骗局而已。在托尔斯泰看来,自由党人打着民主的旗号,口口声声说是为人民谋福利,实质上只是为了利用人民的力量反对旧势力,最终达到自己的目的而已。民众在他们的眼里只是工具,他们根本不理解人民。托尔斯泰为此感到非常愤怒。

托尔斯泰虽然不赞成自由主义,但是他并不反对革命。他对革命和自由党人的概念与自由党人头脑中的大不相同。托尔斯泰曾经说:

"我相信大革命在这个时候已经开始了,它在基督教的世界里已经酝酿了几千年,现在,它将摧毁一切旧的制度和思想,一个崭新的社会将在平等和自由的基础上建立起来。"

一八六五年初,托尔斯泰就已经觉察到社会的动荡不安了,他宣称应当废除土地私有制,反对黑暗的沙皇专制制度,建立土地公有制。当时俄国的农民占了全国总人口的百分之八十,但是,土地却被极少数富人所占有。广大农民因为没有土地而不得不依附于地主们,过着极其贫困的生活。在托尔斯泰看来,俄罗斯最棘手的问题就是土地问题,这个根本的问题不解决,其他的事情也无法解决。

那么,应该怎样解决这个根本问题呢?托尔斯泰不主张采用暴力革命的手段,他支持温和的非暴力的手段。托尔斯泰认为俄罗斯民族是一个受基督教影响深远的民族,俄罗斯人民只相信团结和友爱的精神，他们不和当地政府唱反调，也不参与他们。曾经有一个古老的传说：相传俄国人请求瓦兰人来统治他们，大多数的俄国人宁愿忍受各种暴行，对他们而言，屈服是必然的……但托尔斯泰认为，没有压迫的屈服和奴颜婢膝的屈服是不同的。面对这种罪恶的行为，他们只是不进行抵抗，但并不代表他们赞同这种行为，他们绝不会做这样的事情。

一九〇五年一月二十二日的圣彼得堡，一群赤手空拳的群众在教士加蓬的领导下，上街示威游行，抗议当地政府对人民的残酷剥削。政府对他们进行了血腥镇压，面对镇压者的枪口，那些手无寸铁的民众没有发出一声仇恨的呐喊，也没有做出自卫的反击，他们只是默默地在心底呐喊，那场面真是悲壮啊！

托尔斯泰认为，和平抵抗运动应该建立在爱的信仰之上。爱的信仰就是要爱别人，爱你身边所有的人，甚至要爱你的敌人。所以，当你的敌人使你痛苦的时候你要宽恕他，不能对他采取暴力的手段，只能用和平的方式让他对自己犯下的罪行有所醒悟。

正因为如此，托尔斯泰担心这些参加和平抵抗运动的人，尤其是年轻人，并不是出于对神的崇敬之情，也不是出于对爱的信仰，而是由于某种私欲而参

加了这个活动。于是，他写信给这些人，耐心地劝导他们，劝他们在进行和平抵抗的同时，不要忘了自己的信念和理想，一定要做到不憎恨他们的敌人，而要用爱心去感化他们。

离家出走

时间还是毫不留情地在托尔斯泰脸上留下了岁月的痕迹。两道深深的皱纹刻在他宽广的额头上，浓密的眉毛已经雪白，美丽的长须在空气中飘荡，苍老的脸变得慈祥而又温和，让人想起基督教中的先知摩西。这张脸经历了无数的世间沧桑：从青年时代的羁傲狂放到塞瓦斯托波尔从军时的呆板严肃，再到革命时代的多愁和徘徊。托尔斯泰的性格和面容随着时间的变化也在改变着，但有一种东西在他的身上从未改变过，那就是他锐利逼人的目光，那是一种能够看透任何人的灵魂的目光。

一九〇五年，大革命失败了，在已经拨开云雾的黑暗中期待已久的光明并没有到来，一切又恢复了原状：种种苛政暴行依旧如初，人民陷入了更悲惨的生活之中。所有这一切让托尔斯泰感到无比的悲哀，但是他并没有放弃，他仍然相信上帝，相信未来，相信事情会向好的方向发展。他的思想得到了许多人的认同，世界各地的人们开始给他写信：伊斯兰世界、中国、日本、欧洲各国等，人们开始接触到他的作品，传播他的思想。美国的记者来采访他，法国人向他征询关于艺术和宗教的见解。可是这些人加起来，还不足三百人。他自己也知道这是个微小的团体，但他并不急着去获得更多的信徒，他也拒绝了他的朋友建立"托尔斯泰派"的提议。他反对建立各种派别，他认为人们应该团结在一起皈依于上帝门下，而不是相互分离。

此时的托尔斯泰年事已高，但是，他仍在文学的道路上不断探索。

这个身体和精神都很健康的老人并没有止步不前。在生命接近尾声时，他对很多事情又有了新的认识。谁又能肯定他对革命党人的看法没有任何转变，对和平抵抗运动的信念没有丝毫的动摇呢？

实际上，在《复活》中，主人公涅赫留多夫和政治犯的交往已经表露出托尔斯泰对于俄国革命党人看法的转变。他之所以反对革命党人是因为这些人采用了过于残忍的手段。但当托尔斯泰进一步了解他们时，他看到了统治阶级是如何对待革命党人的，便开始明白革命党人也是迫不得已的。托尔斯泰除了反对他们革命的方式外，他还是非常钦佩这些人的爱国热情，以及他们为了胜利而不惜牺牲自己的高贵品质。他觉得革命党人具有的这些热情和品质与他自己坚持的信念有相通之处。

一九〇〇年，俄国大地掀起了一场改革的浪潮，知识分子们团结起来，在俄国人民中传播着革命的思想，鼓励下层人们起来反抗压迫他们的统治阶级。就这样，革命的火种迅速在俄国大地上蔓延开来，他们还组建了自己的军队。当这些浩浩荡荡的革命军队从托尔斯泰故乡经过的时候，他随着人潮的涌动而心潮澎湃，激动不已。虽然革命者经过之后，乡村又恢复了往日的宁静。但这只是表面的宁静,在这片寂静的土地上正有一股暗流缓缓地流入人们的心间。当托尔斯泰和那些饥饿的流浪汉促膝交谈时,他吃惊地发现这些人的想法是那样的惊世骇俗。他们把富人看成是强盗,看成是榨取劳动人民鲜血的吸血鬼。要知道在这之前,这些流浪汉是多么地尊敬和羡慕富人们,但现在他们的内心却只有仇恨。

托尔斯泰看到,在他的家乡,那些残酷的官吏竟然无视穷人的哀求,无情地抢走了他们圈养的牲畜,甚至连锅碗瓢盆也一同带走。他禁不住对这些"强盗们"喊起来:

"你们这些贪官污吏,只知道吃喝玩乐,只知道滥杀无辜,压榨老百姓——这些可恶的家伙只知道抢夺老百姓的东西来制造杀人的武器,建造关押百姓的监狱,除此之外,就是挥霍、分配这肮脏的黑钱!"

这些景象让托尔斯泰感到揪心。他用毕生的精力追寻着爱,希望这种爱可以照亮每个人的心房。可是,到了垂暮之年,托尔斯泰不仅没有看到这一天的到来,眼前的现实仿佛更加残酷,到处是残酷的屠杀和严厉的镇压。现实已经远离了他的理想,他开始怀疑自己,并惶恐不安起来。他的信仰不仅不能给这个残酷的世界带来他所期望的改变,甚至连他最亲的人也无法改变,他始终无法把他的思想、他的信仰传递给他最爱的人——他的妻子和儿女。当他感到自己的思想不被这些至亲的人所理解的时候，他痛苦万分。一九〇一年，托尔斯泰在给一个朋友的信中曾经说道：

　　"我深切地感到，夫妻应该是不可分割的生命体，应该是合为一体的。我多么希望，我能够把我的信仰和思想传递给我的妻子啊！"

　　托尔斯泰的妻子索菲娅义无反顾地分担着他生活和艺术方面的负担，因为她深爱着托尔斯泰，爱他那颗仁爱之心，爱他的真诚，爱他的执着。但是托尔斯泰放弃艺术而投入了宗教的怀抱，这个现实让她无法接受。索菲娅是一个坦率的人，她对自己无法接受的事物从来不假装喜欢。而托尔斯泰也一样，他不想让他的妻子因为爱他而假装相信他，因为那种装出来的信任是虚伪的，远不如不相信的好。至于他的孩子，在宗教信仰方面托尔斯泰和他们也是无法沟通的。在饭桌上，当他们的父亲开口说话时，孩子们竟毫不掩饰地表现出不耐烦和对父亲所说的话的不信任。托尔斯泰的思想只是稍微感染了他的三个女儿，但不幸的是他最疼爱的女儿玛丽娅后来夭折了。因此，他感到自己在这个家中是受排斥的，是孤独的。

　　由于不能被身边的亲人所理解，托尔斯泰在精神上感到巨大的痛苦。尽管有世界各地的人来拜访他，但那些时髦的轻浮之人让他非常讨厌。

　　除了思想上的孤独和苦闷之外，托尔斯泰还承受着理想和现实分裂造成的折磨。他的家人希望过得更舒适些，托尔斯泰为了不伤害家人的感情，不得不按他们的意思去做，但这种奢侈的生活又让托尔斯泰有一种负罪感。他认为自己过的是一种浪费的生活，脑海中时常出现老百姓悲惨生活的画面。他觉得自己是在享乐，自己所主张的和自己实际的生活完全不一致，他觉得自己才是最虚伪的，因此感到很难堪。

那么，托尔斯泰所谓的"奢侈"生活是什么样的呢？在一间狭小的卧室里，摆放着几件样式简单、过时的家具，一张铁床。除此之外，四面墙壁没有任何装饰品，房间里空荡荡的。

托尔斯泰的内心是苦闷的，他既不能因为他的家人而放弃对理想生活的向往，自己又离不开他们。他的敌人攻击他，说他是个虚伪的人，说他言行不一，因此，他受着双重的煎熬。终于，他下定了决心，一八九七年六月八日，托尔斯泰给他的妻子写了一封长长的信，信中这样写道：

"亲爱的索菲娅，很长一段时间以来，我都生活在极度的痛苦之中，因为我过的生活和我的主张相悖离。我既不能强迫你们去改变生活习惯，我自己也没有办法离开你们，因为那样会使你和孩子们伤心。在过去的十六年中，因为这个原因，有时我反对你们甚至朝你们发火，这让你们感到很不快乐；有时我陷入周围环境对我的诱惑之中而不能自拔，我已经无法忍受这种折磨了。我决定出走，这是我想了很久的计划，我决定到某个地方去隐居，把我剩下的日子献给上帝，按照我所追随的方式去生活。但是，假如我当面和你们道别，你们一定会哀求我不要走，那个时候，我可能会不忍心而妥协让步，所以，我决定悄悄离开。我请求你们的原谅！尤其是你，亲爱的索菲娅！就让我走吧，不要找我，也不要恨我，不要责备我，我虽然离开了你们，但我的心却是和你们永远在一起的！我知道你无法认同我的追求，并和我一样怀着这种对爱的信仰，所以你不能改变你的生活方式。对此，我一点都不怪你，相反，我很感谢你这三十五年来一直陪在我身边，照顾孩子们，对我也是无微不至地关怀着。我很感谢你，但是，我希望你能够明白，我的离开不是去享乐，更不是为了什么人，我只是想按照自己所信仰的方式去生活。最后，真诚地感谢你为我付出的一切！永别了，我最最亲爱的索菲娅！我永远爱你！"

当托尔斯泰写完这封信之后，他并没有离开家，可能是因为他只要吐出心中所想就足够了，他把那封信藏在家具里面，在信封上写着："等我死后，将这封信交给我的妻子索菲娅。"

托尔斯泰离家出走的计划就这样结束了。那么我们能不能就此断定托尔斯泰不是一个为了上帝而能牺牲家庭温情的人呢？能否以此而断定他是一个虚伪的人呢？答案是否定的，他是一个活生生的普通人，有时也会畏惧，也会软弱。正因为如此我们才会爱他，尊敬他。早在十五年前，托尔斯泰在他的日记中就反问过自己："托尔斯泰，你是否真的能够依照你所宣扬的精神来生活呢？"他又痛苦地答道：

"我羞愧得想一死了之，我是一个罪人，我应当遭到别人的蔑视。可是，如果把我过去的生活与现在做比较，你就会明白，我一直在寻找光明，努力按照自己所坚持的信仰来生活。然而，我并没有实现这些，我为此而惭愧，这并不是因为我不愿意，而是因为我没有能力，你可以指责我，但不要对我选择的道路乱加评判。这好比一个喝醉酒的人回家，他心里清楚回家的路该怎么走，可是，却不由自主地跌入水沟里。这个时候请不要幸灾乐祸地看着我，请帮助我，拉我一把吧！但是，每当这个时候，人们总在一旁幸灾乐祸地讽刺我，指责我说：'看吧，他和我们一样，也会跌入水沟！'"

托尔斯泰在临死之前，还不断地重复着：

"我不是一个圣人，我从来也没有这样想过。我是一个任人驱使的人，有时候我不能明确表达出我所感觉到的东西。所以，我常常把这些东西夸大，我是一个胆小、懦弱的人，身上毛病不少，但是，我愿意将我的一生奉献给上帝，奉献给真理。如果人们把我当做一个从未犯过错的人，那么，我的每项错误都会被认为是谎言或者是虚伪。假如人们把我当做一个普通人，一个社会的弱者，那么他们就可以看到我真实的面目——一个可怜的动物而已，一个一直虔心想要做个好人、成为上帝忠实的奴仆的人！"

就这样，托尔斯泰一直饱受着良心的谴责，默默承受着人们对他无情的埋怨和抨击。他还为自己的软弱、徘徊不定而痛苦，在家庭之爱和上帝之爱间犹豫着，直到那一天——一九一〇年十月二十八日凌晨五点，托尔斯泰突然离家出走了，他的女儿亚历山德拉知道他出走的事实。这次出走，托尔斯泰的医生一直陪同着。

当天晚上六点钟左右，托尔斯泰来到了俄国著名的奥普塔修道院，他以前来过这里好几次。他在那里住了一晚，第二天早晨写了一篇关于死刑的文章。当晚，他来到了妹妹玛丽亚出家的修道院，告诉她自己想在奥普塔修道院度过余生，他可以做任何工作，包括那些最低贱的，但条件是别人不能强迫他到教堂里去。

第三天早上，他散完步回来，在村里租了一间房子。当天下午，他的女儿亚历山德拉跑来通知他，家里人在到处找他。于是，他和女儿、医生连夜出发想到南方去，不幸的是他在车站病倒了，只能在那里卧床休养。后来，他的妻子和孩子们陆续赶到。同时，政府当局和教会的人也赶来了，他们把托尔斯泰住的地方团团包围起来，每隔一个小时当局就要把情况向上面汇报一次。政府，尤其是沙皇和教会要求托尔斯泰收回他之前攻击他们的那些言论，但是失败了。托尔斯泰的房子周围布满了警察、记者、摄影师，他们窥视着托尔斯泰伯爵夫人对托尔斯泰表达的爱情、痛苦和忏悔。托尔斯泰弥留之际，在床上哭泣着说：

"世上有千千万万正在受苦受难的百姓，你们为何却要在这里照顾一个将要死去的列夫·托尔斯泰呢？"

一九一〇年十一月二十日凌晨六点，在这些人的严密监控下，在妻子索菲娅对他痛苦的忏悔中，托尔斯泰与世长辞了。托尔斯泰去世后，政府当局仍然严密地监视着，把他的死讯彻底封锁，因为沙皇政府害怕托尔斯泰的去世又会引起示威游行以及政治运动。

战斗结束了

托尔斯泰持续了近八十二年的战斗终于结束了。这战斗的一生是悲苦的一生，也是光荣的一生，真诚的一生。在这一生

的初期，是天真无邪的自由和激情。然后是高加索和塞瓦斯托
波尔骚乱、烦闷的青春时代。接着是甜蜜的爱情，婚后最初几
年的恬静生活，托尔斯泰享受着爱情、艺术、自然带给他的快
乐。再后来是这位天才创作的高峰期，《战争与和平》《安娜·
卡列尼娜》相继诞生。托尔斯泰再也不满足一己的生活空间，
他要投身到千千万万的普通老百姓中去，仿佛天才的雄鹰已不
再满足于地面的徘徊，广阔无垠的蓝天在吸引着他：

"有的人拥有强健的翅膀，但为了眷恋这个城市而坠落在
人间，翅膀折断了，我就是这样的一个人。之后，我扇动着已
经折断的翅膀，奋力冲向苍穹。可是，又落了下来，我始终相
信那折断的翅膀终有一天会痊愈，等到那个时候，我会再次飞
向苍穹，飞得更高更远。上帝保佑！"

这是在那个惊心动魄的年代写下的句子，托尔斯泰曾多次
为了飞翔而折断了翅膀，但是他始终坚持着，一次次地重新起
程。最后，他完成了自己的夙愿，找到了理性和信仰，这是他
得以飞向苍穹的一对坚实的翅膀。但是在那里，托尔斯泰并未
找到他所企盼的和平与静谧。这片苍穹永远只在他的心中。托
尔斯泰与宗教中那些飞向天国的使徒们是有区别的，他可以超
然于尘世之上，但却不能完全舍弃人世。他永远关注着尘世间
众生的生生死死，就像太阳一样，把光明带给他们。他会为生
离死别而担心，会为悲欢离合而忧愁、高兴。他可以将个人享

乐完全置之度外，过着苦行僧般的日子。但是，他久久不能忘怀的是千万受苦受难的百姓。

对劳苦大众的爱激励他拿起手中的武器，用文字向来自宗教、国家、艺术、科学、自由主义、社会主义、平民教育、慈善事业、和平运动等等中的各种谎言宣战。这把武器狠狠地毫不留情地扎向了它们。

在托尔斯泰之前，世界上曾经出现过无数伟大的思想反叛者，法国启蒙思想家卢梭就是其中一个。卢梭的一生就是反叛的一生，他傲然独立于他所生活的那个年代，痛恨现代文明社会的虚伪，热爱大自然，狂热地崇拜基督教道德。可以说卢梭预告了托尔斯泰的来临，托尔斯泰自己也承认说：

"卢梭的文字中有很多地方都说到我的心坎里去了，我如果是他，也会写出这样的句子。"

可见托尔斯泰和卢梭是多么的心灵相通啊！

在艺术方面，他们的思想也极其相似。卢梭认为："现代艺术的首要原则，就是把事情说得清清楚楚、明明白白，准确地表达思想。"而托尔斯泰也曾经说过：

"你爱怎么想就怎么想吧！只要你所写的每一个字都能够被大家所理解。在那些流畅、简洁、明了的文字中，肯定有好的东西表现出来。"

和先哲卢梭一样，托尔斯泰的一生是斗争的一生，这一生始终为真理和信仰斗争着。他曾经写道：

"真理是我的道德中唯一保留的东西，也是我崇拜的唯一对象。"

那么，什么是爱呢？托尔斯泰认为：

"人类心灵的最自然的状态就是爱别人。"

换句话说，人类有种自发的爱别人的倾向，这是人类的天性。既然是符合人类天性，那它就是真理。所以，爱和真理完全吻合，是可以相互融合的。那么，我们就可以明白在托尔斯泰的作品中，虽然他创作的人物千差万别，无论是高贵的还是卑贱的，美丽的还是丑恶的，在他们的身上我们都可以看到托尔斯泰赋予他们的深深的爱。在托尔斯泰看来，艺术家对他们作品的爱是艺术的灵魂，没有了爱就没有了艺术。

然而托尔斯泰在人世间所看到的却不是爱，他的面前充斥着悲惨和困苦，没有什么能令人感到欣慰的。目光越是犀利，就越能看清现实的残酷，但是他的心中始终燃烧着爱的火焰。可想而知，当托尔斯泰用充满爱的语言来描写这个悲惨世界的时候，他的内心是多么的痛苦与无助啊！

托尔斯泰在创作时内心总是处于一种矛盾的状态。在作品中，他描写人物的悲惨、困苦、虚伪、卑劣，但对于他们不幸的命运，他似乎又无能为力；而当换一个角度思考的时候，这些人突然之间又让他感到一种神圣与纯洁。

这种矛盾也存在于他的现实生活中。他所主张的和他的实际生活相悖离，他不能指望身边的人按照他所希望的那样来生活，甚至连他自己的生活都不能按照自己的信仰来进行。他必须迁就家人，这种信仰与现实生活的不一致困扰着托尔斯泰。他感到极度的孤独与不安。

托尔斯泰是如何解决这些矛盾的呢？他犹豫着、思索着，他的敌人们批判他，说他是一个懦弱的人，言行不一的人。不可否认的是，托尔斯泰是一个活生生的独立的人，他不属于那个虚荣的上层阶级，也不属于任何一个教派或党派，他不会被某一种局部的利益所羁绊，因为全世界受苦受难的人民都在他心中。他不会为任何特权阶层效力，他只会为普通的劳苦大众呐喊，想劳苦大众之所想，言普通百姓之所言。对劳苦大众而言，托尔斯泰并不是一个不可一世，高高在上，离他们很遥远的"国王"，恰恰相反，他离劳苦大众是那么的近，近得可以让人感受到他的温度，甚至可以触摸到他的心跳。这就是托尔斯泰——一位深受人们爱戴的老"兄弟"。

语文阅读经典丛书·第六辑

苦儿流浪记

〔法〕埃克多·马洛　著

文质　改编

长江出版社
CHANGJIANG PRESS

图书在版编目(CIP)数据

语文阅读经典丛书. 第六辑 / 文质改编.
—武汉:长江出版社,2021.4
　ISBN 978-7-5492-7642-4

　Ⅰ.①语…　Ⅱ.①文…　Ⅲ.①世界文学—作品综合集
Ⅳ.①I 11

中国版本图书馆 CIP 数据核字(2021)第 070065 号

语文阅读经典丛书. 第六辑　　　　　　　　　　　　　文质　改编

责任编辑:江水
出版发行:长江出版社
地　　址:武汉市解放大道 1863 号　　　　　　　邮　　编:430010
网　　址:http://www.cjpress.com.cn
电　　话:(027)82926557(总编室)
　　　　　(027)82926806(市场营销部)
经　　销:各地新华书店
印　　刷:湖北嘉仑文化发展有限公司
规　　格:880mm × 1230mm　　　　1/32　　　20 印张　　　400 千字
版　　次:2021 年 4 月第 1 版　　　　　　2021 年 4 月第 1 次印刷
ISBN 978-7-5492-7642-4
定　　价:124.00 元(共五册)

第一章 夏瓦侬村子

在八岁以前，我一直不知道自己是个捡来的孩子，因为我像其他孩子一样，也有一个很疼爱我的妈妈——巴伯汉妈妈。当我哭泣时，她会很温柔地把我抱在怀里；在寒冷的冬天，她会用手焐热我冰冷的双脚；在户外，每当遇到雷雨时，她会毫不犹豫地用她的羊毛裙子为我挡雨；当我被小伙伴欺负时，她总会好言地安慰我。我从未怀疑过她不是我的亲妈妈！可后来我才知道，她只是我的养母。

我童年生活的村子叫夏瓦侬，是法国中部数一数二的穷村子。这里的土地贫瘠，看上去满眼都是荒漠，除了一些生命力极强的植物还能稀稀拉拉地存活在各处，就只有在谷底才能看到一些散发着生命活力的草木了。

巴伯汉妈妈的丈夫，也就是我的养父，是个泥瓦匠，常年在巴黎做工。八岁以前，我从没见过他。他时常会托同村的伙伴捎信回来。尽管如此，巴伯汉妈妈却一点儿也不介意，只要丈夫能平平安安，她就心满意足了。

十一月的一个晚上，一个浑身是泥的男人来到我家门前，他是替养父给巴伯汉妈妈捎信的。不过，这一次他带来的不是一贯的好消息，而是一个坏消息——养父被突然倒塌的脚手架砸中了，虽然没有生命危险，但已经丧失劳动能力，成了残疾人。更倒霉的是有人证明他之所以受伤是因为他自己糊里糊涂地闯到了那个脚手架下面，所以包工头拒绝赔偿。巴伯汉心有不甘，于是决定跟包工头打官司，虽然这样会花掉很多钱，但如果官司赢了，也会得到一笔不小的赔偿。

后来，巴伯汉常写信要求巴伯汉妈妈寄钱过去。一天天过去，官司仍在继续，可家里实在是再也拿不出一分钱了，到最后巴伯汉妈妈只好决定卖掉奶牛。了解农村生活的人都知道，奶牛可是农民基本生活的保障啊！只要家里有一头奶牛，全家就不会挨饿。我们与这头奶牛相处得像朋友一样，不到万不得已，我们是不会卖掉它的。

几天后是一个节日。以前每逢节日，巴伯汉妈妈总会给我做香喷喷的薄饼和炸糕，但是现在，我们没有了奶牛，就什么也没有了。可当我回到家时，却发现巴伯汉妈妈正把面粉倒进平底锅里，旁边竟然还有牛奶、黄油、鸡蛋和苹果。原来，这些都是她找邻居要的。我知道，巴伯汉妈妈这样做完全是为了我！她是想让我开心地过好这个节日！

　　终于夜幕降临了，我给壁炉里加上柴火，整个厨房顿时被照得通亮。巴伯汉妈妈把煎锅放在火上，然后把黄油放进锅里，诱人的香味立刻散发出来。这时，屋外响起了脚步声。

　　"谁呀？"巴伯汉妈妈问道。屋外无人应答，一个男人走了进来。他穿着白色的工作服，手里拿着根粗棍子。巴伯汉妈妈惊叫道："杰罗姆！"随后她回过头对我说："雷米，你爸爸回来了。"

　　我有些胆怯，但还是硬着头皮走上前去亲吻他，然而他却用棍子推开了我，吓得我立刻躲到了巴伯汉妈妈身后。

　　"别像傻子似的站在那里，快把盘子摆起来。"他恶狠狠地对我说。

　　我不敢怠慢，立刻把盘子摆好。晚饭终于好了，我却不想吃。不！是不敢吃。他突然喝道："要是不饿就去睡觉。"

　　于是，他骂骂咧咧地说了起来："我的官司输了，赔偿没希望了，之前寄给我的那些钱都打水漂了。现在我们连自己都养不活了，怎么可能还养活这吃白食的小子。为什么之前不听我的话，把他送走？"

"那会儿他病刚好，送到孤儿院去就是死路一条，咱们的小尼古拉就是病死的，我实在是狠不下心来。"

原来养着他还指望等他的父母来了好拿点报酬，可是都八年了，我太傻了。哎！不说了，我要去向邻居问个好。"

听到关门声，我立刻从床上坐了起来，眼泪汪汪地叫道："妈妈，不要送我去孤儿院。"

巴伯汉妈妈点了点头说道："杰罗姆是从巴黎把你捡回来的，当时你五六个月大。那天，杰罗姆在上班的路上发现了你，他当时本想把你送到警察局。可他见你穿的衣服质地很好，明显是有钱人家的孩子，于是决定留下你，想等到你的父母来找你时再索要丰厚的报酬。"

她顿了顿，接着说："后来我的孩子死了，我把你当自己亲生的孩子一样。"说完她吻了我一下，然后示意我躺下，可我还是睡不着。

第二章 开始卖艺之路

早上从惊恐中醒来,我首先摸了摸床,发现自己还在老地方,这才放心了。

中午,巴伯汉要我和他一起出去,我吓坏了。巴伯汉妈妈示意我可以放心,我只得忐忑地跟着巴伯汉出发了。路上我故意落在后面,他发现了,狠狠地拽着我的手,几乎是拖着我在走。后来我们进了村子,来到一家咖啡厅。

巴伯汉与店老板坐在一起,我坐在壁炉旁。在我的对面,坐着一个留着白胡子的老头,他身材高大,着装很奇怪。他留着很长的头发,戴着一顶高高的帽子,帽子上插着红、绿两色的羽毛,穿着一件羊皮外套。不过,他的样子倒显得很安详。他的身边还有三条小狗。

我听到巴伯汉和店老板在谈论我。原来巴伯汉想带着我去找村长,好让他出面让孤儿院付给他一笔养育费,但显然这很困难。

那个白胡子的老头显然也在听他们的谈话,他指着我,操

着外国口音问道："就是这个小孩吗？"

"就是他。"

"找孤儿院给你钱是行不通的，我倒有一个办法，而且会让您拿到些钱。"

"哦，真的有这样的办法，我太感谢您了！"

"您无非是不想养这个孩子，还想拿到些钱，是吧？"

"您说得对。"

"那把这个孩子交给我吧！"

"什么？难道白给你，你看他多俊啦！雷米，过来。"

我一步一挨地走了过去。

"我看到了，要是个丑八怪才值钱，俊的没用。"

他们你一言我一语地说了好一会儿，最后老人说："好了，我每年付您二十法郎，租下他。"

听到这里，巴伯汉有点生气了，大声说道："他的父母会来找他的，到时我就会得到一笔不菲的养育费。"

"您不是已经不抱希望了吗？如果他的父母找来了，也只会来找你。如果我找到了他的父母，养育费我们一人一半。我每年还付三十法郎。你看怎么样？"

"四十。"

老人慢慢喝完杯子里的酒，说："不值四十法郎。他会加入维达理大师的班子，也就是我的班子。瞧，就是这些。"

他一边说一边解开他的羊皮外套，一只难看的小猴子跳了出来。它穿着一件红色镶金边的罩衣，身上的毛黑糊糊的，但两只眼睛特别灵活。

"它是美心先生。美心，向各位行个礼。"于是那个叫美心的猴子向在座的客人来了个飞吻。

接着，老人又指着一只白色的卷毛狗说："卡比先生来介绍一下你的朋友吧！"

卡比听到命令后，立马站了起来，将两只前爪交叉起来，向老人行了个礼。然后，它伸出一只前爪，示意它的同伴们过来。另外两只狗也站了起来，都伸出一只前爪，好像牵着手一样，它们一齐迈出步子，向人们行礼。

老人继续说："卡比是领头狗，最聪明；黑毛的是泽比诺先生，是位绅士；那只小母狗叫朵尔丝，是个英国姑娘。这就是我的戏班子，我全靠这个戏班子挣钱。"

接着，老人得意地说："我的徒弟们都很聪明，小伙子就来扮傻瓜吧，这样我的班子就有趣了。"

我哭喊起来："先生，求您别带我走。妈妈！妈妈！"

巴伯汉一把揪住我的耳朵，恶狠狠地说："不听话，就拿

棍子打死你。"

维达理在一旁替我解围说:"孩子舍不得妈妈,这是天经地义的事儿,你不应该揍他。"说着拿出四十法郎交给巴伯汉,并问道:"孩子的行李呢?"

巴伯汉拿出一个破包递给我,里面只装着两件衬衫和一条裤子。

维达理过来抓住我的手腕,说:"我们上路吧!来,卡比,

泽比诺。"两条狗围着我，我只能跟着走了。

走了快一刻钟，维达理说："不要想着逃跑，卡比和泽比诺会追上你的。"

这时，天空布满了乌云，很快就下起了小雨。维达理的羊皮外套只能护住他和美心，我和三条小狗很快就被淋了个透湿。

他问我："你容易感冒吗？"

"我还没有感冒过。"

"那我就放心了！前面有个村子，我们就在那里过夜吧。"

村子里没有旅店，我们只能一家家挨着敲门，可没有人愿意收留我们。最后，终于有个好心人愿意让我们在他家的谷仓里过一夜。

深夜，寒风吹着我身上的湿衣服，冻得我直发抖，我穿上维达理丢给我的几件衣服后，又用草裹住身体，但仍然无济于事。我又累又冷，满脸是泪。这时我感到有阵温暖的气息在靠近，我伸出手，摸到了卡比温暖的卷毛。它轻轻贴近我，伸出爪子放在我的手上，就不动了。我顿时忘记了疲劳和寒冷，因为我有了一个朋友。

经过这个晚上，我与卡比成了心灵相通的朋友。它是条非常聪明的狗，它摇摇尾巴，我就知道它要表达什么。

第二天早上醒来，我们就上路了。昨晚的大风把乡间小路吹得很干，我们的行程也轻松了许多。

维达理把我们带到了中心市场里一家陈旧的铺子，橱窗里摆着老式步枪、军服，还有生了锈的挂锁。很快我就得到了我想要的东西，带钉的皮鞋、蓝色的天鹅绒外套、羊毛裤子和一顶毡帽。

不管怎么说，我对自己的装扮非常满意。卡比伸出一只爪子放在我的手里表示赞赏。美心则在一旁模仿着我的每一个动作，最后，它眯起眼，嘴角向两边咧开，发出了嘲讽的笑声。

"明天是赶集的日子，我们要表演，现在该排演了。"

我的戏份很快就排演完了，接着维达理开始教几只动物表演。他很耐心地教它们，即使它们反反复复还是做错了，他只会严厉地要它们重来，从来不打骂它们。

第二天，我们去广场表演，维达理吹着短笛走在最前面；紧随其后的是卡比，美心悠闲地骑在它的背上，穿着军服；依次跟着的是泽比诺、朵尔丝，我在最后面。我们的仪仗队吸引了很多观众，不一会儿广场四周就围了一大圈看热闹的人们，我们则站在中间。

一开始的表演是几条狗的小把戏，由维达理吹曲伴奏。第一个节目表演完后，卡比叼着

碗，用两条后腿支撑起身体走到观众面前，等着他们给赏钱。如果有哪位不肯掏钱，它会放下碗，然后走到那人面前轻轻拍他的口袋，耐心地等待，直到他掏出钱为止。观众开心得大笑起来，直夸这条卷毛狗聪明。卡比走完一圈后，便叼着装满钱的碗，骄傲地回到主人身边。

接下来是我、美心和卡比表演的哑剧，维达理在一旁解释。

演出结束时，掌声四起，我们知道，首次的表演很成功。

在于塞尔待了三天我们就要走了，因为花样只有那些。我问主人："接下来，我们去哪儿呢？"

"我们会把很多东西记在书上，这样就用不着记住那些内容，只要会识字，就能从书里看到，这就是读书。"维达理的语气就像教一个懵懂无知的小学生一样，"我等会给你看一本书，那本书告诉我们要经过的地方，我们只要打开书，就能了解那些地方。"

在路途中，他捡起一块木板，对我说："等到了前面的树林子里，我就用这块木板教你识字。"我盯着他看，认为他是在开玩笑，可他却是一脸认真。

以后的一段时间里，我的口袋里总是塞满了木片。认清字母是件容易的事情，但要学会读书，还远远不止这些。我甚至比卡比还学得慢，因为记忆力没有它好。为此，卡比扬扬得意，而我的自尊心则大受打击，于是更加一门心思地学习。后来当我已会认字的时候，卡比还只会拼它的名字。

一天，维达理问我："你想识谱吗？"

"识谱就能唱歌吗？我常常被您的歌声完全吸引了，一会想哭，一会想笑，有时候还像回到了巴伯汉妈妈身边……"说话的时候，我发现他的眼里有晶莹的东西，顿时不敢再说下去。

第二天，维达理用之前的方法把五线谱刻在木片上，不过学习乐谱更难，有时候他会大发脾气。他会举起手，啪啪地拍着自己的大腿。美心很快就学会了这个动作，模仿着嘲笑我，我心里难受极了。不过，我还是学会了一首歌。

我们的行程再简单不过了，一直往前走，如果碰到一个不算太穷的村子，就准备好盛大的仪仗队，给小狗和猴子装扮好，在维达理笛声的带领下，列队进村。如果围观的人足够多，我们就表演一番，否则就继续向前进发。如果来到一座城市，我会卸下装扮，带上卡比，到街上闲逛。

我们来到了盖尔西的喀斯特地貌区，这里是一片荒凉的平原，找不到任何水的踪迹。平原的中部有一个叫巴斯蒂德—米拉的村子，我们就选择在那儿的一家客栈的谷仓过夜。

在晚上睡觉前，维达理给我讲了巴斯蒂德—米拉村命名的由来。原来就在这座村子里，诞生过一位国王。这位国王是一家旅馆老板的儿子，名叫米拉。最初的时候，他只是一个马厩里的小厮，后来却奇迹般地当上了至高无上的国王。而维达理则是在那不勒斯的王宫里认识他的，今天他也是第一次来到这个村子。

听了他的话，我大吃一惊，于是缠着他讲述这个国王的故事。当然这个村子就是以这个国王的名字命名的。

第三章　失去了主人的庇护

离开了那片干旱的喀斯特地貌区后，我们又开始了漫无目的的旅行，间或停下来演几场小把戏，由于沿途的居民们还比较富裕，主人的钱袋很容易就装满了。

一天，我们一大早就出发了。在经过了一个相当贫穷的村子后，我们继续前行，来到一片一望无际的葡萄园。穿过葡萄园，我们又走了很久，前面突然出现一条宽阔的大河，河面上、码头边停满了各式各样的船。河对面是一座大城市，维达理说这是波尔多，城市里的建筑物没有规律地分布着。对于我这个从贫穷小村来的乡巴佬，这样的城市简直就是人间仙境。

我们在这个大城市里停留了很久，在这里不用担心观众们叫嚷着要我们换些新花样。这里人口众多，只要换一个社区，我们就能把那套把戏再演一遍。

这一天，我们这个戏班子的成员都累坏了。维达理说到了晚上我们可以到达一个村子，但他也有出错的时候。到了晚上，我们仍然什么都没看见，只有荒野和灌木丛。终于连我的主人也支撑不住了，要停下来歇会儿。我并没有坐下来，而是准备叫上卡比去高处看看。但此时卡比也累得趴在地上一动不动，我只好独自去探险。

很快我就爬上了小山顶，即使将眼睛瞪得再大，远处还是一片黑暗，没有一丝亮光。我侧耳倾听，想听到一些动静，比如牛叫或狗吠，但很令人失望，什么声音也没有。

我向远处望去，发现有一个巨大的阴影迅速飘移过来，还能听到它掠过树枝的声音。我安慰自己，一定是幻觉，可是再定睛一看，阴影还在移动，树枝也在摇摆。恐惧顿时袭来，我不由得打了个寒战。不知道是什么怪物，也许是只巨鸟，或者是只大蜘蛛，它离我越来越近。

我终于反应过来，拔腿就往山下跑。越是慌乱，越容易出错，我一次次掉进灌木丛中，等到我从一丛灌木中挣脱开，回头看时，那只动物已经紧跟在我身后了。幸好前面已经没有灌木丛了，我踩着荒草，一路狂奔，最后几乎是闭着眼睛摔倒在主人脚边。

我慌张地大叫："野兽！野兽！"三条狗紧跟着狂吠起来。

主人突然哈哈大笑，拍拍我的肩膀，手指向远处。我转身朝他指的方向看去，只见那个"野兽"正停在路中间，一动不动。我这才把那个怪物看清楚，它的样子跟人无异，有头、身子和胳膊，只是腿有五六尺那么高，全身是毛。

我的主人与这怪物说起话来，他问道："请问我们离村子还有多远？"让我大吃一惊的是怪物居然说起话来，它告诉我们附近没有人家，只有一个羊圈，并主动提出为我们带路。我很吃惊，难道这个世界上还有会说话的怪物。

后来维达理向我解释，当地人为了在穿过流沙或沼泽地时不被陷进去到腰部以上，就在长长的棍子上安上蹬子，然后站到上面行走。我这才恍然大悟，难怪那人的身形那么庞大呢！

我们一直向前走，不知道走了多久，面前出现了起伏的丘陵和山脉，在我们右边的是高耸入云的比利牛斯山。

一天晚上，我们来到了一个坐落在河畔的大城市，维达理告诉我这里是图卢兹。我们照旧要停留下来，寻找方便演出的场所。

图卢兹是个风景优美的地方，绿化很好，城市的道路两旁种满了大树，还有修剪得很漂亮的草坪。我们在一条林荫道上安顿下来，准备开始演出。这条路的地理位置很好，我们的首场演出就吸引来了不少观众，但值勤的警察很快盯上了我们，要把我们赶走。碰到这种人，作为街头艺人应该本分地离开，可这会儿我的主人却很要强。在他的脑子里有一种我们穷人通常没有的权利意识。

第二天，在现场演出时，有所准备的警察再次来了，要求我们给狗戴上嘴套，并强调这是官方的规定。警察的蛮横引起了现场的一阵骚动。

维达理脱帽行礼后，说道："请问要是给医术高明的卡比博士戴了嘴套，它该怎样给病人诊治呢？这样是万万不行的，现在有这么多观众看着呢。"

现场发出一阵大笑，美心在警察背后叉着腰，挤眉弄眼，做出各种滑稽的表情和动作。警察回过头来立刻发现了猴子的嘲笑，他狠狠地瞪了一眼美心，挥起拳头说："要是明天还不给狗戴上嘴套，就等着被送上法庭吧。"

第二天，主人叫我和美心先到演出场地。我们布置好现场后，观众就从四面八方围了过来。这天的观众特别多，因为有好多是准备来看那出"警察与艺人"的好戏的，大家都好奇这个白胡子的老头打算怎样与警察斗。他们都相当的热心，当看到只有我和美心的时候，都问我的主人会不会来。

"马上就来。"说完，我奏起我的小曲。演出才刚刚开始，警察就来了。美心一看到他，便叉起腰，鼓起腮帮，仰着头在我身边踱起方步来。观众立马捧腹大笑，警察更是恼羞成怒，狠狠地瞪着我。我一边小心翼翼地和警察周旋，一边焦急地盼着主人出现。

警察以为是我在怂恿美心，气得大踏步地走了过来，抡起胳膊，一巴掌将我打翻在地。

当我睁开眼时，维达理已经站在我和警察中间了，他牢牢地抓住了警察的手腕，正与他理论。

观众们议论纷纷，有的说老头做得对，也有人说他做错了；有人说警察不应该打小孩，也有人说老头要进监狱了。

我惶恐不安地回到旅店，想起这段时间以来主人对我的种种好来，这时我才发现我是那么的爱他，并且，这种感情在与日俱增。他像父亲一样照顾我。他毫无保留地教我识字、学谱、唱歌和弹奏乐器。天冷的时候他给我穿他的衣服，天热的时候把我的背包揽到自己身上；有吃的他总是把最好的那份留给我；有时候他也会骂我，但更多的时候他会温情地看着我，教我怎么做好每一件事。

他被警察带走了，这让我揪心。不知道他之后的遭遇会怎么样？要是他被关起来了，我又该怎么办？我的手上只剩下几个苏了。

我以为主人会被释放的，但他还是被判了两个月的监禁，并罚款一百法郎，罪名是侮辱警察。

审判结果出来后，我的眼泪马上就流出来了。没有主人，我该怎么办，又该去哪里呢？

主人被带走后，我不得不独自回到旅店，准备去找美心和小狗们。这时旅店老板叫住了我。

"你主人呢？"

"在牢房，他被判了两个月的监禁。"

"小家伙，我实话跟你说吧，你的主人欠了我很多钱，如果你不能还上，现在就必须离开了。"

　　我知道多说也没有用了，于是带上美心和小狗们，背上行李和竖琴，离开了旅馆。我的狗还没戴上嘴套，钱也不够了，但一想到警察有可能会再找来，我就赶快出城了。

　　在离图卢兹城足够远的地方，我们碰到了一家面包店。我决定先买一斤半面包作为今天的口粮，这样还能剩下三个苏两生丁，留着明天用。

　　决定好以后，我走进了面包店，告诉老板娘我要一斤半面包。老板娘切好后一称，发现多了一点，结果八个苏都到了她的口袋。

　　面包吃完了，卡比用它聪明的眼睛看着我，我告诉它们："主人要和我们暂时分开两个月。"

　　卡比听懂了，汪汪地叫了两声。我不能确定伙伴们是否都听懂了，但是看见它们专心致志地看着我，很认真的样子，我很满意。专心听我说话的其实是狗，美心是不可能长时间专注于一件事情的，刚开始它会很认真，过不了一会儿，它就会上蹦下跳，它是个贪玩鬼、调皮蛋。

　　休息了片刻，

是时候去找过夜的地方了。我把命令传达给它们后，我们便出发了。一个多小时后，我们来到了一个村子。这个村子看起来比较穷，也许挣不到几个钱，但是可以确定不会碰上警察。

我把伙伴们装扮好，让它们排成队。瘦小又胆怯的我走在前头，但很显然，这不够吸引人，因为没有人跟上来。

走到一个广场，我拿起竖琴开始演奏华尔兹舞曲，泽比诺和朵尔丝随着音乐翩翩起舞。可是还是没有一个人走过来。

这时，突然有一个小孩慢慢地朝着我们走过来。这可能是个好的开始，其他的人也会跟着过来的，孩子的妈妈，还有邻居们。

我弹得轻了些，怕吓着他了。他就快走到我们这里了，他的母亲发现小孩走远了，立刻站起来招呼孩子回去。

唯一的观众也走了，或许这里的村民不喜欢舞蹈吧。我让泽比诺和朵尔丝停下来，我开始唱我的小曲。唱到第二段的时候，一个男人走了过来。

他冲我们吼道："快点滚，谁让你们唱歌了，再不走我叫警察了。"

一听到警察这两个字，我再也不敢说什么了，主人之前的遭遇我不会忘记。于是我招呼伙伴们匆忙离开这里。

我们顺着大路一直走下去，在太阳落山之前，我们仍然没有找到一个像样的地方。最后我们来到了一片树林，无论如何要停下来休息了，这个地方虽然不怎么好，但我们实在没有力气再多走一步了。

　　我找到一块斜插在地上的花岗石，石头下方正好形成一个洞穴。我收集好干爽的松针铺好，这就是我们的床铺了。临睡时我叫卡比守夜，卡比听话地出去了。

　　美心盖着我的外套躺在我身旁，泽比诺和朵尔丝躺在我脚边，我也躺了下来。

　　我摸了摸口袋里最后的三个苏，想到今天一无所获的行程，怎么也无法入眠。这样的日子还会继续吗？我该怎么养活我这个戏班子呢？

　　我愁得不知所措。夜深了，周围特别安静，只能听到风吹着树叶传来细细的沙沙声。此时一片黑暗，只有天上的星星一眨一眨的。一种孤独和无助的感觉让我再也控制不住自己，我在黑夜里放声大哭起来。

　　第二天早上醒来时，太阳已经挂在空中，鸟儿在欢叫，似乎是一个好的开始，我的心情也舒畅了些。从远方传来教堂的钟声，我们收拾好行李又出发了，朝着钟声的方向走去，我猜那里肯定有村子。

　　果然如我所料，我们看到了一个村子。走进村子后，我决定先花掉三个苏。三个苏的面包很少，每人只分得一点点，很快大家就吃光了。

　　我先侦察了一番，决定中午的时候再演出。这时我突然听到一声尖叫，回头一看，只见泽比诺嘴里叼着一块肉。原来它趁我不注意的时候，偷偷窜进了农户家中偷了一块肉。

　　泽比诺是饿了，但偷窃这种行为绝对不能纵容。我叫卡比过去，它走过去之前看了我一眼，我知道它也饿了。

过了一个小时，卡比耷拉着脑袋回来了，身后没有泽比诺。我看见卡比的耳朵上沾有血迹。

我呼唤着泽比诺的名字，用尽力气吹口哨，但无论我怎么叫怎么吹，泽比诺始终都没有出现。我进退两难，如果走掉，泽比诺可能找不到我们；如果不走，又实在是饥饿难忍。

犹豫了片刻，我还是决定等到傍晚，可是饥饿让人难以忍受。我想着要找点什么事做，好让我们暂时忘记饥饿。突然，我记起维达理曾经说过，有一支军队长途行军后，士兵们疲惫不堪，有一个人吹起了悠扬的曲子，士兵们一下子就振奋起来了。于是我拿出竖琴开始演奏，果然，伙伴们也随着我的音乐跳起舞来。

忽然我听到一个童声叫道："太棒了。"我回过头，看见南运河里有一条船正向岸边靠过来。

这是一条很漂亮的船，比运河里常见的船短得多。船的前舱站着一位年轻的夫人，雍容华贵，她旁边躺着一个小男孩，跟我差不多大。那句"太棒了"肯定就是这个小孩说的。

夫人问道："你们现在愿意表演吗？"

"您想看舞蹈还是喜剧？"我讨好地问道。

"喜剧吧！"小孩高兴地叫道。

"还是跳舞吧！"夫人说道。

"那么我们先跳舞，然后再表演各种不同的节目。"我模仿主人的口气说道。

　　说完，我拿起竖琴演奏起来，卡比和朵尔丝随着节拍旋转起来。我们仿佛忘记了饥饿，忘情地表演了一个又一个节目。意外的是，在表演的时候，泽比诺居然从草丛中钻了出来，毫不害臊地加入到我们的队伍中。

　　夫人招呼我们上船，说阿瑟要看一看我们。阿瑟就是那个呈现病态的小男孩。卡比首先跳上了船，泽比诺和朵尔丝也跟了上去。夫人叫下人搭了个跳板，我带着美心，抱着竖琴也上

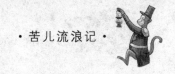

了船。

我把我最近的遭遇一一告诉了那位夫人，包括主人如何入狱，至今我们还饿着肚子，以及我们未来两个月的悲惨生活。

夫人马上吩咐身边的仆人送些食物过来，不一会儿，一位妇女便将食物摆了上来。

"吃吧，孩子！"夫人说道。

还没等夫人说完，我就已经在餐桌边坐了下来，美心坐在我的腿上。我先丢给三条狗三块面包，此时，美心也自顾自地拿起一块面包到桌下去吃了。我也拿起面包狼吞虎咽起来。

忽然阿瑟转过头来，问我是否愿意跟他们待在一起。这个问题问得很突然，我拿着面包怔住了。

夫人又重复了阿瑟的问话，并跟我讲道，她的孩子有病在身，不能起床，如果我愿意留下来，阿瑟会开心很多，我们也不用担心饿肚子了。

我握起夫人的手亲吻了一下。这一举动好像也触动了她，她慈爱地摸了摸我的头。

为了表示对夫人和阿瑟的感激，一吃完饭，我就拿起竖琴开始了演奏。

夫人吹响了哨子，我疑惑不解地停下了演奏。阿瑟告诉我那是他母亲示意开船。

船离开了河岸，马拉着船开始在运河上慢慢航行。

第四章　我的第一位朋友

　　阿瑟的妈妈叫密里甘夫人，是英国人。阿瑟的父亲在他还未出世时就病逝了。阿瑟并不是密里甘夫人唯一的孩子，她还有一个大儿子，但在她丈夫病危而她自己又重病缠身的时候神秘失踪了。寻找孩子的任务由密里甘先生的弟弟詹姆士·密里甘先生承担。但事实上，詹姆士并不希望找到那个孩子，因为没有孩子，他哥哥的遗产就将由他继承。不过，詹姆士的如意算盘最终落空了，因为密里甘夫人在丈夫去世七个月后生下了遗腹子阿瑟。可阿瑟一直病魔缠身，在夫人的精心照料下，才挺到现在。

　　最近阿瑟又得了重病，医生吩咐病人不能起床。夫人为了让她的儿子不至于太孤单，就叫人建造了"天鹅号"，也就是我们现在登上的这艘船，带他出来游玩。我碰到他们的时候，"天鹅号"已经行驶了一个多月。

　　这天晚上，密里甘夫人把我安置在一个小房间。房间里有一个像是有魔法的柜子，表面上看它平淡无奇，但打开柜门，里面居然有一张床和一床被子，还有各种洗漱用品。

床铺虽然很舒服，但第二天，我还是早早地起床了，想去看看我的小伙伴们睡得可好。

它们还在我昨天指定的地方乖乖地睡着，我轻轻地走过去，几条狗立刻就醒了，高兴地爬起来向我摇着尾巴。而美心半睁着眼，嘴里却假装发出如雷的呼噜声，我知道，它这是在表示抗议。

昨天美心要和我去小卧房，被我呵斥住了，为了表示不满，它故意装睡不理我。我把它抱起来，跟它亲昵，它很快就把昨晚的事情忘了。它指指岸边，想让我带它过去玩。

我站在甲板上，看着岸边美丽的风景，两岸的杨树随风摇曳，早晨的阳光透过树叶斜射在河面上，像铺了一层金子。船在向前行驶，旁边的树木和建筑纷纷向后倒退，船儿激起水面层层浅浅的波澜，并发出温柔的拍水声。船所经过的河水，有的很清澈，有的又很黑。

我被这些新奇又美丽的景物深深地吸引住了，正独自看得出神，突然听到背后有人叫我。我回过头去，看到密里甘夫人正把阿瑟带到甲板上来。

阿瑟问我昨夜是否睡得好，我竭诚用自己所知道的最礼貌的字眼回答他。

他又问道："动物们呢？"

我把伙伴们叫过来，它们用它们独有的方式向阿瑟打招呼。

这时，密里甘夫人走过来让我们到其他的地方去待一会

儿，她和阿瑟有事情要做。

我立刻带着动物们到了船的另一头。我回过头来时，看见密里甘夫人打开一本书，让阿瑟背诵。密里甘夫人耐心地教着，阿瑟看起来也很努力，但就是接不上句子。密里甘夫人用很严厉的语气批评阿瑟，甚至把他说得哭了起来。

"本来我想让你和雷米玩一会儿，但现在你必须一字不漏地背出这则寓言之后才可以玩。"密里甘夫人说完就走了。

刚开始阿瑟很认真地读着，可是过不了一会儿，他就开始东张西望，接着干脆停了下来。

过了一会儿，他看到了我，我指指书，让他继续看书。他不好意思地冲我笑笑，但没坚持多久，他又开始四处张望了。

一只翠鸟从河面上掠过，马上就吸引了阿瑟的注意力。

翠鸟飞走后，他对我说："我就是学不好。"

我走过去，对他说："我觉得很容易呀，你母亲读的时候我就已经记住了，让我背给你听。"

他点点头，拿起书，示意我开始。很快我就背完了，只有很少的地方有停顿。

他惊讶地叫道："你是怎么做到的？"

"首先，你要很用心，这篇故事说的是羊，羊会干什么呢？当然是在它的羊圈里，它们很安全。这样就会记住。"我首先提示道。

听我解释完后，原来难背的寓言似乎很有意思了，他感激地看看我，决定再试着背一次。

很快，他就把刚才温习的句子流利地背完了。他高兴地拍起手叫道："我会了，太好了，妈妈肯定会很高兴的。"说完又用这个办法继续学习后面的内容。

等到密里甘夫人来到甲板上的时候，阿瑟正流利地背诵整篇寓言。她很惊讶，阿瑟一看到她就叫道："妈妈，我会了，是雷米教我的。"

这件事后，我的地位彻底改变了。昨天我还只是个艺人，今天就成了阿瑟的同伴，甚至可以说是朋友。

自此以后，在船上的日子一直很美好，阿瑟跟我也越来越亲近，像兄弟一样。密里甘夫人对我也很和蔼，总是用温柔的语气与我交谈。这样温馨的日子过得似乎特别快。

在"天鹅号"上的日子让我感到一种从未有过的幸福。巴伯汉妈妈端上饭桌的土豆是没法与这里的水果甜点相比的，更别说跟着主人在风里来雨里去的日子。

然而让我更觉得幸福的是，密里甘夫人给予我的温暖。我体验过离开亲人时的那种剧痛，第一次是离开巴伯汉妈妈，第二次是主人被关进监狱。当我经历了这些后，密里甘夫人亲切的眼神、温暖的话语都让我特别的感激。

两个月的时间过得真快，很快就到了主人出狱的日子，我不知道该喜还是该悲，一方面我舍不得离开密里甘夫人和阿瑟，另一方面我又希望能早日和主人重逢。

快到图卢兹的时候，我告诉密里甘夫人和阿瑟我即将和他们告别，去与主人会合了。阿瑟不想让我和动物们离开，大叫道："不要离开我。妈妈，你一定要把雷米留下来。"

"我也很希望雷米留下来，但是这必须要雷米本人和他的主人同意才行，然后还要征得他父母的同意。"

最后，夫人决定给我的主人写一封信，先征求他的意见，希望他能同意让我留下来。

密里甘夫人的信很快就寄出去了，三天后收到了回信，主人说他会在星期六的下午两点到达塞特，然后与夫人见面详谈。那天我怀着无比复杂的心情，带着狗和美心来到火车站接主人，我一路上都在想主人和密里甘夫人会怎么详谈，我的命运将会怎样。

我牵着狗绳，站在广场上，狗突然躁动起来，一下子将我拽向前方。卡比跑得飞快，一下子扑到了主人的怀里，随后泽比诺和朵尔丝分别抱住了主人的腿。

我走上前去，看到主人还穿着以前的外套，但看起来憔悴多了，老了许多。他伸出手臂将我揽进怀里，像父亲一样吻了一下我的额头，这是他第一次吻我，这让我受宠若惊。

到了密里甘夫人下榻的旅馆，他问了夫人的房间号，便留下我和动物们独自进去了。看着他走进去，我牵着狗，不安地站在外面等候着，我在心里祈祷着主人出来的时候能告诉我一个好的结果。

可等他出来的时候，表情却很严肃，他对我说："进去吧，跟密里甘夫人说再见，我给你十分钟时间。"

我鼓起勇气走进房间，看到阿瑟哭得很伤心。

"我求他让你留下来，但他就是不同意，他说他很需要你。并且，他希望你能在困境中磨炼好你的意志和情操，而不是在我们身边做一个变相的仆人。他还说你是他的儿子，他会好好地教育你。看得出来他是一个很有教养的人。"密里甘夫人告诉我结果时，她也很难过，她那哀伤的眼神告诉了我。这让我很感动。

就这样我告别了我有生以来的第一个朋友，告别了我有生以来的第二个"妈妈"，重新开始了我的流浪生活。

第五章　大雪之夜

乡村旅店里肮脏粗糙的床单总是会让我想起"天鹅号"上那间舱房里柔软的床单，在风雪中长途跋涉会让我想起与阿瑟一起读书的日子……总之，一种挥之不去的哀伤一直笼罩着我，所幸的是主人对我温情多了。

以前维达理对我总是很严厉，现在，相处方式的转变给了我很大的安慰与勇气，我不再抑制不住地哭出声来，同时我也觉得我不是那么孤单了。如果我再大胆一点的话，甚至可以伸出自己的臂膀抱抱他，然而他总是让我不敢太亲近。最开始是出于害怕，再后来是因为尊敬。

离开家乡时，维达理在我眼里跟其他人没什么两样，因为我不知道如何去鉴别。当接触了密里甘夫人后我发现他具有我以前从不曾认识到的优点——在言谈举止方面，他与密里甘夫人很相似。在我眼里，他一直是个贫穷的街头艺人，然而只要他愿意，他就能表现得像个地地道道的绅士。

离开塞特以后，我一直闷闷不乐，也不主动提密里甘夫人，直到有一天维达理问起她来。

"我知道你很想留在密里甘夫人身边，她确实很好。你永远不要忘记她对你的恩情。"

然后，他又紧接着说："其实，当时只能那样。"

我这才知道主人对没让我与阿瑟待在一起这件事是很遗憾的，尽管他给我的解释我始终难以接受。但是，不管怎么样，他还是希望我能留在阿瑟身边，于是我又重新燃起了希望。

"也许下次他会接受这个建议！"我心里想。

我们一直沿着河岸在走，每经过一个城市我总是会跑到码头去寻找"天鹅号"，或者问问当地的船员是否看见过"天鹅号"，但结果总是令人失望。

我们在里昂停留了几个星期，闲暇时我总爱去码头，以至于到后来我像当地人一样对爱奈桥、梯勒西桥、居约梯埃桥都了如指掌。

离开沙隆时，我最后的希望也成了泡影，因为，过了这个城市就再没可能与"天鹅号"碰上了。

天气也来作怪了，冬天即将来临，路况很差，一路上把我们折磨得筋疲力尽。美心的脾气也越来越坏了，比我更糟。

我的主人告诉我必须到巴黎去，在冬天，只有那里才能挣到足够的钱维持生计。但是车费不够了，我们只得徒步走到巴黎去。但是这段路可不短。

到了夏蒂荣，天气状况还是这样，寒冷而潮湿。离开夏蒂荣的时候雨停了，却刮起了呼呼的北风，吹在脸上像刀割一

般。更不幸的是天空又布满了乌云，快要下雪了。

下雪前我们赶到了一个村子，主人安排我们在这里过夜。

安顿下来后，主人对我说："早点休息吧，我们明天要早点出发，到特鲁瓦去，那里还可以演出。"说完，他就去给美心取暖。尽管主人很小心地给它取暖，但它仍然冻得直哆嗦。

第二天早上起床时，天还是阴沉沉的，眼看就要下雪了。美心裹在主人的衣服里，我披着羊皮外套，无声无息地出发了。

一路走来，虽然是白天，可天却是灰蒙蒙的。大风吹得大树猛烈地摇摆着，像是在抗议这恶劣的天气。除了偶尔能听见几声喜鹊的叫声，我们看不到一个人影。

在经过一片荒野时，雪花开始飘落，开始是蝴蝶般大小的几片，接着是排山倒海而来的暴风雪。我们被大雪包围了，没法再赶路。

"我们必须找个最近的地方安顿下来。"听到主人这样说，我很高兴，巴不得快点找个地方休息。

我抬眼艰难地从密密麻麻的雪片中望向远方，但什么都看不见，一望无际的全是雪，这样的情况也许指望雪能快点停倒更现实些。然而雪越下越大，遮盖住了前方的一切，包括道路。

更可恶的是雪片会找着空当钻进衣服里，狗已经落在了我和主人的后面，徒劳地想让我们给它们挡挡风雪。不一会儿，我们全身都湿透了，衣服冻得和冰块一样，手脚已经毫无知觉，但我们还是艰难地抬起脚向前迈着。

最后，我们走进了一片森林。我们完全看不清道路，虽然这会儿风小了，可雪更大了。主人东张西望，似乎在寻找什么。而我一直在朝前方看，希望能看到森林的尽头有幢房屋。但这一切都是徒劳。几米外的景物根本就看不清楚了，满眼全是密密麻麻的雪，大雪像一张白色的网把我们罩住了，脚越陷越深。

突然，维达理把手指向左边，我看过去，模模糊糊的好像是一个窝棚。

我们快步走过去，果然，那是个用树枝搭成的窝棚，棚顶用大的枝条架起来，树枝铺得很密，大雪飘不进去。

　　总算有一个歇脚的地方了，几只狗很快就冲了进去，在干燥的地上直打滚，我与主人抖抖身上的雪，试图让身上的雪少一些。

　　这里的陈设很简陋，只有一个土坯的凳子和一把石椅子，还有一个用砖头垒起来的炉子。这已经非常幸运了，有了炉子就可以生火了。

　　我们从四周捡了些柴火，点燃起来，屋子里顿时有了暖意。我们围着火炉坐下来，努力靠得更近一些，好烤烤已经冻僵的身体。美心也从主人衣服里蹿出来，跳到离火最近的地方，伸出了两只颤抖的小爪子。

　　主人拿出早上准备好的干粮，给每个同伴分了一小份，再留下一半装起来。

　　他看到我不解的目光，开口说道："这片森林我不熟悉，不知道沿途还有没有其他的旅店，再说这里森林很多，也许离最近的人家还有很远，所以我们得留着点。"

　　我很快理解了，可是小狗们不明白——为什么肚子明明还没吃饱却要把面包藏起来。于是，它们伸出爪子，向维达理乞求，但是没有用，背包仍然严严实实地系着。

　　维达理说我们可能会被困在这里很久，但我不以为然。外面风雪再大，我们这里也有暖暖的火炉。

　　朝外看去，雪没有要停的迹象，仍然铺天盖地地落下来。天上没有一丝光亮，白晃晃的尽是雪折射出的光线。

　　三条狗都靠着火趴了下来，它们很快就睡着了。我也很累了，闭上眼，不一会儿就睡着了。不知道过了多久，我醒过来向外望去，雪已经停了，地上的积雪厚厚的，估计能没到我的膝盖。

我想问问主人现在几点了，但很快又想起来，主人早已将他的银表卖了，为我买了羊皮外套和一些其他的东西。

天上灰蒙蒙的，地上白茫茫的，没有一样东西可以告诉我现在几点了。

我走到门口，周围安静极了，什么声音都没有，似乎是大雪把一切都冻住了。唯一能听见的是被大雪压住的树枝猛弹起来的声音。

背后传来声音，是主人的，"想赶路了吗？"

"我不知道，听您的吩咐。"

"那好，还是留在这里吧，雪还会再下的，这里好歹还有挡雪的窝棚，也能让身上保持干爽。我们不能再冒冒失失地出发了，大雪会让我们很糟糕的。"

我觉得这样的安排挺合理的，尽管会饿肚子，但相比这没完没了的大雪，待在这里还是安全的。即使现在出发，也不一定能遇上村庄或旅店，到那时就进退两难了。

晚饭时，维达理把剩下的面包分了，比起上顿这次分量更少了。小狗们显然没有吃饱，卡比走到放食物的背包前，伸出爪子扒了扒，确认没有食物了，又回到另外两只狗身边摆摆头，告诉它们答案。它的伙伴们也明白了，顿时泄气地趴在火堆旁一动不动了。

我们的推断没错，雪很快又下起来了，面包也分完了，除了睡觉，我们无所事事。我躺在火炉边，用羊皮大衣把自己裹起来睡觉。

"你先睡吧，我来守着火炉，等会儿再叫你。我们必须让火一直燃着，否则会很危险。"主人吩咐道。

很快我就睡着了，主人叫醒我时，已经是深夜了。

主人放了些柴火在火炉旁，我只要在必需的时候放进去就行了。

不知过了多久，雪停了。我轻轻地站起来，向屋外走去，外面是一片雪白的世界，天空中闪烁着几颗星星，在这天寒地冻的夜晚闪耀着动人的光芒。

屋外不时传来坚硬的冰块断裂的喀嚓声。

虽然我走路的声音很轻，但泽比诺还是醒了，它站起来走到我身边，看样子是想跟着我出去走走。我示意它回去，它虽回去了，可还是不时回过头来朝外张望。

我在外面走了一圈，又回到火炉前，加了几根木柴到火炉里，火炉里传来噼啪的响声。我在一个可以很轻松地拿到木柴的石凳上坐了下来。不一会儿，我又昏昏欲睡了，并且很快就睡着了。

不知道过了多久，我被一阵狗叫声惊醒了。我猛地站起来，看见卡比哀怨地望着我，泽比诺和朵尔丝不见了踪影。

这时，维达理也惊坐起来，大叫道："火灭了？"

卡比冲到门口，继续叫着，随后我听到了一丝微弱的声音，是朵尔丝在不远的地方发出的。

我正想冲出去，主人拉住了我。

"先把火燃起来。"他从火堆里捡起一根尚未完全熄灭的木柴，使劲吹起来。

木柴燃了，他举起来，向屋外走去。

"卡比，到前面带路。"维达理吩咐道，接着传来一声凄厉的叫声，卡比吓得缩了回来。

"有狼。"

原来那两只狗趁我睡着的时候溜了出去，碰到了狼。

主人拿着火把出去了，我随后跟上，来到门外，没有看见狗，只有狗的脚印。沿着脚印走去，再远些发现雪地上有厮打过的痕迹。

主人一遍遍地吹着口哨，卡比也在四处嗅着同伴的气息，但是我们找了半天还是一无所获。

地上雪的反光不够亮，火把也不够亮，远处很黑，我们没法再往前走了。

"它们被狼叼走了！这到底是怎么回事？"维达理愤怒地吼道。

我答不上来，愧疚地走到维达理的前面去，准备再走远些找找。

维达理拦住了我，说："雪地上太黑了，我们看不见路的。如果再走远，我们也会被狼袭击的。"

听了他的话，我们只能回到小屋里。我不时地回过头，希望它们的身影能够突然出现，但直到走进屋，它们还是没有出现。更糟糕的是，美心也不见了。出去找泽比诺和朵尔丝前，美心还留在屋子里的，它肯定是跑出去找我们了。我们不得不拿了火把再出去找美心。

屋外的脚印乱七八糟，再加上光线微弱，连美心的脚印都分辨不出来了。我们回到屋内四处寻找，每个角落都找遍了，可是仍一无所获。

"美心不会也被叼走了吧？"我怯怯地问道。

"不会的，狼不敢进有火的屋子，它一定是在某个地方藏起来了，我只担心它会被冻坏，等天亮了再出去找吧。"

维达理坐在火堆前，双手捧着脑袋。我坐在一旁，不敢出声。这时我倒希望他大骂我一场，可是他什么都不说，这反而让我更难受。

天终于亮了，可我担心，美心它们能坚持到现在吗？

不管怎么样，我们出发了，希望能快些找到它们。幸运的是雪没有再下了，不至于挡住我们的视线。卡比跟着我们，刚开始走在后面，后来，它胆子大了些，跑到前头去了。

我们不时低下头寻找美心的脚印，突然卡比在一棵树下抬着头大叫起来。我们顺着它的视线望去，一团瘦小的身影蜷在树枝上，是美心！

可以想象它被吓得有多么厉害。主人温柔地叫它，可是它一点反应都没有。我决定爬上树去，抱它下来。

树很难爬，但幸好我很擅长爬树。我三下两下就攀上了美

心所在的枝丫。

我轻声地呼唤美心，它抬起头，木然地看着我。

突然，美心一下子蹿到了另外一根树枝上，显然它受了惊吓，现在已有些不清醒了。于是我又爬到另外那根树枝上，它立马又蹿开了。

幸好最后它顺着树枝跳到了主人的肩膀上。

现在我们已经可以看到狗的脚印了，根据那些脚印可以判断出，它们一前一后走出去的，大约在离窝棚二十米的地方遇到了狼，最后，狼咬死了它们。

不必再去找了，我们得赶紧回去给美心取暖，否则它会被冻死的。

我们回到小屋，用最暖和的衣服把它包起来，放在火边，抓住它的手脚细心地烤起来。

我与主人互相望了望，眼神中充满了哀伤。

可怜的泽比诺和朵尔丝，我们朝夕相处的好伙伴，现在却与我们永别了。而这一切都是由于我的疏忽，我多么希望维达理能狠狠地骂我一顿，可他还是什么都没有说。

第六章　美心先生

太阳出来了，照着地上的白雪，晃得人睁不开眼。

美心还是冻得发抖，烤火对于它寒冷过度的身子来说，一点用都没有。

"得找个旅店，否则它会冻死的。"维达理站起来，把美心紧贴着胸口，卡比跟在后面。我看见它回头看了看同伴惨遭不幸的地方，这让我更难过了。

我们出发了，走上大路大约十分钟后，碰到了一辆马车，赶车的师傅告诉我们大约一个小时的路程就可以到达一个村庄。我们赶紧加快了步伐。一路上美心都在发抖。

走了将近一个小时，我们终于看到前方有一片白色的屋顶了。到达村庄后，维达理选了一间当地最好的旅店住下。进门时，我瞥见厨房里放着许多热气腾腾的食物，这让我更加觉得饥肠辘辘了。

老板起先用很傲慢的眼神看着我们这帮穷家伙，但主人那地道的绅士派头很快就唬住了他。他给我们安排了一间有火炉

的房间。

在女佣生火时，主人叫我快上床睡觉，我虽然一点儿也不想上床睡觉，但在主人的威严下我很快就照办了。维达理把鸭绒被一直压到我的下巴。

他说："快点把你自己弄暖和。"说话的时候，他把美心翻来翻去，像是要把它烤熟一样。

"你暖和了吗？"过了一会儿，主人问道。

"是的。"于是他走到床边，把美心塞到我怀里，叫我紧紧地抱着它。可怜的小东西很听话，完全不像过去那样拼命反抗，而是乖乖地紧贴着我，它身上烫得要命。

主人站起身走了出去，再回来时带来了美心最爱喝的甜酒。但美心此时就是不张嘴，只是用它那双充满哀求神态的眼睛看着我们，还伸出了一条胳膊。

主人告诉我以前美心得过肺炎，当时是在它的胳膊上放了血才治好的。美心伸出胳膊是想再放一次血，这样它就能好起来了。看到平时调皮的美心这时候却是这样的乖，反而让我们

都很难过。

主人决定出去找位医生来。医生来了，看到我躺在床上，以为是我病了。后来知道生病的是猴子，他很生气，以为我们在耍弄他，准备起身离开。

"医生，您认为它是只猴子，可我认为它是我们的朋友，而且像我们一样聪明，值得疼爱。那些愚蠢的兽医是看不好它的，只有您高明的医术才能救它。"

听了维达理的话，医生停下了脚步，回到床边，美心不用人吩咐就已经伸出了它的小爪子。医生诊断美心得了肺炎，开始给它放血，虽然很疼，但它没有吭声，因为它知道这样可以治好病。

生了病的美心像个需要宠爱的孩子，想要我们围着它转，包括老是被它捉弄的卡比。它喜欢我围着它转，然后给我美美的笑容。如果我一走开，它就会生气。

虽然我们倾注了所有的爱来照料它，但美心还是一直咳嗽，没有好转的迹象。

为了哄它，我把自己仅有的五个苏全买了麦芽糖，每次它咳嗽的时候就给它一颗。然而麦芽糖加重了它的咳嗽，所以之后即使它装得再可怜，我也不再给它麦芽糖了。

这天，维达理付完旅店的账后，他的手上就只剩五十个苏了。美心仍然病得很厉害，要看医生，还要租好的房子，这需要四十法郎，那么我们今晚必须演出。一场只有主人、卡比和我的演出，不知道会是什么样子。

说干就干，主人已经出去奔波了，他找好了演出的房子，贴了海报，搭了戏台，还买了蜡烛增加亮度，这样又花掉了我们最后的五十个苏。

主人的宣传很夸张，他声称演员是"全世界最著名的艺术家之一——卡比"和"神童歌唱家——小雷米"，最吸引人的是来看戏的人不用买门票，而是在演出后凭自己意愿付钱。这样的宣传让我心里怯怯的，我可不敢标榜为"神童歌唱家"。

鼓敲起来了，卡比很兴奋。美心也被这阵势感染了，它坐了起来，示意我拿演出服给它穿上，它要参与演出。美心向来都很任性，想要说服它比较困难，它会用各种小伎俩来达到目的。起先，它用那发亮的眼睛哀求地看着我，还合起手跪下来求我，眼泪都掉了出来，见我没有丝毫动摇的意思，后来它干脆发起了脾气。等主人回来的时候，它又向主人祈求，还真切地吻主人的手。虽然它请求得很辛苦，但是主人无论如何不能答应它。

我给壁炉里加了足够的柴火，把美心用被子包好，它用力抱了抱我，我感觉到它仍未死心。

安顿好美心，我们就出发了。

今晚的演出要挣四十法郎，要达到这个目标很难，但我们要全力以赴。

我们的大鼓声响彻整个村子，希望能够招徕更多观众。我站在柱子后面看着走进来的人，最先被吸引来的是帮小孩子，可不指望他们会给钱。鼓还在使劲地敲着，人气却不是很旺。

主人决定开演，虽然人还没坐满，但蜡烛不能等太久。

开场由我唱了两首歌，反应比较冷淡，几乎没什么掌声。我多想用我的歌声打动他们，让他们的眼中闪着泪光，但很显然我确实不是"神童歌唱家"。而卡比要幸运得多，它的表演获得了很多掌声，多亏了它现场气氛才热烈起来。

检验我们演出成果的时刻到了。维达理奏起了欢快的西班牙舞曲，我随节奏舞动起来，而卡比则叼着碗沿着观众圈开始收钱了。我必须一直跳下去，直到卡比从观众面前回到舞台中心。但当卡比回来时，维达理却没让我停，因为碗里的钱实在离我们的目标差太远了。

维达理停下演奏，站起来说："蜡烛还燃着，如果各位愿意，我再唱几首歌，卡比可以重新转一圈，如果哪位刚才没有来得及打开口袋的，这次可要准备好了。"

我从来没有听过维达理这样认真地唱歌，虽然我不知道如何鉴别，但他的歌声引起了我的共鸣，让我泪流满面。

我看到观众席的第一排坐着一位年轻的太太，衣着华丽，应该是村里最富有的人。她身旁的小孩子特别喜欢卡比，一直在热烈地鼓掌。这个小孩应该是她的孩子，长得和她很像。

卡比又去讨钱，可那位年轻太太依旧没给，我很惊讶。后来她向我招手，我走过去，她告诉我想与我主人谈谈。

我告诉主人后，他说："她应该找卡比，而不是我。"不过他还是决定过去。

"我是个音乐家，我很欣赏您的音乐天才。"年轻太太很有礼貌地对维达理说道。

"像我这样的老人称不上什么天才。"维达理的态度看起来很冷漠。

"我无意打探您的隐私。"年轻太太说道。

"但是我可以满足您，你听到的是一个地道的街头艺人唱的曲子。我曾经给一位歌唱家当过仆人，所以学了一些技巧。"

年轻太太不说话，只是看着他，过了一会儿才开口道："再见，先生。"接着她拿出一个金币放到卡比的碗里，转身离去。

当年轻太太走开几步后，主人用意大利语骂了几句粗话。

"她给了一个金路易呢！"我惊诧地望着主人说道。

主人听了我的话举起手来想给我一个耳光，但想了想又放了下来，喃喃说道："哦，一个金路易，我们回去看美心吧。"

我们迅速收拾好东西，赶回旅馆看可怜的美心。

我先进了房间，壁炉里的火尚未熄灭，屋子里暖烘烘的，但奇怪的是美心却直挺挺地躺在床上，我走过去拿起它的手，发现完全是冰凉的。

"美心全身是冰凉的。"我惊讶地告诉主人。

维达理怔了一下，低头沉思了一会儿，然后说道："它死啦！这是我的报应，不该把你从密里甘夫人身边带走的。先是泽比诺、朵尔丝，现在又是美心。"

来不及整理一下心情，很快我们就踏上了去往巴黎的路途。但一路上大家只是埋头赶路，气氛很是沉闷。

少了三个同伴，我们的心情是不可能好起来的。队伍看起来也很单薄，不能列成队，频频引来路人的好奇：这个老头要带男孩和狗去哪里？

我一直渴望着说说话排解一下忧愁，但维达理总是用最少的话来回应我。幸好卡比还比较活跃，总喜欢用它温热的舌头舔我的手，接着我会伸出手摸摸它的头。我的爱抚给了卡比很大的支持。很多时候它会停下来望望后面，好像以前一样在等它的同伴。几秒钟后它会突然意识过来，又会快跑几步赶上队伍。它这样让我们很心酸。

到处都被白皑皑的雪覆盖着，北风呼呼地吹，沿途静悄悄的，没有一点有活力的声音或色彩，有的只是崎岖不平而又打滑的路。这一切都让我们的心情变得更差了。

由于我们一路紧赶，没几天就快到巴黎了。然而巴黎与我想象中的完全不同，临近巴黎的乡村并没有更美丽些，这让我很失望。在我看来，巴黎应该有许许多多的黄金树、大理石宫

殿和衣着华丽的行人。

我一路寻找着黄金树，也在心里思考着在巴黎我们能干些什么呢？我想问维达理，但他阴沉的脸让我不敢开口。

终于，在我们到达一个叫布瓦西—圣莱热的村子时，维达理主动跟我说话了。

"那里就是巴黎，"他指指远处依稀可见的高大建筑说道，"到那里，我们就要分手了。"

听了他的话，我顿时愣住了，呆呆地看着他。

"你很难过吧，我的小家伙。"他很久没有说出的亲切话语，让我流下了眼泪。"年纪大了就会对自己身边的人特别依赖，在逆境中更是这样的。我对明天根本没有抱什么希望。唯一庆幸的是，周围的人一直在自己身边。我对你的依赖就是这样的，这肯定在你意料之外。现在看到你的表情，让我很轻松。"

他这番话中的深刻含义直到我有了爱人后才真正明白。

"可是我们还是要分开一段时间了。"

"您不会把我一个人丢在巴黎吧？"我怯怯地问道。

"不会的，我的小家伙。我曾拒绝了密里甘夫人要留下你的请求，还发誓要好好地照顾你，从那天起我就不能再丢下你。但是现实很残酷，我们现在的状况只能分开一段时间。现在天气很坏，只有卡比和你能做什么呢，我们要在这段时间内顾好各自的生活，还要为下一步做打算。"

卡比听到它的名字时马上举起前爪行了一个礼，维达理摸了摸它的头，说道："你是只好狗，可是只有你是演不了戏的。"

"我们一天只能挣二十个苏,还会有小孩子向我们扔垃圾。如果再有一个像你这么大的小孩就好了,或者我更老一些,或者干脆残废,总之要让别人同情才可以拿到多一点的钱。我决定暂时把你送到另一个戏班主那里去。"

我没有想到主人会对我做这样的安排,我正想提出抗议,他又接着说道:"我会给在巴黎讨生活的小孩子们教竖琴,我以前就在那里教过,还有点名气。在这段时间内我再训练两只狗。等到春天的时候我们就又能上路了,我要带你去很多地方,让你开阔眼界。我曾经答应过密里甘夫人会像对待儿子一样对你,我要教你很多东西,让你变得更加优秀。"

他说了很多,然而我只记得他要送我去一个戏班子。我见过很多戏班主,他们无一例外的残暴,对小孩子总是拳脚相加,我可不指望能遇上一个像维达理这样心善的班主。

突然要面临的分离让我本来就不好的心情顿时跌到了谷底,自从与巴伯汉妈妈分离以后,我又经历了接二连三的分离。对于我来说,分离真是比饥饿、贫穷和疾病痛苦一百倍的事情。尽管我百般不愿,但不得不接受这样的现实。

我紧跟在维达理身后走着,在马路的尽头是一条街,街的两边是又破又脏的房子,还有成堆成堆的已经变黑的雪,空气中散发出一种臭味,这里的环境比我以前在任何城市里见到的都要差。

"到哪儿了?"我问道。

"巴黎!"

巴黎竟然这样的丑陋!

第七章　来到巴黎

我们周围的一切似乎都是丑陋的,我看到的一切根本不符合我儿时的幻想。

我们沿着宽阔的大马路走了很久后,眼前的景色开始有了改观,越往前走,两边的商店就越漂亮。后来我们拐进一个巷口,来到一座贫民窟前。这里的房子参差不齐,路中间有一条散发着恶臭的小溪,旁边站着胆大妄为的孩子,酒吧门口是喝得醉醺醺的酒鬼。

维达理嘱咐我跟紧他,我不敢有半点疏忽,用手拽着他的衣服。我们来到了一个光线很阴暗的地方。

"卡洛弗理在吗?"维达理向一个陌生人打听道。

"你们自己去看吧,对着楼梯那个门口进去就是。"

来到门口,维达理推门进去了。这是一个很大的房间,中间空荡荡的,四周摆着十几张床。墙壁和天花板已经褪去了原来的颜色,天长日久后被灰尘和污垢染得黑黑的。

"卡洛弗理。"维达理喊道,没有人回答。

过了一会儿，听到一个小孩的声音回答道："他出去了，要过两个小时才回来。"跟我们说话的是一个十来岁的男孩，当他走近的时候我吓了一跳。他的脑袋大得几乎遮住了他的身体，眼神中有种顺从与绝望的气息。值得注意的是，他那双大眼睛格外的柔顺可爱，让人倍感亲切。

"你能肯定吗？"维达理问。

"是的，只有他回来才能开饭呢。"

"那我两个小时后再来，你替我告诉他：维达理来找过他。"维达理说完就要走，我准备跟上时，他叫我先留下，等会儿再来接我。

听了他的命令，我只能留下。

"您是哪里人？"小男孩子用意大利语问我。

"法国人。"我用法语回答。

"卡洛弗理先生是个怎样的人？"我迫不及待地打听道。

他没有回答我，但他眼中的惊恐已经告诉我答案了。他走到炉子边，炉子上有一个大锅，锅盖用铁锁锁着。

我感到很奇怪，于是问他："为什么要锁起来？"

"为了不让我偷喝。"

他的回答让我想笑，但他看到我的表情后却很难过地朝我大声叫道："你以为是我馋吗？我只是饿得受不了，闻着香喷喷的汤，肚子却饿得难受的滋味你知道吗？"

"难道他要饿死你？"我不解地问道。

"他是要惩罚我。"接着他给我讲了他的故事。

"我叫马迪亚，卡洛弗理是我的叔叔。我的母亲是个寡妇，她有六个孩子，我是最大的。我母亲无力抚养我们，刚好卡洛弗理需要小孩子，于是我被带走了。其实叔叔更愿意带走漂亮的列奥那多，但妈妈不肯，她认为我最大，理应让我承担责任，虽然妈妈也很心疼我，但她实在没有别的办法。我还有个最小的妹妹叫克里斯蒂娜，她是我从小抱大的，我最喜欢、最不舍的就是她。"

停顿了一会儿，马迪亚接着说："叔叔本来带着十二个孩子，但只有十一个跟着到了巴黎，因为有一个躺在第戎的医院里了。这十一个小孩里长得强壮的被挑去干活了，我们这些瘦弱的就去街头卖唱。卡洛弗理要我每天交三十个苏，可我每天都交不齐，所以每次回来都得挨打。我的一个同伴每天能交四十个苏，他长得很漂亮，很招人喜欢，而我太丑了。我每天即使挨棍子也交不出三十个苏，卡洛弗理就让我饿肚子，差几个苏就少给几个土豆。"

我们正说着话，门开了，一个小男孩进来了，手里拿着小

提琴和木板。

"把木板给我吧!"马迪亚叫道。

"我只有三十六个苏,有它卡洛弗理也许会手下留情。"小男孩紧紧抓住木板说道。

"没用的,这个板子帮不了你。"马迪亚的表情看起来很冷酷,这让我很惊讶。

孩子们接二连三地回来了,接着我又听到了一个很沉重的脚步声,应该是卡洛弗理。果然,走进来一个小个子中年男人,看起来火气十足的样子。

他看到我,粗鲁地问道:"这个小孩是什么人?"

马迪亚马上把维达理的话转达给他。

"维达理找我干吗?"他看着我问道。

"我不知道,等会他来了就知道了。"我小声地回答道。

卡洛弗理刚站定,有两个小孩就走过去接过他的帽子,并给他端来椅子。那种恭敬的神态,绝不是因为尊敬,我想象得到卡洛弗理到底有多可怕了。

卡洛弗理一坐下,旁边一个小男孩就给他递上烟斗,另外一个则麻利地点上火柴。

等点着了烟斗,他说道:"马迪亚,拿账簿来,我们要算账了。"孩子们早就诚惶诚恐地等着了。

"昨天欠一个苏,说今天还的,怎么样?"卡洛弗理凶狠地盯着一个男孩问道。

"今天还欠一个。"男孩低着头回答道。

"那就不能怪我了，乖乖地脱掉衣服，昨天的两下，今天的两下，土豆也没有了。里卡尔多，该你开心了。"

男孩乖乖地脱掉了裤子，被唤作里卡尔多的男孩拿起鞭子，准备狠狠地抽下去。

接下来其他孩子也被问到了，总共五个孩子欠钱。卡洛弗理恼怒地骂道："你们这五个吃白饭的懒鬼，看来是我对你们太放任了，你们还配吃东西吗？脱下衣服吧！"

五个孩子乖乖地排成一排，里卡尔多手持鞭子，十足一副刽子手的模样。

第一声鞭响让我流出了眼泪，卡洛弗理注意到了，其实他一直都在偷偷地观察我。

卡洛弗理突然吼道："不准叫，这尖叫声让我痛苦，但这都是你们自找的。"

挨打的孩子们疼得哭爹喊娘的。这时，门被推开了，维达理走了进来。他夺过里卡尔多的鞭子，站在卡洛弗理的面前。

"你这个无耻之徒，竟然打这些没有自卫能力的孩子。"

"你这个老疯子，别管那么多了。"

"我要去报警。"

"是吗？那我也有要说的，只要我说出一个名字，就会有人丢脸得赶紧找地方藏起来。"卡洛弗理似乎毫不畏惧维达理的威胁。

主人愣了一会儿，牵起我的手就往外走，没有再说一句话。而我就此逃出了魔掌，这时我真想亲亲维达理。

我们又回到了巴黎的大街上。现在，这里的灯光很微弱，路上结了冰，走在上面直打滑。

"我说了些仗义的话，听起来也许好听，"他好像在自言自语，"可这么一来，我们得流落在巴黎街头了，口袋里一分钱也没有，肚子里也没填过一片面包。"

维达理拉着我的手，卡比跟着我们。卡比也饿了，它想从垃圾堆里找到一些食物，但垃圾也被冻住了。

我们一直走出了城。跟大街上相比，外面很空旷，路上也没有什么行人，光线更加暗淡了。天上只有为数不多的几颗星星。风吹得很厉害，直往袖口里灌，让人难受得很。

"我们上哪儿去？"

"去冉蒂里，找一个采石场，我过去在那儿睡过。"

走着走着，他忽然停住了，问我："你看到一棵大树了没有？"

"没有看到，连棵小树苗都没有看到。"我吃惊地看着他。

这会儿我明白了，他也迷路了。我又朝四周看看，周围很开阔，确定什么都没有。

我们踩在冰冻的土上，发出嘎嘎刺耳的声音。现在几乎是我拉着维达理在走了。

　　我们完全迷失了方向。找不到那棵树，我们不得不折回寻找另一条出路。这一次我看到一棵树，但却看不到车辙了。我们又走了一段路后，看到了一堵墙。维达理起初不相信这里有堵墙，但当他亲手触摸过后不得不相信了。原来，采石场已经被墙封起来了。我们没有去处了，饥寒交迫，前途一片渺茫。

　　我们又顺着来的路走回去，到底走了多久我已经不知道了，总之，很久很久。天色阴沉，星星更少了，风刮得也更猛了，路边的居民区里灯光都灭了，大门也紧闭着。我幻想着他们也许能开门救救我们这可怜的老小。

　　维达理已经快挺不住了，他大口大口地喘着气，只能打手势示意我该怎么办。

　　他一定是支持不住了，这半个月来他每天都体力透支，再加上年事已高，积劳成疾。

　　"要紧靠着我，把卡比放在你身上。"

　　我紧紧地靠着他，他低头吻我的脸，这是第二次，可谁曾想，这也是最后一次。

　　我刚刚靠到维达理身上就意识模糊了，我虽然拼命想睁开眼，可就是不行。我用手掐自己的肉，也不管用，眼皮始终在打架。

　　维达理的呼吸急而短促，卡比靠在我身上已经睡了。

　　风呼呼地吹，四周一片死寂。

　　也许我要死在这儿了，我想起了巴伯汉妈妈，还有我的园子，接着我又想起了"天鹅号"，密里甘夫人和阿瑟。

　　不管怎么样，我还是睡着了，好像再也不会醒来了。

第八章　再次遭遇分离

我醒来时发现自己躺在一张陌生的床上,床边围着一个身穿灰色外套的男人和四个小孩子。其中有一个五六岁的女孩,眼睛很漂亮。

我勉强抬起身子,问道:"维达理呢?"

"你是问你爸爸吗?"男人表情凝重,语气却很温和。

"他是我的主人,他和卡比在哪儿?"

面对我的追问,他们只好告诉我事情经过:半夜两点的时候,这家的主人——一个花匠——出门去市场,打开门却看到我们睡在门口的草垛上,他试图叫醒我们,但我们始终一动不动。后来他发现维达理已经死了,而我因为怀里有条狗可以互相取暖,反而幸运地保住了一条命。我在他们家躺了足足六个小时才醒过来。

听到主人去世的噩耗,我难过极了。当我低下头时,我看到那个漂亮的小姑娘正用一双充满温情的眼睛看着我。她走到她父亲身边,一手扶着他的胳膊,一手指着我,嘴里发出奇怪的声音，虽然听不清楚，但那意思很明显——我很难过，她在表示同情。后来我才知道，这个善良的小女孩原来是个哑巴。

花匠弯下腰对小女孩说："我的小丽思，我们必须告诉他真相。"

然后他转过身对我说："我们报了警，警察已经把维达理抬走了。"

"卡比呢？"我突然想起来。

"跟着担架走了，当时它看起来很难过，呜呜地叫着要跳到担架上，被赶下来后又接着想再跳上去。"说话的男孩叫本杰明。

花匠和孩子们出去了，我也应该起来了，毕竟这里不属于我。我起身拿起竖

琴，脑袋晕晕的，腿也软绵绵的，只能扶着旁边的椅子走。推开房门，他们正坐在桌前吃着香喷喷的卷心菜汤。

那个叫丽思的小姑娘此刻正对着我坐着，看到我，她停下了喝汤，用她那双会说话的眼睛看着我。忽然，她端着碗向我走过来，停在我面前，把汤递给我。

"吃吧，小伙子。"花匠鼓励地说道。

　　我接过碗几秒钟就吃了个精光，丽思满意地"啊"了一声之后拿起碗又盛满了汤递给我。我像第一次一样三口两口就吃完了。

　　花匠看到我的狼狈相大笑起来，我的脸红到了耳根。

　　于是，我很用心地弹了一首华尔兹舞曲，向他们表示我的感谢。丽思被我的音乐迷住了，她满脸喜悦，竟随着节拍旋转起来。

　　花匠看见女儿跳舞跳得那么开心，也高兴地拍起手来。音乐结束，我停了下来，丽思站在我面前，优雅地行了个礼，示意我再来一曲。接着，我唱了一首那不勒斯小调，这是我最拿手的，有点忧伤的小曲。

　　曲子唱完了，我背好竖琴向门口走去。

　　"你要去哪儿？"花匠问。

　　"先去看维达理，然后再卖艺养活自己。"

　　"你非要这样做吗？"

　　"我没有别的法子。"

　　"你要好好想想，也许还会遇到昨晚的情况。"

　　"我巴不得可以多想想，可是没有别的办法。"

　　"有别的办法，留在我这里，有吃的、有睡的，但是要天一亮就起床干活来挣你的面包。但干完活了，肯定会让你吃饱睡暖。好过你在外风餐露宿，死了都没人知道。你是个好孩子，你可以留在这里，就像在自己家一样。"

　　这样的建议太出乎我的意料了，我没有想到他们是这样的好心，会愿意让我留下来。

我的命运曾是那么悲惨，我先后离开了巴伯汉妈妈、密里甘夫人与阿瑟、维达理以及情深谊厚的卡比。然而现在我却能得到这样仁慈的厚待，怎么能不感激呢。这又增添了我对生活的信心。

我拿下了背在肩膀上的竖琴把它挂回钉子上。花匠开心地笑道："好孩子，这是最好的回答。把琴好好放着，等到哪天你想上路了再取下来，不过一定要选个好时节。"

这家人住的地方叫格拉西埃，救我的是这家的主人，叫亚根，是个花匠。亚根有四个孩子，最大的女儿叫埃蒂耐特，还有两个男孩，分别叫阿列克斯和本杰明。丽思是最小的孩子，她本来不是哑巴，因为四岁时生了一场病才变成现在这个样子。她很聪明，虽然不能说话，但她很会用其他方式来表达。她性情温柔活泼，心地善良，家人都很宠爱她。

亚根太太是在生下丽思一年后去世的，至此老大埃蒂耐特就担起了家庭主妇的责任，负责照顾一家人的饮食起居。她每天起早贪黑，从来没有怨言。大家都已经忘了她还只是个十四岁的小姑娘。长年的操劳、极强的责任心让她像个成年的老姑娘那样忧郁，但眼神中还保留着温柔。

当我正在讲我和维达理如何在寒冷的深夜寻找采石场时，我听到屋外传来狗叫声。

"是卡比。"我一下子站了起来往外冲去。

丽思冲在了我前头，打开了门。卡比一下冲到我面前，我抱起它来，它兴奋地舔我的脸。

"卡比怎么办呢？"我问亚根先生。

"和你一样留下来吧。"

卡比也听懂了，跳下来，抬起前爪向大家行了个礼。行完礼，它又走到我身边咬着我的衣服把我往外拉。

"它要带我去看维达理。"我向众人解释道。

警察之前说过白天会过来找我的，我在焦急中等待了很长时间，始终没有等来他们，于是亚根先生决定带我去警长的办公室。他们问了我很多问题，我只告诉他们我是维达理从养父那里租来的。

当问到维达理的情况时，我知道的非常有限，我告诉他们最后一次演出时，他获得了一位贵夫人极高的赞美。但在巴黎时，卡洛弗理对他的威胁我却只字未提，怕影响维达理的名誉。

警察带上我与亚根先生去找卡洛弗理的房子。当卡洛弗理看到我带来了警察时，吓得大惊失色，但很快他就明白了我们找他的原因。此时，通过卡洛弗理的讲述，我才大致了解了主人的身世。

原来，维达理本名叫卡洛·巴尔扎尼，四十年前，他是意大利人尽皆知的大歌唱家。后来因为嗓子坏了，他无法再做受人欢迎的"艺术之王"，又不愿屈身到二流的小剧院卖唱，于是就干脆改名换姓做起了维达理。他试过几种职业，但都失败了，最后才做了街头艺人。为了尊严，他一直严守这个秘密。

第二天我本应该去参加维达理的葬礼，但夜里我却生病

了，很严重的肺炎。正因为这场病，让我看到了亚根一家的善良，特别是埃蒂耐特的细心和宽厚。

我的病拖了很久，有几次我的胸堵得厉害，喘不过气来，阿列克斯和本杰明便整夜整夜地守在我身旁。

在他们的精心照料下，我的身体终于慢慢地好起来了。当我可以下地的时候，丽思常会带着我在比叶夫河畔散步。奇怪的是我们不用任何语言，只一个眼神的交流，就能明白对方的心事和想法。

休养了一段时间后，我终于恢复元气能干点活了，这也是我一直急于想做的。我以前从没这样干过活，那时需要长途跋涉，不需要一直去全身心地投入，不过我认为自己能干好。

我所要做的是，早晨霜冻过后打开玻璃盖子，晚上霜冻前再关上它，还要根据光照的情况在玻璃盖子上铺上褥草。这活不累，很适合大病初愈的我。

在身体完全好了之后，我也学着在地里种东西。在这里，我才明白得让土地一年四季生产，这样才会有更多的收获。

61

更让我感到安慰的是，这个家庭正如我所料想的，温馨而甜蜜。我不再孤单，我有了兄弟姐妹；吃饭时桌上有我的位置，累了还可以躺在床上美美地睡上一觉。

日子过得很快，两年眨眼就过去了。在这段时间里，我对巴黎有了更多的了解，知道了塞纳河码头、卢森堡公园和香榭丽舍大道，等等。

然而我的教育绝不仅仅限于闲暇时在巴黎街头的闲逛。亚根爸爸年轻时省吃俭用，买了好些书来读，不过结婚后时间少了，就把它们丢在了一边。在亚根爸爸家的头一个冬天，空闲的时间很多，我从旧柜子里翻出了这些书，分发给大家阅读。两个男孩没有读书的习惯，常常是翻到第三页眼皮就睁不开了。而我在维达理的教育下，培养了很好的学习兴趣，我常常拿起书就爱不释手。

起初，丽思不识字，看到我读书时就不理她了，总是生气地夺走我的书。后来，在好奇心的驱使下，她开始让我读书给她听，她很聪明，经过我的耐心解释，她也能明白书中的意思。这使我们之间有了更多的乐趣。

亚根爸爸热情地拥抱着我，说："瞧，我当初留你下来是多么明智的决定啊。"

我们一家相处得很好，亚根爸爸很喜欢我。但不久以后发生的一件事情改变了我们所有人的命运。

在亚根家的日子太幸福了，总让我有种不真实的感觉，害怕它哪天会离我而去。然而不幸真的降临了。

亚根爸爸擅长种植桂竹香。桂竹香的花有重瓣的和单瓣的，现在巴黎不流行单瓣的，但播下种子总会长出各占一半的重瓣和单瓣，所以在开花以前必须把单瓣拣出来，这就是"拣株"。会拣株的花匠并不多，所以每逢这个时节，亚根爸爸总是会被人请去帮忙拣株，这样就难免不在别人家喝两杯。这对于埃蒂耐特来说是糟糕的日子，每逢亚根爸爸醉醺醺地回来时，她总是很头疼。

　　其实亚根爸爸不是贪杯的懒汉，他也没有独自去小酒吧消磨时光的恶习。等过了拣株的季节，亚根爸爸就很少出门了。

　　花匠最该干的活是在最佳的时节把花送到市场，卖上个好价钱。

　　一年里，所有的节日都是鲜花销路最好的时候，越盛大的节日，花就卖得越好。在节日里，巴黎的大街小巷简直成了花的海洋，很多人都手捧鲜花准备送给亲友或者爱人。

　　这个时候亚根爸爸总是很开心，他会对我们说："这个花季我们的生意一定会很好。"然后便在心里盘算着能卖多少钱。

　　大家都很努力地干活，星期天也不例外。一切准备妥当后，亚根爸爸为了让我们放松放松，向我们宣布八月五号将带我们去朋友阿格伊家吃饭。那天，我们一直忙到四点差几分，亚根爸爸才安排我们出发。

　　我们个个都兴高采烈，丽思穿得很漂亮，天蓝色的裙子配高帮鞋，戴着草帽，看起来既优雅又活泼。

　　快乐的时光总是过得飞快，我们美美地享受了一顿佳肴。

当我们快要告辞时，天空突然乌云密布，暴风雨即将来临。

突然我们听到噼里啪啦的声音，仿佛石头砸在地上，是冰雹！我们找了个地方躲了起来。每个人心里都是一团乱麻，遇上冰雹，花棚的情况可能更糟了。

几分钟后，冰雹停了，乌云也散开了，马路上到处都是大块大块的冰雹。我背起丽思，飞快地往家赶去。

眼前的一切把我们惊呆了：棚窗、花株全都被打得稀巴烂，地上到处都是花的残枝败叶和玻璃碎片。亚根爸爸颓丧地瘫坐在凳子上，阿列克斯和本杰明站在一旁呆若木鸡。

接下来的一段时间亚根爸爸很忙，他每天在外面奔波，回来的时候却一言不发，我们也不敢多问一个字。后来，亚根爸爸还上了法庭，一想到法庭我就心有余悸，维达理两个月的牢狱之灾仍让我感到害怕。

我们不想面对的结局还是来了。这天，亚根爸爸回来后，走到我们面前说："孩子们，一切都完了！"

我想走出门去，让他说接下来的事情，但被他拦住了。他说我是他们的家人。

"我要离开你们了。即使卖掉家里所有的东西也不够还钱，所以法庭判我去坐五年牢，我得用自由来还债。"

我们一阵沉默，因为没人知道该怎么办。

"我已经想好了，雷米，你给我姐姐卡特琳娜·苏里奥写封信，跟她说明情况，让她赶紧过来，她比我有主见。"

信很快就寄出去了，我们都盼望着卡特琳娜姑妈能快些来，她是一个善于处理事务的女人，一定会有办法的。

我们的希望最终还是落空了，在警察到来之前，卡特琳娜姑妈还是没有赶到。警察拦在了亚根爸爸的面前，他面如土色，痛苦万分。

临走前，亚根爸爸首先抱了抱他最疼爱的丽思，接着又一一吻别埃蒂耐特、阿列克斯和本杰明，我站在角落里默默地看着这让人难过的一幕。

"雷米，我的孩子，我要抱抱你。"我们俩深情地拥抱，然后他把丽思交到埃蒂耐特手里，转身出去了。

我们全都哭成一团，心中充满了绝望。

但事情还不算太坏，在亚根爸爸被带走一个小时后，卡特琳娜姑妈终于来了。她曾在巴黎做过十年的乳母，经历过世事的艰难，是一个性格坚毅的女人。我们像在茫茫的大海上又找回了那座灯塔。

但是，对于一个没有读过书的农妇，突然要挑起这样一副重担终究是无比艰难的。她去以前一个当公证人的雇主那里征询了一些建议，然后去监狱看了亚根爸爸，得到他的同意后，她向我们宣布了她的安排。

孩子们都还不能独立工作，只能托付亲人照顾。丽思跟着卡特琳娜姑妈，阿列克斯去塞文省的瓦尔斯一个当矿工的叔叔那儿，本杰明去当花匠的圣·康坦的叔叔那儿，埃蒂耐特去埃丝南德的一个姑姑家。

都安排就绪了——除了我，我走到卡特琳娜姑妈面前问我

怎么办。

"你不是我们的家人。"卡特琳娜姑妈生硬地说。

一回到卧室，大家就围到我身边来了。他们纷纷表示是多么想与我在一起，丽思还哭着扑到我的怀里。

早晨八点钟的时候，卡特琳娜姑妈叫了一辆马车，带着丽思他们去与亚根爸爸告别。出门前，他们先一一与我道别。

我收拾好行李，背起竖琴，重新过回流浪生活，卡比一点儿也不伤感，反而欢天喜地的。

第九章　勇往直前

　　现在，我可以抬起我的脚向任何一个方向走去，只要我愿意。与我同年的孩子们是多么盼望有我这种自由，然而此刻我更盼望的却是失去这份自由。这些孩子和我之间的差异，竟大得如此吓人！

　　在我踏上流浪之路以前，我决定先去看看亚根爸爸。我不知道债务监狱的具体位置，但我相信是可以打听到的。

　　我带着卡比在大街上小心翼翼地走着，对警察充满了畏惧。在鼓足勇气走进债务监狱之前，我彷徨了好一会儿。

　　终于能够去见亚根爸爸了。我被领到接待室，亚根爸爸很快就来了，并没有带着镣铐。

　　"我就知道你一定会来的，雷米。"

　　接着，亚根爸爸从口袋里掏出一块银表放在我的手里，说："咱们要分别了，我得送你点东西。这块银表不值什么钱，但我现在只有它，送给你做个纪念吧。再见了，我的小雷米。"

　　与亚根爸爸告别后，我在监狱门口站了好久，也不知道该往哪儿去。要不是我的手碰到口袋里那只表，我可能会一直站到天黑。

我掏出表看了看时间，正好是中午。我突然觉得很高兴，并不是因为是中午才高兴，而是因为有了这块表。现在，我除了卡比，还有了一块表，我不会孤单了。

我回头向监狱看了最后一眼，决定向前出发了。下一站我想回夏瓦侬，离开巴伯汉妈妈两年多了，我很想她。离开巴黎前我得买一张法国地图，于是我向码头走去。

在码头附近的旧书摊上，我买到了一张发黄的地图。但这有什么关系呢？只要能用，重要的是它只要七十五生丁。准备就绪，我打算离开巴黎，越快越好。

经过摩弗达街的时候让我想到了许多人，想到了卡洛弗理和维达理，正因为维达理带我离开这儿，才会在那个晚上被冻死。我在教堂旁边发现了马迪亚。

"卡洛弗理呢？"我问道。

"他进监狱了。他打死了一个男孩，被抓起来了。"

"你有什么

打算吗？"

"我打算卖掉我的提琴，虽然百般不舍，但吃饱肚子更实际。唉，它就像我的老朋友一样，能抚慰我的心灵。真不舍得卖掉它。"

"那你可以在街上拉琴啊。"

"我试过了，没人给钱！"马迪亚失望地说道，"你现在做什么呢？"

"我是班主。"一时高兴，我居然说起孩子的大话来了。

"那你能收我进戏班子吗？"

"我的戏班子只有卡比。"我给他指指狗，示意这个戏班子是多么的寒酸。

"求你了，收下我吧！不然我会饿死的。我能干活，会拉琴唱歌，会做柔体动作。干得不好你可以揍我，只要能给我一口饭吃。"

听了这话我就不再犹豫了，同意了他的加入。

现在，我们一切都就绪了，唯独衣着看起来不像艺人。艺人的袜子该用彩色带子绑起来。

一旦有了这个想法我就开始行动了。我叫马迪亚拉琴给我听，我则拿出剪刀改装我的裤子，我毫不犹豫地把裤子从膝盖以下剪断。

这时马迪亚拉起了他的小提琴，琴声悦耳，差点让我忘了剪裤子。

听完他的演出，我也拿出我的竖琴演奏了一段。马迪亚大大地恭维了一番，这让我们都很高兴。

三月里的干燥的寒风吹干了道路，走上去是多么轻快。四月的阳光照耀着万里无云的晴空，和熙的春风令人舒畅。

我们走过维尔茹依夫来到了一个村子，就在我们四处寻找适合表演的场地时，却看到一个农户家的院子里挤满了盛装打扮的人，他们身上戴着鲜花，气氛喜气热烈，一看就知道是在举行婚礼。

于是我走过去，脱下帽子向他们行了个礼，问他们需不需要演出。

"来一段吧。"大家都应声大叫道。

"你们谁会短号啊？"一个胖小伙问道。

"我会。"马迪亚马上回答，这个家伙，真是个宝。

短号拿来后，我们开始卖力地演出，人们随着节奏舞动起来。一直演奏到晚上，跳舞的人仍然没有尽兴。

马迪亚的工作最吃力，最后都已经有些吃不消了，他苍白的脸上看起来更没血色了，还大口大口地喘着气。幸好新娘子也看到了。

这一次收获颇丰，足足有二十八法郎，多亏了马迪亚。我们神气得像个财主似的，到科尔贝的时候我们花掉一些钱添置了不少演出装备。

一路上我们的财运很好，这让我们自信满满，演出节目也很丰富。经过这段时间的相处，我与马迪亚已经情同手足。

离开科尔贝时，我们手上已经有三十法郎了。我想送给巴伯汉妈妈一份她最渴望得到的礼物——一头奶牛。

到瓦尔斯有很长的一段路，我们为了挣钱又把路线拉得更长，总共走了一千多公里。到瓦尔斯时，我数了数钱袋，居然已赚到一百二十八法郎！我非常高兴，马迪亚也为这笔财富感到自豪。

这座满眼望去全是黑色的城市，从早到晚都有装着煤的铁皮车穿梭其中，不断扬起黑色的煤屑。这个城市像笼罩在一层黑烟之中，不管什么都被染上了一层黑色，黑色的街道、黑色的房屋和黑色的车，尤其是穿梭于城市各个角落的人们，他们简直和煤块一样黑。

下午，我们到达瓦尔斯的郊区。一走进瓦尔斯，我就向人打听特吕耶尔矿在什么地方，那是阿列克斯的叔叔工作的矿场。根据当地人的指点，我们来到了迪沃纳河左岸的一条小山凹里，这里的景象更凄凉，几乎看不到绿色植物。

我们一路打听，终于找到阿列克斯的叔叔住的地方，他住得离矿场不远。当我们走到他家门口时，看到一个女人正在和其他人闲聊。

"请问阿列克斯在吗？"

"哦，你一定是雷米吧？阿列克斯常跟我提起你。"她把我打量了一番，还看了看卡比，然后指着马迪亚问："他是谁？"

"马迪亚，我的朋友。"我回答道。

原来她是阿列克斯的婶婶。简单的交谈完毕，她并没有热情地邀请我们进屋子里休息一会儿，只是告诉我们阿列克斯六点会从矿上回家来。

我们到城里买了些面包填饱肚子。快到六点的时候，我们干脆到矿上的出口等阿列克斯。

六点刚过几分，矿工们提着矿灯从出口处缓缓地走了出来，全都黑得根本看不清样貌。要不是阿列克斯向我跑来，我肯定认不出他来。

"雷米来了。"他转身兴奋地对身旁的一个中年人说道。那人与亚根爸爸长得很像，他一定就是阿列克斯的叔叔加斯巴。

"我们等了你很久呢。"加斯巴叔叔开心地说。

"从巴黎到瓦尔斯的路太长了。"我抱歉地说。

回到家里，加斯巴婶婶很冷淡，但加斯巴叔叔很热情，总是在开朗地笑。他邀请我们一起吃晚餐，这太让我们高兴了，因为我可不想一见到阿列克斯就离开，我想好好地与他聊聊。

吃完晚饭，加斯巴叔叔安排我与阿列克斯一起休息，马迪亚则睡在烘面包的房间里。整个晚上阿列克斯都在跟我讲矿井里的趣事。叔叔是采掘手，他是推车工，虽然干这份工作的时间不长，但他已经很喜欢推车工的工作了。他们每天要从一条深深的坑道走到地底下，然后会有又陡又湿的楼梯一直通到煤层。矿井总共有三层，两百米深，坑道长达四十公里。虽然不用走完四十公里，但因为中间有积水，路面又窄又湿，所以在崎岖不平的坑道上走路会很吃力。

阿列克斯向我描述的种种事情，使我产生了强烈的好奇心，我很想下到煤矿井里看一看。

加斯巴叔叔拒绝了我的请求，因为只有工人才能够进去。然而一个意外让我达成了愿望。

　　那天阿列克斯的右手被煤块砸伤了，伤势虽然不严重，但需要休息一段时间。叔叔最恼火的事情就是工作被干扰，因为这么一小段时间是不好找临时工代替的。即使他四处奔波，也依然没有找到合适的人。

　　我看见他恼怒的样子，问道："推车工容易做吗？"

　　"再容易不过了，你也可以胜任。"

　　咱们很快就达成了一致的意见，我决定去矿井下好好体验矿工的生活，这对于我来说是很新鲜的事。

　　这段时间，马迪亚带着卡比出去演出挣钱，他也非常高兴能独自去演出。

　　现在的他已经不是当初那个一脸病容的小家伙了，头也不再疼了。户外生活让他逐渐健康快乐起来。

　　第二天，马迪亚带上卡比出去了，我则穿上阿列克斯的工作服和加斯巴叔叔下矿井去。

我很快就学会了在矿井下怎么干活，虽然干得不怎么好，但已经能够勉强应付了。要想在这一行中取得成功，必须足够灵活和熟练，而这都是我所缺乏的，并且我并不热爱这样的工作。我不喜欢一直干同一件事情，一连几个小时都不说一句话，这让我觉得沉闷和凄惨。长年的流浪生活，让我习惯了自由自在。

在矿井下我认识了另一个推车工——一个六十多岁的老头。他以前是给坑道安置圆木的支架工。在一次塌方事故中，他被砸断了三根手指，因为他是为救其他几个年轻同事才受伤的，所以公司赔给他一笔小额的年金。老人依靠这笔钱生活了几年，但后来那家公司破产了，他失去了依靠，所以不得不出来自谋生路。

矿工们喜欢叫他老夫子，因为他懂不少东西。打过几次交道后，我们俩成了好朋友，我的问题很多，而他也非常乐意回答我的问题。替人解答疑问令他感到无比自豪。老夫子热衷于收集煤块和岩石，读过很多关于煤矿的书。

自从下矿井以后，我一直对泥煤充满好奇，于是缠着他问起来，他立即滔滔不绝地讲开了。

直到晚上，他还没有停下来的迹象。经过他的一番讲解，我对泥煤有了新的认识。

第十章　矿井下的水灾

去老夫子家后的第二天，我又下井了。

当我推着斗车第三次往返于矿井时，我听到矿井另一端传来轰隆隆的声音，这响声震天动地，仿佛天崩地裂了一般。我不知道出了什么事，脑子里一片空白。突然，一群耗子从我脚下窜过，像一队亡命的骑兵。接着，我听到了激荡的水流声。

我举起灯来，水正从另一端向我涌来。我扔下斗车，连忙往工作面跑去，同时大声叫道："加斯巴叔叔，进水了，快跑啊！"

听到我的声音在发抖，加斯巴叔叔也吓坏了，他凝神仔细听，确实是水流声，于是他也大喊起来："进水了，快跑啊！"

"去老工作区吧，只有那里才能藏身。"老夫子叫道，这个时候只有他还保持着清醒的头脑。

老工作区是废弃已久的一部分矿区，早就没人去了，只有老夫子因为要搜奇常去光顾。

在老夫子的带领下，我们好不容易才来到了上山眼，刚站定，震耳欲聋的声音便传来了，塌方声、支架倒塌声和洪水倾

泻声，整个矿井都被这些恐怖的声音包围了。

我们七个人几乎都陷入了绝望，也许只有发生奇迹才可能活命了。

老夫子是唯一一个还能思考的人，他叫道："我们现在得挖些可以放脚的坑，不能老用手抓着。"众人没有反应，他接着又补充道："用灯上面的钩子来挖。"

这样，我们便有时间互相认识一下。待在这儿的一共有七个人：老夫子、我、加斯巴叔叔、巴热、贡倍鲁、白贡胡和卡洛里。这突如其来的洪水让大家议论纷纷，有的人说是地震引起的，有的人说是煤矿里的妖精发火了，我说水是从迪沃纳河底漏进来的。

"这是一场水灾，从地面上淹进来的。河里的水只会把第三层淹了，但现在连第一层都被淹了，只可能是水灾。"老夫子的判断与众不同。

后来，我们几个人一致推举由老夫子当头，因为在这样危难的关头，需要一个人来领导大家。我们六个人都愿意绝对地服从他，不论他怎样安排。

"说话算数啊。那我现在就安排了，三个力气大的去挖上山眼，雷米、卡洛里、巴热和我负责运土。"

大家开始分头干活，负责挖土的人拿出自己的小刀努力地挖着，我们几个则一刻不歇地运土。经过大家三个多小时的努力，终于挖出了一个可以勉强让我们坐下来的平面。大家都累坏了，这会儿可以坐下休息了。

"只留一个灯点着，其他的都灭掉。"老夫子一出声，大家就立刻照办了。

"等等，谁带了火柴啊？灯可能会被吹灭，要以防万一。"

"我有，但是湿了。"几个人同时回答，大家都习惯把火柴放在口袋里。

"我也有火柴，在我的帽子里。"卡洛里过了好一会儿才说，他摘下帽子，把火柴盒递过来，还好没湿。

于是我们留下一盏灯，把其他的都吹灭了，矿井里又陷入了死寂。下面是水，上面是石墙，我们被困在里面，就像是地狱一般。不多久，这种境况就又让我们陷入绝望了。

"依我看，外头的营救工作还没开始呢，这么安静！"加斯巴叔叔突然说道。

"上面的人以为我们都死光光了呢，不会管我们了。"

"你们怎么能这么想呢。你们应该知道的，我们的矿友是不会放弃任何一个人的。"老夫子说道。

"水里有声音。"过了很久，突然有人说道。这里本来就很安静，有点声音是很容易听到的。

"抖抖地，这是抽水机在抽水了。"老夫子告诉我们。

抽水机的声音的确给了我们希望，让我们振奋了一会儿，但很快饥饿和不能舒展筋骨的难受感便击败了我们的意志。老夫子犹豫了许久，给每人分了一小片面包，可这还不够填牙缝。巴热吵着要喝水，老夫子环顾四周，最后决定让我去取水，因为我最轻，不会踩坏平台。

老夫子拉着我的手，小心地护送着我下去。当他探出身时，一不小心滑进了水里，他手里的灯也掉了下去熄灭了，周围顿时陷入了一片黑暗。我顺势溜了下去，无论如何不能让老夫子淹死。我正思考着该怎么在这一片黑暗中找人时，一只手抓住了我的肩膀。

"抓住我，老夫子，别放手。快点把灯点上。"

随着"哗"的一声，灯又亮了。我这才发现原来我就在岸边，一伸手就能上岸。我抓住一块凸出的煤壁，把老夫子拖了过来。这时，加斯巴叔叔和卡洛里各抓住老夫子的一只手，合力把他拖出水面，拉到了平台上。

"谢谢你救了我的命。"老夫子拉着我的手感激地说着。

"谁给雷米换件衣服？"老夫子号召大家，可没人应声。"既然这样，那我们抽签吧。"老夫子继续说。

其实大家的衣服都湿了，只是其他人湿到了腰，而我和老夫子是全身都湿了。很幸运，我得到了贡倍鲁的衣服，他个子很高，仅仅一件上衣就能把我全部裹住。

我换了衣服后坐在那里昏昏欲睡，老夫子抱住我的头，以防我不小心掉下去。我很快就进入了梦乡。

地面上的救援工作在缓慢地进行着，因为地道太难打了，这是最坚硬的"石筋"。经过七天坚持不懈的挖掘，已经挖到二十米深了，这在平时要一个月才能挖到，全靠矿工们拼了命的努力。

就在第七天，一名矿工正准备动手挖掘时，突然听到了微

弱的敲击声，他以为听错了，再凝神听时，发现敲击声很有规
律。这消息很快传到了工程师的耳朵里，他也说确实听到了有
规律的回应声。

下面确实还有人活着，这消息不胫而走，全城的人都心情
激动，尤其是那些被困在井下的矿工的亲人们。

我们又听到了种种异样的声音，卡洛里说是洪水再次袭来
了，老夫子一个劲地说不是，但这次他也说不出理由来。通过
大家的一致同意，灯再次被点燃了。大家发现水面没有上升，
而在下降。

远处镐头敲击岩石的声音越来越近了。这期间，水始终在
向下退，我们已经看到水面到了坑道的顶板以下了。

几只耗子在坡底下跑过，这让我们欣喜若狂。这说明坑道
里的水已经浅了很多了，运气好的话还能逮几只耗子吃，只是

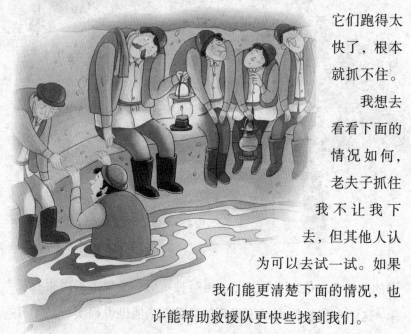

它们跑得太快了，根本就抓不住。

我想去看看下面的情况如何，老夫子抓住我不让我下去，但其他人认为可以去试一试。如果我们能更清楚下面的情况，也许能帮助救援队更快些找到我们。

讨论结果是同意我下去，我拥抱了老夫子和加斯巴叔叔，然后脱掉衣服，下到水里。

我下到水里小心地前进着，从上山眼到阶梯这段路不太好辨认，因为有个岔路口，所以要特别小心，不然会迷路。唯一能导航的是下面的铁轨，我慢慢前进着，不时用脚碰一下铁条，以确认没有走错。

我很快就游到了上山眼，老夫子大叫道："快回来！外面的人能听到我们的声音了。"

我迅速地爬上去，侧耳倾听，确实，镐头的声音很清晰，还能听到外面矿友的说话声，只是还很轻。

老夫子事先提醒我们：洞眼打通后，会有很强的气流冲进

来，所以我们必须保持警惕。

奇怪的是，越是临近获救时刻，我们越觉得虚弱。我已经躺在平台上动不了了。

终于有几块大石头从上面滑到我们身旁来，顶端打通了，刺眼的光线从洞口射进来，照得我们都睁不开眼睛。同时有一股很强的气流卷进来，刮灭了灯。

就在这时，坑道里传来哗哗的水声，有人从坑道走进来了。走在最前面的是工程师，他爬到上山眼，把我紧紧地搂在了怀里。我们得救了！

这时，我隐约看到一个白花花的身影跳到工程师怀里亲我的脸，是卡比。

在我身旁，马迪亚牵着我的手，紧紧地，不肯松开，我能从他手紧握的力量感觉到他的激动。

两天后我就能下地走路了。在路上，我碰到一些人，他们中有些人亲切地向我问好；有些人干脆别过脸去，因为他们的亲人去世了；还有些人向我打听在矿井里的事情，我拒绝了，痛苦的记忆我不想再回想。

阿列克斯说："我一想到你会因为我而死掉，就太难过了，我还以为你真的会死呢。"

马迪亚说："我一直相信你还活着，虽然我不知道为什么，也不知道什么时候你能回来，但我就是相信这一点，每当其他人怀疑的时候我就大声告诉他们你一定还活着。"

听到马迪亚这样说，我为他对我有这样的信念而骄傲。

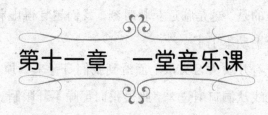

第十一章 一堂音乐课

经历了矿井下的那场灾难，我在这里有了很多朋友。

老夫子和我的感情更深了，加斯巴叔叔也希望我能留下来，还给我找了采掘手的活儿。工程师也邀请我去他家，还要给我在办公室里找个位置。

他们都以为我会就此留下来，而我一想到矿井下的暗无天日就喘不过气来。尽管刚开始时我觉得新奇，但那只是我人生中的一次历险，不会是我未来生活的全部，我喜欢户外自由自在的生活。我拒绝了他们热心的挽留。

就在人们热情挽留我时，马迪亚看起来却闷闷不乐，问他为什么，他也不多说。当我告诉他三天后我们起程时，他高兴得跳起来搂住我的脖子。

其实马迪亚完全有能力独自谋生，他很有表演天赋。他能演奏所有的乐器，而且样样在行。他会唱会跳，扮演角色也生动逼真。当他在戏台上咧开嘴爽朗地笑时，能轻易地让所有的人掏出腰包来。在这段时间里，马迪亚已经将我们的积蓄增加到了一百四十六法郎。他希望我与他一起仅仅是因为我们深厚的友情，而不是金钱，这让我很感动。

离开瓦尔斯时我很有些不舍，我得和我亲爱的朋友们分手了，但这不是第一次，我天生就是个流浪者。

出发之前我们讨论了行程，决定不走直线，而是绕走克雷蒙，因为那里有很多水边城市，尽管去见巴伯汉妈妈的时间延迟了，但那里有很多疗养的病人，我们在那儿能挣到不少钱。我们的想法是挣更多的钱，然后买一头更好的奶牛，这样，巴伯汉妈妈就会更高兴。

我一直在教马迪亚识字和认谱，但马迪亚学认字很吃力，他看起来很认真，但不是用脑子在记。有时候我会气得敲书本，他则一本正经地说我该敲他的脑袋，那样才会让他的脑袋管用，卡洛弗理以前就是这么干的。这样，我还能发脾气吗？

马迪亚学起音乐来却是惊人的快，很多时候我已经答不上他的问题了，这让我很恼火。有时，我想蒙混过关，而马迪亚则不依不饶，最后我只能老实地承认我对小提琴不是很在行。但如果遇到什么谱号或者降音符方面的问题，我是不能这么回答的，不然就不能称之为音乐老师了。

偶尔，我也会为了维护我作为"老师"的尊严，严肃地告诉他："因为就是这样的，所以要这样。"他是个老实的孩子，不懂得反抗。

但接连几天他都心事重重，一天，他终于开口了："你是个好老师，但我认为'就是这样的'不应该是答案，还会有其他的答案。你不知道是正常的，因为别人也没有教你。不如咱们去买本书，从书里一定能学到我们不懂的东西。"

"这很好，但是一个好老师能胜过一本书。"

"那么我们去找个真正的老师好好地学一学。"

我们经过一番讨论，一致决定去找个好的音乐老师来解开我们心中的谜团。芒德是我们一路上经过的最大的城市，我们可以去那里找个音乐老师。

我们穿过了一个叫梅让的喀斯特地貌区，那里极度贫穷，放眼望去尽是一片茫茫无际的荒凉。

来到芒德时天已经很黑了，我们问旅店的老板娘市里有没有好的音乐老师。

她一脸诧异地看着我们，说："难道你们没有听说过埃斯比那苏先生吗？你们不是本地人吧？"

"我们从意大利来。"

"那就没什么好奇怪的了，从那么遥远的地方来不知道埃斯比那苏先生是可以原谅的。"

"他会接待我们吗？"

"只要口袋里有钱，都会接待的。"

听老板娘这样说我们就大大地放心了。我们尽可能把自己整理得干净一点，准备好了要问的问题，再把卡比拴在了旅店的马厩里就出发了。

我们来到目的地时，却发现那儿是个理发店。我们以为弄错了，于是问路过的行人，他斩钉截铁地告诉我们确实没错。

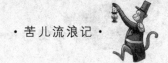

　　我们仍然将信将疑，但现在也别无他法，只能碰碰运气了。于是马迪亚问道："请问埃斯比那苏先生在吗？"

　　"我就是。"回答的人正在给一个农民理发。

　　我向马迪亚示意这个人不该是我们要找的，但他不理会，径直走过去找了把椅子坐下，并示意我要有耐心。

　　埃斯比那苏很快给农民剃完了，拿过毛巾就围在马迪亚的脖子上，准备给他剪头发。

　　"先生，我们知道您是著名的音乐家，您一定愿意给我们一些指点吧？"马迪亚礼貌地问道。

　　"说吧，你们有什么疑问？"

　　"为什么小提琴调音只能用某几个音,而不能用别的音呢？"

　　接着埃斯比那苏的回答让我目瞪口呆了，我们知道我们确实找对人了。马迪亚的问题一个接着一个，先生回答起来毫不含糊。

　　过了一会儿，埃斯比那苏先生开始大笑起来，他已经知道我们真正的意图了，他让马迪亚奏上一曲。

　　刚好这里放着些乐器，马迪亚用每种乐器都演奏了一段。

　　"你这家伙真是个天才，你留下来吧，我会让你成为真正的音乐家。"

　　听到他的提议我有些担心，马迪亚不会真的留下来吧。

　　令我吃惊的是,马迪亚毫不犹豫地拒绝了埃斯比那苏先生的邀请。尽管他一再游说，但还是没能打动马迪亚。马迪亚坚决地说无论如何也不会离开我。

"那么让我为你做点什么吧。"埃斯比那苏先生说完，从抽屉里拿出一本叫《音乐原理》的书，签上大名，递给马迪亚。

这段经历让我们毕生难忘，尤其是马迪亚。

第十二章　与巴伯汉妈妈重逢

一出理发店，我就拉住马迪亚的手，深情地说："我们永远都不会分开，是吗？"

"我一直这样认为啊。"他哈哈大笑。

一路上，我们马不停蹄，终于来到了河边的城市。果然不出所料，这里的人很慷慨，我们收入颇丰。

我们现在已经有了二百一十四法郎，接下来要研究怎样才能买头好奶牛。在旅店里有很多关于牛贩子的消息，听说他们都是骗人的高手，他们会给奶牛配上假尾巴、假牛角，还有假乳房。

这让我们太为难了，还好听说兽医能分辨出牛的好坏。于是我们决定去找兽医帮忙。

我们来到了于塞尔，这是我的老地盘，正是在这里我遇见了维达理。可是我已经失去维达理了，还有可怜的泽比诺、朵尔丝和美心，想起往事我不免又伤心起来。

我们找到旅店，放下行李，着手去找兽医。不过，兽医对我们的计划并不相信。当我们说出请求，他哈哈大笑，说："你们为什么要买奶牛呢？"

我向他解释了原因。

兽医这才相信了我们，说："你们是好孩子，明天早上七点来这里吧，我带你们去买，只是你们得有钱。"

第二天早上，我们六点就起床了。人们已经开始忙碌了，旅店的院子里停满了马车，街道上人潮涌动。

离约好的时间还有一会儿，我们决定先去集市看看奶牛。溜达了半个小时，我们看中了十七头奶牛。

时间差不多了，我们就往兽医的家走去。七点钟的时候，我们三个人一起来到集市，一路上，我们把我们想要的奶牛的条件仔仔细细地说了一遍。

然后他开始与农夫讨价还价，这下让我们真正见识了兽医的内行。他指出奶牛的一些缺点，让农夫不得不一让再让。最后敲定价格——二百一十法郎。

交了二百一十法郎，农夫却不肯把拴牛绳交给我们。他想尽办法，敲走了我们所有的钱，他的理由有很多，如老婆的发卡、牛的笼头等。买了奶牛后，我们已经身无分文了。

那天晚上，我们拴好奶牛，就去村子里挣钱了。演出回来后，我们点了点钱，发现又有了七法郎五十生丁。

第二天一大早我们就出发了。走在去夏瓦侬的路上，我的兴奋感难以言表。

我很感激马迪亚无私的帮助，如果没有他，凭我一己之力恐怕很难挣到这笔巨款。所以，为了感激他，我把牵牛的荣耀让给了他，自己则走在后头。

中午的时候，我们牵着奶牛让它在路边的草场上吃草，它很乖，于是我们干脆放开了绳子，到一边去啃面包了。等我们吃完，奶牛还在慢悠悠地啃它的青草。我们又开始玩弹子，这是我们一路上常玩的游戏。我们玩累了，奶牛还在大口大口地吃着，于是马迪亚吹起短号来打发时间。

可奶牛一听到音乐，突然扬起腿跑开了。我们赶紧追上去，卡比冲在前头。跑了大约两公里，来到了一个村子，奶牛在我们前面被人给拦住了。

我们走到跟前，奶牛旁已经围上了很多人，他们七嘴八舌地盘问起我们来。我们说奶牛是我们的，可没有一个人相信，都说是我们偷的，要抓我们去监狱。

一听到"监狱"这两个字我就吓得面如土色。这时恰巧来了一个宪兵，他也不相信我们的说辞，扣下了奶牛，要把我们送进监狱。

就这样，宪兵把我们带到了村子里的监狱。

过了一会儿，监狱的门打开了，走进来一个面色和蔼的老头，他是这里的治安官。他叫人把马迪亚带走了，要把我们分开问话。

马迪亚走之前示意我放心，他会实话实说。

"有人控告你偷了牛？"

"我在于塞尔买的，那里的兽医可以证明。"我还说出了兽医的名字。

"为什么买奶牛？"

"我想感谢巴伯汉妈妈，她是我的养母。"

"她的丈夫是个泥瓦匠吗？在巴黎受伤的那个？"

我没吱声，我只是告诉他不能让巴伯汉妈妈知道，如果这样就不能给她惊喜了。从治安官先生的盘问中我判断出巴伯汉妈妈还活着，而巴伯汉又去了巴黎，这消息让我欣喜若狂。

"买奶牛的钱是从哪里来的？"

他问到了最让我头疼的问题，我该怎么让他相信两个孩子能挣到买奶牛的钱呢？不管怎样，我只能实话实说。我跟他讲了我们一路从巴黎到瓦尔斯，又从瓦尔斯到了这里的经历。

不久，他转身走开了，我忐忑不安地等待着结果，过了一会儿，治安官带来了马迪亚。

"我要去证实一下你们所说的，如果没有问题，明天就可以放你们走了。"

在监狱里的这几天过得还不错，至少比露宿街头强多了。第二天早上八点，治安官开门进来，后面跟着兽医。兽医非要亲自来，好确定我们的自由。治安官还给我们准备了镇长签发的文件，有了它我们就不会再次被抓起来了。

我们与治安官和兽医握手告别时，村子里的人们也向我们投来了友善的目光。走出了村子，我们紧紧拉着奶牛的绳子，生怕它再跑掉。

离家越近，我的心跳得越厉害。一路上我不停地看表，希望时间过得快一些。

我们已经走到那堵熟悉的矮墙前面了，正是在那里我回头看了巴伯汉妈妈的屋子最后一眼。我一下子跳到墙头上，看上去一切都没有变，就像我离开时一样。

一缕黄色的炊烟从巴伯汉妈妈屋子的烟囱中飘出，向矮墙飘来，还是我熟悉的橡树叶的味道，我感动得差点流出眼泪来。我跳下墙拥住了马迪亚。

"我已经迫不及待了，快走吧。"我们加快了脚步。正好走到路口的拐角时，我们看见院子里一顶白色的帽子正缓缓朝院子外移动，是巴伯汉妈妈，她打开栅栏走了出去。

我们走到家门口，把栅栏打开。牲口棚里堆满了柴火，我们把奶牛牵进去拴好。我让马迪亚和卡比躲到床后，我在壁炉的座位旁坐下了。坐好以后，巴伯汉妈妈还没回来，我还有时间打量一下这个我曾经生活过八年的家。一切东西都放在老地方，墙上的纸片也没有坏，只是发黄得厉害。我真想冲过去把屋子的每一个角落都抚摸一遍，但巴伯汉妈妈随时会回来的，我只好乖乖地坐着。

我看见门口一顶白色的帽子在靠近，接着听到院门被打开的声音。

"这是谁呀？"巴伯汉妈妈走进来，发现了我。

"天啦，是我的雷米！"她惊叫着，我冲过去搂住她。

"妈妈。"

"看我的孩子，都长得这么结实了，是个大孩子了。"

见面完毕，我叫出了马迪亚和卡比，并向她介绍了他们俩，卡比的敬礼逗得妈妈大笑起来。

"妈妈，我们到院子里去走走吧，我想看看。"

于是我们三人和一条狗往院子里走去,接着径直朝牲口棚走去，我已经迫不及待了。

　　巴伯汉妈妈推开门，只见一头奶牛赫然站在屋子的中央，还发出了让人欢喜的叫声。

　　我们一边聊着，一边忙着手里的活，巴伯汉妈妈在和面，马迪亚在添柴，我则摆好了盘子，还去提了一桶水。

　　一切准备就绪，火烧得足够旺了，面也和好了。巴伯汉妈妈挑了块黄油放到锅里，黄油立刻融化了，发出嗞嗞的响声，还飘散出浓郁的香味。

　　第一张饼煎好后，我首先招待了马迪亚。他迫不及待地往嘴里塞，才不去管饼到底有多烫。第二张饼煎好后，轮到我了，我的速度绝不会比马迪亚慢。等到第三张饼出锅时，卡比则欢叫起来。

　　巴伯汉妈妈看着我们吃得那么欢快，高兴得合不拢嘴，而她自己则是在我们的强迫下才吃了一张饼。这餐饭真是几年来我吃得最快活的一餐了。

　　吃完饭，马迪亚说要出去走走。

　　马迪亚走远后,我问巴伯汉妈妈:"巴伯汉为什么去巴黎?"

　　"好像是你的家人在找你。"

　　"什么，我的家人?"我猛地站了起来，这个消息太突然了，我从来就没有想过会有这回事，连做梦都没梦到过。

　　"孩子，别激动，我是从别人那儿听说的，事情是这样的:大约一个月前，一个男人来到我们家。他操着外国口音，

问巴伯汉是不是在巴黎的布雷德大街捡到过一个孩子。

"本来我想靠过去仔细听听他们说些什么，可后来那位先生发现了，他们两个就出去谈了，谈了三四个小时。后来我问巴伯汉到底是怎么回事，他说你的家人在找你，再问其他的，他就再也不肯多说了。

"后来巴伯汉就说要去巴黎找你，维达理曾留下了地址，是卢西街卡洛弗理的地址。然后他就去巴黎了。"

"他带回什么口信了吗？"

"没有，我想他应该还在找你。那位先生很慷慨，他给了巴伯汉一百法郎。另外，从当年包着你的那块漂亮包布上，都能看出你的父母一定是有钱人。"

那天晚上，我躺在那个梦想很久的床上，很快就睡着了，还做了个很奇怪的梦。我梦见父亲就是维达理，马迪亚、丽思、巴伯汉妈妈、密里甘夫人和阿瑟都是我的亲人。梦中的情景就是我生活中所经历过的，是那么的真实。

等我醒来时，梦中那些人似乎都还在我的身边。我的亲生父母在找我的念头也随之掺和了进来。我很想找到他们，可令我懊恼的是，要想找到他们就必须先去找巴伯汉。

第二天我们就要离开巴伯汉妈妈，这次离别已经没有上次那么痛苦了，我答应她会很快回来看她。

我们在路上紧赶着，遇见能挣钱的村子就演出一次，促使我们这样做的原因是要填饱肚子，另外我还想给丽思买些礼物。在德西兹我买了一个布娃娃和一个针线盒，丽思一定会很满意这两份礼物。

从德西兹到德勒兹，一路都是些贫穷的村子，我们只需加紧赶路就行了。

现在是秋天，白天比较短，尽管我们很努力，但到达德勒兹时，天已经漆黑了。

卡特琳娜姑妈的房子就在河闸旁，我们只要沿着河走就行了。走近房子时，我的心扑通扑通直跳。门窗都关着，屋子里的灯亮着，透过窗户可以看见丽思坐在桌旁吃饭。

我拿出竖琴演奏起了那不勒斯小调，刚弹了几个音符，就看见丽思猛地站起来，然后欣喜地朝屋外跑来，很快就扑到我的怀里。

卡特琳娜姑妈给我们加了两副刀叉，我请她再加一副，她们一脸惊诧，于是我拿出布娃娃，像变魔术般地放在丽思旁边的椅子上。丽思果然像我想的那样高兴得张大了嘴巴。

第十三章　艰难的寻亲路

如果不是要急着赶到巴黎去,我和丽思在一起的时间还可以更长一些,因为我跟丽思有很多话要说。

她用手势和眼神告诉我,姑妈与姑父待她像亲生女儿一样,他们本来有五个孩子,可都遭遇了不幸。在这里她有很多娱乐活动,包括钓鱼、驾船和在林子里奔跑。

晚上我们会为丽思演出,马迪亚为她演奏小提琴和短号,她却更喜欢我的那不勒斯小调。

幸福的日子真是短暂,几天后,我不得不再次与丽思分别了,因为我还惦记着我的亲生父母。

临别前我跟丽思说我会驾着大马车来接她,她眼含泪花地答应了。

一路上我只想着快点到巴黎,而马迪亚则坚持沿途多挣点钱。未来到底怎样谁也不知道,得保证未来的日子有面包。我们一再地争论,虽然我也承认马迪亚说得对,但我已经没有当初的劲头了。

我们是在一天早上到达巴黎的。这时已经是秋天了，天空灰蒙蒙的，早晨初雾降临，天气很阴冷，但我心里很高兴，什么都影响不了我。

马迪亚却更沉默了，我已经跟他说了无数次即使有了父母也不会抛弃他的话，可他依然忧心忡忡。

"卡洛弗理也许已经从监狱里出来了，我们要去的街就在卢西街的附近，我们会碰上他的，他会把我抓住，还会抓住你的。"马迪亚低着头，小声地说。

听了他的话我开始自责起来，我已经高兴得忘记了自己的朋友了。于是我停下来跟他商量对策，最后决定，我们分头行事。我一个人去摩弗达街找巴伯汉，晚上七点和马迪亚、卡比在教区大桥碰面。

在夏瓦侬的时候我就记下了要找的人的名字：帕若、巴拉博和肖皮内，还有他们的地址。在摩弗达街碰到的第一个人是帕若，但让我意外的是，当我问巴伯汉是否来过时，帕若居然说不认识他。

我又去找巴拉博，找到他时，他们一家人正忙得不可开交。我反复问了几遍，他才告诉我四五年前见过巴伯汉。

我离开那里又去找肖皮内，他是开餐馆的，我问他时，他正忙着为客人盛汤。

"巴伯汉吗？我不知道。"他心不在焉地回答道。

我着急得很，希望能打听到一些消息，所以硬着头皮问了许多关于巴伯汉的问题。一个坐在旁边吃饭的男人听到了我们的对话，他插进来说："三个星期前巴伯汉住在奥斯特里茨小巷的康塔尔旅店，你可以去那里找。"

从卢西街穿过植物园，就到了奥斯特里茨小巷，康塔尔旅店其实是个破烂的房子，门口有位老态龙钟的老太太守着。

当我问她巴伯汉的消息时，她举起手拦着耳朵后面，要我再重复一遍。

我又大声地问她，她的神情变得很惊讶，"天啦，你就是他一直要找的那个孩子吧？"

"是的，我就是那个孩子。"

"哎，可是他在一个星期前已经死了。

听到这里我简直要崩溃了，我急切地问道："他跟您说了些什么吗？"

"他一直跟我念叨，要找你，说你的亲生父母很有钱。"

"可他没告诉您我父母的名字或地址吗？他就没有说些其他的信息吗？"

"孩子，巴伯汉那人嘴可紧得很，他就怕别人知道了要分他的钱。他又奸又滑的，什么都不肯说。"

他死了，却带走了秘密，断送了我的希望，简直太可恨了。我用手捧着头，绞尽脑汁也不知道下一步该怎么办。

天已经渐渐黑了下来，我向巴黎圣母院的大教堂走去。时间还早，我在教堂的背后找了个凳子坐下来。我已经筋疲力尽，除了盼着快一点见到马迪亚，我什么也不愿意想。

七点差几分的时候，我听到狗的欢叫声，接着卡比冲过来跳到了我的膝盖上，马迪亚跟在它的后面。

我把我了解到的所有情况告诉了他，他建议道："我们在康塔尔等几天吧，有点耐心，你的家人不会就这么放弃的，他们会想办法再找你的。"

第二天早上醒来，头一件事就是给巴伯汉妈妈写信。我绞尽脑汁想写得更委婉一些，好让她听到巴伯汉死去的消息不至于太难过。当然还提到了我眼下的情况，叫她有情况要写信来康塔尔旅店。

我们每天白天出去演出，晚上回来都希望能收到意外的消息。等到第四天，旅店老板递给我一封巴伯汉妈妈寄来的信，她说她收到了巴伯汉的信，就把信寄过来了。我颤抖着打开信，信中，巴伯汉说自己可能活不长了，如果他死了，让巴伯汉妈妈一定要到伦敦格林广场的林肯旅店找格莱斯和加雷两位律师，他们受人委托一直在找我。

离开巴黎之前我们去与亚根爸爸告别，他知道我要去伦敦找亲生父母后也替我高兴，催我快去，别忘了给他写信。

一路上马迪亚都在教我英文，这些语言太难学了，让我感到沮丧。如果我的家人都只会英文，那我该怎么跟他们交流呢？想到这可真让我难受的了。

我们花了八天时间到了布洛涅，手头上还有三十法郎，但足够付船费了。

这次旅途并不愉快，马迪亚晕船晕得厉害，我忙前忙后地照顾他，累得都喘不过气来。好在第二天一早，我们就驶进了泰晤士河，进入到英国境内。

"到英国了。"我兴奋地叫道，马迪亚则虚弱地躺在甲板上。船终于停了，我们迫不及待地随着人流下了船。

"我的好马迪亚，快用英语问路吧。"我兴奋地下达了命令。

他向一个长着棕红色胡子的胖子走过去，礼貌地询问怎么去格林广场。他们交谈了很长时间，似乎在沟通上碰到些困难。

不过，我终于看到马迪亚转身向这边走来，他回来告诉我只要沿着码头走就能走到。但我们还是一路走，一路问，好不容易才找到格林广场。我的心突然剧烈跳动起来。我跟在马迪亚身后，在一块铜牌前站住了，上面写着：格莱斯和加雷。

这时，马迪亚表现得比我有主见，也更有胆量。他摁响了门铃，我听到里面有人回应，心跳得更厉害了。我恍恍惚惚地跟在马迪亚身后，被人带进了屋子。屋里有两三个人在办公，马迪亚说明来意，我们又

被带到了另一间办公室。

办公室里坐着两位先生，领我们进去的人向办公室的人交待了几句就出去了，两位先生打量着我们。

"谁是巴伯汉养大的孩子？"一位先生用法文问道。

"我——我是。"我紧张地回答道。

我们开始交谈起来。我告诉他们巴伯汉死了，我是看到他的信才找到这里来的，我更急于知道我家人的事情，而律师先生却不容许我打断他。

"这个男孩是谁？"

"我的好朋友，也是我的好兄弟。"

"好的，我一点也不怀疑。"

我回答了他提出的许多问题后，心情平静了许多。于是，我也向他询问了一些问题。

"先生，我家里人是英国人吗？"

"是的，他们就在伦敦。"

"那我有爸爸吗？"

"有的，爸爸、妈妈和兄弟姐妹，你都有。"

我满眼泪水地望着马迪亚，这一切都太让我激动了。这时，一位先生走了进来。刚才跟我说话的那个人指了指他，说："这位先生会送你回家的。"

我真想冲上去给他一个吻，接着又听他说道："你姓迪斯考尔，好了，你们该去了。"

第十四章　我的新家

　　领我们去我父母家的这位先生是个衣服皱巴巴的老头。我们一到门外,他就神经质地把手上的关节掰得"喀喀"直响。他像招呼狗一样招呼我们跟上他。

　　从律师事务所出来后又走了很久,沿途的街区破烂不堪,我想我的父母应该住在郊区,然而我们却驶进了更狭窄的巷子。

　　于是我请马迪亚问问我的父母到底在什么地方,他的答案让我哭笑不得,他说:老头说他还从未到过这种盗贼聚集地。我怀疑马迪亚是不是听错了,可他坚持说没弄错。那一定是老头搞错了。

　　我们继续在小巷子里行驶着,丝毫没有要离开的迹象。路上的烂泥甩得我们身上到处都是,恶臭难闻。后来,车子终于停住了。马车夫与老头为车费的事争论了起来,最后只见老头气呼呼地下了车,示意我们也赶紧下车。

　　就这样我们站在了一片浓重的雾色中,脚踩着一片烂泥,面前是一间灯火通明的小酒店。我们跟着老头走了进去,里面尽是些衣衫褴褛的人。

老头要了一杯酒，一口气就倒进了嘴里，然后开始与服务员交谈。不难猜出他是在问路。

出门后，我们又回到了烂街上。这里的街道更加狭窄，路中间还牵着绳子，上面晾满了衣服。

我们又穿过了几条这样的街巷，这里的破房子连法国最贫穷的屋子还不如。

我们遇到了一位警察，老头向他询问，随后警察便给我们带路了。又穿过了一些街街巷巷，终于来到了一个场地，警察停了下来，开始敲场地旁一座房子的门。

门打开了，是一间大屋子。里面坐着一个胡子苍白的老头，一个脸色冷峻的中年男子，一个年轻些的女人，她长得还算漂亮，但双眼无神。另外还有四个孩子，两男两女，最大的是男孩，十来岁，最小的女孩才刚会走路。

"谁是雷米？"屋子里的中年男人问道。

"我是。"

"快点过来拥抱我吧，我的孩子。"

我想象过很多遍重见亲人的场景，但绝不是现在这个样子，我一点也激动不起来。不过我还是听话地走过去，拥抱了我的父亲，还有我的爷爷、妈妈和兄弟姐妹。

"这一个呢，"我父新指着马迪亚问我，"他是谁呀？"

我向他解释了我和马迪亚的关系，一种诚挚的友情和恩情。

"很好，"我父新说，"他是来旅游的啰！"

马迪亚抢在我前面说："是这样的。"

"你是我最大的孩子，"父亲对我说起了我的身世，"在你六个月大时，你被你妈妈的情敌抱走了，她恨我没有娶她。为了报复，她把你丢在了巴黎。我们找了你很久，却连你半点消息也没有。三个月前那个女人死前才把真相告诉了我们。于是我们才找到了巴伯汉那里，还委托了律师寻找你的消息。现在你终于回家了，希望你能快点习惯这里。"

这时到了晚餐时间，桌上摆好了餐具，桌子中间有一大块牛肉和一些土豆。父亲给我们每人分了一些。

我注意到我的兄弟姐妹们举止极其粗俗，他们把手直接伸到酱瓶里，然后用舌头舔干净。爷爷则一门心思地对付着他眼

前的盘子，而兄弟姐妹们则不停地嘲笑他笨拙的动作。

吃完晚饭，父亲把我们带到一个大厢车前，就是那种流动商贩卖货用的大马车，他打开一扇门，里面有一张双层床。

"晚安吧，孩子们。"说完，他就离开了，还锁上了门。

这个晚上我不知道是什么时候睡着的。第二天早上被一阵开锁声吵醒的时候，我的头还痛得很。

吃完早餐，我跟马迪亚决定出去走走。

我们拐进了一条街，街的尽头是一大片园林，我们走了进去，这里很安静。

我有很多话想跟马迪亚说。

"亲爱的马迪亚，我请你来完全是因为我跟你的情分，那我不管叫你做什么你都不会怀疑我的真心吧？"

"你明白的。"马迪亚勉强地笑了笑。

"我太心酸了，马迪亚，我太想大哭一场了。"说完我就扑到马迪亚的怀里大哭起来。

平静下来后，我说道："马迪亚，你走吧，回法国去。我一个人留在这里陪我的家人。"

"雷米，我们一起走吧。"马迪亚看着我，我知道他还有话想说。

"雷米，还是让我挑明了吧，你不是因为这里不富有才要我走的，我虽然笨可我昨天夜里看得很清楚，你是担心我才叫我离开。"

"求你了，马迪亚，别说了。"我抱住头，羞愧难当。

"你用脑子想一想，你的兄弟姐妹全是金色的头发，可你不是。他们是穷人，怎么花得起那么多钱去找你呢？我们给巴伯汉妈妈写封信吧，问一下包布是什么样的，收到回信了再找你父亲核对。在弄清楚事实以前，我绝不会离开你。"

这天，我们在园林里瞎逛到晚上才回去。家里人并没有问我们为什么这么晚才回来。

饭后，父亲叫住我们说要谈谈。

"你们在法国怎么养活自己的呢？"

"我们会演出，能把自己养得好好的。"马迪亚高兴地说，还说了买奶牛的事情。

"真是不错，那表演给我看看。"

于是，马迪亚拉起了小提琴，我则弹起我的竖琴，卡比也表演了它的拿手好戏。

"这条狗真是个宝物。"父亲说。

听到他这样说我也夸起卡比来："它一学就会，很聪明。"

"在这个家里，每个人都要挣钱才能吃到饭。以后你们两人每天都要出去演出，不过卡比得跟着阿伦和耐德。"

"卡比得跟着我们，没有它我们的进账会少很多。"我对于这样的安排很不满意。

"要听我的安排，没有讨价还价的余地。"

第二天，我好好地交待了卡比后，才把拴狗的绳子交到阿伦手里。我们被父亲领到了一个豪华社区，这里的街面很漂亮，住着很多阔太太。

我们很晚才回到家里，因为那个豪华社区离家实在太远了。我们见到了分别一天的卡比，它情绪很好。我心里很高兴，就给它裹上我的羊皮大衣，让它躺在我的床上睡觉。

　　这样平静地过了几天后，一天晚上，父亲告诉我们第二天可以带上卡比去演出，因为阿伦和耐德有其他事情要做。我们高兴极了，决定大展身手，多挣些钱，好让父亲同意卡比以后一直跟着我们。可是这几天天气糟糕得很，伦敦城被浓雾笼罩了起来，没有多少人愿意出门，更没有人愿意透过浓雾来看我们的演出。

　　我们在街上走得很快，我不时地叫叫卡比好确认它还跟着我们。当我们走到一个繁华的街道时，我突然叫不应卡比了。正在我们急着找它的时候，它回来了，嘴里却衔着一双袜子，还一副向我邀功的神情，我对它这一举动感到愕然。

　　这时，马迪亚突然一把扯过袜子，让我们赶快离开这儿。

　　"有人教卡比去偷东西，我想这是闹着玩的吧？"我问父亲。

　　"如果不是闹着玩，你又能怎么样呢？"父亲直直地盯着我，好像要把我一口吞掉。

　　过了好一会儿，他的表情才稍稍松弛下来，说道："这只是闹着玩的，既然这样，就让卡比跟着你吧。"

第十五章 再次遭遇牢狱之灾

我跟我的兄弟姐妹们始终亲不起来，在卡比事件后，我们之间的关系可以说变得恶劣了。

我会指着卡比，明白地告诉阿伦和耐德，别再想动它一根毫毛。安妮也会想方设法来整我。爷爷还是一样坚守着他的宝地，时不时地狠狠唾一口。

只有最小的凯特可以亲近一下，我常常拿着人们赏给卡比的糖果和食物递给她，可她又知道什么呢。

父亲在要钱时才会跟我们说上几句话，母亲却仍然是一脸的漠然。很明显，他们都讨厌我。

"我们就安心地等着巴伯汉妈妈的回信吧。"马迪亚安慰我说，我们留的地址是"留局待取"，这样就需要自己去邮局。我们跑了好多趟才拿到了回信。

巴伯汉妈妈在信里说她无比确定我的父母很有钱，因为我当时穿着质地很好的衣服，一顶花边软帽、细布的贴身小衣、法兰绒尿布、白色羊毛袜子、白色法兰绒袍子和一件丝绸衬里的带帽小大衣。这些衣服她都还留着，就是以备我和亲生父母相认时用。巴伯汉妈妈还说很想念我，说她有了那头奶牛后，日子一直过得很好，并相信我在伦敦跟自己家人在一起一定过得不错。她还称赞马迪亚是个好孩子。

现在的事情是找父亲确认了，可这并不是件容易的事情，因为白天想见上他一面很难。

终天有一天，一场大雨迫使我们早些回来了。父亲刚好在家，我装作随意地问起我丢失时的情况，可刚说了几个字，他就死死地瞪着我，像要把我给吃掉。

我下定决心不管他有多生气，都要把话说完。天啊！他居然准确无误地说出了衣服的特征，我看见他露出了阴险的笑容。后来他还从抽屉里翻出了我的洗礼证书给我看。马迪亚给我翻译了，据上面所说，我确实是迪斯考尔的孩子。

一天，父亲把马迪亚打发出去，其他人也出去了，家里只有我和他。这时家里来了一位访客，大

约五十岁的样子，十足有钱人的派头。可笑的是他的牙齿却像狗牙，笑起来的样子仿佛要咬人一口。

刚开始他们用英文交谈，后来又改用法文。

"这就是那个孩子吗？看上去很健康。"他指着我问。

"是的啊。"父亲示意我回答。

"是的，先生，我身体好得很，就得过一次肺炎，不过早就好了。"

他站起来检查了一下我的身体，然后用英文与父亲交谈起来，几分钟后，他们都出去了。

守在家里，心情实在好不起来，于是我打算出去走走。当我进屋拿羊皮大衣时，发现马迪亚原来就躲在屋里，他还示意我不要做声，然后拉着我从偏门出去了。

"外面天气不好，我就想回来睡觉，还没睡着，就听到你父亲与别人的谈话。原来那人是詹姆士·密里甘先生，也就是你的朋友——阿瑟的叔叔。他说，三个月前阿瑟差点就死了，但密里甘夫人又把他养好了。那个家伙说阿瑟一定活不长，到时候遗产就全归他了。他似乎还有一个阴谋，一个需要你父亲帮忙的阴谋。"

听到这番话，我简直傻了。我差点跑去向父亲打听消息，但幸好我很快回过神来，打住了这一危险的念头。

现在我们有了新的任务，我们必须尽快把消息告诉给密里甘夫人。我跟马迪亚商量好由他在詹姆士·密里甘再来时跟踪他，找到他们的住处。马迪亚很乐意帮我这个忙。

制订好计划后，我们却一直不能实施，因为每天我们都必须出去演出，而密里甘先生是不会晚上过来的。

幸好不久就迎来了圣诞音乐会，这段时间，我们只需晚上演出，白天都在家休息。见到密里甘先生的机会就增大了，可一直不见他来。

圣诞节就要到了，我们每天晚上八九点出发，在安静的地方演奏一曲，这样才能让在屋子里的人们听见。

我们一个街区一个街区地演出，整整三个星期，我们没有一天缺席过。

一次偶然的机会，我们在演出时碰到了一个黑人孩子鲍勃，他是马迪亚在加索马戏班时认识的朋友，就是他教会了马迪亚说英文。

一开始，马迪亚不想让鲍勃知道我们的处境，但后来，我们发现再遇见密里甘先生的机会实在是太小了，马迪亚就跟鲍勃讲了实话，还请他帮忙打听密里甘夫人的家。鲍勃说首先要知道他们的职业和身份才能打听，因为姓密里甘的人太多了。可这些我都一无所知。

马迪亚又开始念叨一起回法国去，他认为在法国更有可能找到密里甘夫人，可我仍然相信在英国更可能遇到。此时，我进退两难。

我们毫无结果的争论又开始了。最后，我们还是跟着迪斯考尔家的马戏班上路了。我有种如释重负的感觉，因为不用再看到那个破烂不堪、污浊恶臭的家，可以呼吸清新的空气了。

我们路过一个村子时，父亲在一个广场上停下了车，把车子的挡板放下来后，他开始叫卖那些偷来的货物。

一有空，马迪亚总要来戳戳我的心，他总是直截了当地叫我别再忍受这种羞耻，尽快离开这个鬼地方。

马迪亚苦口婆心地劝说，但始终没能使我下定决心离开这个家。事情终于发展到了不可挽回的地步。

我们离开伦敦好几个星期后，来到了一座城市，正好赶上当地有一个赛马会，那是民间的盛大节日。赛马的场地快被各种小贩占满了，我们也急着赶过去抢占一席之地。

第二天一早，我与马迪亚去赛马场逛了逛，在郊区的荒地上，那儿已经支起了帐篷和台架，周围挤满了来自各地的人们。在那里我们碰见了鲍勃，他的乐师爽约了，想叫我们帮忙演出。我们回去与父亲商量，他虽同意了，可他坚持要留下卡比。我不愿意，他却说是要卡比看着货物，这样，我就没法拒绝了。他和我们约好晚上在大橡树旅馆碰头。

我们在鲍勃那里卖力地演奏了一整天，到晚上时已经累得筋疲力尽。更不幸的是，马迪亚的脚被搭档失手砸伤了，他没办法跟我一块回大橡树旅馆了。于是，我只得在深夜的时候一个人往大橡树旅馆赶，可到了那里，店老板却告诉我，他们已经搬到路易斯去了。

于是我又回到鲍勃那里，准备第二天和马迪亚一起去路易斯与家人汇合。

第二天早上起床时，我的体力已经恢复得差不多了。马迪亚仍然睡得很香，我小心地起身出来，看见鲍勃正在生炉子。而不远处，我看见一名警察手里牵着一条狗，是卡比。我正疑惑着，卡比已经叫了起来，并冲到我跟前。

警察走过来，"这狗是你的吗？"

"是的。"

"可让我抓住你了。"接着他就扭着我的胳膊不放。

"您为什么抓着我的朋友？"鲍勃走过来问警察。

"昨天夜里一个男人带着一个小孩到圣乔治教堂偷东西，这条狗是给他们放哨的。我们发现时去追赶，人跑了，狗却留了下来。偷东西的人就是狗主人，瞧我找着其中一个了。"

我心乱如麻，那些家伙偷窃，却把麻烦丢给了我。不过我自己是清白的，一定可以说得清楚。马迪亚听到吵闹声，也跑了出来。

这次是我第二次被警察带走了，而且很糟糕。坏事是我的家人干的，而且没有像兽医那样好心的证人来帮我了。

　　我被带到了一个坚固无比的监狱，窗户上焊着粗粗的铁条，墙壁有差不多一米厚，窗户外头是一个约四米高的墙，地上铺的是石板，门用铁皮包着。毫无疑问，要想逃出去是不可能的。只能等着上法庭，在这之前马迪亚得帮我找到足够的证据。然而困难的是，证据要既能证明我的清白，又不给我的亲人罪加一等才行。而且马迪亚脚伤了，他能在这么短的时间内为我找到证据吗？

　　在监狱里的这一晚，我辗转难眠。第二天一早，狱警给我送来了水和一个脸盆，让我洗洗，说马上就要见法官了。

　　我梳洗完毕后，坐在凳子上等狱警来带我出去。这会儿我本该好好想想怎么为自己辩护，可我却心乱如麻，完全理不出头绪来。

　　过了一会儿，我跟着狱警来到法庭，里面人声嘈杂。我看见法官坐在高台上，在他前面还有另外三个人。我的被告席前坐着我的律师，一定是马迪亚给我找来的。我还看见了鲍勃和他的伙伴，大橡树旅馆的老板和其他一些人，还有那个警察，我猜那应该是证人席。在旁听席上我看到了马迪亚，他正看着我，看到他坚定的眼神，我顿时有了勇气。

　　这次审讯完后，我又被关回监狱了，而且，在抓住其他罪犯以前，我会一直被关在里面。一想到这遥遥无期的等待，我就变得焦躁不安。

　　这天天黑的时候，马迪亚他们故意在监狱附近表演，马迪亚用法语告诉我第二天一早会来找我。我焦急地等待着他们的

到来，几乎一夜都没有睡着。

第二天早上，鲍勃来了，他用一根管子从窗户给我吹进来一张纸条。原来，他们打听到我将在明天转狱，于是告诉我如何在火车减速的时候逃出去。

时间过得很快，第二天下午我就被一个警察带到了火车上。火车开动了，警察就坐在我的对面。"小伙子，我给你一个忠告，最好老老实实地交待事情，这样对你有好处。你若能说出实情，我会让你好过的，相信我，我一定会让你在监狱里好过些的。"

我本来想拒绝他，但为了博得他的好感，我很配合地点点头。他很满意地走开了。

我坐在窗户边试着把手伸出窗外扭开门，这很容易。火车开始减速，时机正好。我推开车门，用力向远处跳去，但强烈的碰撞使我昏了过去。

当我醒来时，我听到车子行驶的声音，突然有湿漉漉的东西在我的脸颊上蹭来蹭去。睁开眼，居然是一条难看的黄狗，高兴的是有马迪亚在我身旁。

"你得救了，我们是在去法国的马车上。当时你被撞晕了，是鲍勃跑下去把你抱上来的，我还以为你死了呢。"

"那卡比呢？"我问马迪亚。可那条黄狗立马跳到我的身上，用它的大舌头舔我，原来这个家伙就是卡比了。他们居然给卡比的毛染了色，这是鲍勃的主意。

我们坐在一辆带篷的马车里，鲍勃用布篷把我和马迪亚遮起来，让马车看上去就只有他一个人。

我们将去利特尔汉普敦码头，到那里搭乘鲍勃哥哥的货船回法国。

我对鲍勃的鼎力相助感激不尽，他却做出一副毫不在意的样子。

终于，我们快到海边了，能看见远处的灯塔了。鲍勃勒住马，让我们在这里等着，他去找他哥哥。

鲍勃离开后，时间似乎过得特别慢，我与马迪亚都在发抖，神经绷得紧紧的。

过了好久，终于能听见远处传来的脚步声，并越来越近了。鲍勃与一个穿着水手服的人走了过来。

"这是我哥哥，你们上船去，我就不送了。"

我不知道该如何感谢他，只紧紧握住他的手。

接着鲍勃的哥哥带着我们上了码头，此刻码头上很安静。他把我们带到一个单桅船上，让我们先待在下一层的舱房里。

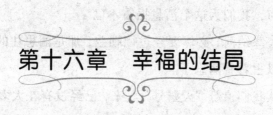

第十六章　幸福的结局

过了好久，船开始晃动起来，我们知道船已经离开了港口。我们得救了。

马迪亚又开始晕船了，我拉着他的手，想让他好受一点。我们坐的"韬光号"要到晚上才能到伊西尼，可怜的马迪亚还要再难受一整天。

这一天过得很快，我一会儿去甲板上看看海景，一会儿去舱房看看马迪亚。

第二天早上，我们踏上了法国的海岸，这时我们只剩下身上穿的衣服和乐器，以及四十多法郎的积蓄。本来我们打算把这些钱全给鲍勃，但他说什么也不肯接受。

我们来到街市，着急充实了一下我们的行李。我们买了一个背包、两套衣服和一些小东西，还有一张法国地图。

一路上，我们一边打听"天鹅号"的消息，一边加紧赶路。走到夏朗东时，我们碰到了一个难题，河流在这里有一个分支，一条是塞纳河，一条是马恩河，不过幸运的是我们打听到了"天鹅号"的消息。有人看见"天鹅号"在两个月前驶向了塞纳河，我们为这个消息振奋不已。

要去塞纳河，必然要经过德勒兹，那是丽思住的地方。我们又可以去看看丽思了。

自从我们追赶"天鹅号"以来，已经没有花太多时间在演出上了，我们口袋里的钱自然越来越少，所以我们不得不在食物上尽量节省开支。

很长时间我们都不吃肉了，我开始怀念密里甘夫人的厨子做的那些美味的食物。

后来，人们告诉我们，曾经看到"天鹅号"上的贵妇带着一个小男孩下船散步，我们推断阿瑟的病已大有好转。

不知不觉，我们就快到卡特琳娜姑妈的小屋了，我们飞奔过去，卡比冲在前头。可是很快，卡比便被撵了出来。

我们走近后，看见一个男人正打开闸门，但那不是丽思的姑父。而后，我们向正在厨房里忙碌着的一个陌生女人问道："苏里奥太太在吗？"

"不在，你一定是雷米了，我听苏里奥太太提起过你，还有你的朋友们。"

"是的，我就是雷米。苏里奥一家到哪里去了呢？"

"苏里奥淹死了，所以苏里奥太太就去埃及了。"

"那丽思呢？"

"丽思被一位英国太太带走了，那位太太真是个好人，当时，她正好听说苏里奥死了，看着苏里奥太太正为养不活丽思而着急。那位英国太太就收留了丽思，说会给她好的前途。丽思走之前要我把这消息转达给你。"

"那位英国太太去哪儿了？"

"去法国南方或瑞士了吧。"

我还没回过神来，马迪亚就拉着我往外走了。

之后，我们就马不停蹄地一直赶路，不到必要的时候也不演出。

到了尼韦奈运河，我们打听到"天鹅号"去了支运河，接着我们从沙隆沿着索恩河一直走到里昂。

从里昂起，"天鹅号"就在逆流行驶，速度会慢一些，那我们追起来也会快一些了。赶到居洛兹时，它仅比我们领先六个星期罢了。

我们找到了"天鹅号"的看守，他告诉我们密里甘夫人带着阿瑟和女孩离开了。因为船在这里已经不能行驶了，他们要等到秋天再回来。

这位看守还告诉我们：他们在日内瓦湖边的沃韦附近租了一套别墅，他们会在那待上一整个夏天。

我们买了一张沃韦的地图，开始向那里进发。四天后，我们到了沃韦，这时我们口袋里只有四个苏了。

我们几乎跑遍了沃韦，在每一所豪宅前都会停下来演奏一段，到晚上时，我们已经有了一笔不错的收入。我们想边演出边打听密里甘夫人的下落，但两天过去了，我们几乎跑遍了沃韦的大街小巷，但仍然一点消息也没有。

接下来的日子里，我们依旧穿梭在沃韦城，边表演边找人。一天，我们正在街中心表演，我刚唱完一首那不勒斯小调，就听到背后的一堵墙内，有人接着我的歌在唱，声音有点奇怪。卡比开始兴奋起来，对着墙壁又叫又跳。

我激动不已，喊道："谁在唱歌？"

"雷米。"一个声音喊道。

正当我们不知是怎么回事的时候，我发现在墙的尽头处，一块白色的手绢在空中飞舞着，是丽思！我们飞奔到丽思的面前。

丽思刚开口说了几个词，但因吐词还是不清，只好打起手语来。我们正交流着，我远远地看见一个仆人推着一辆车子过来了，阿瑟躺在里面，身后跟着他的母亲和詹姆士·密里甘先生。我连忙拉着马迪亚躲到墙后面。

丽思走后，我和马迪亚商量对策，最后决定由马迪亚单独去见密里甘夫人，詹姆士·密里甘先生没见过他，不会引起他的怀疑。而后，我们约好时间在栗树林碰面，马迪亚就走了。

我在栗树林等了很久，终于看见马迪亚和密里甘夫人走了过来。我跑过去拉住她的手，亲吻了一下。她搂着我，目光温柔而爱怜。

　　"我的孩子，告诉我你知道的一切吧。"

　　于是我把在迪考斯尔家碰到詹姆士·密里甘先生的事一五一十地告诉了她，她听得非常认真，只在必要的时候打断我问些问题。

　　"孩子们，我得征求一下专业人士的意见，再决定怎么做。我叫人带你们去饭店，现在不得不与你们分别了。"

　　第五天，"天鹅号"上的女仆到饭店来把我们接到了密里甘夫人的家里。

　　我们被带进客厅，阿瑟和丽思都在，我们热情地拥抱，并关切地询问了对方的情况。

　　过了一会儿，密里甘夫人出来了，她抱了抱我，温柔地对我说："孩子，是该揭露真相的时候了。"

　　我还没回过神来，就看见巴伯汉妈妈奇迹般地出现了。我一看见她就冲过去抱住她。巴伯汉妈妈拿出我小时候的那些衣服，告诉我密里甘夫人就是我的亲妈妈。

　　我惊呆了，先看看巴伯汉妈妈，又看看密里甘夫人，激动得说不出话来。

　　密里甘夫人正襟危坐，直视着詹姆士·密里甘先生说道："我叫您来是想告诉您，我找到我的大儿子了。您当年把他偷走的事情我都知道了。那个偷东西的人现在已被抓到了，他已经向警察坦白了一切。我这里有警察提供的供词，您要不要看看呢？"

詹姆士怔了几秒钟，然后转身往外走，恶狠狠地留下一句："我们走着瞧。"

他走后，我立刻扑向了妈妈的怀抱，我们激动地互相亲吻。我终于找到亲生妈妈了！

"我的好孩子，以后你可以与我们所有人在一起，包括丽思和马迪亚。"妈妈温柔地说。

光阴似箭，已经过去好多年了，我现在住在英格兰，密里甘的老庄园。

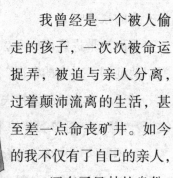

我曾经是一个被人偷走的孩子，一次次被命运捉弄，被迫与亲人分离，过着颠沛流离的生活，甚至差一点命丧矿井。如今的我不仅有了自己的亲人，还有了显赫的身份，因为我已是一座古堡的继承人。

我们搬进这座庄园已经有半年了，在这段时间里，我忙于整理我的回忆录，准备在我的第一个孩子——小马迪亚——举行洗礼的时候作为礼物送给宾朋们。另外，我还准备了一份礼物送给我亲爱的妻子丽思，打算给她一个意外惊喜。

　　我的弟弟阿瑟现在已经变成了健壮的小伙，不再是当初那个孱弱的小男孩了。我的孩子出生以后，一直不肯来英国跟我同住的巴伯汉妈妈也赶来抱孙子了。现在，我们一家其乐融融，别提有多温馨。

　　就在这时，仆人送来一份电报，是马迪亚发来的，他说今天下午四点，他会带着妹妹克里斯蒂娜到庄园来，让我准时派车去接。我高兴坏了，连忙派仆人去备车。但阿瑟已经抢先一步出发了，他要亲自去接他们，更确切地说，他是要去接克里斯蒂娜，因为两个年轻人正沐浴在爱河之中呢。

　　等了很久，门外终于听到了马车的车轮声，一连儿辆，我们的贵客到了。我与丽思飞奔出去，我们的亲友们已经在门外了，亚根爸爸、卡特琳娜姑姑、埃蒂耐特姐姐、阿列克斯哥哥和本杰明，坐在阿列克斯身旁的是老夫子。如今的阿列克斯已经成为瓦尔斯的权威人士

了，本杰明则是一位小有名气的探险人。另外一辆马车上坐着马迪亚和克里斯蒂娜，还有一辆车上坐着鲍勃兄弟俩。

我们把贵客们迎进客厅，给他们准备了最丰盛的晚宴。晚餐时，我们相谈甚欢，总是能找到大家都感兴趣的话题。

晚宴结束，马迪亚从一个铺着天鹅绒衬里的精致的盒子里拿出了他的那把小提琴，而我从套子里取出了竖琴，它们都是老古董了。我们的音乐一响起，卡比也上场了，它现在已经成了一条老狗，眼力还行，耳朵就完全听不见了。卡比的表演很是吃力，很明显它已经老得力不从心了，后来，它干脆一屁股坐了下来。

演出结束，卡比开始走场"募捐"，每个人都把募捐款放进盘子里。"募捐"很成功，足足收到一百七十法郎，卡比十分兴奋。卡比在我面前讨好地直摇尾巴，我像以前一样亲了亲它的鼻子。

"亲爱的夫人，请允许我把伦敦第一场音乐会的收入捐出来吧。"马迪亚吻了吻妈妈的手说道，妈妈微笑着点点头。

我的手上还拿着一张纸，那上面就是我的那首那不勒斯小调，马迪亚已经把它抄录下来，还谱了曲。它是我和丽思幸福的见证。

当丽思接过这份特殊的礼物时，我看到她那美丽的大眼睛里闪烁着激动的泪花。

我的幸福仍在延续着……

语文阅读经典丛书·第六辑

绿山墙的安妮

〔加〕露西·蒙哥马利　著

文质　改编

长江出版社
CHANGJIANG PRESS

图书在版编目(CIP)数据

语文阅读经典丛书. 第六辑 / 文质改编.
—武汉:长江出版社,2021.4
ISBN 978-7-5492-7642-4

Ⅰ.①语… Ⅱ.①文… Ⅲ.①世界文学—作品综合集
Ⅳ.①I 11

中国版本图书馆 CIP 数据核字(2021)第 070065 号

语文阅读经典丛书. 第六辑　　　　　　　　　　　文质　改编

责任编辑:江水
出版发行:长江出版社
地　　址:武汉市解放大道 1863 号　　　　　　邮　编:430010
网　　址:http://www.cjpress.com.cn
电　　话:(027)82926557(总编室)
　　　　　(027)82926806(市场营销部)
经　　销:各地新华书店
印　　刷:湖北嘉仑文化发展有限公司
规　　格:880mm × 1230mm　　1/32　　20 印张　　400 千字
版　　次:2021 年 4 月第 1 版　　　　2021 年 4 月第 1 次印刷
ISBN 978-7-5492-7642-4
定　　价:124.00 元(共五册)

第一章　蕾洁夫人的惊讶

　　蕾洁·林顿夫人的住处很别致。艾凡利村的街道绕过她家那儿，就进入了一个小小的洼地。她家周围被赤杨树和樱草团团围住，有一条源自老卡斯伯特家林地的小河蜿蜒地流经那儿，上游水流很急，到蕾洁夫人家门前的山谷时就变得平缓安静了。

艾凡利的居民大多乐于助人，关心左右邻里。蕾洁夫人是其中最突出的一位，不仅家务安排得井井有条，而且村里的事、教会和主日学校的事她都积极参与，大家都很尊重她。

蕾洁夫人闲来无事，最喜欢坐在窗口边，凡是经过那儿的人，她都要睁大眼睛瞧瞧，一旦被她发现稍有可疑，她就非打破沙锅问到底不可！

六月初的一个午后，蕾洁夫人又坐在玻璃窗前瞧着窗外。突然，她站了起来，没想到在这样繁忙的午后三点半，马修·卡斯伯特却打扮得一板一眼的，悠然地驾着马车，穿过洼地，往小丘驰骋而去。

马修性格内向，不喜欢与陌生人打交道，甚至不愿去人多的场合。此时他却穿戴整齐驾着马车出远门，蕾洁夫人绞尽脑汁也想不出个头绪，下午的好心情也没了。

喝完了下午茶，蕾洁夫人就坐不住了，她走出了家门。在果树园中拥有一大片土地的马修·卡斯伯特家，距离林顿家的洼地不到四分之一英里。蕾洁夫人从小径踏入绿山墙农舍的后院，庭院是一片深邃的绿，被整理得焕然一新。

蕾洁夫人敲了一下厨房的窗户，等待有人回应以后，再走了进去。

"蕾洁夫人，你好！"玛莉娜·卡斯伯特简短地打了一个招呼。玛莉娜和蕾洁夫人的性格截然不同，但两人一直保持着朋友的关系。

玛莉娜是个高挑而瘦削的女人，浑身上下找不出一点圆润的感觉，给人一种皮包骨的印象。她把夹杂着几丝白发的浓黑头发挽成一个小小的髻，再用两只发夹把它固定起来。看起来她很像那种生活圈子很狭窄且性格拘谨而又刻板的女人，不过她也的确如此。

蕾洁夫人充满关切地问玛莉娜："刚才……马修不是出去了吗？我以为他去请医生了呢！"

"哪儿的话，他到布莱多·利伐去啦！我俩打算收养诺伐·斯考西孤儿院的一个男孩。今晚，他就会搭乘火车来这儿。"玛莉娜头也不抬地回答说。

"你俩为什么有那种想法呢？"蕾洁夫人感到非常惊讶，甚至愣住了几秒钟，以责难的口气说。

"为了这件事情，我俩再三考虑过。不怕你笑话，马修跟我整整考虑了一个冬天！"玛莉娜回答，"在圣诞节以前，史宾塞太太曾经来过这儿。她对我俩表示，到了春天，她将收养霍布镇孤儿院的一个女孩。马修听了，也和我谈起了收养孩子的事情。我俩都认为男孩比较理想，因为，马修毕竟老啦！刚开始时，马修有意收养一个故乡的孩子。可我不喜欢，我对他说：'或许，故乡的孩子能给我们一种亲近感，不过，像那些在伦敦街头流浪的孩子，绝对跟我合不来。'我俩想来想去，还是认为生于加拿大的孩子比较好，不仅容易亲近，晚上也可以高枕无忧地睡觉。所以嘛，我俩就拜托她，为我俩物色一个男孩。我们的条件是十到十一岁、开朗而容易亲近的男孩。这种年纪的男孩多少能够帮忙做一些杂事，还可以适当地教育他，我俩将给他良好的家庭及教育。今天，史宾塞先生打电报来说，我俩要收养的孩子将搭乘火车于五点半抵达。所以嘛，马修就赶到布莱多·利伐，准备接那个孩子。"

蕾洁夫人很希望能够等到马修回家，看看那个被收养的孤儿，但如果那样做的话，至少还得等两个小时。与其在这儿苦等，不如到罗拔·贝尔那边去散布这个消息比较合算。想到这儿，蕾洁夫人就连忙告辞走了。

玛莉娜好不容易舒了一口气。

"这到底是什么机缘啊？"蕾洁夫人走进小径时，突然提高嗓门说，"奇怪……我仿佛在梦境里面呢！唉……这孩子也未免太可怜啦……马修跟玛莉娜完全不懂得养育孩子啊！一想起绿山墙将有孩子，总会给人一种格格不入的感觉。绿山墙从来不曾有过孩子。那栋房子盖起来时，马修跟玛莉娜都已成年了——就算那对兄妹有过童年，可今天一旦看到他俩的面孔，谁也不会相信那是事实。反正啊！来到这里的孤儿一定会很可怜的……"

对着茂盛的野蔷薇，蕾洁夫人如此自言自语。如果，她在那时看到那个耐心地在布莱多·利伐车站等候的孩子，她的怜悯之心一定会更为加深。

第二章　卡斯伯特兄妹的惊讶

　　马修·卡斯伯特的栗毛马不紧不慢地跑完了从绿山墙农舍到布莱多·利伐的八英里路程。当他抵达布莱多·利伐时，却始终没有火车要进站的信息。他以为自己来早了呢，于是把马拴在一家小旅舍的前院，然后进到车站。他四处张望了以后，发现长长的月台上连鬼影也没有一个！

　　再仔细看时，却瞧到一个小女孩坐在小石堆上面。马修若无其事地走过她身边，如果他再多看她一眼的话，他一定会察觉到她面孔上的紧张以及期待。那个小女孩坐在那儿的目的，就是在等人。

　　站长给票房上了锁，准备回家吃晚饭。马修连忙走到他身边，询问五点半的火车是否马上就会进站。

　　"五点半的那一班车，半小时前就出站啦！"站长中气十足地回答，"不过，有一位乘客下来，说是要到你家——那乘客是一个小女孩。瞧！她现在就坐在小石堆上面。我叫她到妇女候车室坐着，她不肯，说是外面比较舒服。"

　　站长说完就头也不回地走了，留下了倒霉透顶的马修。马修苦着一张脸，看看四周，朝向那小女孩走去。

　　刚才马修走过她身旁时，她前前后后瞧了他几眼，可是这一次不同了，她笔直地将眼光投向了他。

　　小女孩的年龄约十一岁。她穿着一件淡黄色棉毛混纺的上衣，那件上衣穿在她身上，显得又窄小又紧绷。头上戴一顶掉了毛的海军士兵帽，垂在背后的两条发辫，却是叫人感到惊奇的火红色。脸蛋小巧，瘦削而苍白，而且满脸如撒了芝麻似的长了很多雀斑。

　　"伯伯，您就是绿山墙的马修·卡斯伯特先生吗？"小女孩以特别清脆而悦耳的声音说，"哇！真太好啦，我正在担心您可能发生了什么事情，以致不能来接我呢！"

　　"真不好意思，这么晚才来接你，"马修期期艾艾地说，"你跟我来吧！马就拴在那儿。我来替你拿旅行袋吧！"

"噢！不必您费神，我就自己拿吧！"小女孩兴奋地说，"这个袋子并不重，不过里面装着我全部的财产。真高兴马修伯伯来接我。"

他们一边走一边说，在不知不觉中离开了村镇。

"我说马修伯伯，史宾塞太太说，从这里到绿山墙有八英里路程，对不对？哇！太好啦，我好喜欢坐马车兜风呢！想到能够到马修伯伯家，做您的女儿，生活在一块，我就高兴得不得了……我最讨厌孤儿院啦……虽然我只在那儿待了四个月，但是再也不想待了。其实，创办孤儿院的叔叔伯伯都是好人，但是一进到那儿，就完全没有胡思乱想的余地。说真格的，有时在穷极无聊的情况下，难免会针对那些孤儿胡思乱想——例如我隔壁的女孩，我就时常把她想象成伯爵的千金小姐。我时常在想——在很小的时候，奶妈把我从父母那儿偷抱出来，偏偏她在还未告诉我真相时就死了，叫我辗转进了孤儿院。或许，是我太喜欢胡思乱想的缘故，才会变成瘦巴巴的……您瞧！我是不是太瘦了一些？我的骨头周围根本就没有肉呢……所以嘛，我很喜欢幻想自己长得白白胖胖，脸蛋又漂亮……"

马修听着这个女孩说话，偶尔也会答应一两句。然而他也很惊讶自己跟往常不一样，竟然感觉到很舒心。他可是一向对女性甚感棘手，而少女们则更是叫他感到头痛。附近一带的少女们仿佛把他当成会吃人的老虎一般，每逢必须经过他身边时，都会用眼尾扫视他一下，然后提心吊胆地走过去。

"凡是看到了难以言喻的美丽的东西，我都会有这种感觉。

依我看，那么叫人魂牵梦萦的地方，称为林荫大道是太委屈它啦！如此的称呼，根本就毫无意义可言……嗯……应该如何称呼它呢？对啦！叫它'欢乐的白雪路'——这种富于幻想的名称，不是很妥当吗？反正，大家要叫它林荫大道，就那样叫好了。可是，我已经把它敲定为'欢乐的白雪路'啦！马修伯伯，还有一英里就可以到家了吗？现在，我是又高兴又悲伤呢！因为我太喜欢坐马车兜风了。现在令我高兴的事情就要结束了，这不就是悲哀吗？不过嘛，到家总是一件好事。在我的记忆里，我从来就不曾有过家。正因为如此，一想到我将来到真正的家，内心就会因为欢喜而疼了起来……哇！真漂亮！"

"那就是巴利池塘。"马修说。

"唔！那个名字很不雅。嗯……对啦！就叫它'闪光的湖泊'吧！这个名字非常的合适。我刚才全身颤抖了一下，绝对错不了啦！每当我想到合适的名称时，全身就会控制不住地颤抖起来。马修伯伯……"

当马车跑到林顿家的洼地时，天色已经完全暗下来了。马修快速地驾车驶过，一口气跑过蕾洁夫人家，进入通往绿山墙的小径。

"马修伯伯，您听，树叶在说梦话！"当马修把小女孩从马车上抱下来时，她说，"那些树叶一定在做着甜蜜的梦！"

说着，她提着装有自己全部财产的旅行袋，跟在马修身后，进到屋里。

马修打开门时，玛莉娜连忙出来迎接。然而，当她瞧见穿着过分窄小的衣服、背部垂着两根红发辫子的小女孩时，惊讶地说："怎么是个女孩呢？"

马修疲倦地说："我只看到这个孩子，根本就没有男孩。"

"天哪！真是没事找罪受！"玛莉娜毫不客气地叫了起来。

两兄妹在交谈时，小女孩默默无声地站在那儿，有点胆怯地轮流看着两个大人的脸色。她的脸上已经消失了蓬勃朝气，跟刚才判若两人。仅仅在一瞬之间，小女孩似乎明白了一切。

她把旅行袋放在地上，"哇"的一声哭了起来。马修和玛莉娜隔着暖炉面面相觑，他俩都不知道该怎么办才好。

到了最后，玛莉娜才很不情愿地走到小女孩身边安慰她："好啦，好啦！你何必哭得那么伤心呢？"

"您说什么呀？我怎么能不哭呢？"小女孩冷不防地抬起头来，叫马修两兄妹看到了她满脸的泪痕以及颤抖着的嘴唇，"一个孤儿好不容易才找到了一个可以栖身的家，谁知竟然被否决掉啦！只因为我不是男孩。"

听了小女孩的这些话，玛莉娜浑然忘我地笑了起来，使得她缺乏慈悲的表情消失了。

"好啦！你不要再哭了。今夜，我们是不会把你赶出去的。一直到谈妥为止，我们会让你留在这儿。你叫什么来着？"

"你们就叫我考德莉亚吧！"她认真地说。

"什么？考德莉亚？那是你的名字吗？"

"不是啦！它并非我真实的名字，只是，我很喜欢别人叫我考德莉亚。我想，世界上再也没有比它更高雅的名字啦！"

"你到底在胡诌些什么呀？你的真名字到底是什么呀？"

"安妮·雪莉，"小女孩很不情愿地说出自己的本名，然后继续说，"拜托您啦！您就叫我考德莉亚吧！反正我只能待在这儿几天罢了。所以嘛，您使用那个名字叫我也不会怎样啊！安妮这个名字实在又平凡又俗气！"

马修在一旁说："我把马牵进去，然后，我们喝点茶吧。"

"除了你以外，史宾塞太太还带来了什么人呢？"马修走出去以后，玛莉娜问安妮。

"还带了李莉·琼丝回家，一个五岁的漂亮女孩，有一头栗色的头发。如果我有一头漂亮的栗色头发，您会喜欢我吗？"

"不可能。为了帮马修伯伯干田园的活儿，我们需要男孩。对我俩来说，女孩并没有用处。好吧！你就把帽子脱下来吧！我会把你的帽子和旅行袋放在客厅的桌子上。"

安妮很乖巧地脱下帽子。马修很快就回来了，他们吃点心时，安妮始终没有沾嘴，她把抹了牛油的面包撕成小片，再把砂糖腌的苹果拨来拨去。

"你什么也不吃吗？"玛莉娜看看安妮，用严厉的口吻说。

安妮悠长地叹了一口气，说："我吃不下呀！我已经陷入了绝望。"

"这孩子已经累了，"自从把马安置好回来后，马修就一直默默无言，"玛莉娜，你带她去睡觉吧！"

玛莉娜思索着应该把安妮带到什么地方睡觉。她为了等待孤儿院的男孩，已经在厨房旁准备了一个房间。这个房间虽然干净，但是并不适合女孩住。于是，她只好把安妮带到阁楼上的房间去。

"脱了衣服快睡吧，我过会儿来拿蜡烛。"玛莉娜说完就下楼了。

玛莉娜走后，安妮好奇地瞧瞧四周。她抽泣着，很快脱掉衣服，穿上睡衣，钻进被子里。

玛莉娜来吹灭蜡烛时，她已经躺在床上了。"晚安！"玛莉娜拿着烛台对安妮说。

安妮从棉被里露出两只大眼睛，说："伯母啊，您怎么能说得出这句话呢？您分明知道，这个夜晚，是我有生以来最糟透的夜晚……"说完，她又把头钻进棉被里。

玛莉娜悄悄地走到厨房，洗刷晚餐的盘子，马修则在一旁猛吸烟斗——这是他情绪不佳的表现。

"也许，我俩能够帮助那个女孩。她是一个很有趣的女孩，从车站到家里，她都一直在说话呢！"

"是啊！她那张喋喋不休的嘴，我也领教过啦！我最不喜欢多嘴的女人。就算我有意思收养女孤儿，我也不喜欢那种类型的女孩。咱们必须早点把她送回去。"

"好吧！"马修说罢站起来，放下烟斗，"我要去睡觉了。"马修去了他的卧房。

玛莉娜洗完盘子，紧绷着一张脸去了她的卧房。

在阁楼东边的房间，一个盼望着爱的小女孩，独自啜泣了一阵以后，终于睡着了。

第三章　安妮的过去

安妮早上醒来时，已是日上三竿了。她有一点儿迷惑地看着满窗耀眼的阳光，打开紧涩的窗户，凝视着六月的早晨，她的两眼充满了喜悦的光辉。"啊……这个地方实在太美太美啦！可惜，我不能永久居住在这儿。"想到这里，她决心要让自己能够留在绿山墙，因为，这里是可以使她驰骋于幻想的世界。

安妮的一双眼睛被美妙的景色所吸引，贪婪地东瞧西看，感动得痴痴地两眼发直。就在她浑然忘了一切时，玛莉娜走过来拍了拍她的肩膀，有点不耐烦地说："你快点穿上衣服呀！"

安妮的动作的确很快，约十分钟后，她就下来了。身上的衣

服穿得很整齐，头发梳过再绑上辫子，脸也洗得很干净。只是她忘了把被子叠好。

“我说马修啊！下午可以使用马车吗？”玛莉娜说。

马修点点头，满脸忧郁地瞧着安妮。

玛莉娜避开了他的视线，板着脸说：“我要到白沙镇跑一趟，把这件事解决掉。到时，我就会带安妮走。依我看，史宾塞太太很快就会跟诺伐·斯考西取得联络，当然就能够圆满解决问题。马修，我在走以前会把你的下午茶准备好。大约到了挤牛奶的时间，我就可以回来啦！”

马修仍然不吭声，玛莉娜自认为她白说了那一段话。

下午，马修准时把小型马车准备好了。他把后门打开，当马车通过时，他好像对着空气说了一句：“今天上午，杰利·布德来过这里。今年夏天，我想雇用那个孩子……”

玛莉娜噘着嘴不说话，却狠狠地抽了马一鞭。从来不曾受到这种待遇的马，在狂怒之余，有如一支箭似的在小径上飞驰起来。玛莉娜从剧烈摇荡的马车往后一瞧，看到马修正斜倚着柴门，用悲凄的眼光看着她。

“我嘛……决定要痛快地享受这一次兜风！”在路上，安妮若有所悟地说，“不管是谁，只要下定决心，都可以过得很快活，这是我亲身体验过的事情。我尽量不去想我就要回到孤儿院，我只要单纯地享受这一次坐马车兜风的乐趣。哇！野蔷薇开啦，真是可爱！它一定很高兴自己生为蔷薇。如果它们能够说话，一定会说出很多又美又叫人想象不到的事情。世界上没有比粉红更棒的颜色啦！可惜，红头发的女孩不配粉红色，实在叫人伤心。伯母，您看过小的时候是红头发，长大就变成别的颜色的头发吗？"

"我从来没听说过。我看……你是永远变不了的啦！"玛莉娜毫不体恤地说。

"你不要再提什么想象不想象了，关于这方面你已经说得够多啦！我想听听你真正的过去。你就从出生时开始说吧！你在何处出生呢？今年多大啦？"

"到今年的三月，我已经十一周岁了。"安妮微微地叹息了一会儿，无可奈何地说出了她真正的故事。

"我出生在诺伐·斯考西的波林布洛克。我的父亲名叫华尔达·雪莉，是波林布洛克的中学教师。我的母亲叫芭莎·雪莉。我认为父母的名字都很不错，如果我父亲叫杰德迪亚什么的，我一定会感到非常难过的……"

"只要行为端正，名字如何都无所谓！"玛莉娜趁机教训安妮。

"汤马斯太太说，我的父母就跟天真无邪的小孩子一般，可是很贫穷。他俩居住在一栋漆成黄色、看起来很寒酸的屋子里。我虽然不曾看过它，但是在我的想象里，客厅的窗边一定爬满了常春藤，前院有铁栅门，一进入大门，就可以看到盛开的铃兰，而且每一扇窗户都有薄毛布的窗帘。

"我就是在那栋房子里面出生的。一想到这，我就会悲从中来——因为在我三个月大时，母亲因得热病而去世了。我多么希望母亲能活到很老，很老……至少也得让我叫她一声'妈妈'呀！唉……能够叫几声'妈妈'该有多好……我父亲也患上了热病，在母亲走后的第四天，他也跟着母亲去了。就如此这般，我变成了孤女。

"当汤马斯太太感到束手无策时，哈蒙太太听说我会照料小孩子，就带着我来到了一片小小的开垦地。那儿没有人烟，寂寞得叫人发慌。

"哈蒙叔叔在锯木厂工作。他们夫妇有八个孩子，其中有三对双胞胎。最后一对双胞胎生下来以后，哈蒙太太就大吐苦水说：'哈蒙啊！如果你再想要孩子的话，你就自己生，自己带吧！'哈蒙叔叔一家在河流上游居住了两年多，没想到哈蒙叔叔后来莫名其妙地死了！哈蒙太太嫌八个孩子束手束脚，于是心一横，把孩子们零星地分送给亲戚，独自一人跑到外国去了。因为没有一个家庭收留我，我只好进了孤儿院。一直到史宾塞太太去孤儿院带走我为止，我已经在那儿待了四个月……"安妮说完自己悲惨的遭遇，又吐了一口气。

"你上过学吗？"玛莉娜问。

"上过一点儿……在孤儿院上过，我会背很多诗……"安妮回答道。

"那些女人——汤马斯太太和哈蒙太太——对你好吗？"玛莉娜又问。

安妮支支吾吾起来，敏感的小脸变成了红色。

听到这里，玛莉娜再也不忍心问下去了。安妮也沉默了，

只用一双狂热的眼睛瞧着岸边的道路。

幽幽沉思的玛莉娜两眼发直，机械地用一双手拉着缰绳。此时，玛利娜对安妮的怜爱正在胸中起伏澎湃着：这孩子的十多年生涯，充满了坎坷与不如意，难怪她会对爱表示出饥渴的样子——玛莉娜从安妮的叙述中，把握住了百分之百的事实，以致内疚之情更深了。毫无疑问，安妮以为这一次获得了真正的家，而为此雀跃不已。在这种情形之下再把她送回去，未免太残忍，也太可怜啦！

"海洋很壮观！"安妮突然从一段长时间的沉默中清醒过来，兴奋地说，"汤马斯叔叔有一天借来一辆马车，带着大伙儿到十英里外的海边玩了一整天。我虽然必须寸步不离地照看小孩子，但是，仍然整整快乐了一天。从此以后，它就变成了我的幸福之梦，不断重复地在我的梦境出现。乖乖……那些海鸥多么的自由自在。伯母，您曾经想过自己变成海鸥吗？我已经不止一次地想过了。每天早晨跟太阳一起醒来，飞到水上面，一整天飞翔在蔚蓝的天空里，到了夜晚，才回到自己的家。那不是很富有诗意的生活吗？对面那栋巨大的建筑物是什么地方呀？"

"那就是白沙饭店呀！由考克先生经营。每年夏天，都有一大批美国人拥进来。他们认为到夏季，这里的海岸最好玩。"

"我还以为是史宾塞太太的家呢！"安妮的脸上充满了悲伤的表情，"我很害怕到达那儿，因为它给我一种一切都完了的感觉！"

第四章　安妮的祈祷

　　不久，她俩到达了目的地。到了这个季节，史宾塞夫人都会搬到白沙湾河口的黄色的房子来住。看到玛莉娜和安妮，她温和的脸上立即显现出了惊讶与欢迎的表情。

　　"哇！什么风把你吹来了？我做梦也想不到你今天会光临寒舍。安妮，你好吗？"

　　"托您的福！您瞧，我不是很好吗？"安妮板着脸回答道。

　　玛莉娜对史宾塞夫人说："我说史宾塞太太呀！您完全弄错啦！我跟马修曾经对令弟提起，我俩有意领养一个十或十一岁的男孩啊！"

　　"天哪！玛莉娜，怎么会变成这样呢？"史宾塞夫人非常尴尬地说，"我那宝贝弟弟又叫他的傻女儿——南希——代他跑一趟。这个笨蛋竟然说，你俩希望收养一个女孩——我说珍妮啊！是否如此呢？"史宾塞夫人问自己的女儿。

　　"的确，我表姐南希就是那样说的。"珍妮很认真地保证。

　　"实在太对不起啦！"史宾塞夫人说，"怎会弄成这样的呢？我一点也不知情呀！我满以为这一切都办得很顺利呢！"

"一切都怪我们！"玛莉娜把一切过错承担起来，"这么重要的事情，我们两个应该当面对你说，实在不应该托三转四的……现在的问题是——孤儿院肯把安妮接回去吗？"

"我想不会有问题，"史宾塞夫人思索了一阵子说，"我看，不必叫安妮回到孤儿院了。昨天彼得太太来找过我，表示要一个能够帮忙做家务的女孩，安妮可以到她家帮忙。"

"啊！彼得太太正往这边来啦！"史宾塞夫人叫了起来，于是领着三人到客厅坐下，然后打开百叶窗，又说了一句，"你们好好谈谈，我厨房的工作还没做完呢！"说完就走了。

玛莉娜和彼得太太不太熟，只是见过几面。那女人一副泼辣相，个子又小又瘦，除了脾气暴躁、小气外，家里还有一堆没礼貌的孩子。玛莉娜感到良心上有一丝不安。

玛莉娜瞧了安妮一眼，但是她说不上一句话。看着安妮顿时变成苍白的脸，她的怜悯之心油然而生。这种情形，恰如一只柔弱的小动物，好不容易逃出陷阱，又再度掉了进去似的。玛莉娜认为——如果她无视安妮无言的倾诉，她将痛苦一辈子，良心将受到谴责。况且，彼得太太绝对不是什么好人！她怎能把神经纤细又敏感的女孩给她呢？如果这样,她不是要变成一个千古罪人吗？

于是玛莉娜告诉彼得太太，还需要回去跟马修商量一下，如果决定不收养安妮，明天再把她送来。

安妮感到喜从天降，一头扑进了玛莉娜的怀里。

　　黄昏时，她们两人终于回到了绿山墙，马修跑到小径上迎接她们。

　　在后院挤牛奶时，玛莉娜才把安妮的身世和事情的前后经过简单地对马修说了一些，并说准备领养安妮。马修听了，不禁欢欣起来。

　　"玛莉娜，一切随你的意思好了！"马修说，"不要把她宠坏了，但是必须对她亲切，处处用爱心对待她。只要使她亲近你，她就会完全听你的话。"

　　听了马修的话，玛莉娜显露出有些轻蔑的表情。她笑了笑，然后提起铁桶，进了制作乳品的房间。

　　第二天晚上，玛莉娜带安妮到楼上的卧室时，郑重其事地对她说："昨晚，你把脱下来的衣服丢在地板上，乱成一堆。这是很不好的习惯，以后不许你那么随便。脱下衣服后要立刻整齐地叠好，再放在椅子上面。我是不会跟邋遢的女孩子住在一起的。"

　　"正因为昨晚我心事重重，才没有注意到那件事情！"安妮说，"今晚，我会好好地把衣服叠整齐。"

　　"如果你想住在这儿的话，处处得小心谨慎！"玛莉娜说，"只要能够做到这样，就是一个好女孩。那么，你就祈祷吧！然后上床睡觉。"

　　"可是，我从来就不曾祈祷过啊！"

　　玛莉娜吓坏了，以至瞪大了眼睛。

　　"什么！我说安妮啊，你连祈祷也不曾学过吗？上帝希望

小孩子时常祈祷呀！天哪！你不知道世上有上帝存在吗？"玛莉娜用教训的口气说道。

"上帝是永远不会变的圣洁的灵魂。他代表智慧与力量、圣洁与正义、善良与真诚的存在！"安妮一口气很流畅地说完。

"算你还知道一些，真是谢天谢地！那么，你就不是完全的异教徒了。对了！你是在哪儿学到那些东西的呢？"

"在孤儿院的主日学校呀！凡是一些重要的东西，我们都必须记牢。"

玛莉娜毫不客气地说："只要你住在这里一天，你就得祈祷，安妮。

好吧……你跪下来。"

安妮听了立刻就跪在玛莉娜的身旁，严肃地问她："为什么祈祷时非跪下来不可呢？如果有心要祈祷的话，不如单独一个人到广大的草原，或者到深邃的森林里面，抬头看看一望无际的蓝天，这才像在祈祷啊！我已经跪下来了，我要说些什么呢？"

"你已经足够大了，不妨单独一个人祈祷看看！"玛莉娜说，"你就虔诚地感谢上帝的恩惠，求他赐给你需要的东西。"

"好的，我会全力以赴！"安妮说着抬起了头，"恩惠深大的天父啊！首先，你就让我留在绿山墙吧！除此之外嘛，等我长大以后，把我变成标致的美人儿吧！虔诚的安妮·雪莉。"

"这样还好吧？"安妮站起来后，很认真地问玛莉娜，"如果有充足思考的时间的话，我能够说得更动听，更感人……"

玛莉娜打断了安妮，叫她快点睡觉。当她拿着蜡烛要走的时候，安妮叫住了她说："我现在才发觉，我不该说'虔诚'，而应该说'阿门'，因为牧师都这样说啊！我那样说，会不会有效呢？"

"这个嘛……我也不知道！"玛莉娜说，"你就好好睡觉吧！晚安。"

"今天晚上，我可以安心地说一声'晚安'啦！"说着，安妮就躺在枕头上了。

玛莉娜回到厨房，很不高兴地对马修说："马修，那孩子要好好调教了，她居然不相信上帝！要给她选件合适的衣服，送她去主日学校。唉！看来够我忙的了。"

第五章　安妮的道歉

安妮住进绿山墙的两个星期后，蕾洁夫人才去看她，因为她得了一场严重且不合时宜的流感。

蕾洁夫人来访时，安妮正在果园里享受暖和的阳光。

"你俩怎么会那么糊涂呢？"蕾洁夫人表现出非常同情的样子，"能不能把她弄回去呢？"

"当然可以啰！不过我跟马修已决定收养她了，马修很中意那个孩子。我呢！也是一样的喜欢她。虽然她有很多缺点，不过自从她来了以后，我们家里完全变了样，变得好温馨、好快乐。"

她们正说着，安妮蹦跳着从外面回来了，在果园玩耍的喜悦还留在生动的脸上。不过，当她发现屋里有一个陌生人时，立刻显露出害羞的神色，忸怩不安地站在门口。

安妮还穿着从孤儿院来时穿的那身短小的衣服，脸上的雀斑显得越发突出，头发乱蓬蓬的，像红色的火焰。

"怪不得，真是怪不得！长成这种样子，难怪没有人要

22

嘛！"蕾洁夫人见了安妮这副模样，提高嗓门说。她一向以敢言人不敢之言而洋洋自得，"天哪！瘦得前胸贴后背，太难看了嘛！我说玛莉娜！你究竟是哪根筋不对劲啊？竟然要收养这种女孩？女孩你过来，让伯母瞧瞧。哎哟！怎么会有那么多雀斑呢？乖乖！那些头发呀，简直就跟红萝卜一般的红嘛！来呀，你过来呀！让我再仔细瞧瞧……"

安妮猛地踩踏着地板，用尖锐的声音叫了起来："人家讨厌死你了！讨厌透了你！"她每说一句，踩踏地板的声音就越大，声调越激动，"你竟然说我瘦巴巴的，前胸贴后背，长得好难看，叫人不敢领教！又说我脸上犹如撒芝麻一般长满了雀斑，头发像极了红萝卜！亏你说得出口！你呀！真是没有教养，不懂得礼节，粗俗不堪！"

说着说着，安妮踩踏地板的声音越来越大。

"安妮！"玛莉娜惊恐万状地阻止她。

"天哪！想不到这小不点如此厉害！"蕾洁夫人有些恐惧地叫起来。

"安妮！回到你自己的房间去吧！在我没叫你之前，你就得一直待在那儿，不可以出来！"玛莉娜稍微恢复了平静后，如此下达禁足令。

安妮"哇"的一声哭了出来，她飞奔到客厅门口，再"哐当"一声把门关上，而吊在外面走廊墙壁上的装饰物，仿佛是在同情她一般，咔嚓咔嚓地响了起来。安妮有如一阵旋风似的爬上了楼梯。

本来，玛莉娜想对蕾洁夫人说一些"实在太对不起了"之类的话。没想到，她却近乎无法控制地说："蕾洁夫人！你也大可不必说那种损人的话呀！"

这让蕾洁夫人感到非常的不受用，她"啪"的一声站了起来，说道："好吧！以后我说话一定会特别谨慎的。其实，我并没有生气，只是可怜你罢了！好啦，我要回去啦！"

玛莉娜来到安妮的房间时，安妮正伏在床上大哭。或许因为太激动，她忘了脚上穿着鞋子，就那样趴在棉被上痛哭。

"安妮，"玛莉娜近乎柔和地叫着，"我说你呀！实在太不懂礼貌啦！你不感到羞耻吗？"

"那个女人，怎么能说我邋遢，满头红头发！她没有那种权利啊！"安妮仍在数落对方的不是。

"我也认为蕾洁夫人说得太过火，非常不应该！"玛莉娜和颜悦色地说，"不过，她好歹是第一位来瞧你的客人，她既是长辈，也是我的朋友。就凭这三点，你应该好好地对待她才对……好吧！事到如今，唯一的补救方法就是你到她那儿去诚恳地向她道歉。"

"我做不到！"安妮噘着嘴说，"我宁愿接受任何处罚，你把我关在地牢里都可以，我是不会给那位太太赔不是的。"

"不用说，这里没有地牢，就算有，我也不会那样做！不管怎样，你必须向蕾洁夫人道歉！"

当晚，玛莉娜没有对马修提起这件事。第二天早上，安妮仍然在赌气，没有下楼吃早餐，玛莉娜不得不说出她不下来吃早餐的原因。玛莉娜一直在强调安妮这个女孩的态度恶劣，然后把整个事情经过说了出来。

"挫挫蕾洁·林顿的锐气真是叫人感到痛快的一件事情。"马修反而为安妮撑腰。

过了一会儿，马修又说："你不可能为了这事而不让安妮吃饭吧？"

玛莉娜白了马修一眼说："我也不会那么残忍，三餐饭我都会按时送过去。不过，在她肯向蕾洁夫人道歉之前，她不能走出那个房间。"

到了黄昏日落的时候，马修在仓库一带徘徊，一双眼睛不时瞧瞧四周。等到玛莉娜单独到后面放牧的草地准备牵回奶牛时，马修有如小偷一般摸进屋里，再蹑手蹑脚地走到楼上。他踮着脚尖走到楼上的房间前，费了一番勇气才敲开房门，没头没脑地瞧着房内。

安妮坐在窗边的黄色椅子上面，以悲伤的神情瞧着庭院。她看起来很瘦弱，使得马修的心又是一阵疼痛。他轻轻关上门，仔细瞧了瞧四周，压低嗓门说："安妮，你怎么啦？"

安妮无精打采地微笑着说："没什么大不了的事情啦！玛莉娜非要我去向蕾洁夫人道歉，而我又不想。"

"我真希望你能这样做。没有你，楼下变得非常寂寞，再也没有和乐融融的气息了。你就专程跑一趟，安抚一下蕾洁夫人吧！你是个好女孩，一定能够做到的。"

"如果是为了马修，我同意去道歉！"安妮想了想说，"其实是我不对，我有点后悔了。我想通了，现在我感到羞愧。"

马修说："我希望你去。你千万不要告诉玛莉娜我来过，不然她会说我多管闲事。"

"我不会说的！"安妮很严肃地说。

做完了这件事情，马修又东瞧西瞧地看了一阵子，一边很欣慰自己的说服成功了，一边为了避免玛莉娜察觉他到过楼上，三步并作两步地逃到最远处的牧场去了。

玛莉娜一踏进屋里，立刻就听到喊她的声音："玛莉娜！"安妮的声音从楼梯的扶手处传来，这的确给她一个意外的欣喜。

"有什么事吗？"她应了一声。

"真对不起您哪！我不该使性子，说些莫名其妙的话。我想去蕾洁夫人那儿，诚恳地向她赔罪。"

"那很好。"玛莉娜近乎冷淡的回答方式，并没有表现出她舒了一口气的内心感受。

挤完了牛奶，安妮与玛莉娜走在小径上。玛莉娜仿佛凯旋的将军，抬头挺胸。而安妮呢，一路上都是恍恍惚惚的样子。她这种神态，一直持续到见到蕾洁夫人。

在开口说话之前，她当着蕾洁夫人的面，"扑通"一声跪在地上，有如在乞求爱怜一般，伸出双手，再以颤抖、悲切的声音说："蕾洁夫人，那天我对您太没礼貌啦！而这件事，也使我的两位恩人蒙羞。夫人您不过随便说了几句，我就吵翻了天，实在是太离谱了。夫人您说得很对！至于我对夫人您所说的气话嘛……虽然没有言过其实，但是我不应该把它们说出来呀！宽宏大量的蕾洁夫人，请您原谅无知的我吧！"

"好啦！好啦！你快站起来吧！"蕾洁夫人打心眼里说出

这句话，"我当然会原谅你。事实上，我对你说的那些话，的确也太过火了些。你的头发的确红得吓人，不过，以前跟我一起上学的一个女孩，头发比你更红，没想到她长大以后，头发竟变成了金褐色！所以你也很可能跟她一样。"

安妮高兴地说："谢谢您原谅我，蕾洁夫人，还赐给我无限的希望。对了，我可以到您的庭院里去吗？"

"好啊，你就过去吧！如果你喜欢的话，还可以摘下庭院里盛开的白水仙，做成一个花束带回家。"

玛莉娜踏上归途时，安妮手上捧着一束水仙花，从苹果园的幽香暮霭中跑了出来。

"回家的感觉真好！"安妮说，"我已经深深地爱上绿山墙了。到现在为止，我不曾爱上任何一个地方，因为我不曾拥有过类似家的地方啊。"

安妮瘦小的手给玛莉娜一种很特别的感触，她的心里涌出一种温馨和欢乐的感觉——或许，这是她不曾体验过的所谓的"母爱"吧？由于它实在太甜蜜，又来得太突然，使得她一时感到慌张。

"安妮，只要你做一个好女孩，无论何时何地都能够感到幸福。那时，你就不会感到祈祷是很痛苦的一件事情啦！"

第六章　安妮上主日学校

　　玛莉娜给安妮缝制了三套新衣服，简简单单的，样式也都一样。安妮表示非常感激，但还是觉得不够漂亮。

　　玛莉娜说："听话，明天换上新衣服去上主日学校，我从贝尔先生那里给你寻来一本书。"说完就很不高兴地走了。

　　第二天早上，玛莉娜有些头疼，不能送安妮去主日学校。

　　"我说安妮，你就到蕾洁夫人那儿请她带你去吧，她会为你挑选比较合适的班级！"玛莉娜说，"你要做一个乖乖女孩啊！同时，你也要留下来听牧师的讲道，不要睁大眼睛到处看人，更不要大惊小怪。回家后，你要把牧师的话说给我听。这是捐献给教会的一分钱。"

　　安妮穿戴妥当才出门，那件黑白格子的薄毛布衣裳，长短刚刚好，但是正因为如此，更凸显了她的瘦弱。新买的海军士兵帽，大小很合适，但是没有丝毫装饰，这一点叫安妮大失所望。不过，在她走到主街以前，她对自己的帽子做了一些手脚。那时，在小径附近开遍了野蔷薇和金莲花，于是，她就采摘了很多花，用那些粉红色和黄色的花朵插满了帽子的周围。安妮感到非常满足，于是得意地昂起了长着红发的头，满心愉快地来到街道上。

安妮信心十足地独自走进主日学校，那些穿着亮丽的白色、粉红色和青色衣服的少女们，用好奇的眼光瞧着满头鲜花的安妮，三三两两地躲在手中杂志的后面，一面偷偷瞧着安妮，一面说着悄悄话。做完了礼拜，安妮被分到洛洁森小姐的班级时，仍然没有任何女孩接近她。

安妮一回到家，玛莉娜马上问她："主日学校好玩吗？"

"一点也不好玩呢！我感到非常失望。"

"安妮！"玛莉娜大叫了一声。

"我依照您的吩咐，在主日学校的时候非常的乖。蕾洁夫人老早就去了，因此我是自己去的。在做礼拜的那段时间里，我一直坐在旁边的位置上，但是听得不是很认真。"

"你这孩子也真是的！你应该好好地听贝尔先生说的话。"

"听完讲道后，我跟一群教友进入洛洁森小姐的教室。教室里除了我，还有九个女孩。乖乖……她们的袖子都鼓得好大！我拼命想象自己的衣服上也有那种袖子，但是……始终无济于事啊……"

"到了主日学校，就不要想什么衣袖了，你要好好地用功啊！最起码，你应该懂这一点吧？"

"嗯……我当然知道。洛洁森小姐紧绷着一张白白的脸，问东问西的。那些穿着'鼓袖子'的女孩在背诵圣诗。一点笑容都没有的洛洁森小姐问我知道一些什么，我回答说：'我会背诵一首缠绵悱恻的诗，它虽然不是什么圣诗，但是，它的感人之处不亚于圣诗。'想不到，古怪的洛洁森小姐说：'免了！'她一再地叮嘱我，到了下个星期天，一定要把圣诗的十九章背好……至于讲道方面嘛，贝尔先生可真是说个没完没了。天哪！又臭又长！如果我是牧师的话，一定会挑简洁易懂的章节来讲。看起来，那位牧师好像没有想象力，我听得索然无味。"

对于这些近乎荒谬的论调，玛莉娜认为非好好责骂安妮不可。但是仔细一想，安妮的话也不是完全没有道理的，所以她也就没有责怪安妮了。

隔了一周的星期五，玛莉娜从蕾洁夫人那儿听到安妮在帽子四周插满花的事后，回到家里立刻把安妮叫过来责问。

"我说安妮啊！蕾洁夫人告诉我说，上个星期天你在帽子四周插满了野蔷薇和金莲花后去的教会。对不对？你怎么能在帽子上插花呢？"

"有很多人在衣服上插花，我为什么不能在帽子上插花呢？"

"安妮，你不要顶嘴！蕾洁夫人说，当她看到你满头插着花时，害臊得几乎要钻进地洞！她很想对你说快点把花拿下来，但是因为教友太多，她无法走到你身边。据说，每个人都对你指指点点，有人甚至说因为我的学识浅薄，才把你打扮成那种样子。"

"啊……太对不起您啦！"安妮抽泣起来，"我实在没有要为难您的意思。我只是认为野蔷薇和金莲很漂亮，所以情不自禁地把它们戴起来罢了！我做梦也没想到会如此叫您为难。好吧！您就把我送回孤儿院吧！我这么瘦弱，一定会被传染肺病的！但是比起折磨您来不是好多了吗？"

"你在说什么傻话呀？"玛莉娜面对着哭泣的孩子，心都乱了，"我并没有说要把你送回孤儿院呀！我只是要求你举止行为像其他的女孩一样，不要做古怪的事情就成。好了，你不要哭了！我要告诉你一个好消息：黛安娜·巴利今天下午就要回来了，我准备向巴利太太借用裁裙子的纸型，如果你想跟黛安娜交朋友的话，我就带你去。"

"哇！玛莉娜，我真害怕！如果黛安娜不喜欢我的话，我该怎么办？"

玛莉娜说："我想黛安娜一定会喜欢你的，你自己多注意礼节就行了！"

玛莉娜和安妮为了到果树园山坡去拜访巴利夫人,抄了近路,穿过小河,再爬上长满了枞树的小丘。玛莉娜敲门以后,巴利夫人立刻出现在厨房的门口。

"噢!玛莉娜,欢迎光临!"她亲切地说,"请问,她就是你家收养的孩子吗?"

"是的。她叫安妮。"

"欢迎光临,你好吗?"

"谢谢伯母。我虽然心里很乱,但是身体很好。"

黛安娜坐在沙发上,虽然有客人光临,她仍然心无旁骛地在看书。她长得很可爱,遗传了母亲的黑眼睛和黑头发,脸颊呈玫瑰色,性格方面则遗传了父亲的开朗。

"她就是我女儿黛安娜,"巴利夫人说,"黛安娜,你带安妮去赏花吧!"待少女们出去以后,她又对玛莉娜说:"我叫她别整天盯着书本看,但是她爸爸却一直鼓励她多读书,我实在没有办法。我倒希望她交一个朋友,这样的话,她到户外活动的机会就会增多了。"

巴利家的青翠庭园里有很多花,四周种植着高大的柳树和枞树,树下开满了喜欢树荫的花。用贝壳镶了边的小径,仿佛潮湿的红色缎带,纵横交错。花坛里盛开着华丽的红色芍药、香气沁人肺腑的水仙、有着芒刺的玫瑰、青紫色的金鱼草,还有缎带草、薄荷、喇叭水仙以及紫罗兰,等等。蜜蜂忙着采蜜,风儿把叶片吹得沙沙作响。

"我说黛安娜!"安妮握着两手,小声地说,"你喜欢我吗？咱们能够成为推心置腹的朋友吗？"

"嗯……我看……可以，"黛安娜微笑着说，"我很高兴你来到绿山墙。有了玩伴，我就会快乐起来啦！这附近没有跟我玩的人，我的妹妹又太小了！"

玛莉娜带着安妮与巴利夫人告辞时，黛安娜把她俩送到小木桥，并且跟安妮约定第二天下午见面。

"怎么样？你跟黛安娜培养出友情了吗？"回到绿山墙的庭园时，玛莉娜问安妮。

"嗯……有啊！"安妮发出了满足的叹息。

马修刚刚从卡摩迪的百货店回来，他一看到安妮，就微笑着从口袋里拿出一个小纸包悄悄地塞给她。

"我记得你曾说过最喜欢吃巧克力糖，所以，我就给你买了一些。"

"哼……"玛莉娜皱了一下眉头说，"那种东西对孩子的牙齿和胃肠不好！还好，里面加了薄荷，那种东西对身体有好处。不过，不要一口气吃完，那样你会感到难受的。"

"嗯……我不会的，今晚我只要吃一个！"安妮很认真地说，"而且我要把其中一半分给黛安娜。一想到有东西分给黛安娜，我就太高兴啦！"

"那个孩子并不吝啬，"等安妮回到她自己的房间后，玛莉娜说，"我一向最不喜欢吝啬的孩子。安妮来到这儿才三个星期，可是在我的感觉里，她仿佛一直都跟我们住在一块似的。我现在实在不敢想象没有安妮的日子。"

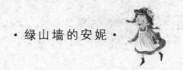

第七章　安妮的坦白

"咦？已经到了安妮该回来做针线活儿的时间了呀！"玛莉娜抬头看了看时钟，再瞧瞧外面，"安妮！快出来！你听到了吗？"

玛莉娜"砰砰"地敲了敲西边的窗户后，安妮就从后院跑了出来。她的眼睛闪闪发亮，面颊涨成粉红色，长头发在背后飘荡着。

"玛莉娜！"安妮上气不接下气地说，"下周，主日学校的老师要带我们去野餐呢！我可以去吗？"

"关于这件事，你甭操心！我会为你准备妥当的。"

到了星期天，安妮和玛莉娜到教堂做完礼拜，在回家的途中，安妮说："当牧师在讲坛上说到野餐时，我亢奋之余，背脊感到一阵寒意。玛莉娜！一直到那时为止，我根本就不相信有野餐这一回事呢！我始终认为自己在做梦。听到牧师在讲坛上这样说，我才相信真有这么一件事情。"

"你呀，实在不可救药，对这些事情未免太认真了一些！"

玛莉娜叹了一口气，"看来，在你的一生里，将不可避免地碰到很多叫你感到惊愕的事情。"

那一天，玛莉娜仍旧像往常一样，到教堂时还佩戴着紫水晶胸针。她认为如果把胸针留在家里的话，就很可能会遭到天谴——恰如不能忘记带着《圣经》以及捐献的几分钱一般。对玛莉娜来说，那枚胸针是最为昂贵的身边之物，它原本是身为船员的叔父送给玛莉娜母亲的，后来母亲又把它留给了玛莉娜。由于玛莉娜对宝石之类的东西一无所知，当然也就不知道它实际的价值。她只是认为紫水晶胸针非常美，所以，每逢身穿上等的茶色丝绸衣服时，她都会佩戴那枚胸针。或许，她自己并没有看到它，但是只要感觉到它正在喉咙下面闪着紫色的光辉，她就会感到非常愉快。

在野餐前的星期一的黄昏，玛莉娜颓丧着一张脸，从自己的房间走了出来。

"安妮！"玛莉娜对着正坐在桌子旁剥豆子的安妮大声说道，"你看到我那枚紫水晶胸针了吗？昨天从教堂回来后我就把它别在针座上面，可是，现在找不到了。"

"我——我——在中午过后，就是您去救援会不在家时，我曾经看到过！"安妮有点结巴地说，"我走过您房间时，看到它正在针座上面，所以嘛……我就进去瞧了瞧。"

"你摸了它没有？"玛莉娜以十分严肃的口吻说。

"嗯……"安妮点点头说，"我把它取下来，瞧瞧别在我胸口是不是很好看。"

"小孩子怎么可以随便进别人的房间乱翻呢？第一，你不应该随便进我的房间；第二，你不应该乱动他人的东西。那么，你把它放哪儿了？"

"噢……我就把它放在衣柜上面。玛莉娜，我并没有乱翻您房间的意思。我不认为进您房间里稍微抚摸一下胸针，就是一种滔天大罪。不过，既然您这么说，我以后再也不会做那种事情啦！我绝不会犯两次相同的错误。"

玛莉娜听了安妮这些话以后，又回到自己的房间彻底地翻找。她不仅找遍了衣橱的每一个角落，甚至翻遍了那些不可能放置胸针的地方，但是仍然一无所获。

第二天早上，玛莉娜一五一十地把这件事情对马修说了。马修立刻感到慌乱，但是他并没有怀疑安妮。不过他认为，这一切事实都对安妮很不利。

"你有没有仔细瞧过衣橱后面呢？"马修只能说出这一句。

"我不仅翻遍了整个衣橱，连每个抽屉以及缝隙都仔细地看过……"玛莉娜一口气地说，"可是，根本就没有胸针的影子啊！错不了，一定是那孩子拿走的！马修，关于这件事情，必须好好查清楚才行！"

"好吧！那么，你要如何处置呢？"马修应付道。

"我要把她关在房间里面，一直到她说实话为止！"玛莉娜想起了以前曾经用这种方式获得成功，所以自信满满地说，"这种处罚方式很管用哦！只要那孩子坦白地说出一切，我就不难找到胸针。反正啊！对那孩子非严厉处罚不可。"

"好吧！这是你在处罚安妮，不关我的事情，"马修取了他的帽子说，"我不会干涉你，你不是叫我别插手吗！"

玛莉娜有一种被大家遗弃的感觉。她带着凝重的表情来到楼上安妮的房间，然后带着凝重的表情下楼。

安妮坚持她并没有拿走胸针，说着又大哭起来。

玛莉娜感到安妮很可怜，前后好几次想放弃追问。但是，她拼命抑制住这样的想法。

"如果你不说实话，你就不能走出这个房间。"玛莉娜严厉地说。

"可是，明天就要去野餐呀！"安妮叫了起来，"您在明天下午放我出去吧！等我野餐回来以后，您要关我多久都可以，我不会抱怨的！"

"如果你不说实话，野餐的事就免谈了！"

星期三是非常适合野餐的日子，风和日丽，绿山墙的周围，小鸟们不停地在唱着歌。徐徐的晨风吹来白百合的香气，洼地的桦树快活地摇动着树梢，等待着安妮早晨的呼叫。但是，安妮并没有在窗边出现。

玛莉娜把早餐端上楼时，安妮好端端地坐在床上。她紧闭着嘴，小脸很苍白，两眼却是炯炯有神，仿佛是下了很大的决心似的。

"玛莉娜，我要说出实话。"安妮说。

"那太好啦！"玛莉娜放下了碗碟。

这种处罚方式又成功了！于是她很满足地说："好吧！你

说出来听听。"

"不错，紫水晶胸针是我拿走的！"安妮有如在背书一般地说，"刚进您房间时，我并不打算这样做，但是，当我把它佩戴在胸前时，感觉到它太美啦！我抗拒不了它的诱惑，认为佩戴了它，就可以把自己想象为考德莉亚公主啦！那时，我想，只要在您回来以前把紫水晶胸针送回来就行了。为了延长一些拥有它的时间，我故意绕道而行。想不到在走过'闪光的湖泊'上面的小桥时，它从我的手里溜下掉到水里去啦！"

"安妮，你干了一件很不好的事情！"玛莉娜尽量使自己平静下来，"像你这样坏品行的孩子，我还是第一次碰到。"

"是啊，我自己也这样想！"安妮很平静地说，"玛莉娜，求求您！您就快一点惩罚我吧！因为我要在放下重担以后，轻松地去参加野餐呀！"

"什么？你还想参加野餐？亏你还说得出口！你不能去啦！这就是我的惩罚。"

39

玛莉娜做好了午饭后，到楼梯口叫安妮。

"安妮，时间不早啦！快下来吃午饭。"

"玛莉娜，我什么都不想吃！"安妮哭着说，"您已经把我的一颗心撕得粉碎了，将来您一定会受到良心的谴责的！不过，我会原谅您的。所以嘛，不要再叫我吃饭啦！不管是烤肉或者是蔬菜，对烦恼的心情都没有什么帮助！"

当玛莉娜洗完了盘子，喂好了鸡鸭，把面粉发酵了以后，突然想起了一件事。在星期一的下午，当她从救援会回到家，脱下黑花边披肩时，发现它裂了一道缝儿。于是她回到自己的房间，准备用针线把它缝补好。

玛莉娜从衣箱里取出披肩时，穿过窗户的阳光在披肩的某个部位发出了反射光线——那是一个发出紫色光辉的东西！玛莉娜拿到它时，茫然地愣在那儿。

原来，那是勾在花边上的紫水晶胸针！

玛莉娜拿着胸针，走到楼上东边的房间。安妮痛快地哭了一阵子，又无精打采地坐在窗边。

"安妮！安妮！"玛莉娜用抱歉的口气说，"紫水晶胸针竟然勾在我的披肩上呢！你这傻孩子，为什么要说谎话呢？"

"因为……您说过我不说出实情的话，就不让我走出房间呀！"安妮很不满地回答，"因为我非常想参加野餐，所以只好勉强逼自己撒谎啰！想不到，您还是不让我参加野餐。唉！我的努力算白费了！"

听到这些话，玛莉娜忍不住笑出了声，不过她一边笑一边也受到了良心的谴责。

"我实在拿你没办法！"玛莉娜笑着说，"现在一切我都明白啦！我错了。你从来就不曾撒过谎，这一次我实在不应该怀疑你。不过，你也不应该乱编一些你根本就没做过的事。但是一切都怪我，是我逼你这么做的，你就原谅我吧！我俩言归于好。你快去准备参加野餐吧！"

那个夜晚，回到绿山墙的安妮，浑身洋溢着幸福，同时也疲倦得眯起了眼睛，再也没有饶舌的力气了。

"玛莉娜，今天，我玩得真痛快！下午茶很香醇，哈蒙·安德鲁小姐带我们到'闪光的湖泊'划船——一次带着六个人。安德鲁小姐差一点儿就掉进湖里去了呢！"

那一夜，玛莉娜一边补着袜子，一边把事情的经过说给马修听。

"是我弄错了，这也是一个教训！"玛莉娜坦率地说，"不过一想到安妮的坦白，我就忍不住笑出声来。这孩子太古怪了，但她以后会有出息的！安妮在这里，我们就不会感到无聊和寂寞。"

第八章　教室里的风波

　　"哇！这是非常美好的日子！"安妮长长地叹了一口气，"能够生活在这种日子里，实在是太幸福了！不知道这个日子的人，以及还没出生的人，实在太可怜了，当然了，将来的人们或许会有很多很美好的日子，但是不可能拥有今天一般的日子，想不到通往学校的道路是如此的美丽，我实在太高兴啦！"

　　安妮和黛安娜上学所走过的路，的确美如仙境。和黛安娜一起走这条路往返于学校和家，实在美得像一首诗，也可以说像极了一幅画。绕着街道而行，景色固然宜人，但是这条路途中的"恋人小径""紫罗兰之谷"和"白桦之道"——安妮起的名字——更是富于浪漫的气息。

　　艾凡利学校的墙壁被涂抹成了白色，屋顶低低的，玻璃窗却好大好大。教室里的桌子很厚实耐用，在那上面读书写字叫人感到舒服。而且，桌子上面的那块木板可以掀开来，上面刻满了好几代学生们的名字以及一些莫名其妙的文句。这栋建筑物离街道很远，后面则是蓊郁的枞树林以及一条蜿蜒流过的小河。学生们每天早晨都把牛奶瓶浸在小河里，等到吃午饭时喝那浸得凉凉的牛奶。

三个星期有如梦幻一般地过去了。一个九月清爽的早晨，安妮和黛安娜快活地走进"白桦之道"，黛安娜突然对安妮说："吉鲁伯特今天一定会来上学，听说整个夏天他都待在纽布兰斯克的表哥家里，直到上星期六才回家呢。他呀！长得好帅！只是他太喜欢捉弄女孩子，总是把我们整得糊里糊涂呢！"

"什么！吉鲁伯特？"安妮说，"在走廊的墙壁上面，他的名字不是跟贝儿列在一起，并且在上面写着很大的'注意'两个字吗？"

"对了，就是他！"黛安娜摇着一头黑色的长发说，"不过，我敢保证他并不中意贝儿，因为他利用贝儿脸上的雀斑练好了九九乘法口诀呢！"

在教室的后排，菲利普老师正在全神贯注地听普莉丝读拉丁文课本。

黛安娜趁机向安妮耳语："隔着走道，坐在你右边的人就是吉鲁伯特。你偷偷瞧他一下，是不是很酷呀？"

安妮转过头去瞧时，吉鲁伯特转动着狡黠的眼睛，手里拿着一个大图钉，以飞快的速度把前排的女生琪丽儿的黄色长发钉在她的椅背上。他是个高挑的少年，长着一头褐色的鬈发，一双闪着狡黠之光的眼睛对着安妮眨了两三下。

过了一会儿，琪丽儿想把算数的解答拿给老师瞧瞧，但是她刚要站起来时，突然叫了一声，又跌坐了下来。她本以为自

己的漂亮头发掉了一大把呢！同学们都回过头看她，菲利普老师也狠狠地瞪着她，琪丽儿委屈地哭了起来。

"我说黛安娜啊，你的吉鲁伯特的确长得很帅！"安妮悄悄地对黛安娜说，"但是，他太没礼貌了！怎么能对第一次见面的女孩子使坏呢？"

就在这时，吉鲁伯特把手伸过走道，抓起安妮的红色长发，突然叫了起来："哇！红萝卜！红萝卜！"

安妮猛地转过头，有如怒目金刚似的瞪着吉鲁伯特！

"无礼的家伙！我恨透了你！"安妮大声叫道，"亏你说得出口！"

接着，响起了"咔嚓"的声音。安妮拿起石板猛敲吉鲁伯特的头，把石板打成了两半！

菲利普老师从走道飞快地走过来，对安妮说："真遗憾，我的学生里面竟然有这种脾气暴躁的女孩子。安妮,你到讲台的黑板前面站着,一直到下课为止!"

安妮的脸变得苍白,她走到黑板前,内心感到仿佛遭受到鞭打一般的痛苦。菲利普老师又在安妮头上的黑板上写着——

安妮·雪莉的脾气非常暴躁,以后必须努力控制自己的脾气。

安妮的头顶着这几个字,一直被罚站到下课。

下课后,安妮大大方方地踏上回家的路。吉鲁伯特在校门口很诚恳地对她说:"非常对不起,我不该以那种口气说你的头发。现在我十分诚心地向你认错,请你不要再生气了,好吗?"

安妮装成什么都没听到的表情,傲慢地走开了。

发生这件事情的翌日,中午休息时,男女学生们趁着菲利普老师回家吃饭时,偷偷跑到松林里面去摘取"口香糖"(松脂)。学生们一面摘取黄色的松脂块,一面在林子里面嬉戏游玩。

突然,爬在树顶上的吉米大喊了一声:"菲利普老师从家里出来了!"

听到了这声示警,树上的男生和树下的女生一哄而散。安妮单独一个人在前头散步,她头上顶着百合花环,把自己想象成树荫里的精灵,在高及腰部的羊齿丛里面走着。当她听到同学的"警报"后,马上像一头小鹿似的向教室狂奔。待菲利普老师在衣架上挂帽子时,安妮已经抢先一步坐在教室里面了。

只是她还在喘着气，而且头上的花环忘了取掉，歪斜地靠在一边的耳朵上面。

菲利普老师懒得去处罚这么一大堆学生，他突然想叫安妮做"替死鬼"。

"安妮，你既然喜欢跟男孩待在一起，我就成全你吧！"菲利普老师皮笑肉不笑地说，"你把头上的花拿掉，坐在吉鲁伯特的旁边吧！"

听了这句话，男生们都吃吃地笑了起来。

黛安娜很同情安妮，脸色变得惨白，她拿掉了安妮头上的花环，握着安妮的手。安妮好像变成了石膏人一般，一直在对菲利普老师翻白眼。

刚开始时，安妮似乎想反抗。但是，当她认为不可能有效果时，就傲慢地站起来，走过通道，坐在吉鲁伯特的旁边。

下课以后，安妮回到自己原来的座位，把桌子里面的教科书、练习簿、《圣经》、墨水和笔等全部拿出来放到裂成两片的石板上面。

"我再也不用上学了。"安妮毫无表情地说。

回到家以后，安妮就一五一十地把事情的经过说给玛莉娜听。

"你怎么这么傻呢？"玛莉娜说。

"我才不傻呢！"安妮以很正经的语气，看着为难她的玛莉娜说，"玛莉娜，我被侮辱了！"

"什么叫侮辱呀！明天，你必须继续上学！"

"我不要！"安妮摇了摇头说，"玛莉娜，我再也不上学啦！我可以在家里读书。我会尽量让自己不多嘴，不过，再怎么说，我也不上学啦！"

玛莉娜看着安妮严肃的小脸，知道她再说什么也是徒然，只好去找蕾洁夫人商量对策。

"我实在不知道该怎么办才好！"玛莉娜说，"那个孩子倔强得不得了，说什么也不上学啦！其实，我当初叫她上学时，就一直感到忐忑不安，就怕会发生什么事情，因为一开始时，一切都显得太顺利了。这孩子脾气太大了。蕾洁太太啊！我该怎么做呢？"

"你是在询问我的意见吗？玛莉娜！"蕾洁夫人眉飞色舞地说，"如果我是你的话，最初我会抚慰她一番。的确，菲利普的做法太过分了。昨天安妮发了这么大的脾气，处罚她站在黑板前面，并不算过分。可是，今天迟到的学生那么多，却只处罚安妮一个人，实在太离谱了！"

"那么，你是说，应该把安妮留在家里？"

"是啊！除非她主动提起，否则的话，不要跟她谈论有关学校的事情。我说玛莉娜啊！只要过了一两个星期，她自己就会想上学了，你千万别逼她上学。"

玛莉娜就依照蕾洁夫人的忠告，再也不催安妮上学了。安妮就在家里读书写字，照常帮着做一些家务，跟黛安娜在秋天的紫色暮霭中游玩。偶尔在路上或者主日学校碰到吉鲁伯特时，后者虽然对她百般讨好，但是，安妮始终不理不睬。

第九章　新生活的意义

　　绿山墙的十月美得耀眼。低洼地上的白桦树变成阳光一般的金色，"恋人小径"上的野生梅闪耀着深红色与青铜色的光泽，而即将收割的麦田也在闪闪发光。安妮充分地享受着这丰富多彩的世界。

　　"中午我就要去参加救援会的聚会，必须去卡摩迪，回来时恐怕已经很晚了。所以嘛，就麻烦你为马修和帮工杰利准备晚餐吧！不过你必须记牢，别像上次那样，大家都围着桌子坐下来时才泡茶。"玛莉娜对安妮说。

　　"上次我确实是错了，"安妮如此解释，"因为那天整个下午，我一直在想'紫罗兰之谷'这个名称，脑筋绷得好紧，才会出错。马修实在太好啦！他没有骂我，还说自己动手泡茶也花不了多少时间。在等待的那段时间里，我讲了一个有趣的故事，马修还听得眉开眼笑呢！"

　　"马修嘛……就算你半夜醒来想吃晚饭，他也会认为那是正常的一件事。安妮呀，你也可以请黛安娜来喝下午茶。"

玛莉娜话还没说完，安妮就跑去邀请黛安娜了。

黛安娜来后，她们开心地聊了起来。黛安娜说了好多学校里的事，可当她说起了有关吉鲁伯特的近况时，安妮表示不想听，并立刻跳了起来向黛安娜提议回到屋里喝草莓汁。

玛莉娜在临走前曾对安妮说："上次在教友聚会时喝的草莓汁，还剩下半瓶，就放在厨房食品棚架的第二层。你们想喝的话，不妨配着蛋糕吃。"

安妮跑到食品棚架那儿，但是找不到草莓汁，不过她仔细查看以后，终于在第一层找到了。安妮喜滋滋地把那瓶草莓汁连同玻璃杯放在托盘上面，再端到桌子上。

"黛安娜，你就自个儿随便喝吧！"安妮说，"今天我喝不了啦！因为刚才吃苹果吃饱了。"

黛安娜自己倒了满满一杯草莓汁，看看那醒目的红色，感叹了一阵子，然后优雅地啜饮起来。

"我第一次喝到如此美味的东

西！"黛安娜说，"蕾洁夫人时常夸耀她做的草莓汁最美味，但是你家的草莓汁却比她家的好喝多啦！"

过了一会儿，黛安娜摇摇晃晃地站起来，用手按着头，又坐下去了。"啊……我感觉好难受……"她有些痛苦地说，"我……我现在想回去……"

黛安娜深一脚浅一脚地走了。安妮在失望之余，眼眶里满含泪水，拿着黛安娜的帽子，把好友送到巴利家庭园的篱笆边。然后，她一路哭着回到了绿山墙，把草莓汁放回食品棚架，无精打采地准备马修和杰利的晚餐。

到了星期一的午后，玛莉娜差遣安妮到蕾洁夫人那儿跑一趟。谁知刚过一会儿，安妮就从"恋人小径"跑了回来，脸上满是泪痕，一跳进厨房就趴在沙发上哭起来。

玛莉娜疑惑地问："安妮，为什么又哭呢？"

安妮坐了起来，仿佛是悲剧的女主角一般。

"今天，蕾洁夫人碰到巴利夫人。据说，巴利夫人非常生气！"安妮嚷着，"她说，星期六我让黛安娜喝得酩酊大醉，再叫她衣冠不整地回家。她还说，我是一个坏孩子，绝对不再让黛安娜跟我玩了。"

"什么？草莓汁会叫人喝醉？"玛莉娜说着，走到厨房的食品棚架前瞧了瞧。她立刻就明白了，原来安妮给黛安娜喝的是她三年前酿的葡萄酒，并非什么草莓汁。而且，她现在才想起来，草莓汁原来放在地下室了。

玛莉娜拿着那瓶葡萄酒回到安妮面前，她努力控制着自己的情绪，唯恐在安妮面前爆笑起来。

"我说安妮啊！你闹的笑话未免太多了吧！你给黛安娜喝的根本就不是草莓汁，而是葡萄酒！难道，你连这一点也分辨不出来吗？"

"那是因为我不曾喝过呀！"安妮满不在乎地说，"我以为是草莓汁，所以就一直叫她喝。"

"好吧！既然是这样，我就帮你去巴利夫人家给你解释一下！"玛莉娜说，"只要巴利夫人知道那是一场意外，她就一定不会再跟你计较的，你当然还可以跟黛安娜来往。好啦……不要再哭了！"

安妮看到玛莉娜从果树园山坡回来时，立刻跑到大门口去迎接她。

"巴利太太也真是的！"玛莉娜有点忿忿不平地说，"她可是一个完全不通融的人呢！我跟她说过，安妮完全没有恶意，那纯粹是一个误会。但是，她压根儿就不相信我的话。"

一脸火气的玛莉娜把伤心欲绝的安妮留在那儿，自己气咻咻地到厨房去了。

安妮没戴帽子，一下子就冲入了冷飕飕的秋夜里。她下了最大的决心，走过三叶草的枯黄草原，跨过小木桥，在青白色的半弦月照耀之下，穿过了针枞树的丛林。巴利夫人听到胆怯的敲门声后立刻打开了门，一下子就看到了唇色发白、眼光带着哀求的安妮。

"你到底想干什么呀？"巴利夫人冷冷地说。

"伯母，请您原谅我。我绝对不是有意灌醉黛安娜，伯母请您站在我的立场想想，一个被亲切人家收养的孤女，一旦有了贴心的挚友，怎么会加害于她呢？我一直以为那是草莓汁呢！拜托您！请您不要禁止您女儿跟我来往，好吗？"

"我认为你不适合跟黛安娜交往，你赶紧回家做一个乖孩子吧！"

安妮静静地回到了绿山墙。

翌日午后，当安妮在厨房窗边做针线活时，突然看到黛安娜正在泉水附近向她招手。看到这情形，安妮迅速跑出了屋子，飞奔而去。她的眼神交织着惊讶与希望，但是，当她看到黛安娜忧郁伤心的脸色时，她的希望又消失殆尽了。

"你母亲仍然在意，对不对？"安妮喘着气问。

"就是嘛！"黛安娜无可奈何地说，"再也不许我跟你来往了。我一把眼泪一把鼻涕地对她说，安妮并没有恶意，但她就是不听，她只允许我到这里来跟你道别。而且，只限于十分钟以内。我妈妈正看着时钟呢！"

安妮听了站着发呆。黛安娜离开时频频回头，每到这时，安妮就会悲切地挥挥手。这种富于浪漫气息的道别方式，多少抚慰了安妮悲伤的心。

"我要回到学校去了！"安妮宣布，"这是我现在唯一能做的了。回到学校，我还可以看到黛安娜，也可以回到过去了。"

回到学校的安妮受到了空前的欢迎。在上圣经课时，琪丽儿送给她三个梅子。玛克·法森从草花画本里剪下一朵黄色的猫脸花送给她，艾凡利的学生们一向把画本里的花当成装饰桌子的材料。苏菲亚表示要教她新花边的缝法。鲍儿则送给她一个香水瓶子，可以装一些擦拭石板的清水。

一向对安妮有好感的凸眼查理，把他的漂亮石笔（用红黄的条纹纸缠绕着，一般的石笔只卖一分钱，这种石笔却要卖两分钱）送给了安妮。安妮很高兴地接受了，并用她烂漫的微笑作为回报。如此一来，凸眼查理高兴得仿佛登上了九重天似的，结果在书写时错误百出，下课后老师叫他留下来，重新再书写一遍。

但是，到了第二天的早晨，一个女同学把一封小心翼翼地折好的信和一个小小的包裹交给安妮。

我好想念的安妮：

我母亲一再提醒我，在学校切勿跟你说话和游戏。

不过，请你不要动怒，我仍然像以前一样的爱你！

黛安娜·巴利

安妮读了信以后，吻了吻信纸，然后快速地写好回信，再送到教室的另一边。

我最重要最重要的黛安娜：

你只是遵守你母亲的交代而已，我怎么会生气呢？我俩是心心相印的好朋友。对于你赠送的东西，我会永久地保存的。

你毕生的朋友——安妮，或者考德莉亚

附注：今夜，我要把你的信函放在枕头下面睡觉。

安妮和吉鲁伯特的竞争进入了白热化阶段！吉鲁伯特在作文方面取得第一名时，安妮甩起了她又长又红的头发跟他较劲。某天下午，吉鲁伯特的计算全部正确，菲利普老师很高兴地把他的名字写在黑板上。而翌日的上午，安妮就得到了第一名。

到了那个学期末，安妮跟吉鲁伯特都升到五年级，接受了"特殊科目"的传授，包括拉丁语、几何、法语和代数。其中的几何，简直把安妮搞得晕头转向。

第十章　安妮出手急救

　　重大的事件往往会包含着某些小事。加拿大总理要到爱德华王子岛来发表演说，乍看之下，这跟绿山墙的安妮的命运似乎没啥关系，但实际上却有那么一点儿关联。

　　总理在一月会驾临这一带，到夏洛镇的会场发表演说。所以，不仅他的支持者云集这里，甚至来看热闹的反对派也为数不少。艾凡利的大部分居民都是总理所属政党的支持者，所以在举行演讲的那一天，大部分的男人以及相当数量的妇女，专程从三十英里之外的艾凡利赶到夏洛镇去听总理的演讲。

　　蕾洁夫人也去了，她属于反对派。

　　玛莉娜对政治也相当关心，她认为如果错过了这个机会，想看一看总理就难上加难了。于是她把家里的事情交代给安妮跟马修，悄悄地跟着蕾洁夫人走了。

　　当玛莉娜和蕾洁夫人在演讲会上流连忘返时，安妮和马修也在绿山墙享受着悠闲的时光。旧式的火炉熊熊地燃烧着，玻璃窗上的冰雪结晶闪出青白色的光辉。马修摊开了一本《农业界》杂志，似睡非睡地打着盹，安妮则靠在桌边用功读书。

"马修，您上学时学过几何吗？"

"嗯，这个嘛……没有啊！"马修从打盹中醒过来说。

"唉……我真希望您学过几何学，"安妮叹了一口气，"这样，您就会同情我了！既然不曾学过，您就不能理解了。如果菲利普老师没有改变符号的话，我的几何学成绩一定会更好。"

安妮接着说："我一向把定理背得滚瓜烂熟呢！想不到，菲利普老师在黑板上面作图以后，都会写上跟教科书上迥异的文字，正因如此，我才会感到头昏眼花呀！我认为菲利普老师大可不必抓住人家的弱点，使出那种卑劣的手法。马修，你认为对不对？我们现在开始上农业课程了，所以嘛，对于道路为何会变成红色，我才恍然大悟，我感到非常高兴。现在，玛莉娜和蕾洁伯母不知怎样啦？蕾洁伯母常说，如果现在的渥太华继续胡搞下去的话，加拿大准会完蛋！她还语重心长地说，拥有选举权的人们必须睁大眼睛看清这可怕的事实。蕾洁伯母还说，如果妇女有选举权的话，她们就会扭转乾坤。马修，您要投哪个党的票呢？"

"保守党。"马修毫不迟疑地回答，参加保守党也就等于马修的宗教。

"既然如此，我也要拥护保守党。"安妮也毫不考虑地说。

安妮正在胡思乱想时，黛安娜突然从门外冲了进来。

"黛安娜！你怎么啦？"安妮叫了起来，"是不是你母亲已经原谅了我们呀？"

"拜托你！安妮，你快跟我来吧！"黛安娜很狼狈地说，"我的小妹妹蜜妮好像要死啦！玛丽说她患了咽喉炎。可是，我父母都上街去了，没有人去请医生。蜜妮好像快要死了的样子，玛丽感到束手无策……啊！安妮，我好害怕！"

马修一声不发，拿起帽子和外套，走过黛安娜身旁，去了黑暗的后院。

"马修要准备马车，到卡摩迪去请医生。"安妮一边快速戴上头巾，一边说。

"就算赶到卡摩迪，估计也找不到医生了！"黛安娜哭了起来，"布雷亚医生进了城，史宾塞大夫大概也一样。玛丽不知道如何处置咽喉炎，蕾洁夫人又不在。啊……安妮！"

"你不要哭嘛！"安妮安慰她的朋友，"我知道如何处置咽喉炎。我照料过哈蒙太太的三对双胞胎，那六个孩子都曾得过咽喉炎，而且都是我照料他们，一直到痊愈。你等一下，我去拿一瓶吐根药。你家里大概没有这种药吧？好啦！咱们走了。"

两个少女手牵着手，穿过小径，在寒冷的原野上赶路。安妮虽然很担心蜜妮的病情，但是仍然能够感受到跟推心置腹的朋友再度共患难的兴奋之情。

三岁的蜜妮的确病得很严重。她躺在厨房的沙发上，因发热而呼吸急促，几乎在整栋屋子里都能够听到她喘气的声音。玛丽是一个脸庞平板而健康的法国女孩，是巴利夫人雇来照顾小女儿的女佣。她现在坐立不安，不知道如何是好，就算她知道蜜妮得了什么病，也没有处置的勇气。

安妮很熟练地工作起来。

"蜜妮的确得了咽喉炎，症状相当严重！黛安娜，你要赶紧烧一锅热水！玛丽，你快去把炉子里的火生旺点！我要把蜜妮的衣服脱掉，让她在床上睡着。黛安娜，你去找一块柔软的绒布，最重要的是赶快给蜜妮服用吐根药。"

可是，蜜妮并不会乖乖地吃药，但安妮好歹已经照顾过三对双胞胎，有一定经验。在两个少女忐忑不安的照料下，安妮还是有办法让蜜妮吃下好几次吐根药。

一直到第二天的凌晨三点钟，马修才带着医生回来，他一直赶到史宾塞维尔，好不容易才找到一个医生，难怪会回来得这么晚。

不过，急救的危险期已经过去了，蜜妮已经度过了险恶时期，正睡得很深沉。

"我以为事情已经很糟了！"安妮对医生说，"蜜妮的症状不断恶化，比哈蒙太太最小的那对双胞胎生病时糟糕多啦！我非常害怕她会随时停止呼吸，所以，我把瓶子里的吐根药都喂给她吃啦!"

医生听后点了点头,他瞧了一下安妮,似乎心里正有一种难以言表的情绪。

事后,医生对巴利夫妇说:"马修家红头发的女孩真是不一般啊!幸亏您的大女儿叫她过来,她挽救了蜜妮的生命!如果等到我到了再来处理的话,恐怕一切都太迟啦!真想不到,一个十一岁的女孩会那样的沉着,而且还有那种令人惊奇的经验。她在说明经过时,那种果决的眼光,是我生平第一次见过的呢!"

从黛安娜家回来后,安妮一直睡到天空呈淡玫瑰色的下午。她醒了来到厨房时,玛莉娜正在那儿做女红。

"啊!玛莉娜,您看到内阁总理了吧?他的长相如何呢?"安妮大声问道。

"这个嘛,从长相上看来,他实在不像高高在上的内阁总理!"玛莉娜讪讪地说,"尤其是他的鼻子……实在是……不过,他很会说话。安妮呀!你的午饭在炉子里面热着,趁热吃了吧!乖孩子,你把餐橱里的糖腌樱桃拿出来吃好了。马修已经把昨晚的事情全部告诉我了,幸亏你懂得如何处置这种病症,真是叫人大感意外呢!"

等安妮吃完了,玛莉娜又说:"刚才,巴利太太来过啦!她表示有话要跟你说,不过,我不忍心叫醒你。她非常感谢你救了蜜妮一命,还流着眼泪说她不应该怀疑你有意灌醉黛安娜。她还表示欢迎你今晚到她家去做客。黛安娜着凉了,不能

到外面去。"

"啊！玛莉娜，我能够现在就去吗？我回来以后再洗盘子好吗？"安妮兴奋得跳了起来。

"那你就去吧！"玛莉娜答应道，"喂！安妮，戴上帽子，穿上大衣！别冻感冒了。"

安妮好像根本没听见，一阵风似的跑出了家门，直奔黛安娜家。

不久以后，安妮在冬天的紫色暮霭中，在一片白皑皑的雪地里，跳跃着回家了。

在白金色与玫瑰色的西南方天空里，星星有如珍珠一般发出光辉。在冻结的大地上面，雪橇的铃声仿佛精灵的钟一般响了起来。不过，那种美妙的旋律，还是比不上从安妮心坎里所发出来的声音。

"玛莉娜，我感到自己非常幸福！"安妮说，"我现在已经不在乎自己的红头发了。巴利夫人哭着吻我说，她非常对不起我，不知道应该如何补偿我。这叫我感到非常尴尬呢！玛莉娜，我就如此对她说：'伯母，不要再提过去的事情啦！过去的事就让它过去吧！'巴利夫人似乎更感激我了。玛莉娜，今天夜晚，我会好好地祈祷。为了纪念这个美好的日子，我会进行一次别开生面的祈祷。"

第十一章　音乐会后的灾难和告白

"玛莉娜，我现在可以去黛安娜那儿吗？"二月的一个夜晚，安妮从楼上蹦蹦跳跳地走下来问道。

"天都黑了呢！难道你要摸黑去吗？"玛莉娜有些不高兴地说。

"可是，黛安娜急于要见我嘛！"安妮要求玛莉娜，"一定是有什么重要的事情。"

"你怎么知道的呢？"

"因为，她从窗口发出信号了呀！我俩发明了使用蜡烛与厚纸来传递信号的方法。首先，把点燃的蜡烛放在窗边，再用一块厚纸板左右摇动，使蜡烛火光闪烁起来。烛光闪烁的次数越多，就表示事态越重大。这一点是我想到的呢！玛莉娜。"

"好吧！"玛莉娜以揶揄的口吻说，"你可以走了。但是切莫忘记，十分钟后回来。"

安妮并没有忘记玛莉娜的交代，但是想在限定的十分钟内跟黛安娜把重要的事情商量好，确实耗费了很大的心思。

　　"玛莉娜，明天是黛安娜的生日。黛安娜的母亲叫我俩下课后一块儿去她家，并且在她家过夜。而且，黛安娜的表兄弟们将坐着带有顶篷的雪橇从新桥到这里来，明天夜晚将出席辩论俱乐部主办的音乐会。那些表兄弟将带黛安娜和我到公共集会所去。玛莉娜，你能够让我去吗？啊！我的心在七上八下呢！"安妮回来后对玛莉娜说。

　　"那么，你就甭七上八下啦！因为你没必要去。你最好安分地躺在自己的床上睡觉。那种俱乐部弄的音乐会嘛……简直是莫名其妙。女孩子就不该去那种地方。"玛莉娜拒绝了安妮的要求。

　　安妮急得就要哭出来了，她解释说："黛安娜一年只有一次生日。在音乐会上，普莉丝要朗诵《今宵将有钟声响起》，那是一首充满道德感的诗歌，合唱队将演唱四首类似赞美歌的曲子。牧师也会参加演出呢！他将发表一场演讲，效果如同讲道一样。玛莉娜，我能够去吗？"

　　"你没听到我刚才说过的话吗？我说安妮啊，你就脱了鞋子睡觉吧！八点钟已经过啦！"

　　"玛莉娜，还有一件事情！"安妮拿出了最后的一张王牌说，"巴利太太说，我和黛安娜可以睡在客人用的卧室。你想想看！那不是一件很有面子的事情吗？玛莉娜家的安妮当然能够睡在客人用的卧室里面！"

　　"那种面子不要也罢！你去睡觉吧！我再也不想听你啰唆个没完没了。"

安妮流着泪上楼去了。

这时，在长椅上似乎在打瞌睡的马修突然说："玛莉娜，还是让她去吧。"

玛莉娜说："我看不行，我在管教孩子呢！"

翌日早晨，安妮在厨房里洗刷早餐用的盘子时，马修停下了去仓库的脚步，冲着玛莉娜说："玛莉娜，我认为让安妮去比较好！"

在那一瞬间，玛莉娜的脸色难看极了，仿佛就要口不择言地怒骂似的。过了一阵子，她才很不情愿地说："好吧！哥哥，你既然执意这样做，那就叫她去吧！我看除此之外，什么方法也不能满足你。"

安妮太兴奋了，当天上午就没有心思认真学习了。安妮的兴奋在学校放学之后达到了最高峰，接着，她逐渐进入了恍恍惚惚的状态。

在喝过下午茶以后，安妮和黛安娜来到楼上的房间，为参加音乐会而精心打扮。黛安娜使出浑身解数，把安妮的头发梳成流行的"往后拢"的发式。安妮则用她灵巧的手指把黛安娜的缎带弄成蝴蝶结。打扮好了以后，她俩的面颊都泛上了红霞，眼睛变得格外明亮。

晚上的音乐会征服了每位观众。那些节目至少对一个观众来说都是一连串的惊讶，据安妮对黛安娜吐露，她每一次的惊讶都比前一次更厉害！

普莉丝穿着粉红色的丝绸裙，白皙光滑的脖子上挂着一串珍珠项链，头上插着一束康乃馨。她精彩的朗诵更使安妮如醉如痴。

合唱队演唱《遥远的柔美雏菊》时，安妮一直凝视着天花板，仿佛在那边描着天使的画片似的。

认真地欣赏了各种节目，安妮深深地把它们收入心坎里，准备当成日后闲谈的话题。

当她和黛安娜回到巴利夫人家时已经十一点了。可能每个人都睡着了，家里一片幽暗，没有一点声音。

安妮和黛安娜蹑手蹑脚地走到客房前的客厅。房间里面很暖和，令人感到舒适。由于暖炉里仍旧有残火，使得周围还清晰可辨。

当两个穿着睡衣的女孩走过细长的客厅，越过客房的门槛，几乎同时跳上床铺时，突然感觉到有什么东西在她俩身下蠕动，而且突然响起了"啊——"的声音。很显然的，那是被压扁的声音。

安妮和黛安娜不记得她俩是如何跳下床，又是如何窜出那间客房的。她俩没命地跑，等清醒过来时，才发觉自己正站在楼上浑身直哆嗦。

"天哪！那是啥玩意？那是谁呀？"安妮小声地嗫嚅。由于寒冷和恐惧，安妮的上下两排牙齿在激烈地交战。

"她是约瑟芬姑妈呀！"黛安娜哈哈笑着说。

"谁是约瑟芬姑妈呀？"安妮问。

"她是我父亲的姑妈。其实，我应该叫她姑奶奶才对。可是跟着父亲叫惯了，一时改不了。她住在夏洛镇。乖乖，她已经好老了，今年有七十岁呢！我知道约瑟芬姑妈要来，但是，做梦也没想到她这么快就来了。约瑟芬姑妈不苟言笑，是最严厉的女士。为了这件事情，她肯定会把我俩骂得狗血淋头。今晚嘛……我俩只能跟蜜妮一块睡了，蜜妮就像一头小马似的会踢人呢！"

翌日早晨，约瑟芬姑妈并没有早早地起床来吃早餐。

巴利夫人温和地对两个女孩笑了笑，说："昨晚玩得愉快吗？因为约瑟芬姑妈来了，所以只好委屈你俩睡在楼上。我一直在等你俩，想对你俩说这个事儿，但是我战胜不了睡魔，终于睡着了。黛安娜，你没有吵到约瑟芬姑妈吧？"

吃过早餐后，安妮就回到家里。黄昏时，玛莉娜叫安妮到蕾洁夫人那里去一趟，安妮方才察觉到事态的严重。

"昨晚，你跟黛安娜差一点儿就吓死了约瑟芬姑妈，你也真是的！"蕾洁夫人的话充满了责备，但是，她的一双灵活的大眼睛却在转动着，"刚才，黛安娜的父亲在去卡摩迪的途中，到我这儿停留了一会儿。为了这件事情，他伤透脑筋咧！今天早晨，巴利·约瑟芬姑妈起床时紧绷着一张脸——你要知道，约瑟芬姑妈的暴躁性子可不是好玩的呢！据说，她再也不理黛安娜啦！"

"我为什么那么倒霉呢？我的运气总是很背！我老是把事情搞糟，连带把我最最重要的人们——也就是把那些我能够以生命相许的人——拖入麻烦之中。蕾洁伯母，这到底是为什么

呢？"安妮自怨自艾地问。

蕾洁夫人好像在否定安妮的话似的摇摇头，说："我说安妮啊，你最好在做一件事情以前，再三地思考一下。"

"好吧！我自己向她解释去！"安妮毅然地说。

安妮从蕾洁夫人家里出来后，直奔黛安娜家，在后门碰到了黛安娜。黛安娜告诉她，约瑟芬姑妈火冒三丈，还说从没见过这么粗野无礼的女孩子，她吵着一定要回去。

安妮下了破釜沉舟的决心，咬紧牙关硬着头皮来到客厅的门前，然后小声地叩门。

"进来！"房间里传来一个可怕的声音。

"你是谁呀？"约瑟芬姑妈在不打招呼之下直接盘问。

"我是绿山墙的安妮，"小小的访问者用颤抖的声音说着，并且以独特的方法交叉着双手，"我想对您解释一件事情。"

"你要解释什么事情啊？"

"昨晚，跳到您床上的馊主意是我出的。我是罪魁祸首，是因为我怂恿的缘故。黛安娜是个很娴静的女孩子，她绝对不会那样胡来。巴利奶奶，你实在不应该责备黛安娜。"

"你的意思是说，为了找乐子才这么做吗？那更不成为理由了。我在孩童时代，女孩子是不允许如此开玩笑的。你就想想看！在长途旅行之后，疲惫地进入熟睡之境时，冷不防有两个半大不小的女孩从天而降，来一个泰山压顶，这时，你会有什么样的感觉呢？"约瑟芬姑妈严厉地说。

"我能够体会您的心情，"安妮很认真地说，"的确，那是一件叫人感到气愤的事情。巴利奶奶，不知您有没有想象力？如果有的话，请您也替咱俩想一想。我和黛安娜做梦也想不到床上躺着您，您把我俩也吓得魂飞魄散，害怕得一直打哆嗦。本来，黛安娜的母亲答应我和黛安娜睡客房的，谁知您却睡在了那儿……"

这时，约瑟芬姑妈的怒火已渐渐熄灭了。她甚至发出了爽朗的笑声——在客房隔壁厨房里竖耳静听的黛安娜，听到这笑声时才舒了一口气。

"来，跟我说说你自己吧！"约瑟芬姑妈对安妮说。

安妮慢慢说起来："我是个孤儿，玛莉娜·卡斯伯特小姐收养了我。她是个善良的人，为了教育我，她竭尽全力，请您不要把我的过错归咎到卡斯伯特小姐身上。我还想请求您原谅黛安娜，请您就在艾凡利住下吧！"

那天晚上，约瑟芬姑妈送了一个银手镯给黛安娜，把她打点好的行李解开了。

后来，约瑟芬姑妈住了一个多月才回去。

安妮使她每天都感到愉快，有如沐浴春风一般，因此，约瑟芬姑妈变成了一个很容易款待的客人。她和安妮成了一对忘年之交。

第十二章 安妮用错了调味品

在六月的最后一天,安妮一直讨厌的菲利普老师终于调走了,但没想到大家都哭得很伤心。

新来的牧师名字叫亚兰。他和他的妻子都很年轻,也很随和,他俩正处于新婚期。他们都对牧师这个职业充满了热情,刚来不久就受到艾凡利居民的欢迎。尤其是安妮,立刻对亚兰夫人表示亲近。

"亚兰夫人的确是一位很好的人,"一个星期天下午,安妮说,"她担任了我们的导师。一上讲台她就说光是老师问学生实在太不公平,她鼓励我们多多发问。所以,我一连问了好多问题。玛莉娜,您也知道我很擅长问东问西吧?"

"那还用说吗?"玛莉娜带着责怪的语气回答。

"对啦,在最近几天,我们也得邀请亚兰夫妇到家里喝茶才对!"玛莉娜突然说,"别人家差不多都请过他们了。好吧!我们就在下星期三请他俩吧!"

"太好了!"安妮说,"可是玛莉娜呀!你让我做一些饼干之类的吧！我希望能够为亚兰夫人做点什么，而且最近我烘焙饼干的技术不是有了很大的进步吗？"

"你可以做一些松糕之类的。"玛莉娜说。

星期一和星期二这两天，绿山墙忙忙碌碌地做着准备。邀请牧师夫妇来喝茶是一件大事，玛莉娜心里盘算着，在这件事上她绝对不能输给艾凡利任何一家的主妇。

星期三的早晨终于来到了，全身都感到紧张的安妮跟太阳同时爬了起来。

吃过早餐后，安妮就把面团和好，再把它们放到烤炉里面，这时安妮才松了一口气。

"玛莉娜，你一定会拿出最好的那套茶具来吧？"安妮说，"我可以用野蔷薇和羊齿草来装饰桌面吗？巴利太太就是这样做的。"

"好吧！那么，你就尽量地发挥吧！只是，你必须留下放置食物和盘子的地方。"

安妮以不输给巴利夫人的方式装饰了桌面。她凭着自己的艺术感觉，使用了很多蔷薇和羊齿草，把桌子装饰得非常漂亮。以至牧师夫妇一坐下来，就齐声赞叹。

恰如婚礼时的钟响一般，时光在愉快的气氛中悄悄溜走，不久，安妮烘烤的松糕被取出来啦！

"亚兰夫人，您无论如何要品尝一些，因为那是安妮特别为您做的。"

"这么说，我非第一个品尝不可啦？"亚兰夫人笑着，拿了一块大的三角松糕。接着，牧师和玛莉娜也各拿了一块。

咬第一口时，亚兰夫人的脸上突然闪现了一种很奇特的表情，但是她一句话也没说，又继续吃了。

然而，眼尖的玛莉娜在刹那间就发觉了亚兰夫人的表情，她禁不住也赶紧尝了一口。

"安妮！"玛莉娜嚷了起来，"你到底在松糕里放了什么东西呀？"

"就是香草精呀！"安妮吃了一口，一张小脸立刻涨成了红色，"咦？我分明只放了一些香草精啊，玛莉娜！一定是发酵粉在作怪，错不了！"

"绝对不可能是发酵粉的问题，你把放置香草精的瓶子拿来我瞧瞧。"

安妮跑到厨房拿来一个小瓶子，里面残留着一些茶色液体，泛黄的贴纸上写着——"最上选的香草精"。

玛莉娜拔掉了瓶盖，抽动了几下鼻子后说："安妮呀，你真是一只糊涂虫啊！你把止痛药当成香料使用啦！上周，

我打破了止痛药的瓶子,所以把残留的药水放到以前放香草精的空瓶子里面。由此看来,我也有不对的地方。不过,你为什么不先闻一闻再使用呀?"

安妮顿时感到脸面扫地,呜呜地哭着说:"我就是闻不出它的味道嘛,因为我感冒了呀!"

说罢,安妮一溜烟地跑到楼上自己的房间,把身子摔在床上,山崩地裂一般大哭起来。

不一会儿,一阵轻盈的脚步声响起来,有人来到了安妮的房间。

安妮从床上跳了起来,亚兰夫人正站在床边,笑容可掬地看着她。

"你大可不必哭成那样啊!"亚兰夫人对安妮满脸泪痕的脸感到惊讶,"像那种事,谁都有出错的可能。"

"哪儿的话,我实在太离谱啦!"安妮懊恼地说,"亚兰夫人,我好不容易才有这样一个机会,我很想为您烘烤可口的饼干,谁知道竟然是这样一个结果。"

"嗯……我很感谢你那份心意。虽然你用错了材料,把止痛药当成了香草精,但是,我仍然很感激你的真心和善意。好啦!你不要再哭啦!你就带我去参观你的花坛吧!卡斯伯特女士说你拥有一个自己的花坛。你就带我去瞧瞧吧!我也非常喜欢花。"亚兰夫人笑着劝安妮。

安妮把亚兰夫人带到后面的庭院,安妮又获得了一位心有灵犀一点通的朋友。

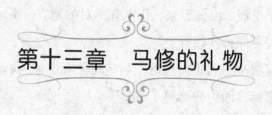

第十三章　马修的礼物

到了十月，安妮又返校了。

新来的老师史黛西小姐性格爽朗，很有同情心，能够很巧妙地激起学生的积极性。安妮感觉到史黛西老师是个脚踏实地的可靠的人。每天回家以后，安妮都会以感激的口吻，把学校里的种种琐事说给马修和玛莉娜听。马修一向表示很感动，至于玛莉娜嘛，总是以批评式的口吻回敬安妮。

到了十一月，史黛西小姐向大家提议到圣诞节时，借用公共集会堂举办一场音乐会，目的是利用音乐会的收入制作一面校旗。学生们都赞成，并立即准备表演的节目，安妮也被选为表演者。

在天气阴沉的十二月一个寒冬的黄昏，马修走进厨房，准备脱下沉甸甸的长筒靴。他并不知道安妮和学校的同学们正在客厅排演节目《精灵女王》，这时，她们嬉笑打闹着走进厨房。马修见到女孩们就有点害羞，他连忙一只手提着鞋子，一只手拿着脱鞋器，躲到柴堆的后面去了，那些女孩们始终没有发现他。他就在那儿听着一群女孩谈论音乐会的事情。

　　女孩们走了以后，马修陷入了烦恼之中。安妮开始读书了。马修本来想对玛莉娜说说自己的烦恼，但他还是放弃了。

　　如果对玛莉娜说出这个问题，她一定会嗤之以鼻的——安妮跟别人家的女孩有什么不一样呢？如果要挑出不一样的地方，那无非是她喜欢说话罢了。

　　那天晚上，马修不顾玛莉娜的反对，拼命地抽着烟斗。两个小时后，他恍然大悟——原来安妮的穿着跟其他女孩们不一样。再过两个星期就是圣诞节了，把新衣服当成礼物送给安妮想必非常合适。想到这里，马修很满足地放下了烟斗，回到他的房间安心睡觉去了。

　　翌日的黄昏，马修怀着一种干坏事的心情，一个人悄悄地去了卡摩迪，想为安妮买一件漂亮的裙子。马修买别的东西还是很懂行的，但是在选购女孩子的衣服上，他只好一切依靠店员了。

　　考虑了一会儿后，他决定不到威廉的商店里买，因为那家店里有两个多嘴多舌的女店员，喜欢对顾客问东问西。一想到这，马修立刻全身起了鸡皮疙瘩，于是他掉头就往萨姆的商店去了，因为这家商店由萨姆和他儿子经营。但是最近萨姆扩大了店面，只好叫他老婆的侄女露雪拉来帮忙。马修看到了她，想躲开已经来不及了，只好硬着头皮来到柜台前。

"卡斯伯特先生，您要买些什么呢？"露雪拉两手轻拍柜台问道。

"嗯……这个……那个……你们有铁耙子吗？"马修结结巴巴地说。

露雪拉拿来了耙子，又热情地问："卡斯伯特先生，您还要些什么呢？"

"好吧！那……你就给我二十磅红糖吧！"马修的额头渗满了汗珠。

直到回家的路程走了一半，马修方才清醒过来。到家时，他悄悄把耙子藏到放置工具的茅屋里，二十磅的红糖则交给了玛莉娜。

"天哪！你买这么一大堆红糖干吗？"玛莉娜嚷了起来。

"我只是……认为你或许有所需要……"马修只能如此自圆其说。

怎么办呢？马修想了好一阵子才明白，为了达到这个目的，必须要请女人来帮忙。马修又没有勇气告诉其他的女人，他只好硬着头皮去求蕾洁夫人。没想到蕾洁夫人毫不犹豫，爽快地答应了。

"你想买送给安妮的衣服？好吧！我帮你这个忙，我认为亮丽的浓茶色比较适合安妮。威廉的商店最近到了那种货，这样吧！我好人做到底，我亲自为安妮缝制吧！"

这以后的两个星期，玛莉娜察觉到马修心事重重，不过，她猜不到马修坐立不安的原因。一直到了圣诞夜，蕾洁夫人把新衣服送过来时，她才恍然大悟。

圣诞节的早晨，窗外是一片银白色的世界。由于那年的十二月出奇的暖和，大伙儿都以为将迎接绿色的圣诞呢！想不到下了一整夜的雪，完全改变了艾凡利的景色。

安妮兴高采烈地从布满了冰晶的窗户看着外面的世界，森林里的枞树好像都披上了细致的棉毛，桦树和野生的樱花树仿佛镶了珍珠一般，她唱着歌奔下楼梯。

安妮快乐地叫道："玛莉娜，圣诞快乐！马修，圣诞快乐！好个银白色的圣诞，真是太好啦！这样才像圣诞啊！绿色的圣诞我可不太喜欢……哟！马修……那是……给我的吗？啊！马修！"

马修从包装纸里面慢吞吞地取出一件新衣服，他先以歉疚的表情看了看玛莉娜，然后把新衣服递给安妮。

玛莉娜带着不屑一顾的表情倒着茶，但是又按捺不住好奇心，只好用眼角偷偷看着。

哇！真是太漂亮啦！这布料很柔软，有着丝绸一般的光泽，裙子下摆打了精致、漂亮的褶，还有最时尚的打着细褶的腰身，颈部周围有优美的花边。最令安妮感到欣喜若狂的是，有两个漂亮的宽松鼓起的蓬蓬袖，衣袖上还缝制着茶色缎带的蝴蝶结。

"这是送给你的圣诞礼物呀！安妮。"马修腼腆地说。

"好啦，好啦，吃早饭吧！"

玛莉娜说，"安妮，我要特别叮嘱你，我一直认为你不需要这种衣服，但是马修一定要送给你，所以你可要好好爱惜它们哦！蕾洁夫人送给你一条束头发的缎带，颜色跟这件衣服很相配。你坐下来吃饭呀！"

安妮匆匆地吃了一点东西，发现黛安娜穿着大红色的外套，正兴奋地走过洼地的木桥，向这边过来。安妮连忙去迎接黛安娜，从坡道上往下面飞奔。

"黛安娜，圣诞快乐！啊！真是一个令人愉快的圣诞节。我有件东西要给你瞧瞧，马修送给我一件袖子鼓得好高的裙子呢！我实在无法想象世界上还有比这更漂亮的衣服呢！"

"我是专程把你的圣诞礼物送过来的！"黛安娜上气不接下气地说，"你瞧！就是这个箱子！约瑟芬姑妈把装满各种东西的大箱子寄给我——她交代这些东西必须送给你。我本该在昨晚就转送给你的，可是它很晚才到达。"

安妮打开箱子，里面的一张卡片写着："安妮，圣诞快乐！"下面放着一双很精致的拖鞋，脚尖处装有翠珠的装饰，还有闪闪发亮的扣子和缎带蝴蝶结。

"啊……啊……"安妮发出了一连串的惊叹,"噢!黛安娜,这双拖鞋太精致了,我觉得自己仿佛是在做梦呢!"

黛安娜说:"今后,你不必再借用露西的拖鞋了。"

这天,艾凡利的学生们都忙得团团转,他们忙着装饰集会礼堂并且做最后一次的排练。

音乐会非常成功,到黄昏时才结束,小小的礼堂里挤满了人。所有的学生都很认真地演出,尤其是安妮的演出令人刮目相看,就连"忌妒鬼"卡蒂芭也不否认。

整整二十年了,玛莉娜和马修没去观看过音乐会,为了安妮,这次他俩专程去参加了音乐会。那天晚上,安妮上床以后,这对兄妹仍然坐在厨房的暖炉旁边。

"嗯,安妮的演出绝对不输给任何人!"马修骄傲地说。

"可不是吗?这次演出太成功了!"玛莉娜也由衷地高兴,"安妮这孩子很聪明。我说马修啊,在我的眼里,安妮越来越可爱啦!当初我一直反对她参加这个音乐会,结果呢?根本就没有任何不妥嘛!总之,我对今晚安妮的表现感到非常骄傲,只是我不便在她的面前说出来。"

"嗯……我也为安妮感到骄傲。在安妮上楼以前,我已经对她说过啦!"马修说,"我俩必须为安妮的未来设想一下。依我看,艾凡利的学校将留不住安妮。"

"你急个什么劲啊?"玛莉娜说,"到了三月她才满十三岁。我想把她送到皇后学院读书是最理想的。不过,那也是一两年以后的事情!"

第十四章　成立编故事俱乐部

那年的冬天很温暖，几乎没下什么雪。安妮和黛安娜每天都穿过白桦林到学校去上课。

"黛安娜，我已经十三岁啦！"安妮有点恐慌地说，"我实在不敢相信自己已进入少女时代。今天早晨醒来时，我感觉每一样东西都改变啦！再过两年我就要变成大人了。"

"再过四年我们就可以把头发盘起来了，"黛安娜说，"贝儿今年十六岁，她老早就把头发盘起来了，看起来怪怪的。"

"如果我的鼻子跟贝儿一样歪斜的话，我就要……"安妮刚说出这句话，但立刻想起了亚兰夫人的教导，马上就叫着，"噢！不要讲了，这种坏心眼的话太伤人了……不说也罢。啊！黛安娜，那边有只可爱的兔子跑出来了！它们最适合写进题目为"森林"的作文里面。森林这种地方，无论冬天或者夏天都很宜人，洁白而宁静，好似一边编织着美梦，一边在睡觉似的！"

"题目为"森林"的作文并不难写，我也可以轻易地写出来，"黛安娜叹了口气说，"星期一的那堂作文课实在令我头大！

史黛西老师也真是的，为什么非要我们写自己编的故事呢？"

"那种事情嘛……最简单不过啦！"安妮说。

"你当然有资格这样说呀，因为你的想象力太丰富了嘛！"黛安娜表示抗议，"如果你天生缺乏想象力的话，你会怎么办呢？你一定写好了一篇故事，对不对？"

"在上周星期一晚上就写好了！"安妮很满足地说，"题目是'爱比死更为强烈'。我朗读给玛莉娜听时，她一直在说无聊透顶！我念给马修听时，他却说故事很动人，我写得好极啦！他给予的评论叫人感到满意。那是一个凄美的故事，我一边写着，一边如小孩般哭着。那是两个美丽的青春少女——考德莉亚和姬拉的故事。"

安妮提议成立一个编故事俱乐部。最初的会员只有安妮和黛安娜，不久以后琴恩、琪丽儿也加入进来，过了一段时间，还有几个自认为必须培养想象力的女生也加入了。安妮规定，大家每个星期都要编写一个故事。

"这个俱乐部的活动让人非常愉快，"安妮对玛莉娜说，"每个人都要大声地朗读自己编写的故事，然后大家一起来讨论。我们都使用笔名发表，我的笔名就叫'罗塞蒙·蒙多蕾西'。每个人都写得很不错呢！琪丽儿太过于感情化，恋爱的场合描写得太多。琴恩在大声朗读时会感到害羞，所以完全不敢描写恋爱的场面，因为她写的故事有公式化之嫌。黛安娜嘛……更绝啦！时常插入惊心动魄的谋杀场面，因为她不善于安排人物的行为，只好以谋杀的方式使他们消失。

大体上都是我教她们写的开头，因为我可以编好多好多的故事，我的想象力真不错！”

“为了写自己编的故事而浪费时间，实在是太愚蠢了！”玛莉娜嘲笑说，“本来应该用于读书的脑筋，浪费在编无聊的故事上面，真是太荒唐了！看故事本来就够无聊，还编写故事呢！你们实在是无可救药。”

“但是，每个故事对读者都有警世作用啊！”安妮不同意玛莉娜的说法，“我主张善有善报，恶有恶报，一定会产生好的影响。我在亚兰夫妇面前朗读我的作品时，他俩都赞扬我的立意非常好。只是他俩时常对其中的某些情节会笑出声，我可是希望他俩能够哭出来呢！”

“依我看，这个希望并不大，”玛莉娜很冷淡地回答道，“想必亚兰夫人并不是那种经常闹笑话或满脑子都是傻乎乎念头的疯女人！”

“或许你说得很对。可是，亚兰夫人并不是生下来就是现在的样子啊。她说过她少女时代很调皮，还天天挨骂呢！我听了很高兴，因为这难道不预示将来我也可以变成亚兰夫人那样贤淑吗？玛莉娜，你有什么感想呢？”

“安妮，我现在就说出我的感想吧！”玛莉娜有点不耐烦地说，“你老早就应该把那些盘子洗好了。你知道吗？你已经喋喋不休三十分钟了。你要记住一个原则，那就是必须在做完本职工作后才可以饶舌！”

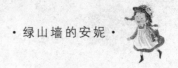

第十五章　虚荣心与苦闷

　　四月底的一个黄昏,玛莉娜参加完教会的集会后踏上归途。

　　冬天已经过去,给人们带来欢欣的春天,虽然脚步有一点儿蹒跚,毕竟还是来临了。

　　玛莉娜走进通往绿山墙农舍的"恋人小径"时,想着家里的暖炉已经发出熊熊的火焰,餐桌上已经摆上了热腾腾的红茶,打心眼儿里感到满足。可没想到回到家,厨房里黑漆漆的,安妮根本就不在那儿,玛莉娜简直失望透顶,一直站在那儿干瞪眼。

　　"安妮回来后非好好训她一顿不可!"玛莉娜很不高兴地对刚回家的马修说,"这丫头一定又跟黛安娜出去疯啦!一天到晚地讲故事、朗诵诗……根本就忘了时间和自己分内的工作。亚兰夫人口口声声说安妮又聪明伶俐又活泼可爱,但是我依然不能纵容她。正因为她聪明伶俐,小小的脑袋瓜里不知道在想些什么东西,实在令人感到不安!一会儿是编故事俱乐部,一转眼又是音乐会什么的。我出门时曾对她千叮咛万嘱

咐，下午一定要待在家里。在这以前，她一向都是很听话的呀！怎么现在……"

"玛莉娜，在你彻底把事情搞清楚以前，不要再说安妮不守信用好吗？"马修劝道。

"可是，我叫她待在这儿，她并不在这儿啊！"玛莉娜有点生气了，"我知道，哥哥你一向很疼爱安妮，可是，是我在负责教育她！"

玛莉娜准备好晚餐时，天色已经黑下来了。不过，她还是没看到安妮的影子。

玛莉娜阴沉着一张脸洗好了盘子，再把盘子擦干。因为到地下室去需要点一根蜡烛，于是她就上了楼，通常安妮都在桌上放置一根蜡烛。

玛莉娜点燃蜡烛后，却赫然发现安妮正趴在床上。

"啊！"玛莉娜吓了一跳，说，"安妮，你睡着啦？"

"没有……"安妮用着近乎呜咽的声音回答道。

"你身体不舒服？"玛莉娜靠近床边，想瞧瞧安妮。

"玛莉娜，拜托您了！请您别瞧我。我已经陷入绝望的深渊，我再也不关心谁考第一名，更懒得去管谁的作文写得最好。这些对我来说都没有意义了，因为我再也不能踏出家门一步了。玛莉娜，您就别瞧我了……"

"你到底怎么啦？说出来听听。"玛莉娜焦急地追问。

"玛莉娜，您瞧瞧我的头发。"安妮小声说。

玛莉娜拿着蜡烛靠近安妮，仔细地瞧了瞧安妮的头发，的确，它们变了颜色。

"安妮！到底是怎么搞的呀！怎么头发都变成绿色的啦！"

"是啊，就是变成绿色了呀！"安妮呻吟着，"我一直以为没有什么东西比有一头红色的头发更惹人厌恶。结果呢？绿色的头发更叫人痛不欲生！玛莉娜，您一定察觉不到我现在内心所受到的煎熬。"

"你的头发为什么会变成那样？好吧……你就告诉我吧！"

"我……我把它们染了……"

"什么？你竟然染了头发！你不知道染发是一件不适合你做的事情吗？"

"我也知道染发是一件不怎么好的事，"安妮回答说，"不过，我认为如果稍微做点坏事而能够改变一头红发的话，那还是有一些价值的！"

"哼……如果染头发有价值的话，我也会把头发染成别的颜色，但是绝对不会染成绿色。"玛莉娜说。

"我也不想染成绿色呀！"安妮用抗议的口吻说道，"那

个人再三保证我的头发会变成漂亮的黑色。"

"谁说的？你到底跟谁说了这些呀？"

"就是今天下午来这里的推销员，我从他那里买了染发剂。"

"你这孩子也真是的！我不是再三叮嘱过你，叫你千万别让那些意大利人进屋子里来吗？"

"我没有让他进到屋子里面呀！因为我牢记着你的嘱咐。我把房门关上了，然后到门外的石阶上向他买的染发剂。他保证我的头发在染过以后将变成漂亮的黑色，那种染发剂本来要七角五分钱，我的零用钱只剩下五角钱了，可他还是以半买半送的方式卖给了我。谁知道染过以后，头发竟然变成了这种吓人的颜色！这时，我才痛感自己太爱慕虚荣了，我一直在真心忏悔呢……"

"这样也好，"玛莉娜用严肃的口吻说，"现在，你就可以瞧瞧爱慕虚荣的后果了。快点去洗洗吧，再观察一下。"

安妮用肥皂和清水使劲地洗着头发，但恰如洗她那先天的红发一样，完全没有任何效果。

安妮整整一个星期不曾踏出家门一步。除了家人以外，只有黛安娜知道这个致命的秘密，但是她发誓绝不告诉任何人。而且，她真的做到了。

一个星期过后，玛莉娜对安妮说："安妮，依我看，那种染发剂真的洗不掉了。现在你只有剪掉头发了。"

安妮的嘴唇一直在颤抖，她悲伤地叹了口气，拿来了剪刀，对玛莉娜说："玛莉娜，尽量把它们剪短点吧！啊！我的一颗心都要碎了。"安妮说完就哭了起来。

头发剪完后，安妮更伤心了，上楼照了镜子以后，她又变得出奇的安静。她把镜子正面朝向墙壁放好，大声叫道："一直到头发长得长一点以前，我绝对不照镜子！"

到了星期一，安妮的短发在学校引起了热议。可没有一个人，就连最爱管闲事的卡蒂芭，也不知道真相。

不过，玛莉娜如此嘲笑安妮："你根本就是一个田间的稻草人嘛！"

"对于卡蒂芭的嘲笑，我并不理会，只是瞪了她一眼。"安妮当天晚上对玛莉娜说。那时玛莉娜因为头疼的老毛病发作，正躺在沙发上休息。

"玛莉娜，我以后准备尽量多做好事，与人为善，再也不奢望自己变成一个美女啦！事实上，与人为善比变得更美更能令人感到快乐。我想要变成像你——玛莉娜，或者史黛西老师、亚兰夫人那样善良正直的人。等我长大以后，我会让你以我为荣的。黛安娜说等我头发长一些以后，她要用黑色天鹅绒的缎带在我的头发上面打一个蝴蝶结呢！玛莉娜，我是不是说得太多了？你的头疼好些了吗？"安妮认真地说着。

"我的头疼已经好很多了，中午时最厉害。最近头疼症越来越严重，我准备去看一趟医生。不过，看来你的唠叨多嘴并不会增加我的头疼啊！"玛莉娜笑着回答。

事实上,每次玛莉娜希望安妮继续说下去的时候都会这么说的。

第十六章　百合公主遇险

安妮的头发虽然还没长到能披到肩膀，但那柔软的鬈发已经遮住了颈脖，而且在上面还系上了黑天鹅绒的蝴蝶结。

在一个盛夏的下午，这群少女们正在果树园山坡下面的池塘岸边讨论着什么。露西、琴恩和黛安娜正在争论时，正巧被安妮撞见，于是她也兴致勃勃地加入到她们中间。

安妮提议把艾伦的故事编成戏剧来演出。女孩们把那篇诗文认真地分析了以后，再把里面的人物一个个地进行研究。结果呢？美丽的百合公主艾伦、骑士兰斯洛多、王后姬妮维亚和亚瑟王等人物，变成了她们心目中活生生的人物。

大伙儿对安妮的计划都很赞同。这时候，这群少女发现只要让岸边的平底船离开小码头，它就会随着自然的流水，通过桥下，再漂流到池塘下游的一个坝子上。

"好吧，那么就让我来饰演艾伦吧！"安妮很勉强地接受。虽然她很高兴饰演主角，但是基于对艺术的感觉，她认为自己并不适合饰演艾伦的角色。

安妮开始分配角色:"露西演亚瑟王,琴恩演姬妮维亚,这样的话,黛安娜就只好演兰斯洛多了!不过在这以前,我们必须用黑色的锦绣把那艘平底船布置成丧船。黛安娜,你母亲那条旧披肩最为理想,你带来了没有?"

黛安娜递过那条披肩,安妮就把它铺在船底,再躺到披肩上面,闭上眼睛,两只手交叉放置在胸前。

琴恩拿来一块陈旧的钢琴覆盖布,战战兢兢地把它盖在"艾伦"身上,再放上一束白色的百合花。这样一来就真像那么一回事了。

女孩们把平底船推出来时,由于用力过猛,平底船的船底撞到了池塘里的旧木桩。琴恩、露西和黛安娜看着平底船向木桥漂去时,立刻狂奔起来,她们越过森林,横穿街道,跑向池塘下游的坝子。这三个女孩扮演亚瑟王、兰斯洛多和王后姬妮维亚,以便在那儿迎接百合公主艾伦。

安妮安静地随波漂流了几分钟,在内心里享受着自己想象的浪漫气氛。不过,这时发生了一件煞风景的事情,那就是船底开始漏水。

艾伦公主不得不起身,掀掉了那层锦绣的盖布,船底有一个很大的裂缝,正从那儿不断地喷水呢!原来,刚才小船跟尖木桩相撞时,船底木板的接缝松了。

安妮当然知道自己正处于危险之中。照这样下去的话,在抵达下游坝子以前,平底船恐怕就要沉了。

安妮情不自禁地尖叫了一声,但是并没有人听到。她的

　　嘴唇已经发白，但是她并没有慌张，因为她有一个逃生的机会——仅仅一个逃生的机会。

　　"我不曾那样害怕过，"第二天上午，安妮对亚兰夫人说，"好像用了好几年才漂流到桥下面，小船里的积水不断增加。在那么一瞬间，船撞到了桥墩，我把钢琴覆盖布披在肩上，攀上桥墩。我拼命地抱着一个老树干，但它实在太滑了，我怎么也爬不上去。"

　　平底船漂过木桥，转眼间就消失在波浪之中。露西、黛安娜和琴恩三人已经在下游那个坝子等着安妮，所以她们亲眼目睹了小船沉下去。在那一瞬间，三个女孩哑然地站在那儿呆住了，她们的脸上失去了血色，像白纸一般。接着，她们发出了惊天动地的叫

喊，像疯子似的在森林里飞奔。她们在横穿街道时，压根儿就没有时间往桥下看。

可怜的安妮呢？她拼命地抱住滑溜溜的老树干，虽然心里异常焦急、害怕，但是她却很清楚地看到三个同伴在狂奔，甚至听到她们的尖叫。

小船向前漂去，最后沉到了水里。

时间一秒一秒地过去，安妮感到她酸疼的双手再也无法支撑太久了，就在这个节骨眼儿上，吉鲁伯特划着一只小船来到了桥下。

吉鲁伯特抬头向上看时，顿时吓得呆住了，因为有一张苍白的小脸，正带着奇怪的表情看着他。那双大眼睛虽然充满了恐惧，但是仍然带着轻蔑之色。

"安妮，你到底在那儿干什么呀？"他大叫一声。

吉鲁伯特并没有等安妮回答，迅速把小船划到安妮旁边，向她伸出了手。如果失掉这个机会，就再也没有希望了——安妮如此想着，只好抓着吉鲁伯特的手，跳到了小船上。

安妮浑身湿透了，又溅满了泥巴，她双手抱着湿漉漉的披肩，板着一张小脸，坐在船尾。

"安妮，你到底怎么了？"吉鲁伯特一边划着船一边疑惑地问道。

"我们正在排演《艾伦》那出戏，"安妮冷淡地说，"我躺在御船——也就是平底船上，随波漂流到卡美洛德。谁知平底船进了水，我只好爬到那儿。大伙儿已经去求救了。麻烦您，请您把船停靠在小码头好吗？"

吉鲁伯特按照安妮的意思，把小船划到小码头。

安妮准备上岸，吉鲁伯特很有绅士风度地伸出手来要扶她，可是安妮对他伸出的手看都没看一下，就自顾自地走到岸上去了。

"真是太麻烦您啦！"安妮傲慢地说了这句话，准备走开。没想到吉鲁伯特也跳下了船，拉住了安妮的手。

"安妮，"吉鲁伯特有些急躁地说，"不要再使性子啦！咱们做好朋友吧！我非常后悔曾经取笑你的头发，我只不过是开开玩笑而已。而且，那已经是好几年以前的事了。你的头发变得很漂亮——这是我的真心话。好了，我们言归于好吧！"

安妮稍微犹豫了一下，看着吉鲁伯特褐色的眼睛里流露出一半羞涩一半认真的神情，安妮的心跳在瞬间加速了，从内心里萌生了一种快感。不过，想到两年以前，吉鲁伯特当着同学们的面叫她"红萝卜"而使她受辱的情景时，她又板起了脸。

"我不要！"安妮冷冷地说，"我跟你不可能成为好朋友！吉鲁伯特，我也不想跟你成为好朋友！"

"好吧！"吉鲁伯特很不高兴地跳回船上，说，"以后，我不会再要求你了！"

吉鲁伯特气咻咻地划着船走了。安妮的头虽然高高地昂着，但是内心却有一种后悔的感觉。想到这儿，安妮真想坐下来大哭一场。

当安妮走到斜坡上时，碰到了黛安娜和琴恩。原来她们搬救兵去了，但没一个人在家。

黛安娜搂着安妮的脖子久久不放，高兴得哭了起来。安妮告诉了她们自己得救的经过。

"今天，我得到了一个宝贵的教训，"那天晚上，安妮对玛莉娜说，"自从来到绿山墙以后，我闹了好多笑话，可是每一次闹笑话都治好了我的一个缺点。紫水晶胸针事件，治好了我玩别人东西的坏习惯；魔鬼的森林嘛……叫我不能任意驱使想象力；加了止痛药的松饼，治好了我做饭时的吊儿郎当；染成绿色头发的糗事，治好了我的虚荣心。至于今天差一点就淹死的糗事嘛……也叫我感到不能有太多的浪漫，现在我不再想什么浪漫的事了，我一定会改正我的幼稚做法。"

"但愿如此。"玛莉娜仍然有一些怀疑地说。

一直坐在那里的马修把手放在安妮的肩上。"彻底放弃浪漫也不行呀，安妮！"他小声对安妮说，"稍稍有点浪漫也是好事，但太过分就不好了。"

第十七章　毕生难忘的大事

　　安妮正从牧场深处通过"恋人小径"把一群牛赶回家。那是九月的一个黄昏，红色的夕阳照耀着森林中的空地和间隙。"恋人小径"的一些地方也有夕阳投注的光辉，但是，树的背阳部分已经变成了葡萄酒一般的紫色。风轻轻吹拂着树梢，使得黄昏中的枞树林奏出了美妙的音乐。

　　安妮抬头时，看到黛安娜从巴利家的菜园走了出来。瞧着她凝重的脸色，似乎有重大的消息要告诉安妮。不过，安妮刻意显露出平静的样子。

　　"黛安娜，这黄昏不是很像紫色的梦吗？啊！叫人感觉到活着是一件多么美好的事情。我一向认为早晨是最能够动人心弦的，可是仔细地瞧瞧，黄昏更有醉人之处呢！"

　　"是啊，这是充满了诗情画意的黄昏！"黛安娜附和着说，"安妮啊，我有一个好消息要告诉你。"

　　过了一会儿，黛安娜接着说："约瑟芬姑妈写信来说，下周二希望我们到她家去。她说我俩可以住在她家，她还要带我俩到农产品竞赛大会上去看热闹呢！”

"哇！那太棒啦，黛安娜！"安妮感到她的身体必须依靠在枫树上，否则她将按捺不住那一阵兴奋，"不过，玛莉娜不一定会让我去呀！"

"我有个好主意，"黛安娜说，"我请我妈妈去说服玛莉娜，一定没有问题的。"

"在确定能去之前，我什么也会不去想！"安妮说，"如果什么都想过了，到头来又不能去的话，那种失望是叫人难以忍受的。"

没想到玛莉娜很爽快地答应安妮去参观农产品竞赛大会。到了星期二的清晨，巴利先生驾着一辆马车，载着安妮和黛安娜去往三十英里以外的夏洛镇。

马修在给暖炉生火以前，安妮就已经准备好要出门了。而在玛莉娜起床前，安妮也将早餐做好了，但是由于过度兴奋，她根本就吃不下任何东西。

安妮穿上了新衣服，戴上了那顶小巧的帽子，穿过了小河，赶到果树园山坡。巴利先生和黛安娜老早就在那儿等着，于是他们很快就进入了街道。

虽然旅途长达三十英里，但是，安妮和黛安娜根本没有感到无聊。旭日从刚收割不久的田园边升起，柔和的阳光照得晨露闪闪发亮。

大约到了中午，他们才抵达约瑟芬姑妈的家。那是一栋富丽堂皇、气派十足的古式宅邸，稍离开街道一段距离，在一大片榆树林和山毛榉林后面。

"可爱的安妮，你终于来啦！"约瑟芬姑妈喜形于色地说，"哇！你长得好高，比我还高嘛！最叫人感到惊讶的是你比以前漂亮多啦！"

安妮高兴地说："我只察觉到脸上的雀斑少了。至于其他的部位是否有改变，那……那我就不知道啦！谢谢约瑟芬姑妈的夸奖。"

约瑟芬姑妈的家正如安妮在后来告诉玛莉娜的那样，一切家具和摆设都极其奢华。那间金碧辉煌的客厅，叫两个乡下少女头晕目眩。

到了星期三，约瑟芬姑妈带着两位少女来到农产品竞赛大会的会场。

"实在太棒啦！"回到家后，安妮对玛莉娜说，"那些好玩的事，我从来就不曾想象过呢！我最喜欢马匹、花儿和手工艺的展位。乔依在编织手工艺方面获得第一名，哈蒙·安德鲁先生的红玉苹果获得第二名，贝尔先生饲养的大肥猪得了第一名，麦克法森先生画的一张油画得了冠军，蕾洁夫人自制的牛油和乳酪得了一等奖。艾凡利的人都很能干！我在那儿碰到了蕾洁夫人，在一大群陌生人中看到熟悉的面孔时，我才突然感到自己是多么喜欢蕾洁夫人。玛莉娜，因为人实在太多啦！我感觉到自己好像不具有任何意义。"

星期四，两个少女乘坐马车到公园去玩。黄昏时，约瑟芬姑妈带她们去参加音乐学院的演奏会。演奏会上有一位著名的女歌剧演员演唱。那一晚，安妮因为过度兴奋，一直显得恍恍惚惚的。

星期五是回家的日子，巴利先生驾着马车去接两位少女。

"你们玩得愉快吗？"在告别时，约瑟芬姑妈问她们。

"嗯……我感到非常愉快。"黛安娜回答。

"那么，安妮，你又如何呢？"

"我嘛，享受了一连串美好的时光。"安妮说罢，冲动地向老人长满了皱纹的脸上亲吻了好几下。

黛安娜看得惊心动魄，因为她从来就不曾如此向约瑟芬姑妈表示亲热。不过，约瑟芬姑妈非常开心，一张嘴几乎笑得合不拢。她使劲向安妮挥手，一直到安妮她们乘坐的马车消失在视线外。

送走了安妮她们以后，约瑟芬姑妈感到一种难以言表的失落。她是一位十分任性而又性情古怪的老人，无论做什么事情都以自我为中心，她认为只有能够服侍她的人以及使她感到快乐的人才是她认可的人。安妮的言谈使她感到兴趣盎然，还有小女孩近乎狂热的浪漫举止、纯真的感情、柔和的眼神和嘴唇，都叫约瑟芬姑妈感到魅力十足。

回家途中的安妮和黛安娜的心境比来的时候更为愉快——她们就要回家了。马车驶过白沙镇时太阳已经下山了。

马车驶入海岸边的大路时，艾凡利的山丘已经出现在紫色的天空下。从对面海岸升起的月亮发出了皎洁而柔和的光辉。

"啊……回家的感觉真好……"安妮自言自语着。

安妮走过小河的木桥时，绿山墙厨房的窗户发出了柔和的灯光，似乎在等待着安妮回家。从打开的大门，安妮看到了暖炉的火焰，在阴冷的秋月的夜晚，真叫人感到格外温暖。

安妮爬过小丘，一路小跑到厨房，餐桌上已经摆满了热气腾腾的晚餐。

"你可回来啦！"玛莉娜放下了手中的编织物。

"哇！回家的感觉真好！"安妮喜滋滋地说，"我很想亲吻每一件东西，就连时钟也不例外呢。天哪！还有烤鸡呢！玛莉娜，这么丰盛的晚餐是为我准备的吗？"

"那还用问吗？"玛莉娜说，"经过长途旅行后，你一定很饿了吧！快点去换衣服，等马修来了我们就可以开饭啦！我和马修望眼欲穿地等着你回来呢！"

晚餐后，在暖炉前面，安妮坐在马修和玛莉娜中间，兴奋地说着这四天的经历。

最后，安妮做出这样的结论："任何事情都叫人感到有趣，叫人感到称心满意，这可是我毕生难忘的一件大事呀！不过，最叫我感到难忘的，还是回家的那种温馨的感觉！"

第十八章　考前的准备

十一月的一个黄昏，绿山墙整个被暮雾笼罩着，外面几乎完全黑了下来，只有厨房暖炉的火正熊熊地燃烧着。

安妮坐在暖炉前面的地毯上，眯着一双褐色的大眼睛，想象着阳光闪闪下的西班牙城堡以及种种惊人的冒险。

在火光照不到的阴影里，玛莉娜用那充满慈爱的眼光看着安妮。

"安妮，"玛莉娜突然说，"刚才你跟黛安娜在外面散步时，史黛西老师来过。"

"她来做什么呢？"安妮兴奋地问，但又喋喋不休地讲起了她和黛安娜在森林里看到的情色，以及两人对人生目标的看法，等等。

"如果你让我插上嘴，我正要告诉你，史黛西老师来跟我说起关于你的事！"

"关于我的事？"安妮的脸变得通红，有点心虚地说，"昨天上加拿大历史课的时候，我偷偷地阅读《宾汉》，很不幸被

史黛西老师看到了，她今天是不是来告我的状呢？"

"史黛西老师并没有告你的状。你呀！还不是自己的罪恶感在作祟。"

安妮抗议道："当然啦，这本书如果在学校阅读的话，的确有一些不合适，因为它的趣味性太强。我也只限于在礼拜天阅读它……"

"安妮！难道你不想听听史黛西老师说了些什么吗？"

"玛莉娜，我当然想听呀！老师说了些什么呢？"

"她说，为了报考皇后学院的学生们准备考试，她愿意在下课后再补习一个小时。她就是来问我们要不要让你参加补习。安妮呀！你想去皇后学院读书，毕业后当一名老师吗？"

"啊？玛莉娜！"安妮伸直了上半身，紧握着两手说，"那就是我毕生的梦想呀！我很想当一名老师，不过得花很多钱呢！安德鲁先生把普莉丝送到皇后学院读书，据说花费了一百五十元呢！"

"那些事你都不必去管。马修和我收养你时，就已经决定要让你受良好的教育，女孩最好还是能够自立。如果你有意到皇后学院读书的话，那就参加补习吧！"

"今后的用功读书，对我来说更有意义了！"安妮很幸福地说，"因为我已经有目标了。亚兰夫人说，每个人都要朝着自己毕生的目标前进，不过首先必须确定目标是否有价值。我认为史黛西老师规划的目标很有价值，同时，那也是一种很高尚的职业呀！"

升学补习班很快成立了，总共才七个人，有安妮、吉鲁伯特、琪丽儿、琴恩、乔依、查理和麦克法森。

黛安娜的父母不准备把她送到皇后学院读书，所以她没有参加补习。

补习的第一天，安妮看着黛安娜低着头和一群同学走出学校，想着黛安娜将形单影只地走过"白桦之道"和"紫罗兰之谷"回家时，差一点就有按捺不住跑到黛安娜身边的冲动。安妮的眼泪夺眶而出，她赶紧用拉丁语课本遮住脸，因为她不想让吉鲁伯特看到她在流泪。

"玛莉娜，升学补习班的同学都很有志气呢！"第一天补习后回到家的安妮说，"琴恩和琪丽儿都想当老师。琪丽儿说教了两年书以后就要结婚。琴恩表示要终身执教鞭，绝对不嫁人，她说当老师可以领到薪水，维持一个人的生活根本就不成问题。至于麦克法森嘛，据说想当一名牧师。"

从现在的情形来看，吉鲁伯特与安妮的竞争已经表面化了。以前只有安妮怀有竞争意识，现在很明显，吉鲁伯特也积极地想争取第一名。

尽管有这样或那样的烦恼，安妮在冬天的日子里不是努力学习，就是干些家务活儿，也过得很快乐。

到了学期告一段落时，无论是老师还是学生都舒了一口气，因为马上将有一大段美好的玫瑰色假期。

"在这个学期里，大家都很辛苦。从今天起，大伙儿就去度一连串快乐的假期吧！"学期的最后一天，史黛西老师对大

家说，"你们就尽量到户外活动吧，为明年的学习储备好精力，到了入学考试时才能够全力奋战。"

那天夜晚，回到家的安妮把所有学校的教科书都放入阁楼上的一个旧皮箱里，郑重其事地上了锁。

"在假期里，我不准备跟教科书打交道了！"安妮对玛莉娜说，"在这个学期里，我很用功，就是难懂的几何，我也把整本书的公式定律全部背完了。因为用功过度，我感到头昏脑涨。所以嘛，在假期里，我要尽量发挥想象力，因为这可是我少女时代的最后一个暑假啊！"

安妮接着说："蕾洁夫人说，我长得很快，明年就得穿长裙子啦！而且，热闹非凡的节目就要一个接一个地来了。再过几天就是琪丽儿的生日派对，主日学校的野餐会也将来临。到了八月，黛安娜的父亲要带我和黛安娜到白沙镇的饭店去吃晚餐。"

因为玛莉娜没有参加星期四的教友聚会，第二天，蕾洁夫人就到绿山墙来看她了。

"那天马修的心脏病发作了，我好担心！"玛莉娜解释说，"托你的福，他已经完全好了。不过比起以前，现在会时常发作，我实在不放心。医生说必须避免兴奋，这一点不成问题，因为马修是最安静不过的人。但医生也一再叮咛，不能过度劳累，这一点就比较难办了。对马修来说，工作就跟呼吸一样，他是一刻也停不下来的。来，我俩来喝点茶吧！"

玛莉娜和蕾洁夫人在客厅聊天时，安妮泡了茶，又烘烤了一些热烘烘的饼干。那些饼干烤得很好，就连喜欢吹毛求疵的蕾洁夫人也无从挑剔了。

"安妮的确变成好孩子了！"黄昏时，当玛莉娜送蕾洁夫人到"恋人小径"尽头时，蕾洁夫人有感而发地说，"安妮能够帮你做很多事情吧？"

"是啊！"玛莉娜回答道，"这孩子挺乖的，做起事来很认真，又懂得体贴人。以前，对于她的莽撞，我实在很不放心。可现在什么都改变了，无论什么事情，我都能放心地交给她去做。"

第十九章　发榜的日子

整个夏天，安妮都在自由自在地玩乐。

九月份开学的时候，史黛西老师回到了艾凡利学校，大伙儿又精神抖擞地开始用功读书了。尤其是准备报考皇后学院的那几个学生，更是摩拳擦掌地准备战斗。

正因为担心考不上皇后学院，所以在整个冬天，安妮连礼拜天的下午都用来啃书本。连夜里都做着相同的梦，梦境里的安妮正站在发榜的名单前面，吉鲁伯特的名字位于榜首，然而，安妮从头到尾看了好多遍，就是看不到自己的名字……

在这段时期内，安妮仍然不断在长高。有一天，玛莉娜并排跟安妮站在一起，发现安妮比她高时，吓了一大跳！

"哇！安妮呀，你长得这么高啦！"玛莉娜叹了一口气。

安妮不仅个子长高了，而且还有其他方面的变化，其中之一就是比以前娴静多了。

玛莉娜针对这一点问她："我说安妮呀！现在的你说的话已不到以前的一半了，这到底是为什么呢？"

"我也不太懂，只是不想说太多！"安妮用食指支撑着下巴说，"美好而漂亮的念头，最好有如瑰宝一般深藏在内心，说出来反而遭受嘲笑，那不是叫人感到尴尬吗？玛莉娜，我要想的东西、学的东西实在太多了，根本就没有时间去想什么夸大的言辞呀！而且史黛西老师说过，短简的话更能打动人的心弦。刚开始时，我还有点儿不习惯，但是现在已经懂得这其中的诀窍了。"

"入学考试就快到了，只剩下两个月的时间，"玛莉娜说，"你有把握吗？"

"我也说不上来呀！有时觉得蛮有把握的……有时嘛……又难免患得患失，叫人感到一股巨大的压力。玛莉娜，我时常在三更半夜惊醒过来，想着考试万一名落孙山的话，该怎么办呢？"

"那还不简单，到时候就再回到学校复读一年呀！"玛莉娜若无其事地说。

安妮叹了一口气，虽然有一片蓝天和习习凉风在召唤她，但她仍毅然地回到了书本上。

六月底不仅是学期末，也是史黛西老师和学校聘约期满的时间。

那天黄昏，安妮和黛安娜红着眼睛回到了家。她俩的手帕上落满了泪水，就跟三年前菲利普老师离开时一样。黛安娜在枞树林的小丘上看了学校一眼，深深地叹了一口气。

到了星期一，安妮进城准备考试了。星期三那天，黛安娜

按约定到邮局去，果然收到了安妮的信。

亲爱的黛安娜：

今天是星期二。晚上，我在约瑟芬姑妈家写这封信，身边没有你，觉得很寂寞。

今天早晨，史黛西老师带着我们到考场后就回去了。

我跟琴恩坐在一起。我好羡慕她那种泰山崩于前而面不改色的性格，我始终都紧张万分，好像心脏的跳动能让所有的人听到似的。

下午考英文。在平常的日子里，我感到历史相当难，因为我总是会把年代弄错，或者张冠李戴。不过，今天却考得还不错。最让我操心的是几何，我考得不理想。

黄昏时，大伙儿到夜市逛逛，在途中碰到了麦克法森。他说他的历史考试简直是全军覆没！他表示明天早晨他就要搭火车回去，并且他已经放弃了当牧师的梦想，而想当一名木匠。史黛西老师叫他好歹考完再说。

大伙儿回到寄宿的地方时，看到琪丽儿的歇斯底里症正在发作。原来，她发现考英文时她犯了一个不可原谅的错误！等琪丽儿不再发疯以后，大伙儿便上街吃冰激凌去了。大伙儿都不约而同地想着——如果你也在场，那该多好啊！

安妮

到了星期五的黄昏，安妮回到了绿山墙。她虽然面露疲倦

之态，但是脸上却有着一股安定沉着的表情，因为她已经尽了
全力。

　　黛安娜老早就到绿山墙去等安妮，见面后的两个少女仿佛
好几年不曾见面似的。

　　过了两个星期，在一个如梦似幻的夏日黄昏里，窗下庭园
飘来阵阵的花香，白杨树的叶子沙沙作响，使伫立在窗边的安
妮几乎忘了对考试的不安以及对人世的苦恼。就在这个时候，
黛安娜从枞树林里跑了出来，穿过木桥，气喘吁吁地奔上山
坡。她的手里拿着一张报纸。

　　"安妮，你考上啦！"黛安娜大声嚷了起来，"而且还是
第一名呢！你跟吉鲁伯特并列第一——不过，你的名字排在他
的前面！"

　　黛安娜把报纸放在桌上，坐在安妮的床上，上气不接下气，再也说不出任何话了。

　　安妮急着要点亮蜡烛，以至把火柴盒掉在了地上。她的手不停地颤抖着，先后划了六根火柴才把蜡烛点亮。她迫不及待地仔细看了看报纸，的确录取了——在两百个人的名字前面排着安妮的名字！

　　"黛安娜，我要赶快去通知在田园干活的马修。现在，我俩就沿着街道通知所有被录取的人吧！"

　　她们飞奔到仓库旁的田园时，马修正在那儿垛干草。而且很碰巧地，在"恋人小径"尽头的围栅处，玛莉娜跟蕾洁夫人正在交谈。

　　"啊！马修！"安妮叫了起来，"马修，我考上啦！而且是第一名呢！我并不是在夸耀，只是要向您致谢。"

　　"嗯……就如我所说的一般！"马修很高兴地看着那份录取名单，"我早就知道，你能够轻易地把其他的人打败的！"

　　"安妮，你表现得很好！"玛莉娜说。

　　到了牧师家后，安妮用简短的方式跟亚兰夫人交谈着，她们无所不谈。

　　那个夜晚，安妮跪在柔和月光下的窗边，很感激地进行了一次热切的祈祷。

　　她说了对过去的感谢，以及对未来的期望。

第二十章　大饭店的音乐会

在森林的上空,圆盘似的月亮正婀娜多姿地洒出银色的光辉。昏昏欲睡的小鸟啾啾地鸣叫着,微风起处,隐约传来了人们的言谈声和嬉笑声。

不过,安妮的房间已经拉下百叶窗,点燃了油灯,两个少女正在房里化妆呢!

安妮正准备参加白沙饭店的音乐晚会。原来,饭店里的客人们为了募集夏洛镇医院所需的经费,邀请了一些附近的演员们上台演出。

这也是安妮时常说出的"毕生的一件大事",因此,她正以愉快的心情享受着。

马修在获知安妮考了第一名并被邀请在音乐晚会上表演后,快乐得仿佛上了天堂似的。

于是,安妮和黛安娜决定跟琴恩一块儿去白沙饭店。

琴恩的大块头哥哥比利驾着一辆大马车,送三个大姑娘到白沙饭店去。

　　比利要求安妮坐在前座，也就是他的身旁。眼看着后座的女孩们有说有笑，安妮也很想加入。不过在一刹那间，她就拿定了主意，坐在比利的旁边。

　　比利是一个体格健壮的二十岁的青年，长着一张缺乏表情的圆脸，而且又不善于交谈。只是，他一向对安妮情有独钟。

　　虽然安妮坐在前座，但仍然转过头跟后座的少女们侃侃而谈，偶尔也笑着招呼比利几句，充分地享受着兜风的乐趣。

　　比利痴痴地傻笑着，羞涩地欲言又止。他言辞笨拙，根本就追不上安妮机枪似的嘴皮，只好搔搔头作罢。

　　在这个欢乐的夜晚，街上驶满了赶往白沙饭店的马车，到处都是女人的嬉笑声和马儿的铃声。

　　抵达白沙饭店后，一个音乐会的委员把安妮带到了演出人

員的休息室。

当安妮看到夏洛镇交响乐团的一大堆人在那儿时，立刻胆怯起来。她那身在绿山墙的阁楼里看起来很不错的衣服，现在在这绸缎闪闪发亮、花边炫目的环境之下，看起来简直是一文不值。比起邻座那些女人的钻石项链，安妮的珍珠项链实在是相形见绌！

不久以后，安妮又被带到大厅的上宾席。安妮被夹在一个穿粉红色绸缎礼服的胖太太和一个穿着白花边衣裙、个儿高挑、态度傲慢的少女之间。

胖太太很明显地把脸转向安妮，时不时地透过眼镜瞧瞧安妮，仿佛是要检查安妮的里里外外似的！另一边，穿着白色花边衣裙的高傲少女，则故意讥笑观众群里的乡巴佬，并戏谑她们的穿着不伦不类。

一位朗诵家下来后，司仪叫了安妮的名字。安妮非常紧张地站了起来，走上台时，脑中已是一片空白。

就在这个节骨眼上，安妮无意中在观众席里看到了吉鲁伯特。他把整个身体挪出座位且一直在微笑，安妮以为他以胜利者的姿态在嘲笑她呢！实际上并非如此，吉鲁伯特只是对安妮穿着白色衣裙的窈窕身材以及显露出内在气质的脸庞发出善意的微笑而已。

看到这种情形，安妮突然萌生出了勇气。她深深地吸了一口气，高傲地抬起头来——我，安妮，怎能在吉鲁伯特面前认输呢？我一定要叫你根本无法嘲笑我！

这时,安妮的畏缩和胆怯很快就烟消云散了! 她从容地朗诵起了诗歌。她清脆而美妙的声音,自始至终都不曾颤抖,更不曾在中途停顿下来,一直响彻到会场的每一个角落。当她朗诵完毕时,观众大受感动,疯狂地鼓起掌来。

安妮由于羞涩以及兴奋而涨红了面颊,她走下舞台回到了自己的座位上。

音乐晚会闭幕时,穿粉红色礼服的胖女人——康来,她是美国一位富豪的太太,堂皇地以安妮的庇护者自居,把安妮介绍给很多人,每个人都很热情地对待安妮。

专业朗诵家爱潘丝夫人也热情地夸奖安妮,说安妮的声音很有魅力,而且非常理解作品,就连穿白色花边衣裙的高傲少女也说了一些恭维的话。

在灯火辉煌的大餐厅里吃过了晚餐以后,三个少女又坐着比利驾驶的马车回家了。安妮一边深呼吸,一边遥望着一大片远方的枞树林的黑影。

"啊! 音乐晚会真是太棒了! "琴恩说,"我也希望自己变成有钱的美国人,每年的夏天都在饭店度过。身上戴着宝石,穿着晚礼服,每天都吃冰激凌和鸡肉沙拉。这样的生活方式,比在学校教书愉快多了。安妮、黛安娜,你们看到刚才穿粉红色礼服的胖女人戴的钻石了吗? 那种东西真的会叫人头晕眼花呢! 你们想不想变成有钱人呀? "

"其实,我们已经很富有啦! "安妮说,"你想想看,我们拥有生活过的十六个年头。如果你们拥有一大堆钻石或者堆

y

积如山的钞票的话，你们反而不能欣赏到它们的美。那些富有的女人，最好是别跟她们来往。你们想想看！那个穿着白花边衣裙的少女，一直对全世界都嗤之以鼻，唯我独尊，那种生活方式难道不是既无聊又枯燥乏味吗？又如那位穿粉红礼服的胖太太，虽然对人很亲切，但你们希望跟她一样，又矮又胖，身上完全没有线条吗？琴恩，难道你喜欢变成跟她们一样吗？"

"这个嘛，我也说不上来呀！"琴恩有些拿不定主意地说，"不过我认为，身边有了钻石，总是一种很大的安慰啊。"

"至于我嘛……我并不想变为自己以外的任何人，就算毕生不能得到任何钻石，我也会心甘情愿！"安妮说，"我能够做佩戴着珍珠项链的绿山墙的安妮，我就感到心满意足了。因为玛莉娜和马修对我的爱，远远超过了那穿着粉红色礼服的胖女人的宝石。"

第二十一章　光荣与绮丽的梦

　　这以后的三个星期,绿山墙的人们都忙着为安妮到皇后学院读书做准备。

　　安妮的行头,由于马修积极地准备,可以说,她拥有了不少好东西。

　　有一天夜里,安妮为马修和玛莉娜穿上了淡绿色的新衣服,在厨房里朗诵《少女的誓言》。

　　看着那张率真的面孔和优雅的动作,玛莉娜的思绪飞回了安妮刚到绿山墙的那一夜。那时,她穿着淡黄色棉毛混纺的短小的衣服,畏畏缩缩、泪眼汪汪、悲悲切切的模样,跟现在神采飞扬的大姑娘神态判若两人。想到这里,大颗的眼泪从玛莉娜的眼眶里涌了出来。

　　"玛莉娜,您哭了?我朗诵的诗句感动了您,是不是?"安妮用快活的声调说着,俯身到玛莉娜坐着的椅子旁,轻轻地吻了吻她的面颊,"那么,我这一次成功啦!"

　　"傻女孩,我并不是为了那些诗句而哭呀!"玛莉娜说,

"我是在回忆你还是小不点儿的时候。安妮呀！我真希望你一直是那个小不点，就算你再不断地惹祸，我也不会在乎。唉……你长大了，就要展翅高飞啦！"

"玛莉娜！"安妮坐在玛莉娜的腿上，双手捧着玛莉娜爬满皱纹的脸，以柔情似水的神态凝视着玛莉娜的眼睛，说道，"我永远也不会变的，这是真的！为了使树木长得繁盛，我只是剪下一些多余的冗枝而已，真正的我跟儿时完全一样。不管我到哪儿，甚至外貌有所改变，我的心也永远不变。我一直都是你的小安妮，老闯祸的傻安妮。我是越来越喜欢马修、玛莉娜和绿山墙啦！"

安妮把自己红红的面颊贴在玛莉娜那枯瘦的脸上，再把她的手放到马修的肩膀上，看着马修那和善的眼睛笑了笑。

安妮和其他来自艾凡利的新生在开学第一天被安排跟教授们见面，认识新同学。安妮听从史黛西老师的意见，决定选择第一级的课程，吉鲁伯特也一样。只要考试通过，一年以后他们就可以获得一级教师的证书了，不过功课非常的繁重。

至于琴恩、乔依、琪丽儿、查理和麦克法森等人，因为雄心不大，所以都选择了第二级的课程，必须经过两年的学习后才可获得毕业证书。

黄昏时，安妮回到自己的房间，更感到一阵难耐的寂寞袭上心头。本来黛安娜的约瑟芬姑妈欢迎安妮到她家去住，但是那儿离皇后学院太远了，最后，约瑟芬姑妈在学院附近为安妮找到了一个住处。

房东是一个很有身份的妇人，她丈夫是个退休的英国军官，她家里也没有其他什么人了。另外，那里三餐饮食还不错，屋子靠近学院，四周还算安静。

这时候，乔依、琪丽儿和琴恩三个人来了。

琪丽儿看到安妮的书桌上摆放了一个皇后学院的月历，就问安妮是不是想争取获得学院的奖章。

安妮涨红了脸，但还是明确回答说她有这种打算。

"对了，我想起来啦！"乔依说，"听说，在皇后学院也可以领到大众奖学金呢！这个消息是法兰克告诉我的，他叔叔可是理事长。学院明天就会发布这个消息了。"

在乔依宣布这件事情以前，安妮最大的期望是——一年后能够获得乡村教师的一级证书和金质奖章。

乔依的话还没说完，安妮的脑子里就闪现出了她获得大众奖学金，考进雷蒙学院攻读文科，最后穿着学士服毕业的情景。

"我一定要争取到它！"安妮下了最大的决心。

在皇后学院的这段时间，安妮聚拢了一些具有想象力和雄心壮志、喜欢思考的同学，组织了一个小团体。安妮很快就跟"红玫瑰"的梅奈德和"绮梦少女"的葛兰多建立了亲密的友谊。脸色苍白却很灵秀的葛兰多相当调皮，而黑眼睛的梅奈德则充满幻想，恰如安妮一般。

圣诞节的时候，艾凡利的孩子们放弃了回家过节，都待在学校里猛啃书本。就在这时，大伙儿都知道了争取奖章的只有三个人，他们就是安妮、吉鲁伯特和路易斯。至于大众奖学金，大家比较漠然，只知道六个优等生中将只能有一个人脱颖而出，独得该项奖学金。

安妮心无旁骛地用功苦读。她针对吉鲁伯特的强烈的竞争意识，跟在艾凡利学校时并没有什么区别，不过视其为眼中钉的敌视心态早就消失了。安妮想胜过吉鲁伯特，并非基于报仇的心理，更非有意使他难堪，只是单纯想获胜的心理在发生作用罢了。

大伙儿在拼命用功时，春天又蹒跚来临了，在艾凡利却到处都有残雪。不过，将在五月开放的花儿，长出了好多蓓蕾，森林和山谷罩上了绿色的晨霭。

这天，艾凡利的孩子们又聚在一起。"很快这学期就要结束了，"安妮说，"下星期就要考试了！我时常在想——这场考试将决定我们的一切，不过，当我看到胀大的小米花蕾以及街市尽头的那片蓝天时，我感到考试似乎不重要了。"

在场的琴恩、琪丽儿和乔侬并没有答腔。在她们的感觉里，考试远比小米花蕾和蓝天重要得多。或许，脑筋好使的安妮另当别论。

"对啦！刚才法兰克跟我说过，多伦美教授说奖章肯定是吉鲁伯特的，至于大众奖学金嘛……则非爱米娜莫属。"

"经你这样一说，明天一整天我都会感到坐立不安呢！"安妮笑着说，"不过，眼看着绿山墙洼地的紫罗兰含苞待放，"恋人小径"的羊齿草也出现了蓓蕾以后，能不能够得到奖学金，我反倒不怎么在乎了。因为，我在尽了全力后，已经体会到什么是努力的喜悦啦！"

"琴恩，举行毕业典礼时你要穿什么衣服呢？"琪丽儿问了最现实的问题。

琴恩和乔依立刻来了兴趣，闲谈也就转到了流行和时尚方面。安妮把她的手肘放在窗边，再把两手放在脸上。她的眼睛里闪着幻影，漠然地看着日落时的城市屋顶及圆屋顶上面的尖塔。她正在用她那乐天的黄金丝线，使劲地编织着未来的美梦。

当考试成绩将被张贴公布时，安妮和琴恩正从学院门口经过。琴恩一直微笑着，一副无所挂念的模样，她对自己的成绩很清楚，至少及格是不成问题的。

"安妮，你一定能名列前茅。"琴恩信心十足地说。

"我再也不敢存着获得大众奖学金的奢望了！"安妮说，"大伙儿都说爱米娜能得到呢！我不敢到人多的告示板前面去。我要立刻去休息室，你就去瞧瞧告示板吧，然后看在咱俩是好朋友的份儿上赶紧告诉我！"

琴恩答应了安妮。当她俩走进校门时，发现休息室里挤满了男生。他们把吉鲁伯特高高地抛起，大声叫嚷着……

"吉鲁伯特万岁！奖章获得者万岁！"

但就在同时，不知是谁喊叫了起来："为安妮·雪莉高呼万岁！大众奖学金的获得者万岁！"

　　"哇！安妮！"琴恩屏住了呼吸，"太好啦！实在是太好啦！"

　　她俩立刻被一群女生包围了。安妮被投以热烈的赞美和祝贺，女生们拍打她的肩膀，握着她的手，热情地拥抱着她。

　　不过，安妮仍不忘小声地对琴恩说："嗯！马修和玛莉娜一定会很高兴，我得赶紧通知他俩！"

　　接下来，毕业典礼在皇后学院的礼堂举行。典礼仪式上，人们说了太多的祝贺词，校长为学生们颁发了毕业证书、奖状和奖章。

马修和玛莉娜也出席了毕业典礼，不过，他俩的眼睛始终盯着台上一个女生。她穿着淡绿色的衣服，面颊一片红潮，一双大眼睛闪耀着，正在朗读着被评为优等的论文。台下不时有人在耳语——她就是大众奖学金的得主。

那一夜，安妮和马修、玛莉娜回到了艾凡利。自从四月以来，安妮就不曾回家过，她几乎要忍不住了。回到了家，苹果花已经在树梢欢迎她了，放眼四周，尽是新绿的景色。

黛安娜老早就在绿山墙等着安妮。在安妮的白色房间里，玛莉娜已经为她插上了漂亮的玫瑰花。

"安妮，你真行！只一年就获得了一级教师证书，又领到奖学金，实在太能干啦！对啦，安妮啊，关于阿贝的银行，最近你有没有听到什么消息呢？"玛莉娜问。

"我听别人说过，那家银行就要倒闭了！"安妮回答道。

"果然就如蕾洁夫人所说的，上星期她就听到了风声。马修一直在担心，因为我们全部的积蓄都放在那家银行！正因为阿贝是我父亲的朋友，马修才把全部财产存进去！马修说，只要阿贝经营银行一天，那家银行就绝对没有问题。"玛莉娜担忧地说。

安妮借此机会说了很多关心马修的话，而马修大多数都是腼腆地对安妮微笑。这种微笑在不知不觉中印在了安妮心底，这是悲伤到来之前的最后一个夜晚。

第二十二章　峰回路转的人生

"啊！马修，你到底怎么啦！马修，你觉得不舒服吗？"玛莉娜呼唤着马修，气氛显得很紧张。

马修手里拿着报纸，一脸土灰色。报纸上刊登着阿贝银行破产倒闭的消息。

"啊！是心脏病发作了！"玛莉娜惊骇地叫道，"安妮，快去叫马丁，快！快！他就在仓库里！"

刚从邮局回来不久的雇工马丁立刻飞奔出去请医生。他经过果树园山坡时，匆匆地告诉巴利夫妇马修倒下去的事情，碰巧蕾洁夫人也在那儿，于是三个人赶紧飞奔到绿山墙来。

安妮和玛莉娜像发狂似的，想尽办法要使马修恢复意识。

蕾洁夫人去把马修的脉，然后又将耳朵贴近他的心脏。接着，她怜悯地看着两个女人，她自己也泪眼模糊了。

"玛莉娜！"蕾洁夫人悲痛地说，"已经无法挽回了。"

不幸的消息立刻传遍了整个艾凡利，大家都来到绿山墙悼念死者，慰问家属。生前内向而安静的马修，死了以后，方才被当成中心人物。巴利夫妇和蕾洁夫人那天夜里一直留在绿山墙，抚慰安妮和玛莉娜。

看着安妮站在窗边沉思，黛安娜说："安妮，今晚我留下来陪你吧！"

"谢谢你，黛安娜！"安妮看着好朋友说，"让我单独留在这儿吧，我不会害怕。我要静静地思索一夜，我一方面认为马修不可能已经死了，但是另一方面也认为他已经死了一段时间，我感到很痛心。不过，我却形容不出自己的痛苦之情。"

对于这些话，黛安娜无法理解，不过她并不敢勉强安妮，只好留下决意单独咀嚼悲痛的安妮而怅然地离去。

半夜时分，安妮惊醒了，周围是一片漆黑与沉静。这时，悲痛的波浪不断地袭击安妮，安妮的泪水像决了堤的河水，一连串地流出。她突然"哇"的一声大哭了起来。

玛莉娜听到后，立刻上楼来安慰她。

"啊……玛莉娜，你就让我哭个够吧……"安妮啜泣着说，"流泪比不上内心的痛苦。马修死了，以后我们要怎么办呢？"

"只要我们同心协力，没有什么事情是做不到的。安妮啊，你一定认为我是个冷酷而严肃的女人吧！事实上，我跟马修一样疼爱你呢！我疼爱你有如自己的亲骨肉一般。自从你来到绿山墙以后，你就变成了我的喜悦和安慰……"

两天后，人们把马修运走了。从他住惯了的屋子，通过他开垦的田园，穿过他心爱的果树园……

这以后，艾凡利又恢复了平静。

"今天下午，我悄悄地到马修的墓前种下了几株白玫瑰！"安妮有如做梦似的对亚兰夫人说，"以前，马修的母亲从苏格兰带来一些白玫瑰，她结婚那天，她把它们种在庭院里。今天我就分了一些小株，种在马修的墓前，朝朝暮暮地陪伴他，因为马修生前非常喜欢它们……"

安妮到亚兰夫人家坐了一会儿后就表示她必须回家去了，因为玛莉娜形单影只，每当日落时分就会感到更寂寞……

"你一旦到雷蒙去上大学，玛莉娜岂不更是孤单啦？"亚兰夫人说。

安妮默默无语，只说了一声珍重就回绿山墙了。玛莉娜坐在大门口，安妮摘了几朵金银花插在头上。只要她走过，立刻就会散发出一股幽香。

"安妮呀！刚才你不在时，史宾塞医生来过了！"玛莉娜说，"著名的眼科医生明天就要来了。史宾塞医生劝我去检查眼睛，如果他能给我配一副合适的眼镜，我就会感激不尽了！你一个人会看家吧？马丁要驾马车送我。我不在时，麻烦你来烫衣服、烤面包吧！"

"您放心吧！黛安娜会来陪我的。衣服我会烫得笔挺，手帕不会放太多糊，面包也不会放入止痛药啦！"

说着说着，安妮又想起了马修，眼泪在不知不觉中掉了下来。

翌日，玛莉娜进城去了，黄昏时才回到绿山墙。

两三天后，卡摩迪的约翰·森多拉来了绿山墙，在后院不知跟玛莉娜说些什么。安妮跟森多拉有几面之缘，但是，她不知道他来绿山墙干吗，于是立刻问玛莉娜："森多拉先生来这里做什么呢？"

玛莉娜坐在窗沿看着安妮，她顾不上医生的吩咐，眼睛里噙满了泪水。她说："他是来购买绿山墙的……"

"玛莉娜，我们绝不能卖绿山墙！"安妮坚定地说。

"唉……安妮呀！我何尝想卖掉它呢？可是你要知道，我可不能单独住在这里呀！寂寞与难过会把我逼疯的。"

"玛莉娜，您不可能单独一个人，我会陪伴您的，我不打算上雷蒙学院了！"

"什么！你不想上雷蒙学院？"玛莉娜抬头看了看安妮，说，"那么，你想干什么呢？"

"我可以把奖学金退回去。当您进城回来时，我就已经下定决心。您为我操了不少心，我难道可以丢下您不管而远走高飞吗？玛莉娜，我已经都想好了。关于田园方面，巴利先生希望租下来经营，所以嘛，您不必再操心了。至于我，可以教书呀！我已经向艾凡利学校提出申请，不过，吉鲁伯特已经跟学校谈好了，我的希望并不大。可是，我可以到卡摩迪任教啊。在温暖的季节里，我可以自己驾驶马车到学校。就是到了冬天，每个星期五我也可以回来呀！有空时，我可以念书给您听，在您身旁陪伴您。这样，您不但不会感到寂寞，而且我俩仍可以跟以前一样，过着幸福的生活呀！"

　　玛莉娜有如在做梦一般的听着。

　　安妮放弃到雷蒙学院攻读选择做乡村教师的决定，很快就传遍了艾凡利。那些不知道玛莉娜患有眼病的人感到不解，但是亚兰夫人却极力称赞安妮的决定，使安妮感动得热泪盈眶。

　　翌日午后，安妮独自来到艾凡利的公共墓地，给马修的墓披上新的花环，再浇浇她新种的白玫瑰花。

　　安妮从墓地出来，经过闪着金光的湖泊，再走进长长的坡道时，太阳已经下山了。当安妮走到山丘半腰时，一位身材高挑、脸庞俊美的年轻人吹着口哨从布莱斯家的农场走了出来，他就是吉鲁伯特。

　　当他看到安妮时，停止了吹口哨，摘下帽子对安妮行了个礼。安妮停下了脚步，伸出了她的手。

　　"吉鲁伯特！"安妮叫了一声，脸上飞上了红霞，"真谢谢你！谢谢你为我做出的牺牲，把教师职位让给了我。"

吉鲁伯特握住了安妮伸出的手，高兴地说："安妮，你不要太客气了！只要能够帮到你，我就感到非常高兴。你要跟我做朋友吗？你真的原谅了我以前的过错吗？"

安妮笑了起来。她原本想把手缩回去，但是，吉鲁伯特紧握着没放开。

因为感到满足，那一晚，安妮一直站在窗边，风儿在樱花树上歌唱，飘送着薄荷的香味儿。洼地的枞树上面，星星在眨眼，树林的间隙透出了黛安娜房里的灯光。

自从从皇后学院回来的那一夜起，安妮的世界被遮蔽了。虽然她脚下的道路还很狭窄，但是，安妮相信在前进的路途上总有一天会开出宁静的幸福之花的。

她有着宝贵的工作和可靠的友情，没有人能夺走她梦见理想世界的权利，她的前途时常会出现不曾预料到的峰回路转！

"只要上帝在天上，这个世界就很美好。"安妮轻轻地呢喃着。